El ángel de la casa

Primera edición: febrero 2022
©2022 Eva M. Soler, Idoia Amo.
ISBN: 978-84-09-48264-1
N.º de registro: DPak5Ai5-2023-02-01T08:56:01.498
Maquetación: Idoia Amo
Cubierta: Nerea Pérez Expósito de www.Imagina-designs.com

Contenido

Capítulo 1

—¡La vergüenza de esta sororidad, eso es lo que son!

La frase quedó suspendida en el aire mientras el rector de la Universidad de Chicago tomaba aire. Llevaba cinco minutos seguidos de bronca para acabar con aquella frase, que dejó a las miembros de Pi Delta Phi en estado de *shock*.

Las siete chicas estaban sentadas en el salón de la casa de su sororidad, repartidas en los sillones y sofás, recibiendo aquel sermón que no habían visto venir.

Apenas si acababan de llegar para el nuevo curso cuando recibieron un comunicado de dirección informando de la visita del rector. A toda prisa, ordenaron esa zona suponiendo que no visitaría el resto y Cotton preparó té de Gyokuro, reservado para ocasiones y visitas especiales. Por algo costaba casi sesenta y cinco dólares los cien gramos… Sus compañeras no apreciaban los tonos de sabor que tenía ni lo especial que era y, precisamente, ese era uno de los motivos por los que le decían que era una pija, pero no se lo tenía en cuenta: cultivar el paladar llevaba su tiempo.

En aquel momento, el té reposaba en la tetera sin que el rector hubiera llegado a tocarlo aún, y a ese paso iba a desperdiciarlo. Como no sabía qué decir, Cotton decidió acercarse a la mesita y servirlo en la taza; quizá eso relajara el ambiente. Se toqueteó el pelo rubio oscuro para asegurarse de que estaba perfecto, parpadeó con su mirada más amable preparada y sonrió un poco.

Sin embargo, cuando iba a incorporarse, notó que Piper la cogía del brazo para impedírselo. La miró extrañada y se encontró con los ojos azules de su amiga, más claros que los suyos, estudiándola de forma seria.

—Ni se te ocurra —susurró Piper, sacudiendo su larga melena rubia.

—Pero el té…

—Que se lo sirva él, no somos sus criadas.

—Esto no va de machismo, Piper, es nuestro invitado.

—Y nos está echando la bronca, ¿o estás sorda? ¿Encima vas a servirle té?

—¿Queréis dejar de susurrar? —Ohana protestó a su lado, tocándose las sienes—. No sé quién me está poniendo peor la cabeza, si vosotras o él.

La chica entrecerró sus ojos oscuros de aire exótico, al igual que su piel ligeramente dorada, y las dos la fulminaron con la mirada. ¡Como si fuera culpa suya que su amiga hubiera decidido celebrar el comienzo del nuevo curso antes de que empezara! Para Ohana, cualquier cosa era motivo de celebración, y encontrarse media botella de vodka del año anterior en un armario, uno más que de sobra. Palpó en sus bolsillos hasta encontrar unas gafas de sol y se las colocó con torpeza, a ver si así la luz dejaba de molestarle.

—¿Lo ven? —exclamó el rector, señalándola—. ¡Ni un día y ya han empezado con las fiestas!

—No, no, no, nada de eso —se apresuró a intervenir Eliza, intentando poner paz.

Normalmente, la chica no se metía en esas discusiones, pero aquella frase de la vergüenza… En fin, su popularidad podía verse afectada y eso sí que no. Una reputación como la suya era cuestión de trabajo y tiempo, no podía echarla a perder porque Ohana se corriera una juerga ella sola.

—No hemos hecho ninguna fiesta aún —añadió, con esa cara de buena que siempre conseguía resultados.

Sin embargo, aquella vez el mohín no pareció funcionar, ni el contraste de sus ojos claros con su pelo castaño, o ese suspiro que intentaba darle la razón. El hombre le lanzó una mirada que podría congelar el infierno antes de decir:

—Efectivamente, señorita: aún. Usted lo ha dicho.

Eliza se encogió en el asiento, aturullada.

—Oiga, más fiestas hacen en Phi Gamma Delta y no pasa nada —intervino KaDee—. O en cualquiera de las otras fraternidades, estadísticamente está demostrado que se hacen en mayor cantidad y más numerosas. Pero claro, como son deportistas, se les perdona todo, ¿verdad?

La mirada fulminante del rector pasó de Eliza a la morena. KaDee tragó saliva, en un intento de no amilanarse, pero al final también apartó sus ojos marrones de él. Conseguía provocar un fuerte sentimiento de culpabilidad en ellas, y no sabía ni por qué.

—Esos jugadores sacan mejores notas que ustedes —espetó el rector—. ¿Es que no han escuchado nada de lo que les he dicho? En toda la historia de Pi Delta Phi no se han visto tantos suspensos juntos y mucho menos, ¡acabar las últimas en las olimpiadas universitarias!

—Alguien tiene que ser el último, ¿no?

Esa frase salió de la boca de Arizona, que ya estaba harta de tanto grito y tanta tontería. Como bien había dicho Eliza, todo el mundo hacía fiestas, ¿a qué venía aquel alboroto?

Ella acababa de llegar, ni siquiera había abierto la maleta, y se encontraba con eso. Tenía mucho que hacer como para aguantar memeces.

—¿Perdón? —replicó el rector, mientras las otras seis chicas le hacían gestos a Arizona para que se callara.

La chica, en cambio, se recogió el pelo castaño degradado en una coleta mientras contestaba.

—Oiga, tenemos cosas que hacer. Ya nos ha soltado el discurso, vaya a la siguiente casa y siga con lo suyo, que seguro que también está muy ocupado.

—Veo que no comprendéis la magnitud del problema.

El hombre se cruzó de brazos y pasó la mirada por todas ellas, de una en una, hasta llegar a Tuyen Mai. La asiática levantó la mano, con cara de duda.

—No he entendido —dijo, con un susurro.

—¿Qué no ha entendido? —suspiró él.

—No sé si nos está riñendo por las notas, las fiestas que no hemos hecho todavía o por las olimpiadas… Que eran muy difíciles, por cierto. Ni que fuéramos todas científicas.

Emitió una risita, que se cortó al segundo ante la mirada de hielo del rector, destinada ahora a ella.

—Todas las fraternidades y sororidades tienen una reputación de años, conseguida por estudiantes anteriores a ustedes. A su vez, esa reputación se añade a la universidad y no podemos permitir que un eslabón débil perjudique al conjunto global. Podemos pasar las fiestas, si el nivel medio de los miembros es notable, aunque sea bajo; podemos pasar las notas, si no hay fiestas ni escándalos. Incluso el hecho de quedar los últimos en las olimpiadas anuales no es motivo de penalización. ¡Pero sí cuando suceden las tres cosas a la vez! Esto es una advertencia: si no mejoran en todos los niveles, serán expulsadas de la sororidad. Seguro que hay muchas alumnas que desean ocupar esta casa.

Eso era cierto y todas lo sabían: la ubicación de Pi Delta Phi era perfecta en el campus, estaba en la calle principal junto a la universidad, bien llamada University Avenue. ¿Su mayor ventaja? No tenía delante ninguna de las entradas al campus, solo muros, por lo que los vigilantes no estaban encima de continuo. Y no solo eso: a un lado, tenía un campo de baloncesto, así que por ahí tampoco tenían quejas respecto al ruido. Sí tenían una casa al otro lado, donde estaban Phi Gamma Delta, la mayoría jugadores del equipo de fútbol y archienemigos declarados. Se ignoraban mutuamente, aunque ellas se regodeaban en su estupenda casa siempre que podían, ¡hasta tenía chimenea! Que ellos se picaran, como otras fraternidades o sororidades, no era su problema. Aquella casa era como un caramelo en la puerta de un colegio: todos lo querían, pero solo uno lo conseguía, y esas eran ellas.

—Nos esforzaremos más este año, verdad, ¿chicas? —dijo Eliza, afirmando mientras miraba a las demás.

—Y haremos menos fiestas. —Cotton miró a Ohana, que permanecía inmóvil y juraría que dormida. Mejor distraer al rector—. ¿Por qué no se toma un té? —le ofreció, señalando la tetera—. Seguro que se tranquiliza.

Ya llevaba mucho infusionando, a ese paso se estropearían los taninos y no sabría bien.

—No quiero promesas —replicó el hombre—. Quiero resultados. Una buena parte de la financiación de la universidad proviene de donaciones de exalumnos, ¡y os aseguro que los antiguos miembros de esta sororidad están a esto de no enviar sus cheques!

Hizo un gesto con el índice y el pulgar, dejando un espacio tan pequeño que casi había que hacer un esfuerzo para verlo.

—Como no me fío de vosotras, me he adelantado y he completado el hueco que os falta tras la marcha de Lana.

—¡No puede hacer eso! —protestó Arizona—. Es la sororidad quien decide quién entra y quién no, debemos votar a las candidatas y...

—¿Acaso creen que viven en una democracia? —Levantó el dedo índice, como advertencia—. En su caso, ahora están bajo una dictadura y yo soy quien manda. Más les vale acoger bien a su nueva compañera. Ha dejado su instituto con matrícula de honor y participa en concursos de matemáticas a nivel nacional.

—Aun así...

Arizona iba a seguir con sus protestas, pero Piper le dio un codazo. A ese paso, no iba a dar abasto: entre la que le ofrecía té y la que seguro que quería tirárselo a la cara...

—Estaremos encantadas de acogerla —dijo, sin hacer caso del gesto enfurruñado de Arizona—. Seguro que, con su ayuda, mejoraremos nuestras puntuaciones y... ejem, miraremos el calendario de fiestas para rebajar el número.

Seguro que Ohana ya lo tenía medio preparado, que la conocía, aunque tendría que esperar a que despertara para hablar con ella. No sería una idea popular, las caras de las chicas lo decían todo, pero si lo hacían un trimestre, probablemente se rebajaría la presión sobre ellas y todos contentos.

—No intenten nada —avisó él—. Las conozco, así que no crean que pueden engañarme.

Volvió a recorrerlas con la mirada. Excepto Ohana, a quien no veía los ojos, y Arizona, que tenía expresión furibunda, el resto era la viva imagen de la inocencia. Si no las conociera, no las vería capaces de matar una mosca o romper un plato. Y cada una de ellas tenía un expediente que no tenía nada que envidiar a sus vecinos, la fraternidad también estaba en la cuerda floja por sus notas, eso habían oído el año pasado. Pena que no hubieran escuchado nada sobre sí mismas... Tendrían que pensar qué hacían porque ellos, al menos, obtenían buenos resultados deportivos y eso los salvaba.

—¿Cuándo llega? —preguntó Piper.

A ver si les daba tiempo a hablar y preparar algún plan, porque no dudaba que la chica nueva fuera un cerebrito, no así sobre su persona en general. Conociendo al rector, sería una espía en toda regla.

—En unas horas. Espero no tener que volver después de las notas del primer cuatrimestre, o por algún desmadre de fiesta, ¿entendido?

Todas afirmaron, incluso Arizona, tras otro codazo, y Ohana, que parecía hablar en sueños.

El hombre seguía sin fiarse, su expresión seria era bastante evidente. Sacó un papel que llevaba doblado en un bolsillo y lo dejó sobre la mesa.

—El historial de Charlotte, para sus archivos.

Sin esperar respuesta, se dio media vuelta y salió de allí con un portazo que hizo retumbar los cristales.

Ohana se incorporó sobresaltada ante el ruido, y sus gafas cayeron al suelo.

—¿Qué pasa? ¿Un terremoto?

—No hay terremotos en Chicago —suspiró Piper, recogiendo la hoja—. Tómate algo y despéjate, que esto es serio.

Desdobló el papel y, en un segundo, tenía a todas alrededor intentando ver lo mismo que ella.

—Dios mío, no nos pega nada —exclamó Eliza—. Es la típica empollona, ¡hasta tiene gafas de culo de vaso!

—Prejuicios no, por favor —le advirtió Piper—. Las chicas no nos atacamos entre nosotras, ¿recuerdas?

Eliza hizo un mohín.

—Bueno, supongo que podríamos intentar hacerle un cambio de *look* —suspiró.

Miró a Cotton, que afirmó.

—Lo que haga falta para que se adapte —replicó.

—Aunque ese pelo… —Como Piper le lanzó uno de sus codazos, carraspeó—. Tiene arreglo, sí.

—Según esto, es brillante —dijo KaDee—. Me va a quitar el puesto. —Todas se giraron hacia ella—. No me miréis así, yo no tengo la culpa de no saber de matemáticas, ¡son lo peor! Ni de historia, por Dios, ¡es un aburrimiento!

Piper vio cómo todas le daban la razón, incluida ella misma, y se obligó a detener su cabeza, que se movía de forma afirmativa. Debía centrarse, aquello no era una tontería.

—¿Eso que ha dicho es verdad? —preguntó Tuyen Mai.

—¿Puedes ser un poco más específica? —le pidió Arizona, que solo quería ir a deshacer su maleta con tranquilidad y a ese paso no lo lograría nunca.

—Lo de echarnos.

—Supongo —dijo Piper—. ¿Alguien recuerda los estatutos?

«Qué desastre», pensó, mientras todas negaban.

—¿Tenemos de eso? —inquirió Ohana, tras un bostezo.

—Es una amenaza real —confirmó KaDee, que había sacado su móvil—. Según viene en la web de la universidad, en la historia de las fraternidades y sororidades, no solo han echado a estudiantes de alguna de ellas, ¡sino a la propia entidad!

—¿En serio? —Piper dejó la hoja y miró por encima de su hombro para ver lo que leía—. Joder, sí que se lo toman en serio.

Cotton puso cara de pánico, aunque se recompuso con rapidez y se tocó alrededor de los ojos para alisar las posibles arrugas. A su lado, Eliza le dio unas palmaditas para que se tranquilizara.

—Tranquila, lo arreglaremos —dijo, y miró a las demás—. Si nuestras madres se enteran les dará un ataque.

Ambas habían entrado porque ellas eran antiguas hermanas. Aún no sabían nada de aquello porque Cotton estaba segura de que su madre, aunque andaba muy ocupada de desfile en desfile como directora de su propia firma de ropa (y donde ella trabajaría, cuando acabara la carrera de diseño y moda), seguro que hubiera encontrado un momento para hacerle una videollamada y echarle la bronca. La de Eliza, en cambio, no trabajaba en el sentido estricto de la palabra, siempre estaba ocupada en eventos sociales, cenas de beneficencia y cosas así por todo el país. Si lo supiera, habría aprovechado alguna de las fiestas por las que la paseaba para reñirle por ello, y no había sido así. Eliza pretendía seguir sus pasos, por lo que estudiaba organización y dirección de eventos.

Tuyen Mai se abanicó con la mano y cayó al sofá, cubriéndose el rostro con el brazo.

—Esto es un desastre, Dios mío. Creo que me ha dado un vahído.

Piper puso los ojos en blanco. La chica se había pasado el año anterior ensayando desmayos y caídas melodramáticas porque en las clases siempre le decían que no lograba convencer. En su opinión, se debía a que no caía al suelo jamás: buscaba un lugar blando, giraba para no hacerse daño o lo hacía a cámara lenta.

—¿Qué tal? —preguntó Tuyen Mai, asomando un ojo por debajo del codo—. ¿Me ha salido bien?

Piper hizo una mueca y movió la mano abierta.

—Así, así —le dijo.

Todas estaban agitadas, menos Ohana, que parecía haber vuelto a quedarse dormida. Decidió que era hora de poner orden y hacer uso de su cargo como Hermana mayor, de modo que se colocó en el centro y alzó las manos para llamar a la calma.

—¡Que no cunda el pánico! —pidió, en voz alta.

Ohana se sobresaltó de nuevo y, con el movimiento, se le cayeron las gafas.

—Creí que se habían acabado los gritos —murmuró, frotándose los ojos.

—Ya sé que tener a una chica nueva que no conocemos y que no hemos votado es una putada —continuó Piper—, pero si es la solución a nuestro problema, bienvenida sea. Y lo digo en el sentido más estricto de la palabra: no habrá novatadas, ni pruebas, ni nada que la pueda espantar o llamar la atención del rector.

—Dios, qué comienzo de año más coñazo —gruñó Arizona.

—Y seguro que los lerdos de aquí al lado están planeando su primera fiesta —protestó Ohana.

—Sobre eso, ya puedes coger esa agenda que tienes y tachar lo que hayas planificado. Tenemos que mantener un perfil bajo, al menos el primer cuatrimestre. Hermanas, esto es una prueba de fuego y debemos superarla juntas, ¿estáis conmigo?

Extendió una mano y, poco a poco, todas colocaron las suyas encima.

—¡Pi Delta Phi! —exclamaron todas a la vez.

—¿Y cuándo llega ese portento? —preguntó Arizona.

Piper miró la hoja que le había dado el rector, donde había un pósit.

—Hoy a la una… —Miró el reloj—. Quedan un par de horas. ¿La habitación de Lana está lista?

—Estará como la dejó el año pasado —dijo KaDee, y miró a Arizona—. ¿O te la has apropiado?

Esta se encogió de hombros.

—Quería las vistas, una de las ventanas da al jardín.

—Bueno, pues vuelve a la tuya.

—¿Qué? No, ni de coña. No pienso pasar otro año con vistas solo a los memos de al lado, que la ocupe ella.

Se cruzó de brazos con gesto de determinación y Piper decidió que no iba a discutir con ella, tardarían demasiado y, al final, se saldría con la suya. Era eso o aguantarla todo el año de mal humor, cosa que ninguna quería. Sin embargo, KaDee se le adelantó.

—No te has instalado aún, así que te da lo mismo, venga.

Arizona resopló, pero parecía que no tenía ganas de discutir o quizá creía que, de votar, perdería, porque afirmó.

—Pero el año que viene cambio —avisó.

—Sí, sí, claro —le aseguró Piper—. Pues ve a cambiarte. Las demás, comprobad que el resto de la casa está ordenada y yo voy a preparar un bizcocho de bienvenida.

—¿De qué lo vas a hacer? —preguntó Tuyen Mai.

—De chocolate, eso gusta a todo el mundo.

—Yo prefiero la vainilla. —Hizo un mohín.

—Ya, pero el bizcocho no es para ti, sino para ella.

—¿No nos vas a dejar ni probarlo?

Piper se pasó la mano por la cara. Cuando entraba en bucle, no había manera de tener un diálogo normal con la chica.

—Tú vete a hacer lo que he dicho —ordenó—, y el bizcocho ya lo compartiremos.

Todas se dispersaron menos Cotton, que se sirvió un té y se sentó en el sofá.

—¿Qué haces? —le preguntó Piper, atónita.

—Bueno, no iba a dejar que se echara a perder. —Dio un sorbito—. Está justo, un poco más y se estropea.

—Cotton…

—Tranquila, luego le preparo otra taza… aunque quizá de té macha, no quiero gastar mi bote el primer día.

Piper suspiró. Como si no hubiera cosas más importantes, pero Cotton era así: tenía un nivel de preocupaciones diferente al resto. Esta interpretó mal su mueca, y sacudió la cabeza con gesto resignado.

—Está bien, está bien —dijo—. Le preparé de este. Más le vale ser tan buena en matemáticas como pone ahí.

Piper la dejó con su té de marras y fue a la cocina. Aún no habían tenido tiempo de ir de compras, así que tenían lo básico y alguna cosa que había sobrado del curso anterior… A ver si no había nada caducado, solo les faltaba empezar el año con una intoxicación.

Al menos, un bizcocho era fácil y no tardaría mucho. Lo malo era que no tenía huevos… tuvo que buscar una receta sin ellos y, para cuando lo metió al horno, ya no quedaba mucho para que la chica llegara. Mientras se hacía, se paseó por la casa para ver el estado en el que se encontraba. Si la nueva iba a espiar (como sospechaba), mejor si no tenía nada de lo que hablar. Al menos, por no tener, no tenían ni alcohol: el poco que quedaba se lo había ventilado Ohana. Cogió la botella vacía y fue a tirarla al contenedor de reciclaje que había al final de la calle.

Al regresar, vio que había movimiento en la casa de al lado e hizo una mueca.

Era increíble. Ahí solo había testosterona; como decía KaDee, entre todos aquellos jugadores de fútbol no juntaban una neurona. Y, sin embargo, les pasaban todas. Un gran ejemplo del machismo imperante en la universidad, contra el que parecía darse de cabeza una y otra vez. Seguro que ellos ya planeaban su primera fiesta, y ellas, haciendo té y bizcochos. Justo lo que decían aquellos imbéciles cuando se metían con ellas.

«Id a preparar vuestras fiestas de té».

«¿Tenéis manteles de lino egipcio?»

«Cuidado con la porcelana china».

Y que Cotton se emperrara en hacer té de *pichiflús* y *pichiflás* no ayudaba, no.

—¿Huele a quemado o soy yo, que tengo la nariz delicada? —preguntó la susodicha, desde su habitación.

—¡Joder!

Piper corrió al horno y sacó el bizcocho. Estaba más bien oscuro, echaba humo… Lo dejó sobre la mesa y lo examinó con gesto crítico.

—Como bienvenida, no sé yo si se lo tomará muy bien —comentó Arizona, que había entrado tras ella en la cocina.

—Gracias por los ánimos. —Miró el reloj—. No me da tiempo a hacer otro.

—Pues quítale lo quemado y ya está.

Piper la miró como si estuviera loca, pero dado el tiempo del que disponía, decidió que no era tan mala idea. Le dio un par de vueltas, cogió un cuchillo y empezó a rascar lo quemado.

—Madre mía —comentó KaDee, asomándose—. ¿Qué te ha hecho, que quieres asesinarlo?

—Me encanta cómo ayudáis, en serio.

La verdad era que buen aspecto no tenía. Abrió la nevera, encontró un bote de nata montada y decidió echarlo por encima. No sabía si estaba caducada o qué, porque salió más bien disparado y después, cuando lo esparció con un cuchillo, le dio la sensación de que tenía una textura extraña.

Definitivamente, no era su mejor obra.

—¿Eso es normal? —inquirió Tuyen Mai, acercándose.

—Sí, es la nueva moda en tartas.

—Ah, pues guay.

Se fue de nuevo y ella sacudió la cabeza. Dios, dónde tenía el cerebro aquella chica… Estaba con una beca de arte dramático, lo cual tampoco comprendía ninguna, pero tenía sus momentos. Era buena amiga y compañera, aunque tuviera la cabeza llena de pájaros.

Dejó el bizcocho sobre el mueble de entrada y fue al salón, donde las demás se habían reunido en el ventanal que daba a la calle, desde podían ver a la nueva adquisición llegar.

—Parecemos una panda de cotillas —dijo Arizona, apartándose al ver que una mujer que pasaba con un perro las miraba.

—¿Salimos a la calle? —sugirió Cotton—. Es de buena educación esperar en la entrada.

—A este paso nos va a faltar la alfombra roja —resopló Arizona.

Sin embargo, siguió al resto sin protestar. Se quedaron en las escaleras, y vieron que se acercaba uno de los vigilantes del campus sobre una *segway*.

—Buenos días, chicas —saludó, al pasar.

Levantó la mano para saludarlas, lo cual hizo que casi perdiera el control del aparato.

—Hola, Sam, ¡ten cuidado! —le avisó Piper.

El hombre estaba cerca de la jubilación y nadie comprendía cómo le habían puesto en una máquina de esas. El año anterior había estado de baja casi seis meses tras estamparse con un árbol, pero nada, la política de la universidad establecía que los vigilantes debían moverse en eso y punto.

Pasó de largo haciendo alguna que otra curva y entonces, vieron que se acercaba una joven arrastrando una maleta.

—Chicas, sonreíd —susurró Piper, curvando los labios—. Todas felices y contentas, recordad.

—Me va a doler la cara —protestó Arizona, notando que le tiraban las mejillas.

La chica llegó hasta el borde de la acera, miró un papel que llevaba en la mano y después la casa.

—Hola —saludó—. ¿Pi Delta Phi?

—Sí, somos nosotras —respondió Piper—. Y tú Charlotte, ¿verdad? Bienven…

No terminó de hablar ni de bajar las escaleras. Sin que la chica ni nadie lo hubiera visto a tiempo, Sam apareció de pronto con la *segway* totalmente descontrolada. Gritó un aviso, Charlotte se giró… y se la llevó por delante. La maleta salió disparada a un lado, el bolso al otro y ella incluso dio una voltereta en el aire, para caer espatarrada en la acera con la pierna en un ángulo extraño.

Todas las chicas gritaron a la vez y salieron corriendo hacia ella, que gemía de dolor. A pocos metros, Sam hacía lo propio, con la *segway* caída a un lado.

—¡Estoy llamando a una ambulancia! —gritó KaDee, con el móvil en la mano y sin saber a quién acercarse primero.

—Mis riñones, mis riñones —protestaba el hombre.

—¡Mi pierna! —gritaba la chica—. ¡Mi brazo!

Piper se arrodilló a su lado y miraba sin saber qué hacer. Por Dios, ¿por qué ninguna de ellas estudiaba medicina o algo parecido?

—¡Sam parece estar bien! —avisó Eliza—. Solo magullado.

No se podía decir lo mismo Charlotte. Ohana se acercó, miró su pierna, y se fue a vomitar a un arbusto. Piper se apresuró a cubrirla con su chaqueta, lo que asomaba era hueso y no, no era agradable de ver. Y mejor no hablar del brazo, cuyo codo parecía salido del todo.

Por suerte, el campus tenía su propio centro médico y la ambulancia no tardó ni dos minutos en llegar. Uno de los enfermeros fue a ver a Sam, y el otro a la chica.

—Esto tiene mal aspecto —comentó, tras examinarla—. Hay que llevarla al hospital, aquí no podemos atenderla.

—Ay, Dios —suspiró Tuyen Mai.

Se llevó la mano a la frente, miró el suelo y se agachó antes de caer desmayada. Tras observar el proceso, todos la ignoraron.

—Iré con ella —dijo Piper.

—Mandaremos a otro equipo para Sam —dijo el que le había atendido, regresando junto a ellos—. Quedaos con él por si acaso, aunque parece estar bien.

Las chicas afirmaron y Piper se subió a la ambulancia con Charlotte.

—¿Qué ha pasado? —decía ella, confusa—. ¿Ha sido un camión?

—No, no, tranquila, seguro que te curas rápido. —El enfermero negó con la cabeza, y Piper carraspeó—. Ha sido un golpe tonto, el vigilante con la *segway*…

—¿Qué? ¿Me ha atropellado una *segway*? —Gimió de dolor—. Ay, eso es imposible.

—Improbable, más bien —corrigió ella.

Charlotte volvió a gemir y Piper se quedó quieta, porque quería cogerle la mano pero no veía cómo: una era la del codo extraño, que le habían inmovilizado, y la otra la tenía llena de heridas del arrastre por el suelo. Al menos la cabeza parecía en buen estado, así que le dio un par de palmaditas.

—Ea, ea —dijo.

Con aquello se ganó otra mirada de incredulidad del enfermero, así que decidió dejarlo. Además, le habían inyectado algo y Charlotte estaba cerrando los ojos, por lo que daba igual si le daba apoyo o no.

Menudo lío, a ver si era una tontería y en un par de días la enviaban a casa… Mantuvo ese pensamiento un par de horas, pero según pasaba el tiempo y la chica seguía sin salir, comenzó a perder la esperanza.

Por fin, casi a la hora de la cena, salió un médico.

—¿Acompañaba usted a Charlotte Grey? —preguntó.

—Sí, es de mi sororidad. Soy la Hermana mayor.

—Hemos avisado a su familia, no tenemos buenas noticias.

Piper abrió y cerró la boca, atónita. ¿Se había muerto? ¿El primer día? Dios, era como cuando tenía mascotas de pequeña… no había pasado de los peces dorados, se le morían en menos de veinticuatro horas. Era lo único que les faltaba, ¡cargarse a la espía! Pi Delta Phi estaba acabada, seguro que les echaban la culpa, aunque no hubieran tenido nada que ver.

—No hemos sido… —empezó.

—Necesitará varias operaciones en la pierna y en el brazo —continuó el médico, a lo que ella respiró, aliviada—. Después, rehabilitación. Va a perderse todo el curso.

—Menos mal, qué susto —suspiró, llevándose la mano al pecho.

—¿Cómo dice?

—Nada, o sea, ¡qué pena! —Puso cara triste—. Lo siento mucho por ella.

—¿Quiere entrar a verla? Aunque ahora está dormida.

—Gracias, ya vendré… otro día. —Se levantó—. Ejem, sí, dele recuerdos.

Salió disparada de allí a por un taxi. Lo sentía por Charlotte y esperaba que se recuperara, claro, solo que eso no era lo peor: se habían quedado sin cerebrito.

Tenía que regresar a la hermandad y preparar un plan. Si actuaban rápido, quizá podrían adelantarse al rector y evitar que les endilgara alguna de sus protegidas, espías o lo que fueran. Debían conseguir a una hermana nueva cuanto antes.

—¡Tenemos un problema! —anunció, según entró en la casa—. ¡Reunión de emergencia!

Las chicas aparecieron a todo correr en el salón y la miraron, expectantes.

—Sam está bien —le dijo KaDee—. Unos meses de baja y ya.

—Pues Charlotte más —resopló ella—. Va a perderse todo el curso, así que tenemos que llenar su hueco y rápido, antes de que nos metan a otra.

—Pongamos un anuncio —sugirió KaDee.

—Sí, buena idea, pero no en el tablón oficial —dijo Ohana, que estaba más despierta—. Hay que utilizar la red interna. Si no, el rector se enterará.

Piper afirmó. En la universidad había dos redes: la externa que utilizaban los alumnos para todo lo relacionado con estudiar, eventos y fiestas normales, y la «interna», que no estaba unida a ella. Ahí se ponían las cosas que no querían que se supieran: gente que hacía trabajos a cambio de dinero, convocatorias de fiestas que no tenían permisos y mil cosas más que podían llegar a rozar la ilegalidad, como «hierbas especiales» para fumar.

—De acuerdo, ¿qué ponemos? Aparte de que sea un as en matemáticas —dijo Piper.

—Que sea mona —sugirió Eliza—. Tiene que ir acorde con nosotras.

—-No pienso pedir un físico ideal en un anuncio, es machista —negó Piper.

—Que odie a los deportistas —añadió KaDee.

—Que sepa cocinar —dijo Arizona—. No es por nada, pero esa cosa que llamas bizcocho… en fin.

—¿Pedir que sepa combinar la ropa también es machista? —inquirió Eliza.

—Eso da igual, ya le enseño yo en todo caso —dijo Cotton.

—Pondré que tenga buen gusto y ya —dijo Ohana.

—¿Estás escribiendo el anuncio? —le preguntó Piper, al verla manipulando el móvil.

—Claro. He puesto que le gusten las fiestas, aunque no demasiado. Ordenada…

—Ah, ¿eso era un requisito? —dijo Tuyen Mai—. ¡No lo sabía!

—Tranquila, ya no vamos a echarte —le dijo Arizona.

—¿Puedo ver qué estás poniendo? —pidió Piper, alargando la mano.

Ohana negó, sin detenerse.

—Que no se quede tonta mirando abdominales, esto también. No queremos que se líe con ninguno de los tontos de aquí al lado. Buena resistencia al alcohol, lo de las mates y también si sabe de historia, estupendo, que eso fallamos un montón también.

—Es imposible que sea de letras y de ciencias a la vez —dijo KaDee.

—Por pedir… lo de cocina, el buen gusto, y nada, cuatro cosas más. Ya está.

Las miró y Piper decidió que no quería ni ver lo que había puesto. Con tal de que contestara alguien rápido, le valía.

Necesitaban ayuda, y pronto. Ojalá llegara a la casa un ángel salvador.

Capítulo 2

—¿Que has hecho qué?

Piper se frotó la frente, angustiada. Si es que esas no eran formas de comenzar el curso, Arizona tenía toda la razón. Solo había pasado una noche entre el accidente de Charlotte y el anuncio colocado en la red interna, esa mañana habían acudido a sus clases con normalidad… y la bomba caía en cuanto cruzaba la entrada de la sororidad.

Apenas si acababa de cerrar la puerta cuando se encontró a sus compañeras reunidas en el salón, con una Ohana que permanecía de pie con las manos en la cintura.

—Un momento —preguntó Cotton, tras lanzarle una mirada—. ¿Cuándo te has hecho esos mechones de color granate en el pelo? Ayer no lo tenías así.

—Antes de acostarme.

—¿Aún estabas borracha? —se burló Arizona.

—Entiendo que te moleste —Ohana habló en un tono comprensivo absolutamente fingido—. Hasta ahora, tú eras la única que llevaba algo diferente en el pelo. Pero…

Piper le hizo un gesto.

—Dejemos el pelo —cortó—. Y repite lo que acabas de decir.

—Ah, eso. Que ya tenemos compañera nueva —comentó—. Se instalará más tarde.

Hubo un rumor de exclamaciones entre todas, que la miraron indignadas. Aquella no era la manera habitual de proceder: por norma, se proponían candidatas, se examinaban sus fotos e historiales, y se procedía a hacer una votación.

—No es así como hacemos las cosas, Ohana —reprendió Piper—. ¿Por qué la has aceptado sin comentarnos nada? Sabes que hay que votar.

—Básicamente, porque no había otras candidatas.

Otro rumor, esa vez de angustia. ¡No, imposible! Pi Delta Phi siempre había sido una de las sororidades más deseadas, recibían montones de solicitudes cada año. Que, por supuesto no aceptaban, porque solo podían ocupar la casa ocho personas. Y dado que casi todas estaban en el mismo curso, a excepción de Cotton, que ya hacía tercero, las probabilidades de tener un nuevo miembro eran poco probables. Con la marcha de Lana, una plaza había quedado disponible, y las chicas se frotaban las manos ante la idea de organizar visitas para escoger una candidata acorde… hasta la visita del rector y la imposición del cerebrito.

Lo que las obligaba a buscar un perfil que, hasta ese momento, jamás se habían planteado.

Fuera como fuera, que no tuvieran más candidatas era un dato terrible, humillante e inesperado, porque podía ser mala suerte, o que la mala fama empezara a asolar a la sororidad. Y si se trataba de eso, en fin, Piper no quería ni pensarlo.

—No es posible —dijo Eliza, contrariada—. ¡Somos muy populares!

—Cálmate —dijo Arizona, con los ojos en blanco—. No es por falta de popularidad, es que a estas alturas casi todas las aspirantes tienen sororidad. Vamos tarde este año.

Piper notó cierto alivio al darse cuenta de que Arizona llevaba razón. Claro, el curso acababa de comenzar, lo raro sería que las estudiantes que aspiraban a pertenecer a una casa no la tuvieran ya. Y, de ser así, estarían cómodamente instaladas en las residencias adyacentes.

Menos mal que alguna de ellas vivía en el mundo real, y no solo entre aquellas paredes de color pastel donde se bebía el té más caro que existía. Arizona era borde, pero también única para aportar sensatez al grupo.

—Tienes razón —dijo, ya más calmada, y de nuevo se giró hacia Ohana—. Bueno, de todas formas, aunque solo fuera una candidata, deberías haber consultado. Esa decisión no te correspondía solo a ti.

—Tú dijiste que había prisa, que era urgente —refunfuñó Ohana. Se quedó callada unos segundos, y entonces carraspeó—. Y vale, admito que estaba medio dormida cuando le di a aceptar.

Todas hicieron diversas muecas, aquello era tan típico de Ohana… Dios, ¿cómo le habían permitido redactar el anuncio, dejando así en sus manos la opción de responder?

—Déjame ver. —KaDee le quitó el móvil antes de que pudiera reaccionar—. Vale, a ver qué tenemos aquí. Se llama Cameron…

—Oh, como Cameron Diaz —intervino Tuyen Mai, con una sonrisa—. ¿Creéis que se parecerá a ella?

Nadie le prestó la menor atención, más centradas en lo que leía KaDee.

—El nombre es muy largo —comentó Cotton—. Podríamos llamarla Cam. O Cammi.

—¿Qué más? —preguntó Piper, para desviar ese tipo de charla que no llevaba a ninguna parte.

—Vaya, pues sí que es un portento. —KaDee arqueó una de sus espesas y oscuras cejas—. Un as en matemáticas, y con as me refiero a matrícula de honor. Pero también domina otras asignaturas, tiene sobresalientes en casi todas. Está en el club de matemáticas, es voluntaria en un refugio de animales, y…

—¿Ayuda a los viejecitos a cruzar la calle? —preguntó Arizona, escéptica—. ¿No será una broma de alguien que pretende tomarnos el pelo?

—Y entre sus pasatiempos se encuentra la lectura, la música, la repostería y, cito textualmente, «los programas de decoración de televisión por cable».

Apartó el móvil y dejó un par de minutos para que procesaran la información.

—Seguro que hay algún fallo —dijo Eliza—. ¿Hay foto?

—No.

—Pues ahí está el fallo.

—Venga, no seas así, mucha gente no incluye foto en las solicitudes para no ser juzgadas por su físico —la regañó Piper—. Cosa que me parece muy bien, por cierto. Todos tenemos derecho a una oportunidad sin ser valorados por nuestro aspecto.

—Dijo la rubia delgada de ojos azules. —Arizona le guiñó un ojo.

Si no fuera porque eran amigas, Piper le habría lanzado un cojín a la cabeza. Cómo le gustaba picarla… pero sabía que no lo hacía con maldad, al igual que KaDee. Allí todas tenían buena relación, eran hermanas. Y, como hermanas, también se chinchaban más de lo deseable.

Piper se llevaba bien en general con todas las chicas, pero tenía más relación con KaDee y Arizona. Las preocupaciones de Eliza giraban en torno a la popularidad y la belleza, dos temas que ocupaban buena parte de su tiempo. Cotton solo se interesaba por la ropa y por gente de su mismo nivel social, así que, fuera de Pi Delta Phi, apenas si la veía.

Con Ohana era complicado coincidir: cuando al fin, tras clases, relaciones sociales y obligaciones, se reunían para cenar, la muchacha estaba perdida en alguna fiesta en cualquier otra fraternidad. Se las conocía todas, y también sus calendarios de celebración, y no se perdía ni una. Y los domingos, si organizaban un desayuno especial, Ohana ni se movía de la cama hasta la hora de comer.

Respecto a Tuyen Mai, resultaba frustrante intentar mantener una conversación con ella, siempre se desviaba del tema y respondía con frases que no tenían mucho sentido. Era una chica adorable y dulce, pero su cerebro tenía limitaciones.

KaDee y Arizona, en cambio, no tenían nada que ver. La primera odiaba el sistema patriarcal del mismo modo que ella, y la segunda… la segunda odiaba a todo el mundo en general. Así que no resultaba raro que hubieran terminado por cultivar una amistad que iba más allá de la convivencia en la sororidad.

—Eso no importa. —Piper lanzó una mirada de reproche a su amiga—. Además, os recuerdo que tenemos que centrarnos en su expediente académico, sea como sea su cara. Nos jugamos el seguir aquí, ¡espabilad!

Tras un breve silencio en el que las chicas permanecían pensativas, Eliza suspiró.

—Bien —aceptó—. Supongo que no pasa nada por tener a una chica fea.

—Si lo piensas bien, quizá hasta nos ayude. —Cotton la miró—. Quiero decir, así dará la impresión de que no discriminamos a nadie por su aspecto.

—Cosa que no hacemos —se metió Piper.

—No, claro que no —asintió la rubia con rapidez—. Pero mejor si solo tenemos una, que tampoco es plan de estropear la proporción.

KaDee soltó una risita y le devolvió el teléfono a Ohana, que se encogió de hombros.

—Chicas, no tenía foto ni había más candidatas —explicó—. Sé que debería haberlo puesto en común, pero me había bebido unas cervezas y me dejé el archivo abierto, así que esta mañana, al coger el teléfono, le di sin querer a aceptar. Lo siento, ya no hay vuelta atrás, esa tal Cameron se muda luego.

—Al menos, el cuarto está listo —dijo Tuyen Mai—. Un trabajo menos, ¿le vas a preparar otro bizcocho?

Piper la observó unos segundos. Seguro que ese tema era lo que más preocupaba a Tuyen Mai en aquel instante: la posibilidad de que volviera a quedarse sin bizcocho por segunda vez.

—Vale, haré otro —dijo—. Pero pasaré antes por el supermercado, que hay que hacer la compra. No sé si os habéis fijado: nevera y armarios están vacíos.

—Yo tengo pilates —Eliza se apresuró a incorporarse—. Lo siento.

Desapareció escaleras arriba, tan deprisa que apenas la vieron. Cotton carraspeó de forma incómoda y también se levantó.

—Perdona, Piper, quedé en pasarme por la boutique de Mara. Quiere ver mis diseños y hablar del futuro.

No esperó respuesta y corrió tras los pasos de Eliza escaleras arriba. Tampoco era la primera vez que Piper presenciaba aquel numerito, las tareas de la casa no gustaban en general y todas intentaban escaquearse, unas con más acierto que otras.

Con el tema de la limpieza tenían un calendario y se apañaban más o menos, pero el tema de la cocina era harina de otro costal. No se le daba bien a casi ninguna, la única que sabía hacer espaguetis sin quemarlo todo era Piper y, debido a eso, cualquier tema relacionado con la cocina solía recaer en ella. Por suerte, entre semana todas comían en el comedor del campus, porque con las exigencias que había allí, Piper no estaba para ser la cocinera de nadie.

—Yo no puedo con mi vida. —Ohana se estiró en el sofá y se tapó con la manta rosa de peluche de Cotton—. Anoche dormí unas tres horas, y solo he podido cabecear en clase de dibujo.

Cuando no andaba de juerga o dormida debido a una, Ohana se dedicaba a la pintura, y tenía mucho talento. El problema residía en su falta de compromiso: Ohana creía a ciegas en la idea de que los años universitarios estaban para experimentar y divertirse, y lo tomaba al pie de la letra. Sus continuos retrasos, faltas de asistencia, trabajos no entregados y poca seriedad ya le habían traído problemas el año anterior y, de seguir por ese camino, quizá no estuviera el siguiente. Piper, en su papel de Hermana mayor, había intentado hablar con ella en múltiples ocasiones, aunque con poco éxito. Ohana le daba la razón y prometía mejorar su actitud, pero se quedaba en agua de borrajas.

—A mí es que no me apetece —dijo Tuyen Mai, mirándola con los ojos abiertos.

Dios, cuando la miraba así, sin parpadear… de hecho, el primer año, Arizona la había bautizado como «el pequeño búho», y aunque Piper estaba en contra de poner motes, no podía negar que le iba que ni pintado. Tuyen Mai podía ganar un duelo de parpadeo sin tener que concentrarse, si quería.

—Yo te acompaño —intervino KaDee, levantándose del sofá.

—¿Vamos las tres y nos pasamos por el WaFFle CoFFee? —propuso Arizona—. Necesito un café gigante y un donut. O dos.

—Estupendo —aceptó Piper—. Pues compra semanal y WaFFle CoFFee. En la entrada en quince minutos máximo.

Se dispersaron para ir a sus cuartos. Piper no necesitaba cambiarse, ya que acababa de llegar, así que se limitó a comprobar que no estaba despeinada. Los ratos que pasaba de charla con sus amigas en la cafetería le encantaban, porque como Hermana mayor, Piper se veía obligada a hacer más vida social de la que el cuerpo le pedía, pero en muchas ocasiones no la sentía real.

Cuando estrechaba manos de antiguas exalumnas, su sonrisa era de mentira. Por dentro, pensaba que no tenía demasiado en común con ellas, y estaba convencida de que, si alguna conociera sus ideales, se espantaría. Así que sonreía, contestaba banalidades, ofrecía canapés y vino blanco, y ponía cara de orgullo cuando esas mujeres enjoyadas alababan la decoración de la casa.

Ese trabajo lo haría mucho mejor Cotton, no tenía dudas, pero así eran las cosas.

Cerró la puerta de su cuarto y bajó las escaleras, dispuesta a preparar una lista de lo que necesitaban mientras sus amigas se preparaban. Sacó el móvil para acceder a una aplicación que le permitía escoger los productos, lo que no le supuso el menor esfuerzo ya que no tenían de nada.

—Nada de alcohol —dijo Arizona, entrando en la cocina.

Iba vestida con vaqueros, botas negras y una cazadora del mismo color, el típico estilo que sacaba de quicio a Cotton. La ropa de Arizona había creado controversia desde el principio, sobre todo, porque cuando había acudido a solicitar plaza, no se había presentado de esa guisa, sino vestida en tonos pastel acordes a la sororidad. Arizona era esbelta y tenía una cara bonita, con ojos azules y el cabello rubio largo, un aspecto perfecto para pertenecer a Pi Delta Phi, de modo que la aceptaron con los brazos abiertos.

El problema fue que, días después, su cabello rubio se volvió castaño y degradado. Y su ropa en tonos claros desapareció para ser sustituida por un vestuario que horrorizó tanto a Cotton como a Eliza. A Ohana le daba lo mismo, ya que en eso coincidían, y Tuyen Mai también patinaba en sus estilismos de cuando en cuando, así que la cosa quedó ahí.

Eso no significaba que Cotton no arrugara la nariz cuando la veía vestida en plan roquero, y siempre le decía que era una lástima que desperdiciara su físico de aquel modo. Para ella, la clase y el gusto iban de la mano de las faldas y los tacones, punto. Y como estudiaba diseño, pensaba que su opinión era la que valía.

A Piper no le preocupaba la ropa, pero sí quería saber el motivo de que Arizona quisiera pertenecer a una sororidad con la que no se identificada al cien por cien. Y cuando se lo preguntó, esta le contestó que la casa era bonita, estaba junto a la universidad y en la calle principal. No eran motivos suficientes para ser una Pi Delta Phi, pero ya no tenía remedio. Con el tiempo terminó por integrarse y a nadie se le pasó por la imaginación proponer su expulsión, así que Arizona, con sus tachuelas y su carácter borde, se quedó.

KaDee tampoco respondía del todo al perfil de la sororidad. Era una chica mona, de grandes ojos castaños y nariz respingona, que acostumbraba a vestir con vaqueros, deportivas y sudaderas. Solía recogerse el pelo para que no le molestara y no se maquillaba muy a menudo, pero su aspecto agradable encajaba en la sororidad y, si había que arreglarse para alguna fiesta, lo hacía sin protestar. Estudiaba filosofía, de modo que se le daba bien aturdir a la gente con alguna perorata que no entendían, y así se libraba de las cosas que no le gustaban.

—¿Nada de nada? —KaDee entró tras Arizona.

—Lo digo por Ohana —comentó esta—. ¿Solo yo veo que bebe demasiado? Por Dios, que se tragó media botella de vodka del año pasado la primera tarde.

—Sí, eso es verdad —admitió KaDee, con un suspiro.

—El año pasado, los profesores le llamaron la atención varias veces. Al final la van a expulsar…

—¿Y crees que dejará la fiesta si aquí no hay alcohol? —preguntó Piper.

—Yo qué sé, puede que no. Pero habrá días que le dará pereza tener que irse al bar, o a buscar alguna fiesta, ¿no? Pensad en cuanto se ponga a nevar.

Sí, Arizona tenía razón. En Chicago nevaba muchísimo, tanto que a veces hasta bajar las escaleras era una odisea. En mil ocasiones habían desechado acudir a una fiesta solo por no tener que caminar bajo la nieve de noche.

—Se cabreará —comentó Piper—. Pero tienes razón. Obviaremos el alcohol, lo mejor será ponérselo difícil.

—Venga, vamos. Necesito café.

Las tres salieron a la calle, bajaron las tres escaleras de piedra y entraron en el coche de Piper, una de las pocas que poseía vehículo. Cotton también había llevado el suyo, pero lo guardaba en el garaje privado de a saber quién porque se negaba a dejarlo en la calle, donde podía sufrir todo tipo de daños.

Por el momento, el de Piper se había salvado: lo único que le caía eran rollos de papel higiénico, espuma de afeitar y serpentina, todo ellos durante las fiestas de la fraternidad vecina. Los puñeteros Phi Gamma Delta, la mayoría de encefalograma plano, y eso que apenas si habían intercambiado cuatro palabras con ellos. Lo que daba igual: por los gritos que escuchaban desde su casa, ninguno era Stephen Hawking.

Piper arrancó, miró a ambos lados antes de salir a la carretera… y, de repente, un coche rojo pasó a su lado a la velocidad del rayo, haciendo que la joven frenara de golpe.

—¡Joder! —exclamó Arizona, que iba en el asiento de atrás.

KaDee se frotó la cabeza y miró hacia fuera: el coche había aparcado un par de huecos más adelante, y de él se bajaban cuatro de sus maravillosos vecinos.

—Serán gilipollas —murmuró, con un resoplido.

—Menuda panda de... —empezó Piper, y entonces escuchó un portazo.

Miró hacia atrás y descubrió que Arizona acababa de bajarse, así que se apresuró a hacer lo mismo antes de que su amiga se liara a tortas. Que sabía de lo que era capaz, la había visto arrear un par de bofetadas a algún tío que la estaba molestando en más de una ocasión.

Los Phi Gamma Delta se distinguían por su complexión física y por las chaquetas universitarias granates, que todos llevaban sin excepción. No en vano eran el orgullo de la Universidad de Chicago, quien pasaba por alto sus calificaciones mientras ganaran los partidos de fútbol americano. Algo que, a ojos de Piper, era terriblemente injusto con el resto de los estudiantes que no poseían esas habilidades físicas y debían esforzarse el doble, además de tener un tufo machista que no soportaba. Quizá aquel era el mayor motivo que tenía para no haberse molestado nunca en charlar con ninguno: le parecían una panda de neandertales con una popularidad desmedida que no merecían. Y que se aprovecharan de ello los colocaba a la altura del betún, ya que estaba.

—¡Eh, panda de imbéciles! ¿Es que no os da la neurona para mirar si alguien sale?

Un par soltaron sendas risitas, pero uno los hizo callar con un gesto. De pelo rubio, ojos claros y nariz afilada, estaba claro que era el líder. Dio un par de pasos hasta ellas y se inclinó.

—¿Os he rozado al pasar, señoritas? Mis disculpas —dijo en tono burlón.

El cuarto miembro del grupo, Finn, el único chico negro de la fraternidad, observaba la escena de brazos cruzados con una expresión poco clara. KaDee se reunió con sus dos amigas para ofrecer apoyo y les lanzó una mirada de desprecio.

—Vete a la mierda —soltó Arizona—. ¡Nos has visto de sobra!

—Yo nunca haría algo así —dijo él, con expresión compungida.

—No creas que puedes intimidarnos —dijo Piper, que sentía ganas de darle una bofetada—. Además, no se puede circular por esta zona a esa velocidad, podrías atropellar a alguien.

—¡Parece mi madre! —exclamó uno de los otros, entre risas.

—Pero mucho más guapa —siguió el otro—. ¿No queréis entrar a tomar algo, chicas? Somos vecinos y apenas nos conocemos.

Las tres los miraron con la misma expresión.

—De nuevo, os pido perdón. Si necesitáis algo, soy Tiger y estoy a vuestra disposición.

—¿Ese mote te lo has puesto tú, fantasma? —dijo Arizona—. Venga, vámonos.

—Cualquier cosa. —Tiger le dedicó una mirada apreciativa a Piper—. Sal, azúcar, una cerveza… sexo oral…

—Buaghh —soltó KaDee, y retrocedió a toda prisa detrás de Arizona—. ¡Qué puto asco dais!

—En serio, se me da bien. ¿Ves mi lengua?

Piper negó con la cabeza.

—Claro, veo que no sabes mantener una conversación con una chica sin hacer alusiones sexuales, cómo no.

—¿Ahora ofrecer placer a una chica guapa también es delito? De verdad, no sé dónde vamos a llegar, ¡ya no se os puede decir nada!

—Se puede hablar sin que saques la lengua y me cuentes lo que sabes hacer con ella, ¿no?

De pronto, Finn apareció junto a Tiger y lo agarró del brazo. Como la cosa siguiera por ahí, ya veía al chico con una denuncia por acoso sexual, que Piper era famosa en la universidad por sus discursos feministas y su disposición a pelear, aunque fuera de manera dialéctica.

—Anda, vámonos —dijo, y miró a la rubia—. Perdonad, tendremos más cuidado.

Arrastró a Tiger mientras este no dejaba de murmurar frases como «las chicas son demasiado sensibles» o «ni sexo oral quieren».

Piper hizo lo propio con Arizona, que parecía querer seguir con la guerra, y la llevó de regreso al coche.

—Este Tiger da un repelús que no veas —comentó KaDee, abrochándose el cinturón.

—A ver si se lesiona y lo echan de una vez —refunfuñó Arizona—. O que le pillen en algún control antidrogas.

—O dopándose —aportó la morena.

—Con su suerte le cogerá un gran equipo —gruñó Piper, sacando el coche por fin.

—Por soñar… con que se vaya me valdría —dijo Arizona.

—Ese sería de los que se gastan su primer millón en un mes —dijo KaDee—. ¿Sabíais que el setenta y ocho por ciento de los jugadores de la NFL se arruinan en menos de cinco años tras retirarse?

—No, lo que no entiendo es cómo puedes saber todas esas tonterías y luego cuando son las olimpiadas, ¡no aciertas en nada! —exclamó Piper.

—Jolín. —KaDee hizo una mueca y se hundió en el asiento—. Eso ha sido un golpe bajo, yo no tengo la culpa de que mi cerebro retenga lo que le da la gana.

—Bueno, ya va a estar la cerebrito para eso, ¿no? —dijo Arizona—. Así que no grites a la pobre chica, que no tiene la culpa de nada.

«Le dijo la sartén al cazo», pensó Piper. Como si Arizona fuera una balsa de agua, que en las olimpiadas le habían dado varios avisos por gritar, protestar o amedrentar a los equipos contrarios.

—Espero que no la asaltes en cuanto llegue —replicó—. No queremos espantarla.

—De verdad, qué poca confianza…

—Esperemos que sea tan buena como dice su presentación —suspiró KaDee.

Piper afirmó, aunque las pruebas estaban en la solicitud. Había presentado copias de las notas, titulaciones… De eso no tenía duda. De que encajara con ellas, ya era otro tema.

Llegaron al centro en quince minutos, por suerte a esa hora no había tráfico, y Piper pudo dejar el coche en un aparcamiento público cerca del supermercado y del WaFFle CoFFee, donde fueron en primer lugar. Todo el mundo sabía que era mejor ir a comprar comida con el estómago lleno, y, de todas formas, Arizona giró hacia allí en cuanto salió del coche: no bromeaba cuando había dicho que necesitaba un café gigante y un donut… que acabaron siendo dos.

Después fueran al supermercado, donde Piper intentó ceñirse a la lista, aunque, como siempre, aparecieron en el carro algunas cosas que no deberían. Cogió una tarrina de helado de chocolate que se había colado como por arte de magia y miró a sus amigas.

—El helado para emergencias no es un capricho —dijo KaDee.

—Esas calorías no cuentan —añadió Arizona—. Y no me digas que coja del *light* que está asqueroso. Eso ni consuela ni nada.

Piper lo volvió a colocar en el carro y dejó pasar las bolsas de aperitivos: para esas también habría excusas. Pagó en la caja con el bote común y regresaron al coche. Cuando estaban de nuevo en su calle, bajó la velocidad más de lo necesario por si volvían a tener un encontronazo con los innombrables, con su suerte lo mismo salían a la vez que ellas aparcaban.

Por suerte, no ocurrió tal cosa y pudieron aparcar sin incidentes frente a la casa. Metieron las bolsas entre las tres y, a la hora de guardarlo todo, ninguna de las otras hermanas apareció, lo cual no era ninguna sorpresa.

Sí que se escuchó una puerta cuando abrieron una bolsa de patatas fritas y Ohana apareció en la cocina un minuto después, seguida de Tuyen Mai.

—Sois como hienas —dijo Arizona, alejando el paquete de ellas—. Aparecéis al olor.

—¡Hola, chicas, ya estoy de vuelta! —anunció Eliza—. Puf, qué paliza nos han pegado hoy. ¿Habéis comprado patatas?

Arizona sujetó la bolsa contra sí al ver aparecer a Cotton.

—¡Esto parece una broma! —protestó.

—-¿No puedes compartir? —pidió Eliza—. Necesito recuperar energías.

—En serio, qué pesadas, que esto es para dar la bienvenida a la nueva.

—¡Ni tocarlo, leñe! —advirtió Piper.

—Huy, ¿cuándo llega? —preguntó Eliza.

—En media hora, se supone.

—Voy a ducharme, no quiero dar una primera impresión así.

Que era vestida con ropa de deporte y coleta, de la cual no se le había salido ni un pelo, aunque no importaba: había que dar buena imagen. Se fue con rapidez a su habitación mientras las demás se ocupaban de preparar la bienvenida en el salón, con un par de boles de picoteo y una botella de limonada para acompañar.

—¿No hay vino? —preguntó Ohana.

—Se nos ha olvidado comprar, ejem —carraspeó Piper.

Colocó los cojines bien, movió un sillón y, cuando Eliza bajaba las escaleras ya cambiada, llamaron al timbre.

—Comportaos —pidió Piper.

Cogió aire, sonrió y abrió la puerta. Frunció el ceño mientras escuchaba exclamaciones de decepción tras ella.

En la entrada había un chico de pelo corto, peinado hacia atrás; gafas redondas, camisa, chaleco y pantalones de pinzas, con cara de despistado y el móvil en la mano.

—Te has equivocado de sitio —dijo, y cerró.

—Pero…

Piper miró el reloj. Vaya, la chica se retrasaba… El timbre sonó de nuevo y abrió, con la sonrisa congelada porque el chico seguía ahí.

—A ver —repitió—, te has equivocado.

—Pero si no sabes dónde voy.

—Esto es una sororidad y la de al lado es de musculitos —informó Arizona, mirándolo de arriba abajo—. Así que obviamente, no estás en el lugar correcto.

—Pues esta es la dirección.

Le mostró la pantalla de su móvil. Piper se acercó, la miró… y se giró hacia Ohana.

—¿Qué demonios es esto?

La chica se adelantó, miró el móvil y parpadeó.

—Pero… no puede ser, es nuestro anuncio.

—Y la confirmación —aportó el chico—. ¿Esto no es Pi Delta Delta?

—No —replicó KaDee, sacudiendo la cabeza—. Esto es Pi Delta Phi.

—Oh.

—Eso, ¡oh! —exclamó Piper—. Joder, ¡no puedes estar aquí! ¿Cómo has pasado el filtro de la universidad?

—No sé, yo solo envié los papeles como a vosotras y vuestra confirmación. Así que me enviaron la confirmación para alojarme aquí.

—Esto no puede ser —dijo Arizona—. Hay que llamar a admisiones y protestar.

—¿Se habrán liado por su nombre? —aventuró Cotton—. Como es para ambos… es como el mío, a veces la gente se lía.

—¿Y si llamamos y decimos lo que ha pasado? —dijo Eliza—. Hay que darse prisa, eso sí, que tenemos que cubrir el hueco.

—Pero yo necesito un sitio para dormir —intentó protestar el chico—. ¿No podríamos llamar mañana? Estoy cansado, y…

—Que no, que no, hay que llamar ya.

Piper cogió su móvil y marcó. El pobre joven se quedó en la puerta, con gesto confuso, y KaDee le hizo un gesto para que pasara. Le daba pena, con esa cara de empollón perdido que tenía.

—Soy la Hermana mayor de Pi Delta Phi —dijo Piper, alejándose para poder hablar sin que la molestaran—. Acaba de llegar Cameron Jones para alojarse con nosotras.

—Sí, eso es. Llegó vuestra solicitud de admisión y la suya.

—Es que hay un problema.

—¿Cuál? Todo el papeleo está en regla.

—Es que es un chico.

Se hizo el silencio durante unos segundos.

—¿Estás segura? —le preguntaron, al fin.

Piper se quedó pasmada. Con cuidado, se asomó y lo recorrió con la vista. Eso parecía… y tampoco era como para pedirle que se bajara los pantalones, ¿no?

—Eso parece —dijo.

—Digo porque puede ser de género fluido y por eso ha querido entrar en vuestra sororidad.

—Ah… no, creo que se equivocó con Pi Delta Delta.

—Bueno, pues ahí no tienen sitio.

—Ya, pero ¿qué hacemos? Necesitamos una chica más para las olim… para completar la casa.

—No hay más solicitudes, que sepamos.

—Eso ya lo sé. —Ahí, hurgando en la herida—. Pero es que… No queremos tener problemas, que nos descalifiquen por ejemplo de las olimpiadas universitarias. El rector está muy interesado en que participemos.

—Ya, pero mira, si lo anulo, él o ella o elle se queda en la calle. Vosotras sin compañero, compañera o compañere. Y los grupos mixtos están permitidos en las olimpiadas, ¿seguro que os queréis quedar con una habitación vacía?

Piper había visto sororidades y hermandades participar juntas, cuando eran del mismo tipo: las de filosofía, latinas, o griegas, por ejemplo. Pero no una sororidad única como la suya juntándose con una hermandad cualquiera, ni que hubiera una casa con ambos sexos. Quizá era que la secretaria no quería meterse en follones, que la conocía y no era amiga de papeleos precisamente.

—¿Seguro que puede participar con nosotras?

—¿Quieres que te pase con el rector? Aunque está liado con la preparación del primer partido de fútbol.

Piper consideró aquello. Si el rector se cabreaba porque le molestaban, seguro que pondría pegas y echaba al cerebrito, que al menos cumplía todos los requisitos. ¿Y si les buscaba otra y tenía un accidente? ¿O tardaba un mes y perdían las primeras pruebas?

Joder, qué lío.

—No, creo que mejor lo dejamos así —suspiró.

—Genial. Pues pasadlo bien con él, ella o elle.

Piper dejó el móvil y fue al salón, donde Cameron estaba sentado en el sofá con Tuyen Mai a un lado y Eliza al otro, un poco hundido ahí en el medio y con cara de cachorrito perdido. Parecía mono, aunque esa ropa, pelo y gafas no le hacían ningún favor.

—¿No me suenas de algo? —preguntó Arizona, que lo miraba con los ojos entrecerrados.

—No, me han trasladado de UCLA —dijo.

—Sí, eso ponía en su solicitud —corroboró Ohana—. Menuda diferencia vas a notar, con el frío que hace aquí en invierno.

—¿Qué te han dicho? —preguntó KaDee, mirando a Piper.

—Es mucho lío cambiarlo y por lo visto es legal que participe con nosotras. Así que… parece que lo mejor es que se quede. O eso, o nos arriesgamos a no cubrir el hueco.

Las chicas se miraron entre ellas y casi a la vez, levantaron la mano.

—Que se quede —dijo Eliza—. Porque quieres quedarte, ¿no?

—-Somos mejores que los Pi Delta Delta —dijo Ohana, con una risita.

—Sí, pero yo… o sea, no quiero molestar —replicó él—. Siento mucho el error.

—No pasa nada. —Piper suspiró—. Mientras cumplas las normas, no hay problema.

—¿Cuáles son?

—Nada de deportistas en tu habitación —dijo KaDee—. Aunque sea para estudiar, quedas en la biblioteca si eso.

—No voy a traer chicos, tranquilas.

Sonrió a medias por primera vez, y Arizona se acercó para mirarlo más de cerca.

—No le atosigues —le dijo Piper, alejándola—. No se fuma.

—Vale, no hay problema.

—Y beber poco, por lo que parece —gruñó Ohana—. Este año hay que comportarse.

—Yo solo quiero estudiar y sacar la carrera.

—Y ganar las olimpiadas universitarias —añadió Tuyen Mai.

—¿Las qué?

Piper le dio un golpecito disimulado mientras se acercaba. Ya le contarían ese tema más adelante, no fuera a espantarse por eso.

—Nada, ya te explicaremos —comentó—. Vamos, te enseñaré tu habitación.

—Gracias por aceptarme, chicas —dijo él, al levantarse—. No os molestaré, os lo prometo.

Cogió su maleta y la arrastró siguiendo a Piper escaleras arriba.

—De verdad, siento la confusión —se disculpó.

—Tranquilo, no ha sido solo culpa tuya. —Abrió la puerta y le señaló el interior con la cabeza—. Toda tuya. Tienes en la puerta los turnos de limpieza y… bueno, si sabes cocinar, ya organizaremos para que te encargues algún día.

—Vale, sin problema.

Le sonrió y Piper hizo lo propio. Parecía majo, quizá aquello no saliera mal del todo, pensó mientras cerraba la puerta tras ella.

Ya solo, Cameron probó la cama sentándose sobre ella. Se quitó el chaleco con un gesto de desagrado, dejó las gafas sobre la mesilla y apartó la cortina para mirar hacia el edificio contiguo, donde distinguía alguna figura masculina detrás de una ventana. Cogió su móvil, sonrió mientras se removía el pelo engominado y envió un mensaje.

Cameron: «Estoy dentro».

Capítulo 3

—¡Está dentro! —comunicó Tiger, al mismo tiempo que giraba la pantalla de su portátil para que los demás pudieran comprobarlo.

Un segundo después, los chicos de la fraternidad lo rodearon.

—No me puedo creer que una treta tan absurda haya funcionado —comentó Finn, que estaba apoyado contra el marco de la puerta del salón y sostenía una manzana a punto de morder.

En el sofá, Jayden dejó la revista que tenía entre manos y alzó una ceja.

—Y yo no me puedo creer que no hayan sido capaces de reconocer a Cameron. Llevamos dos años viviendo justo enfrente de ellas, no me jodas.

—Para que veas qué poca atención nos prestan —intervino Toby, con cara de ofendido.

—Cosa que nunca he comprendido —apoyó John—. ¡Somos jugadores de fútbol! Bueno, menos tú, Jayden, pero el resto sí. O sea, las chicas suelen recordarnos.

Jayden hizo un ruidito escéptico y cruzó una mirada con Finn, el único miembro de la fraternidad cuyo cerebro no parecía estar desconectado de forma permanente. Finn contuvo una sonrisa y pegó un mordisco a la manzana.

—A ver, que solo le habéis aplastado el pelo y puesto una ropa ridícula. ¡No es como si le hubiera cambiado la cara!

—Por eso decía que es increíble que funcionara…

—Somos la élite de la universidad —siguió John, como si ellos dos no hubieran hablado—. Hasta el rector nos adora… en cambio, esas chicas nos detestan.

—¿Y qué esperabas? —preguntó Tiger—. ¿No ves que la cabecilla es una feminista?

—Hay una que está todo el día de juerga y esa parece simpática —concedió Alex.

—Si están borrachas no cuenta —comentó Finn, y recibió varias miradas críticas.

Todavía apoyado, el chico observaba al resto de sus compañeros. Segundo año de universidad, y aún recordaba el anterior, cuando todo le parecía emocionante y el no va más. Recién salido del instituto, donde había sido la estrella juvenil del equipo de fútbol americano, llegó a la Universidad de Chicago con la idea de comerse el mundo. Acostumbrado a ser adorado por alumnos y profesores, jamás se había visto en la necesidad de preocuparse por sus logros académicos, al menos no mientras ganara los partidos. Era una estrella prometedora.

Para Finn, unirse a los Phi Gamma Delta fue algo natural, además de ser el lugar donde mejor encajaba: entre jugadores del equipo universitario.

Recibió su chaqueta deportiva granate con orgullo y ocupó su habitación con la cabeza repleta de sueños y esperanzas. Acudía a todas las fiestas a las que iban sus hermanos, disfrutaba de la atención de las chicas, de la admiración del resto de los estudiantes y de cualquier otra cosa que su estatus le permitía… hasta que llegó el momento de jugar.

Su prometedora estrella se apagó con lentitud cuando Finn se dio cuenta de que allí no era un jugador especial, solo otro más. No sobresalía por encima de los demás chicos del equipo, no hacía pases espectaculares: en resumen, no brillaba igual que en el instituto.

Poco a poco, en su cabeza comenzó a despuntar la idea de que quizá el fútbol americano no fuera suficiente y necesitara otra perspectiva, ya que no parecía que ese fuera a ser su futuro. ¿Y qué podía hacer? ¿Ponerse a hincar codos a esas alturas?

Por Dios, si había elegido una de las carreras más sencillas por recomendación de su orientador. Estudiaba Salud y Sociedad, y ni siquiera tenía demasiado claro para que servía, excepto a la hora de hablar de nutrición. Ahí sí que lo sabía todo, se sentía como si tuviera el poder de calcular las calorías de cualquier alimento en cuestión de segundos.

Claro que no lo veía muy útil, puestos a elegir un superpoder se le ocurrían otros mejores…

En cuanto el fútbol dejó de ocupar tanto espacio en su cerebro, el entusiasmo por sus compañeros descendió igual de rápido. Sin el ruido de fondo de los aplausos, las fiestas y la adoración general, no le quedaba otro remedio que admitir que eran un poco patanes.

No todos, por supuesto, no incluía a Jayden, pero eso era porque a él no lo consideraba un miembro real de Phi Gamma Delta. Parecía como si alguien lo hubiera secuestrado y metido allí a la fuerza, que no era la realidad, pero tampoco andaba muy alejada.

Por lo que Finn sabía, la fraternidad quería uniformidad en cuanto a los miembros de la casa; sin embargo, Tiger, con una astucia impropia de él, decidió que no les iría mal tener a alguien útil para según que «gestiones».

Durante días, se dedicaron a crear un perfil de lo que necesitaban: no hacía falta que jugara a nada, pero debía estar en la carrera de informática, controlar de ordenadores hasta niveles ilegales para acceder a la red interna, ser capaz de crear documentos falsos y poder entrar en el ordenador central universitario si resultaba necesario.

Por supuesto, ese tipo de tíos no solía mezclarse con los deportistas, de forma que salieron a buscarlo. Finn aún recordaba aquel absurdo peregrinaje durante el que recorrieron diversos clubs que ni siquiera sabían que existían: química, matemáticas, latín…

La mayoría fracasaron por un motivo u otro: si encontraban alguien perfecto en cuanto a credenciales, su aspecto físico no pasaba la criba. Y si era lo bastante atractivo para vivir con ellos, fallaba en algún punto importante.

Uno incluso se negó a cometer cualquier ilegalidad, y fue debidamente amenazado con cerrar el pico bajo pena de paliza.

A Jayden lo encontraron de casualidad en una charla sobre informática. En realidad, Tiger buscaba el baño y se metió por error, aunque una vez allí, se dio cuenta de que deberían haber empezado por un sitio así.

Jayden no pegaba en el grupo: llevaba los vaqueros rotos y una de esas cazadoras con tachuelas prohibidas en Phi Gamma Delta, pero sabía hacer todo lo que necesitaban, y también pasó el examen físico. El chico no se mostró muy entusiasmado con la idea de pertenecer a la fraternidad, pero su otra opción quedaba bastante alejada del campus y decidió aceptar con la idea de que no sería tan malo. Al fin y al cabo, los deportistas tenían mucha vida social y eran populares, no iba a despreciar ciertas ventajas.

Además, desde entonces, el resto lo trataba de otra forma. Cosa que tampoco comprendía bien, porque si los estudiantes llegaran a conocer a los miembros de la fraternidad en profundidad, estaba bastante seguro de que quedarían muy decepcionados. Tenían suerte si entre todos juntaban una neurona y la hacían funcionar... claro que no la necesitaban. Jayden nunca veía a ninguno abrir un libro y, sin embargo, todos salían bien parados de los exámenes.

Finn se dejó caer a su lado en el sofá, y ambos se miraron. Al principio, Jayden no había notado ninguna diferencia del chico sobre el resto. Meses después, Finn parecía no estar demasiado satisfecho en general, ni con su juego ni con sus estudios, y como Jayden era consciente de que no tenía a nadie con quien hablar allí, aprovechó que los demás estaban en una fiesta en otro edificio para preguntarle si todo iba bien.

Su respuesta lo sorprendió, y mucho.

—No sé qué hacer —admitió Finn, tras mucho meditar.

—¿Respecto a...? —Jayden, que aún seguía frente al ordenador, dejó de teclear.

Finn se acarició la barbilla antes de contestar.

—Soy lo bastante listo para saber que mi juego no es el mejor.

—Vale —dijo Jayden, intrigado.

—Sé que no voy a salir de aquí como profesional —siguió Finn—. Puede que fuera alguien en mi instituto, pero ya no es así. Hay un montón de chicos muy, muy buenos, y yo no estoy entre ellos. Y tampoco me entusiasma la idea de que mi vida vaya contrarreloj.

Jayden se frotó la frente.

—¿Eso qué significa exactamente?

—La edad —replicó Finn—. El cuerpo, todo eso. Una lesión y a la mierda, estás acabado.

—Ya entiendo. —Jayden giró la silla para echarle un vistazo—. Te estás replanteado cómo has terminado en esa situación.

—Más o menos. —Finn suspiró—. He pensado… bueno, en cambiar. No es demasiado tarde, ¿verdad?

—No, hombre, estás en primero y tienes tiempo. ¿Has pensado algo?

—En realidad, mi carrera me gusta.

—¿Qué era? ¿Salud y sociedad? —Jayden entrecerró los ojos—. No lo tomes a mal, pero ¿qué demonios se estudia ahí?

Finn soltó una carcajada.

—Tiene muchas ramas, yo estoy en nutrición.

—Ah, vale, por eso das tanto el coñazo con la fruta y la verdura.

—Sí, es uno de los motivos. Después puedo dedicarme a ser nutricionista. —Finn se quedó pensativo unos segundos—. Lo que pasa es que mis notas no son nada del otro mundo.

Jayden asintió, ese dato no le sorprendía en absoluto. Lo miró con cierta suspicacia, ya que no tenía ni idea de si el chico era sincero o, simplemente, se dedicaba a tomarle el pelo. No sería la primera vez, aunque él pasaba bastante en general de todos en esa casa.

—Ya sé lo que me vas a decir —se adelantó Finn—. Que estudie y eso. Ya, esa parte la conozco.

—Es que me temo que no hay otra manera.

—Lo sé, solo tengo que pensar en la manera de hacerlo —explicó el joven—. Verás, no es tan sencillo cuando estás en el calendario de los deportistas.

Al decir eso, Jayden comprendió al momento a qué se refería. Por supuesto, los jugadores tenían una agenda distinta al resto de los mortales: entrenamientos, gimnasio, partidos, fiestas y otros eventos sociales. Lo que corroboraba todavía más la curiosidad de Jayden por cómo conseguían aprobar todo, aunque fuera por los pelos.

Y supo que Finn lo tendría complicado para escaquearse de la mayoría de aquellas obligaciones.

Tras esa charla, y pese a que no pudo encontrar una solución factible, ambos parecieron ponerse de acuerdo para hablar de vez en cuando. Para Finn, abrir los ojos a la realidad le había hecho darse cuenta de que, una vez el balón dejaba de interesarte, se acababan los puntos en común con sus «hermanos». Que no es que pretendiera tener conversaciones sobre filosofía, pero sí escuchar algo diferente a jugadas, estrategias, barriles de cerveza y bragas.

Así que ambos estaban en un punto en el que eran los únicos medio normales en Phi Gamma Delta. Y la cosa fue a peor cuando, pocos días después de llegar, Tiger dio un par de palmadas y los reunió en el salón.

—Bien, hermanos —dijo—. Bienvenidos otra vez a Phi Gamma Delta. No hay caras nuevas este año, lo cual es una buena noticia.

Utilizó el saludo típico (compuesto por una serie de choques de mano que todos se habían tenido que aprender el curso pasado) con cada uno a modo de bienvenida, y después el grupo se acomodó en el sofá a excepción de Jayden, que se quedó apoyado en la entrada del comedor.

—Estamos en segundo, somos veteranos —apuntó Tiger—. Tengo planes, va a ser un gran año. No solo nos vamos a comer a los rivales en los partidos, sino que he preparado una agenda de fiestas que vais a alucinar.

Alex, Toby y John aplaudieron al mismo tiempo, pero entonces Cameron carraspeó.

—A ver, fiestas muy grandes no, que ya sabes que la casa no da para mucho.

—Por eso no os preocupéis. —Tiger se frotó las manos—. Este año tenemos otra misión, una muy importante. —Y señaló hacia la ventana.

Todos giraron la cabeza hacia allí, sin tener claro qué pretendía decir.

—¿Limpiar las ventanas? —inquirió Michael, con todo de duda.

—No, imbécil: las Pi Delta Phi.

Nadie pareció comprender sus palabras, así que Cameron le hizo un gesto.

—Explícate —pidió.

—Su casa es mil veces mejor que esta y, seamos sinceros, no se la merecen. No hacen nada de provecho, excepto jugar con el maquillaje y los modelitos. Les debería dar igual tener cualquier otra casa.

—Ya, pero no les da —comentó Finn—. Vamos, no creo que vayan a renunciar a ella.

—Ni pienso pedírselo —dijo Tiger—. Para eso tengo un plan.

Jayden se frotó la cara desde su lugar y Finn se quedó sin saber qué replicar. ¿Qué plan? ¿Tenía suficiente inteligencia para idear un plan?

—¿Qué plan? —Cameron verbalizó la pregunta por él.

Ni Finn ni Jayden habían tratado mucho a Cameron el curso anterior, pero estaba perfectamente integrado en el grupo y era muy buen amigo de Tiger. Por ese motivo, se podía permitir hacer la pregunta sin recibir una mala mirada.

—Vamos a hacer que las echen de ahí.

—¿Cómo? —Ese fue John.

—Sé de buena tinta que el rector las ha puesto entre la espalda y la pared —comunicó Tiger, con una sonrisa de orgullo.

—La espada —comentó Jayden.

—¿Qué?

—La espada y la pared, no la espalda… déjalo, sigue.

—Bueno, hace un par de días fue a verlas y les pegó la bronca padre por sus calificaciones, las fiestas del año pasado y por quedar las últimas en las olimpiadas universitarias. Les ha puesto un plazo de prueba para mejorar o tendrán que irse con las orejas bajas.

Jayden abrió la boca, aunque decidió que mejor se callaba. No valía la pena corregir a alguien que no iba a retener la información.

Debido a que aún veía confusión en las caras de sus compañeros, Tiger volvió a dar un par de palmadas.

—¿No lo veis? Solo tenemos que agitar un poco el tema y se largarán —explicó—. Una vez que estén fuera, ¿a quién creéis que le adjudicaran la casa?

—¿Crees que nos la darán? —preguntó Finn.

—¿Bromeas? Si saben que los Maroons estamos interesados, nos la darán sin pestañear.

Por muy mal que sonara, tanto Jayden como Finn sabían que así sería.

—¿Y qué vamos a hacer? —quiso saber Toby—. Sinceramente, no tengo la menor idea de cómo podríamos perjudicarlas desde aquí.

—No, desde aquí imposible —afirmó Tiger—. Por eso tenemos que infiltrarnos.

Hubo un silencio tras aquella frase, y un montón de rostros estupefactos que lo miraron sin atinar palabra.

—¿Cómo, infiltrarnos? No entiendo —murmuró Alex.

—¿Qué has pensado? —Cameron conocía a Tiger, si proponía algo así ya debía tener alguna idea en mente.

—Os explico. —Tiger decidió ponerse en medio para que lo escucharan mejor—. Tenían un hueco libre, así que el rector les puso una compañera con matrícula de honor para ver si las encaminaba hacia el sendero correcto.

—¿Y tú cómo sabes todo eso? —preguntó Finn, intrigado por la cantidad de información supuestamente privada que parecía recibir Tiger, ¡menudo peligro!

—Tengo mis fuentes. —Este le quitó importancia con un gesto—. Bien, pues la chica no llegó ni a cruzar la puerta, porque Sam, el de seguridad, la atropelló con el chisme ese que usa para desplazarse.

—Esto mejora por momentos —comentó Jayden.

—Está machacada y le esperan meses de hospital, así que adiós universidad.

—Qué putada —añadió Toby, con cara sentida.

—Y anoche pusieron un anuncio en busca de otra compañera por la red interna. —Hizo un gesto hacia Jayden—. La legal no, la otra.

«Gracias por la aclaración», pensó este, y le dedicó un guiño burlón.

—¿Y qué? —intervino Cameron.

—Pues que sé con exactitud lo que piden. —Tiger sacó un papel de sus vaqueros y lo agitó ante todos como si fuera el santo grial.

Cameron se frotó la frente.

—No sé si te sigo…

—¡Es nuestra oportunidad! Uno de nosotros se va a trasladar a esa casa —anunció—. Será muy fácil dinamitarla desde dentro.

Los miró, en espera de su reacción. En aquel momento, el grupo se asemejaba más a una fila de búhos que a un equipo de jugadores de fútbol americano.

—Entonces, ¿lo que propones es que uno de nosotros se vaya a vivir con ellas? —Finn decidió repetirlo en voz alta, para ver si alguien se daba cuenta de lo estúpido que sonaba—. ¿Pero tú crees que aceptarían si vieran que responde un tío?

—No —dijo Tiger—. Son tontas, pero no tanto.

—¿Entonces?

—Había pensado en ti, Cameron.

—¿Por qué yo? —se sobresaltó el chico—. ¡No, ni loco!

—Calma —Tiger usó un tono tranquilizador—. Eres el único que tiene un nombre neutro. Creerán que eres una chica, si creamos justo el historial que buscan, te cogen seguro.

—¿Por qué lo tienes tan claro? —Ese fue Jayden.

—Porque el tiempo juega en su contra, y acaban de perder la baza que tenían. Deben estar desesperadas.

—No pienso hacerlo. —Cameron puso cara de obstinación.

—¿No crees que lo reconocerán nada más verlo? —preguntó Finn.

Él estaba claro que no podría ir, ser el único chico negro en una fraternidad de hombres blancos le hacía destacar. Tiger era una estrella universitaria y muy popular, y Jayden un as de la informática. En cuanto a Alex, Toby, John y Michael, no los veía con la suficiente inteligencia para representar ningún papel, por sencillo que fuera.

No, Tiger tenía razón: Cameron era la mejor opción. No estaba en el punto de mira como Tiger, no destacaba en la carrera y, aunque era atractivo, tampoco de esos que se quedaban en la retina de las chicas.

—Le cambiamos el estilo y listo. Además, sabéis que esas feministas nos evitan, dudo que sepan quiénes somos. Están acostumbradas a vernos en conjunto, o en el campo de juego, y ahí no se nos distingue.

Jayden estaba pasmado de lo mucho que había discurrido Tiger. A ver si no era tan tonto como pensaban…

—Si le damos un aspecto distinto, algo que ellas no puedan relacionar con un jugador o alguien mínimamente popular… —aventuró Toby.

—Pero es que yo no quiero vivir allí —protestó Cameron.

—Ya lo sé. —Tiger le apretó el brazo—. Comprendemos el sacrificio, porque tiene que ser un asco soportar a tanta tía junta. Tú solo piensa en la recompensa.

Cameron apretó los labios.

—Piensa en nosotros, en esa enorme casa, lo que podemos liar allí. Te guardaremos tu habitación y, el año que viene, te dejaremos escoger la que quieras como pago por tu sacrificio.

Cameron arqueó una ceja, ya que seguía sin estar convencido de que fuera a resultar. Sin embargo, quizás el sacrificio mereciera la pena si lograban el objetivo; no podía negar que la casa era un bombón, uno que todos querían comerse.

—¿Y mi supuesto historial?

—Jayden se encargará, ¿no? —Tiger volvió a mirar al susodicho—. ¿Puedes crearle un currículo académico falso y colarlo en la red de la universidad?

—Sabes que eso es ilegal —contestó él—. Muy ilegal, de hecho. Si me pillan podrían expulsarme.

—Pues que no te pillen. Vives aquí por el talento que tienes para hackear y movidas así, y ahora necesitamos un par de chanchullos.

Jayden se cruzó de brazos. El año anterior había hecho varios documentos de identidad falsos para que pudieran comprar alcohol, y algunas otras cosillas sin mucha importancia, pero meterse en la red interna universitaria y modificar datos era otro tema. Tampoco no tenía mucha opción: Tiger estaba decidido.

—Veré qué puedo hacer. ¿Qué más?

—Ten. —Tiger le entregó la hoja con el anuncio de las chicas impreso—. Ahí tienes lo que buscan, puedes hacerle el currículo en base a eso.

El chico lo miró por encima y soltó un resoplido.

—Muy imaginativo —comentó, antes de guardarlo en el bolsillo de su cazadora.

—¿Aún tenemos la ropa que les robamos a aquellos aspirantes? —Tiger pasó a pensar en otro tema, una vez solucionado lo anterior.

—Puede que en el sótano —sugirió Toby—. Voy a ver.

Mientras el chico desaparecía, Cameron movía la cabeza de un lado a otro, en absoluto conforme con el plan. Veía flecos por todas partes, ¿quién les aseguraba que lo aceptarían? Tiger lo había dicho un par de veces: eran feministas, al menos una. Veía complicado hasta llegar a cruzar el umbral y, además, ¿por qué estaban seguros de que sería capaz de representar el papel?

—¿Y qué tendría que hacer una vez allí?

—Cualquier cosa que pueda propiciar que el rector se cabree con ellas. Una fiesta escandalosa, que fallen en las olimpiadas, desconcentración de cara a exámenes… eso me falta pulirlo un poco aún.

A Cameron le sonaba todo muy disparatado. Las chicas lo reconocerían a la primera, por Dios, ¡vivían enfrente! Claro que, si se ponía a pensar, él tampoco tenía muy claro quiénes eran todas ellas, quizá al revés pasara igual. Por no hablar de que ellos las miraban bastante más que al contrario, porque esa sororidad era conocida. Todo el mundo en el campus sabía quién era Eliza, una de las chicas más guapas y populares de la universidad... y el resto no se quedaba atrás.

Pero si lo pensaba bien, no se veía capaz de decir quién era quién o qué estudiaban, incluso había un par a las que no ponía cara. Si eso podía pasar en un sentido, al contrario, también.

Unos quince minutos después, Toby regresó con una bolsa deportiva rescatada del sótano. En una novatada, habían quitado la ropa a los aspirantes y nunca llegaron a devolverla, así que tocaba comprobar si contenía algo útil.

Tiger la cogió para vaciarla sobre el sofá, junto a Cameron, que inmediatamente frunció el ceño con una mueca de desagrado.

—¿Eso es un chaleco? —preguntó, y lo cogió con las puntas de los dedos—. Por Dios, que alguien devuelva esto a mil novecientos setenta.

Lo dejó junto al resto de la ropa que Tiger apartaba: camisas, pantalones de color beige, pantalones de pinzas, camisa de cuadros... Jesús, la ropa de los novatos siempre apestaba.

—No me pongo esto ni loco —protestó.

—Será solo al principio —dijo Tiger.

—Tranquilo. —Finn le dio una palmadita—. Fijo que, en cuanto te vean con esas pintas, alguna se ofrece a hacerte un cambio.

Cameron le dedicó una mueca, y se apartó de golpe al ver que Alex alargaba unas gafas hacia él, decidido a ponérselas.

—¿Qué haces? ¡Quieto!

—Te cambiarán por completo.

—¡Veo de maravilla! No las necesito.

—Pueden ser parte de tu disfraz —dijo Tiger, pensativo—. Mira, tu pruébatelo todo y después vemos si te falta algo.

A regañadientes, Cameron se fue al baño para vestirse con aquellos trapos. Que no pensaba ponerse sin pasar antes por la lavadora, obvio... ¿en qué mundo patético y retorcido alguien atlético y con estilo como él se veía obligado a ponerse feo a propósito?

Se miró al espejo sin reconocerse, ¡vaya pintas! No dudaba que escucharía carcajadas en cuanto lo vieran de esa guisa, aunque, en fin, de eso se trataba, ¿verdad? De no parecerse ni remotamente a lo que él era.

Se pasó las manos por el pelo, que ya le llegaba por los hombros, y cogió aire antes de salir. La reacción de sus compañeros no tardó en llegar: desde la sonrisa divertida en la cara de Finn a las carcajadas incontroladas de Toby o Michael, que no tardaron en ponerse rojos.

—Ya vale, ¿no? —se quejó, ofendido.

—Perdón —dijeron ambos a la vez.

—Cualquiera de vosotros estaría ridículo con esto. —Tiró de los bordes de la camisa, que sobresalía por debajo del chaleco—. Dame esas puñeteras gafas.

Las cogió de mala manera y se las puso. Al menos no tenían demasiada graduación, solo veía un poco borroso y ya; tampoco tenía intención de usarlas, a excepción de los primeros días.

—Da el pego, ¿no? —preguntó Tiger—. Quiero decir, estás irreconocible. Nadie te relacionaría con nuestra fraternidad.

—¿Y el pelo? —propuso Finn—. Sería el toque final.

—Mi pelo no se toca.

—Es cierto que tu pelo largo es tu seña —corroboró Tiger—. Para alguna, serás «el tío del pelo largo».

Cameron lanzó una mirada furibunda a Finn, que se encogió. Joder, de haber sabido que le harían caso hubiera cerrado el pico.

—Te crecerá antes de que parpadees.

—No es para tanto, son unos centímetros.

—Eso te lo arregla Debby, la llamo y en menos de diez minutos te deja listo.

—Sin tijeras —dijo Cameron, obcecado. No pensaba ceder en eso.

—Bien, veremos qué hacer sin tijeras…

—Vamos, hermano. —Tiger le apretó el brazo con fuerza—. Será poco tiempo, no me cabe duda de que no tardaremos en lograr que las expulsen. Jugamos con ventaja, ellas no saben lo que les espera, así que confía en mí.

—No sé…

—Te daremos apoyo y cobertura desde aquí, siempre que nos necesites. ¿Verdad?

Todos asintieron al mismo tiempo, sin apartar la mirada del nuevo aspecto de Cameron. Hasta Jayden, que de normal no solía parecer impresionado, lo observaba con cara de pasmo.

«Nos vamos a meter en un lío», se dijo.

—Vamos, hermano —insistió Tiger.

Alex lo repitió y, en cuestión de segundos, la gran mayoría coreaba esas dos palabras. Al final, Cameron cedió de mala gana.

—¡De acuerdo! Iré. —Suspiró—. Pero me debéis una muy gorda, que conste. Va a ser una jodida pesadilla.

—Genial —sonrió Tiger, encantado—. Llamaré a Debby para arreglarte el pelo. Vosotros, preparadle la maleta con lo más soso que tenga en el armario. Olvida nuestra chaqueta por ahora, no puedes ponértela.

—Me pondré con lo mío —comentó Jayden.

De ese modo, en cuestión de horas, Cameron pasó de ser un orgulloso miembro de Phi Gamma Delta a un estudiante anodino que vestía ropa de abuelo, usaba unas gafas pasadas de moda y llevaba el pelo peinado hacia atrás con una gomina rescatada de un cajón del baño que nadie abría. Jayden envió la solicitud esa misma noche y, por la mañana, tenían la respuesta afirmativa. Con el «ok» en la mano, Jayden se coló en la red interna de la universidad para que Cameron pasara el filtro sin incidentes y tramitó las solicitudes por ambas partes. Sería más fácil que admisiones no quisiera hacer cambios si ya estaba todo listo, porque les llevaba el doble de trabajo.

Mientras cerraba el portátil, Jayden se preguntó si no se habría pasado un poco al redactar el currículo de Cameron. En fin, ya encontraría la manera de salir del atolladero: él había hecho su parte.

Al día siguiente, con su nuevo aspecto, una maleta y muchos deseos de buena suerte, la fraternidad dejó a uno de sus miembros delante de la casa del enemigo. No les quedaba otro remedio que encerrarse en su casa y esperar a ver si las muchachas de Pi Delta Phi mordían el anzuelo. Tuvo que pasar hora y media hasta que recibieron la confirmación del propio Cameron, con ese escueto mensaje: «Estoy dentro».

—Os dije que esas atolondradas no lo reconocerían —se regocijó Tiger—. Están demasiado ocupadas pintándose los labios.

Finn regresó a la realidad tras aquel breve recordatorio de los últimos acontecimientos. Examinó a sus compañeros, con los que tanto había creído tener en común solo unos meses antes, y notó una sensación extraña en el pecho.

No terminaba de gustarle el plan. Nunca se había considerado un tipo muy sensible o con excesivos escrúpulos, pero la idea de mentir a esas chicas para crearles problemas desde el interior… sabiendo, además, que gracias a eso las expulsarían de la casa, no le parecía bien.

Claro que cualquiera se lo decía a aquella panda. No, mejor se callaba, que bastante preocupación tenía con lo suyo propio.

Capítulo 4

Cameron se miró en el espejo del cuarto de baño y cogió aire.

—Tú puedes —animó a su propia imagen.

Cogió la gomina, se la echó en las manos y se las pasó por el pelo varias veces, hasta que quedó bien aplastado y hacia atrás. Se las lavó con un gesto de asco y se puso las gafas. Al menos con ellas se distorsionaba un poco la visión, porque no quería ni verse. Llevaba puesto uno de aquellos chalecos, unos pantalones de cuadros que eran un dolor a la vista y los zapatos ya ni comentar: no había usado náuticos desde que tenía ocho años y su madre lo obligaba a ponérselos para ir a ver su abuela los domingos. Solo le faltaba una pajarita y unos tirantes para que le diera un síncope; menos mal que no había entre la ropa que habían robado, si no Tiger seguro que le habría obligado a usarlo.

Todavía no podía creerse lo maquiavélico que era, por un lado, y que su plan hubiera funcionado, por el otro. El año pasado no había dado muestras de tanta inteligencia, ¿habría hecho algún curso aquel verano? Porque él se lo había pasado preparando trabajos para varias asignaturas, algunas para aprobar y otras porque iba muy raspado… En el equipo, se pasaba el tiempo en el banquillo y era más bien un suplente, para final de curso ni siquiera lo convocaban a los entrenamientos. Tiger le había dicho que no pasaba nada, era normal que alguno quedara al final de la cola, y que seguro que las cosas cambiaban, que intercedería por él. Como habían congeniado desde el principio y eran amigos, lo había creído. Aún lo hacía, de hecho. Estaba seguro de que tarde o temprano recibiría la llamada del entrenador para retomar el calendario deportivo. Por eso no se preocupó demasiado por sus calificaciones, hasta que llegó el final del curso y con él, la realidad en forma de notas y aviso: si no se lo curraba ese verano, debería pasar a segundo con asignaturas de primero y eso complicaría todo. Algo que no pasaría de estar en primera línea en el campo, como Tiger o Finn, aunque este también había jugado poco.

Ya le habría gustado verlos ahí, en un baño rodeado de productos femeninos, viéndose borroso en un espejo y con ganas de salir corriendo. Después de la euforia del momento tras haber sido aceptado y que todo hubiera salido bien, había tenido la noche para pensar las cosas con calma… y se dio cuenta de que iba a ser más complicado de lo que pensaba. Tendría que pensar algo rápido para fastidiarlas y que las echaran enseguida, porque cuanto más se alargara aquella situación en el tiempo, más posibilidades tenía de que lo pillaran.

De pronto, escuchó que golpeaban la puerta y se sobresaltó. Había esperado a entrar después de comprobar que todas estaban abajo, para evitar encontrarse con ninguna… aunque quizá se había despistado, que aún no las tenía localizadas.

—¿Cómo vas ahí dentro? —escuchó que le preguntaba Piper.

Dios, la puñetera Hermana mayor.

«Sonríe», se dijo.

Abrió la puerta con la sonrisa más falsa que logró poner. Algo debió notar ella, porque lo miró de forma rara.

—¿Estás nervioso? —inquirió.

—¿Nervioso?

—Claro, por tu primer día y eso.

Claro, que ellas pensaban que lo habían trasladado de… Joder, no se acordaba de dónde había puesto Jayden. Tenía que revisar aquel currículo inventado o acabaría metiendo la pata.

—Ah, sí, bueno, un poco.

—Tranquilo. Yo te acompaño. Baja a desayunar y en diez minutos salimos.

Él afirmó, no veía qué otra cosa podía hacer aparte de obedecer, y salió del baño estirándose el chaleco hacia abajo. Dios, no lo iba a conocer nadie ni en su facultad… Cogió la mochila de su habitación, una chaqueta que haría las delicias del protagonista de *Corrupción en Miami* y bajó.

Eliza estaba en la cocina, comiendo algo de un bol que no tenía muy buena pinta.

—Buenos días, Cameron —le dijo—. ¿Qué tal has dormido?

—Bien, gracias. —Abrió un armario—. ¿Qué puedo desayunar?

—Si quieres puedes coger de mi avena. Son copos cien por cien naturales, yo los tomo con agua, y también puedes mezclarnos con leche o alguna bebida vegetal. Tenemos de todo.

—Gracias, creo que comeré esto.

Cogió un paquete de cereales chocolateados. No era lo más sano del mundo, si Finn lo viera seguro que ponía el grito en el cielo, pero entre eso y la avena, no había otra elección posible. Ya investigaría qué otras cosas tenían cuando volviera por la tarde, con más tiempo.

—Tenemos diferentes gustos —explicó Eliza, mientras el chico tomaba asiento—. Cuando pongamos dinero para el siguiente bote y hagamos la lista, añades lo que quieras.

—Genial, gracias.

Lo de los diferentes gustos le quedó claro cuando abrió la nevera y se encontró con leche entera, semidesnatada, desnatada, soja, avena, arroz, coco, almendra… tenían variedades que ni siquiera sabía que existían. Cogió la leche semidesnatada antes de volverse loco con las opciones y se sentó a desayunar.

—Que tengas buen día —le deseó Eliza, que ya había terminado.

—Igualmente.

Casi estaba en *shock* con tanta amabilidad. Los desayunos en Phi Gamma Delta eran más bien desordenados, con codazos y empujones incluidos porque siempre iban tarde, así que aquello era toda una novedad.

—Vaya locura de mañana, ¿eh? —comentó Piper, entrando en la cocina.

—¿Perdón?

—Bueno, solo hay tres cuartos de baño, se nos olvidó comentártelo… por si necesitas hueco para tus cosas en alguno.

—No, no me hace falta, ya me apaño.

No había visto mucho sitio libre, de todas formas.

—He ido al que estaba más cerca de mi habitación —añadió.

—Espero que las chicas no te hayan hecho esperar mucho. Se complica cuando todas nos levantamos a la vez.

Él movió la cabeza de forma afirmativa, aunque desde luego no le había parecido que hubiera mucho descontrol. Había abierto la puerta un par de veces para vigilar que se liberara el cuarto de baño y sí que vio movimiento y alguna carrera, pero ninguna se había pegado con otra por entrar antes ni se habían dado portazos en la cara. Vamos, Tiger tardaba más en arreglarse el pelo que cualquiera de ellas en maquillarse. Terminó de desayunar y fue a dejar el tazón en el fregadero, solo que vio que estaba vacío y en el último momento lo metió en el lavavajillas, como había hecho el resto.

—¿Listo? —Piper le sonrió.

—Sí, cojo la chaqueta y estoy.

Se puso aquella cosa horrorosa, se colgó la mochila al hombro y siguió a la chica a la calle. La vio girar a la izquierda, y señaló hacia el muro.

—¿No hay una puerta más cerca por ahí? —preguntó.

—¿Cómo lo sabes? Pensaba que era tu primer día aquí, con el traslado y eso.

«Mierda».

—Sí, claro, o sea —titubeó—. Me hicieron un recorrido rápido cuando fui a admisiones —improvisó.

—Ah, cierto. —Sacudió la cabeza—. Esa entrada no la usamos por costumbre. Ahora hay luz y está bien, pero cuando llega el invierno es más oscura tanto al entrar como al salir, y ya hemos tenido algún susto.

—¿En qué sentido?

Él entraba y salía por ahí sin problema siempre, nunca había visto que ocurriera nada extraño.

—Bueno, por ahí suelen ir los de la fraternidad de aquí al lado y los de Alfa Delta Phi. Y esos últimos no son de fiar. —Comenzó a caminar y Cameron la siguió, colocándose a su lado—. Les encanta decir burradas a las chicas, alguna vez han arrinconado a alguna y aunque esté el vigilante dando vueltas… En fin, no es un buen trago. —Lo miró—. Nunca, jamás, vayas a sus fiestas, ni bebas nada que te ofrezcan si están en alguna. Nosotras nunca los invitamos, pero a veces aparecen.

—Ah… vale. ¿Los de al lado son así?

—No, esos solo son gilipollas, no acosadores… aunque no sepan decir nada agradable a una chica, sobre todo el Hermano mayor. Tiger se llama, imagino que ya te lo encontrarás algún día. Tú ignóralo. Les encanta decir lo que supongo creerán que son piropos, y no hay por qué aguantar tonterías. No son peligrosos, eso sí.

Si ella supiera… aunque no lo eran en el sentido al que Piper se refería, claro.

—De todas formas, tú eres un… —Piper se quedó callada, recordando lo de género fluido, y no quería meter la pata. Él decía que se había equivocado en la solicitud, pero quizá era una excusa para no revelar aquello—. Bueno, tú ten cuidado por si acaso, ejem.

Cameron se preguntó qué habría estado a punto de decir. Cruzaron la calle y se metieron por una de las entradas laterales.

—¿Te dieron un plano? —preguntó ella.

—¿Dónde?

—En admisiones.

«Espabila, Cameron».

—Sí, sí, no sé dónde lo dejé… —improvisó de nuevo.

—Bueno, ya te irás haciendo, es todo muy fácil. Por allí los espacios deportivos, por ahí la biblioteca y la enfermería.

—Ajá.

—Los vestuarios femeninos, a la derecha del edificio del gimnasio. —Lo miró—. Huy. O sea… a la izquierda los masculinos —terminó, de nuevo aturullada.

—Vale.

—Y este es tu edificio.

Cameron miró al bloque y frunció el ceño.

—No, este no es el mío —dijo.

—Sí, es el de matemáticas.

La madre que… Joder, ¿Jayden había puesto eso? ¡Si él estudiaba antropología, era de letras con todas las de la ley!

—Claro, sí, claro.

—Si sales cuando haya oscurecido, ve por el camino de piedra, no el de tierra. Está mejor iluminado.

Él afirmó. En todo el año anterior no se había fijado en nada de eso, se movía de un punto a otro y ya. Pero ella lo había dicho tan seria que no dudó que era algo a tener en cuenta si se era chica, una perspectiva que nunca había tenido.

—¿Tienes clases todo el día? —le preguntó ella.

—Sí, sí, llegaré… bueno, no sé la hora. Quizá vaya a la biblioteca.

—Vale, pues nos vemos en casa. ¡Que tengas un estupendo día!

—Genial, gracias. ¡Tú también!

Ella le sonrió y Cameron se quedó allí de pie, despidiéndola con la mano hasta que desapareció por una esquina. Entonces, echó a correr en dirección contraria. Era casi la hora y no quería llegar tarde a la primera clase, donde entró casi sin aliento y ocupó un asiento justo cuando llegaba el profesor. Tendría que ver cómo hacía otros días, se iría antes de la casa o algo, porque si debía engañar a Piper y esta lo acompañaba… no iba a echar de menos los entrenamientos, no. Más bien, se podría acabar apuntando a atletismo. Sacó su portátil para tomar apuntes y entonces vio que acababa de llegar un mensaje de Tiger en el grupo.

Tiger: «¿Qué tal la primera noche infiltrado?»

Cameron: «Luego os cuento, estoy en clase».

Toby: «Joder, no seas así. ¿Cómo son en pijama?»

John: «¿Compartes baño con alguna? ¿Te las has encontrado saliendo de la ducha?»

Cameron frunció el ceño al leer los mensajes. Si Piper viera aquello, seguro que los ponía a la altura de los Alfa Delta Phi.

Cameron: «No digáis gilipolleces».

Tiger: «No le descentréis del objetivo, ni te descentres tú por mirar un par de tetas».

Cameron puso los ojos en blanco. Su profesor ya empezaba la clase, así que decidió dejar aquello para más tarde.

Cameron: «Estoy en clase, luego hablamos».

Tiger: «Todos lo estamos, no seas empollón. Haznos caso, joder. Tienes que atacar rápido».

Toby: «Empollón parece con esas gafas». Y emoticonos de caras riendo.

Cameron frunció el ceño. Se dio cuenta de que sus compañeros de clase estaban entrando en una web, y se inclinó para ver cuál era en el portátil del que tenía delante. La tecleó a toda prisa y volvió a coger el móvil.

Cameron: «No he pensado nada aún».

Tiger: «Organiza una fiesta sin que se enteren. Este jueves, en la red oculta, y dinos dónde has publicado. La reenviaremos nosotros, avísanos cuando la publiques».

Cameron: «¿Y si lo ven ellas?».

Tiger: «Publícalo por la mañana, estarán en clase y no lo verán».

Él puso un pulgar hacia arriba y guardó el móvil, a ver si se enteraba de algo. La asignatura de globalización era una de las que le daba problemas, no estaba como para perderse ya a principio de curso.

A la hora de comer, se dirigió a la cafetería como siempre. Vio a los Phi Gamma Delta en una mesa y allí fue, olvidando por un momento que no debería conocerlos. No fue hasta que estuvo a su altura y vio que todos miraban al techo, las paredes o cualquier otra parte que no fuera él de forma poco disimulada que recordó el plan.

Mierda. No habían pensado en todos aquellos detalles, ¡eso era más que un sacrificio! Se dio cuenta de que no podía ir a la fraternidad, ni quedar con ellos, ni comer o tomar algo, ¡era como si fuera un apestado!

Refunfuñando para sí, se fue a una esquina. Había tenido remordimiento al pensar en organizar la fiesta a espaldas de las chicas, pero se le pasó en cuanto se sentó a mirar a sus amigos de lejos. No quería estar meses y meses ahí haciéndose pasar por el tonto de turno, ni hablar. Daba igual que todas fueran amables, ni siquiera que aquella noche hicieran reunión para hablar de los turnos en el baño y que no se sintiera incómodo. No, él quería volver a su fraternidad llena de testosterona, no ducharse con gel que olía a frambuesa y menta, que era el que Cotton le había dejado porque él no tenía. En su casa, todos usaban el mismo, no recordaba ni de qué marca. Y así les iba, porque cuando salió de la ducha, pensó que no tenía la piel tan suave desde…

Se dio un golpe en la cabeza a sí mismo para dejar de pensar tonterías. Solo llevaba un día, ¿y ya estaba contagiándose? Debían ser las hormonas del ambiente, seguro.

Para cuando llegó el jueves, ya pensaba que tenía algunos síntomas del síndrome de Estocolmo, porque estuvo a punto de no poner el anuncio. El día anterior habían puesto bote y él había añadido cosas a la lista, pensando que era todo por quedar bien más que otra cosa… sin embargo, Piper y KaDee habían vuelto de las compras con todo lo que necesitaba. No solo eso, sino que encima, le habían hecho un hueco en el baño. Pequeño, eso sí, pero suficiente para dejar sus artículos de afeitado.

Todo eso lo estaba ablandando y tenía que salir de aquel ambiente tóxico cuanto antes, así que cuando vio los mensajes en el grupo a ver si había puesto ya el anuncio, se apresuró a hacerlo y enviar el enlace para que lo compartieran. Con un poco de suerte, ninguna de las chicas vería nada, ya habían comentado que el tema de las fiestas lo tenían parado de momento y más entre semana. La única que había gruñido al respecto era Ohana, pero esperaba que hiciera caso a las demás. Solo necesitaba que no hubiera visitas femeninas en la red oculta, en la parte donde se colgaban las fiestas.

Se escapó antes de que Piper saliera para evitar hacer el trayecto largo y, de esa forma, llegó a clase con tiempo de sobra por primera vez en toda la semana, aunque tampoco prestó mucha atención. El grupo estaba a tope con mensajes, entre comentar a quiénes lo habían enviado, burlarse de ellas y planificar cuándo sería el mejor momento para presentarse allí también. Contestar a los mensajes lo animaba porque le hacía volver a sentirse parte del grupo, que era lo que más echaba de menos, y así pasó el día más atento a eso que a las clases.

Cuando regresó a la sororidad, se encontró con las chicas repartidas entre la cocina y el salón.

—Hola, ¿qué tal tu día? —le preguntó Piper, desde el sofá.

Bien, no sabían nada, o estarían alteradas.

—Liado —contestó—. Voy a dejar las cosas arriba.

—Luego veremos una película —le dijo KaDee.

—Si nos ponemos de acuerdo —replicó Arizona, y le quitó el mando aprovechando el descuido—. Seguro que tú también querrás votar y no ver una de esas empalagosas, ¿verdad?

—Disculpa, algunas defendemos el romanticismo aún —resopló la morena.

—O una de dibujos —aportó Tuyen Mai—. Ahí por lo menos no me distraigo con las actuaciones, ya sabéis que estudio mucho a las actrices.

Hizo un gesto dramático para echarse el pelo hacia atrás, que se quedó en nada puesto que lo llevaba por los hombros. Las chicas se miraron, pusieron los ojos en blanco y Cameron reprimió una sonrisa.

—Lo que decidáis estará bien —dijo.

«Para lo que os va a durar…», pensó.

Casi le daban pena, mientras las veía pelearse por el mando. Casi, porque en su mente veía memes frotándose las manos, que era lo que más habían compartido en el grupo.

—Venga, chicas —intervino Piper, acercándose para poner paz y coger el mando—. Luego votamos. Ahora vamos a ponernos cómodas.

—¡Noche de pijamas, yupi! —exclamó Tuyen Mai, corriendo hacia las escaleras.

—¿Os vais a poner todas en pijama? —preguntó Cameron, parpadeando.

—Es lo más cómodo para noche de peli —afirmó KaDee—. Las hacemos los jueves porque como los viernes suelen ser para salir y tal, o alguna se va de fin de semana…

—Yo estoy bien así.

—Claro, lo que tú quieras —sonrió Piper.

Estaba todo lo contrario a «cómodo», solo quería quitarse aquel chaleco y quemarlo. Pero entre esa ropa y un pijama… no, bastante cachondeo había ya como para que la gente que apareciera de pronto lo viera así. Fue a dejar sus cosas a la habitación y descansar un rato los ojos de las gafas. Acababa los días con dolor de cabeza, así que o fingía que se ponía lentillas, o le cambiaría los cristales por unos sin graduar antes de que le diera un mal.

Bajó un par de horas después, cuando le llegó el aroma a palomitas recién hechas. Se asomó a la cocina, donde Piper y KaDee colocaban picoteo en boles. Ambas llevaban pijamas, pero nada como se había imaginado: pantalón largo y camiseta de manga corta. Lo de prendas escasas, tirantes o tipo sexy debía ser un mito, por lo visto, porque en el salón el panorama era parecido.

Las únicas que se diferenciaban eran Cotton y Arizona, por ser cada una un extremo: Cotton llevaba uno de raso, y Arizona, unos pantalones de gimnasia que le quedaban flojos y una camiseta desteñida. Se acercó al sofá y estaba a punto de sentarse cuando Arizona se le adelantó.

—Quieto ahí, que ese es mi sitio —repuso, ocupando la esquina.

—Chica, qué manía —le dijo Cotton, y sonrió a Cameron—. Siéntate donde quieras menos ahí, al resto nos da igual.

Por si acaso, el chico escogió un sillón alejado de ella.

—¿Qué vamos a ver? —preguntó.

—Piper tiene el mando, así que aún no estamos seguras —dijo Cotton, sentándose con cuidado.

—¿Estás bien? —le preguntó él, al ver cómo se movía.

—Sí, es que el satén resbala y ya me he caído más de una vez.

Él se quedó mirándola, sin saber qué contestar a eso.

—Una vez que tenía sábanas iguales salió disparada al otro lado —explicó Arizona, entre risas.

—Perdona por no usar franela —replicó la chica, con la espalda estirada—. Me hace daño a la piel.

Piper y KaDee entraron con un par de boles cada una.

—Palomitas y patatas fritas —informó la primera, depositándolos sobre la mesa del centro.

—Mini *corchopanes* para Eliza —dijo KaDee, pasándole el bol—. Y nachos *light*.

Cameron miró el bol de Eliza, curioso por saber qué demonios eran eso, y vio que se trataba de tortitas de arroz pequeñas.

—Faltan las bebidas —comentó Ohana, levantándose—. ¿Quién quiere algún combinado?

Abrió el armario donde guardaban el alcohol y se giró, con cara de susto.

—¡Nos han robado! —exclamó—. ¡Hay que avisar a seguridad!

—Relájate, no hay alcohol —comentó Arizona.

—¿Qué? ¿Por qué? ¿Quién se lo ha bebido? —Todas la miraron—. Vale, reformulo la pregunta: ¿por qué no se ha repuesto? ¡Estaba en la lista!

—Vamos a rebajar el nivel de alcohol, igual que las fiestas —explicó Piper.

—Pero esto no es rebajar, ¡es eliminar directamente!

—Bueno, es que…

De pronto, sonó el timbre de la puerta y las chicas se miraron entre sí, como haciendo recuento.

—Qué raro, ¿quién será? —dijo KaDee—. No esperamos a nadie, ¿verdad?

—No, voy a ver.

Piper se fue a la entrada mosqueada. Como fuera alguno haciendo bromitas… No sería la primera vez, desde luego. Se asomó por una ventana que había junto a la puerta y vio a un par de chicas de una sororidad cercana. Quizá necesitaban algo.

Abrió y se quedó pasmada al ver que no había dos solo, sino que estaban todas allí.

—Hola —saludó, extrañada—. ¿Qué…?

—¡Una idea genial! —exclamó una.

—¡Vivan las fiestas! —añadió otra.

Ante el estupor de Piper, pasaron al interior de la casa.

—¿Y la música? —preguntó una tercera.

—No hay ninguna fiesta —consiguió decir Piper—. ¿Por qué…?

De nuevo, sonó el timbre. KaDee se asomó desde el salón, intrigada.

—¿Qué pasa?

—No lo sé.

Piper sacudió la cabeza, confusa, y abrió de nuevo. Otro grupo de chicas, que se colaron antes de que pudiera siquiera saludar, y un minuto después, varios chicos.

—¿Qué está pasando aquí? —Arizona había salido también, y parpadeó al ver a toda aquella gente metiéndose en la cocina y asaltando sus armarios.

—¿Dónde están las bebidas? —preguntó un chico.

—¡Música!

No supieron cómo, pero alguien se metió hasta el salón y conectó el móvil al equipo de música. Las chicas intentaban hablar con alguien, a ver qué había pasado, pero la gente ya bailaba, comía o buscaba bebidas, y nadie les hacía caso. Cameron fue a una esquina y sacó su móvil.

Cameron: «Ya podéis venir, yo os abro».

Le llegaron varios pulgares hacia arriba de respuesta. Guardó el móvil y miró a su alrededor, aunque nadie le prestaba atención: aquello ya estaba lleno de gente, las chicas corrían de un lado a otro como pollos sin cabeza… menos Eliza, que iba escaleras arriba y se metió en su habitación. Con disimulo, por si las moscas, fue hasta la puerta y la dejó abierta, justo cuando llegaba otro grupo de gente.

Tras dar tres vueltas y acabar medio mareada, Piper consiguió llevar a todas las chicas de la sororidad a un cuarto de baño y cerró tras ellas.

—¿Qué demonios está pasando? ¿Alguien sabe algo?

Todas negaron, sobre todo Ohana, que recibía la mayoría de las miradas.

—¿Dónde está Eliza? —preguntó KaDee.

—Ha ido a vestirse, casi le da un ataque al corazón de pensar que podían verla en pijama —dijo Arizona, como si aquello fuera una locura.

—Bien, ¿qué hacemos? —Piper intentó reconducir la situación—. ¿Cómo echamos a toda esta gente?

—Si los echamos, quedaremos fatal —replicó Ohana—. Da igual cómo o por qué han venido, no se echa a la gente.

—Eso es cierto —corroboró Cotton—. Tenemos que ser amables, ante todo.

—Se irán en cuanto vean que no hay alcohol —dijo KaDee, esperanzada.

—Vale, eso me gusta —asintió Piper—. Da esperanza, al menos. Saquemos cosas para picar, sirvamos refrescos y, si alguien pregunta, es una fiesta virgen.

—No, eso no, no vayan a pensar lo que no es —replicó KaDee.

—Una fiesta *móctel* —propuso Tuyen Mai—. Cócteles sin alcohol.

Hubo un segundo de confusión mientras todas se giraban hacia ella, sorprendidas porque la idea no era mala.

—De acuerdo, diremos eso —afirmó Piper, con una palmada—. Vigilemos que nadie suba y, si alguien trae alcohol, se lo quitáis.

—Entendido —dijo Ohana.

—Y lo tiráis a la basura —especificó—. Nada de guardarlo. Tapones al plástico, botella al vidrio y líquido por el fregadero.

—Menudo desperdicio… —refunfuñó Ohana.

Pero nadie la escuchaba: Piper había abierto la puerta y todas se dispersaban. Tuyen Mai decidió tomarse al pie de la letra lo de la planta superior, por lo que fue a sentarse en las escaleras y así impedir el paso.

Piper encontró a Cameron en una esquina y supuso que estaría intentando esconderse. Pobre, seguro que se sentía incómodo con toda aquella gente desconocida ahí.

—Tranquilo, tenemos un plan —dijo, acercándose.

—¿Un plan?

Miró de reojo hacia la puerta abierta. Sus amigos ya se acercaban por el camino, y les hizo un gesto de saludo sin que ella lo viera.

—Sí. Uno, que nadie vaya arriba. Dos, confiscar cualquier botella de alcohol que veamos. Tres, ser amables y darles de comer.

Él parpadeó. No entendía nada de aquel plan, ¿por qué iban a ser amables? Lo que querían era confrontaciones, no una fiesta del té, como parecía que iba a ser.

—Ya averiguaremos qué ha pasado, pero hay que capear el temporal como sea.

—Vale…

La miró irse a la cocina y entonces, los Phi Gamma Delta irrumpieron con saltos y gritos de «fiesta». Arizona salió al pasillo y se plantó delante de Tiger, con los brazos cruzados.

—¿Qué cojones hacéis aquí, panda de cavernícolas? —gruñó.

—Darte sexo oral no, monada, tú te lo pierdes.

Arizona pensó en darle una bofetada. En cambio, le arrebató la botella que llevaba en la mano.

—¡Eh! —exclamó él.

—Alcohol nada, es una fiesta *móctel*.

—¿Qué mierda es esa?

Mientras discutían, los demás estaban repartiéndose por la planta, y Arizona decidió apartarlo de un empujón para ir a controlar al resto. Iba a ser complicado echarlos, pero si las botellas desaparecían, seguro que se aburrían. Fue a la cocina a vaciarla y reciclar todo, tal y como había indicado Piper. Interceptó otra botella de camino al salón, y ahí vio a uno de aquellos indeseables sentado en el sofá. No en cualquier parte, sino en su sitio, precisamente. Se acercó y le dio con el pie en la zapatilla.

—Tú, imbécil —espetó.

—Jayden —contestó él, con calma.

—¿Qué?

—Me llamo Jayden, no imbécil.

—Has venido con Tiger y sus colegas, así que muy listo no eres.

—Lógica discutible, en fin. ¿En qué puedo ayudarte?

Ella se preparó para darle con la botella en la cabeza; no estaba de humor para más bromitas sexuales ni tonterías, pero el chico no añadió más. Se fijó en que no era como el resto: no llevaba la chaqueta del equipo, aquella cazadora tenía tachuelas y no parecía tener la envergadura de Tiger o Finn. A ver si se había confundido… No, se dijo al momento, porque él no había negado llegar con ellos. Sería un nuevo miembro o a saber, tampoco era que se fijara mucho: con las chaquetas parecían todos iguales, y si él encima no llevaba, daba la sensación de ir camuflado.

—Oye, Phi Gamma Delta —dijo, a ver cómo reaccionaba.

—¿Sí, Pi Delta Phi? Aunque lo educado sería decirme tu nombre, ya que yo te he dicho el mío. Usar nuestras fraternidades como si fueran palabras clave no mola.

Ella se sulfuró. ¿Encima iba de borde?

—Primero, me llamo Arizona —replicó—. Y segundo, ya puedes levantar el culo. Estás en mi sitio.

Él miró a izquierda y derecha, sin moverse. La verdad era que se divertía con todo aquello; conocía de sobra a todas las chicas, de verlas por la ventana (daba a su casa, así que era inevitable), encontrárselas por la universidad y, por si fuera poco, para meter la trola de Cameron había mirado sus perfiles, así que… sí, sabía quién era cada una y lo que estudiaban.

—¿Está tu nombre escrito en alguna parte? —la picó.

—Esta es mi sororidad, si te digo que te levantes, ¡te levantas!

Jayden se encogió de hombros. Se incorporó, sacudiéndose los pantalones, y la miró.

—Ya está.

Ella parpadeó, sorprendida, porque esperaba que siguiera la discusión o se pusiera tonto. Que lo era, porque encima aquella tranquilidad con la que hablaba la ponía de los nervios, como si no hubiera un montón de gente, la música estuviera alta o ella sulfurada.

—¿No vas a sentarte? —le preguntó él, con tono amable.

Arizona lo hizo, fastidiada, porque si no lo hacía, encima quedaría como una idiota, pidiéndole que se quitara para nada. Qué situación más absurda… sobre todo, porque él se sentó al lado y cogió un bol de palomitas con toda la calma del mundo.

—¿Quieres? —le ofreció, con una sonrisa.

«Tirártelas a la cabeza, sí», pensó ella. En cambio, cogió un puñado y se llenó la boca, rumiando cómo salir de aquel sofá. Joder, acabaría cogiendo manía a su esquina, ¡mierda!

Piper cogió una botella que había confiscado Ohana y decidió vigilarla también a ella. Bastante complicado era saludar con una sonrisa, cuando estaba al borde de un ataque de nervios, y revisar qué llevaba la gente para encima vigilar a su amiga, pero no le quedaba otra. Al menos Eliza bajaba, ya vestida, y vio que hablaba con Cotton. Confiaba en ellas dos para hacer de anfitrionas, seguro que conseguían mantener el orden. De un vistazo, comprobó que Tuyen Mai seguía plantada en la escalera, Arizona estaba en el sofá comiendo palomitas con gesto hosco (lo cual no supo cómo interpretar), y KaDee se dirigía a la cocina. Todo parecía controlado, menos la música, que estaba muy alta, así que fue a bajar el volumen.

KaDee cogió una bolsa de patatas fritas del armario y la vació en un bol. A ese paso iban a quedarse sin existencias, ¿qué demonios hacía toda aquella gente ahí?

—Esto no es sano. ¿Habéis leído lo que lleva?

KaDee levantó la vista y vio a Finn leyendo los ingredientes escritos en la bolsa.

—Pone que es *light* —replicó, aunque se preguntó por qué le daba explicaciones.

Alargó la mano para cogerla, pero claro, él solo tuvo que elevarla un poco para que no llegara. ¿Por qué tenían que ser todos aquellos jugadores tan altos? Y guapos… no, eso no. Eran imbéciles, daba igual que tuviera aquella mirada felina o esos labios gruesos. Se dio una colleja mental, que al final mucho insultarlos y la lerda era ella.

—Mira, en primer lugar —continuó él—, si contiene más de cuatro ingredientes es un producto, no un alimento. Así que por mucho que la mona se vista de seda, mona se queda: nunca podrá ser más sano un producto que un alimento de por sí natural.

—Pero ¿qué gilipolleces estás diciendo? Son patatas, punto. Llevarán menos sal o yo qué sé para que sean más sanas.

—Patata deshidratada, almidón de patata, aceite de girasol, harina de patata, sal y azúcar.

—¿Qué?

—Solo leo lo que pone. El almidón de patata, encima, contiene sulfitos…

KaDee dio un salto y consiguió quitarle el paquete.

—Esto es ridículo —murmuró.

—Y encima, puede contener trazas de gluten, soja y leche. Sinceramente, hay productos mucho más sanos en las baldas. Los que marcan *light* suelen tener conservantes u otros elementos que son nocivos. Es más sano comprar…

—¿Esa es tu entrada? ¿En serio?

Él la miró, sorprendido.

—¿Perdona?

—¿Así ligas? ¿Recitando frases de memoria?

—Yo no…

—«Si contiene más de cuatro ingredientes es un producto, no un alimento» —recitó—. ¿Me tomas el pelo?

—No, yo… o sea, es que me gusta leer lo que llevan las cosas. Pero si no me crees, hay aplicaciones. —Sacó su móvil—. Sirven para ver cómo de sano es algo, apuntas al código de barras y te dice…

—A mí no me enchufes con eso. —Le plantó la bolsa de plástico delante de la cámara del móvil—. ¡A saber si no me estás sacando una foto!

—Pero… no, mira.

Aturullado, intentó enseñarle el móvil, pero la chica le dio un manotazo que casi hizo que se le cayera al suelo.

—Mira, mejor te largas y si te llevas a tus amigos, genial. —Adiós la amabilidad de la sororidad, pero no se fiaba un pelo—. Seguro que a ellos les gustan tus discursos sobre los sulfitos.

Armada de valor, lo empujó hacia la puerta. Él no ofreció resistencia, aturdido, lo cual facilitó la «extracción». Al verlo en la puerta, Jayden se levantó del sofá y le hizo un saludo militar a Arizona.

—Hasta luego, hermana.

Ella lo ignoró, girando la cabeza hacia la ventana. Toby y John, que se habían aburrido de buscar alcohol, vieron que se iba con Finn y pensaron que era la señal para marcharse. Aquello ocasionó un efecto dominó que hizo que la gente comenzara a marcharse y un rato después, ya no quedaba nadie.

Piper cerró la puerta con un suspiro cansado y miró a las chicas y a Cameron, que estaba en un lado con cara de circunstancias.

—Ya hablaremos de esto —dijo—. Vamos a recoger y a la cama, que mañana tenemos clase.

Cameron se unió a ellas para limpiar, aturdido porque la cosa no había salido ni la mitad de mal de lo que suponían. ¡No había aparecido ni el de seguridad para llamar la atención! Eran más listas de lo que pensaban, ni en sueños se le habría ocurrido que podrían manejar la situación así de bien… Aquella casa era una caja de sorpresas.

Capítulo 5

El cartel no podía ser más claro: estaba pegado en la puerta de la calle, así que era imposible no verlo, y decía así:

<u>Reunión de hermanas hoy</u>
Lugar: salón
Hora: 19:00 horas
Asistencia: Muy obligatoria

Debajo había un garabato ilegible que Cameron supuso pertenecía a Piper. Soltó un suspiro sonoro, ya que, en su ingenuidad, había pensado que al ser viernes tendría el fin de semana libre de chicas, chicas y más chicas. Que solo llevaba unos pocos días allí, cierto, pero cada vez que echaba un vistazo por la ventana y veía la casa vecina, sentía unos deseos terribles de largarse. Y encima iba a tener que exprimirse el cerebro para pensar alguna idea mejor a la hora de crear problemas de verdad, la tentativa del día anterior con esa fiesta había quedado en nada. Las chicas habían sabido manejarlo de una forma muy hábil al eliminar el alcohol de la ecuación; de esa manera, las probabilidades de desmadre caían en picado.

Así que, al despertar esa mañana, se sintió aliviado al pensar que tenía dos días por delante para desaparecer. Podía usar la excusa de una visita rápida a la familia y después ocultarse en su fraternidad, donde debería estar. Ya volvería el lunes con las pilas recargadas.

Pero claro, ahora veía que iba a tener que estar presente en esa reunión de «hermanas» porque, mal que le pesara, era una de esas puñeteras hermanas.

Tuvo una breve visión de sí mismo hundido en el sofá beige mientras las chicas debatían temas tan importantes como el color de las servilletas de papel, si compraban tofu o algas, o ver quién le había cogido el bolso último modelo a Cotton. Tres días antes apenas si las distinguía, pero ahora empezaba a tener claro quién era quién en esa casa.

¡Él quería hacer cosas de tíos! Comer *pizza*, ver películas de terror o un partido, salir de fiesta y usar un gel masculino. No quería más avena, ni escuchar conversaciones sobre poros o celulitis. Por Dios, ¿acaso no sabían lo que era la intimidad?

Se dio cuenta de que miraba la nota con cara amargada, porque notó que alguien le daba una palmadita en el hombro. Se giró y encontró a Arizona, que acababa de leer el papel y tenía una expresión similar.

—Joder, qué coñazo, otra reunión —se quejó—. ¡Eso no se hace un viernes!

—Y que lo digas. ¿Es habitual, o una circunstancia especial?

—Se hace una vez al mes, más o menos, aún no tocaba. —Arizona se colgó la mochila del hombro e hizo una mueca—. No sé de qué irá.

—¿Y yo tengo que estar? —preguntó Cameron, esperanzado.

—Vives aquí, ¿no?

Él resopló. No, no parecía que se fuera a librar de la reunión.

—¿Tenías planes? —preguntó Arizona, mientras abría la puerta.

—Sí, pensaba visitar a los míos.

—Puedes ir mañana. ¿Dónde viven?

«Mierda», pensó él.

No tendría que haber abierto la boca, porras, ahora tendría que inventarse algo. O cortar la charla, pero ya había salido al porche tras ella con intención de ir hasta el campus acompañado y no podía echarse atrás.

—En Hammond —improvisó.

—¿En Indiana?

—Sí, pero está cerca, es media hora en coche —explicó.

Sus padres vivían en Chicago, pero Cameron conocía bien Hammond porque sus abuelos maternos se habían trasladado allí en busca de un poco de calma. Tampoco querían alejarse mucho para no perder contacto, de modo que escogieron algo no muy lejano.

—Pero no tienes coche, ¿no?

—Esto… no, es verdad, no tengo. Pensaba ir en autobús.

—¿Y no tienes ninguno temprano por la mañana?

Dios, ¿es que no podía dejar el tema? ¿Por qué le importaba tanto si se iba a o no? ¿No se daba cuenta de que no tenía la menor idea de los horarios del autobús y lo estaba poniendo en un aprieto?

—Ehhhh, sí, creo que hay uno a las nueve.

—Espera. —Arizona sacó su móvil y empezó a teclear ante la mirada estupefacta de Cameron—. Ah, aquí está. Joder, tienes un buen trecho hasta la estación, ¿cómo piensas ir?

Cameron se quedó en blanco, sin saber qué replicar. ¡A ver si al final lo iban a pillar por una excusa de mierda que se había inventado sobre la marcha!

—No lo había pensado —murmuró.

—Claro, aquí no conoces a nadie, ¿verdad? No tienes amigos que puedan acercarte.

Él negó.

—Tienes uno a las ocho —confirmó Arizona—. Si quieres te acerco yo, Piper me deja utilizar su coche. Ella no va a levantarse a esa hora, te lo aseguro.

El chico carraspeó unos segundos.

—Sí, vale, estaría genial. Gracias.

—¿Ves? Ya puedes quedarte a la reunión, lo único que mañana te tocará madrugar un poco, pero podrás ver a los tuyos.

—Sí, todo cuadra a la perfección. —La siguió a regañadientes.

Justo cuando ya abandonaban el porche, la puerta de la fraternidad vecina se abrió de golpe, para dar paso a una buena parte de sus miembros, que salían a empujones, entre gritos y carreras. Arizona frunció el ceño aún más; esa mañana, al abrir la ventana para ver qué tiempo hacía, se había encontrado con el chico del día anterior que justo coincidía frente a ella. Vaya, no lo había visto ni una vez el año pasado, y de pronto dos veces seguidas. ¿Seguro que formaba parte de esa hermandad?

Además, el muy impertinente le guiñó un ojo con una sonrisita burlona, lo que aún le sentó peor. Como respuesta, le enseñó el dedo índice y cerró las cortinas de golpe. Si es que eran una panda de orangutanes, por favor…

—¡Buenos días, parejita! —saludó Tiger, entre risas—. ¿Chico nuevo, Arizona? A ver si te da un poco de sexo y te cambia la cara.

Ella frunció el ceño, pero antes de que pudiera contestar, aquellos impresentables se metieron en el coche de Tiger y arrancaron, dejando tras de sí el ruido de la música. A saber dónde irían, lo que fuera con tal de no estudiar.

Cameron observó cómo se alejaban sin reaccionar. No podía creer el comentario que acababa de hacer su amigo… entendía que fingieran no conocerlo, obvio, pero lo demás resultaba de mal gusto.

—Esos gilipollas… —masculló la chica, y sacudió la cabeza—. No te preocupes, no es por ti, sino por mí.

—¿A qué te refieres?

—Como ninguna de nosotras les baila el agua, siempre están así. Hacen un montón de comentarios machistas y asquerosos, menuda imagen de los jugadores del equipo… se te quitan las ganas de interesarte por el deporte.

—Ah…

—No son conscientes del espectáculo tan patético que dan. Deberías verlos en las fiestas, pavoneándose cual gallos de corral. —Arizona sonrió—. Se creen tan guapos, populares e importantes, y la mayoría de las chicas se ríen de ellos.

—¿En serio?

¡Esa información era completamente nueva! Los Phi Gamma Delta llevaban las chaquetas, arrancaban vítores entre el personal y siempre tenían chicas dispuestas a colgarse de su brazo, así que se portaban como los reyes del campus. ¿Y no era para tanto?

—Algún día te enseñaré el grupo de WhatsApp femenino del campus.

—¿Qué grupo?

—Están la mayoría de las estudiantes del campus. Femeninas, claro. —Lo observó llena de dudas, recordaba el tema del género fluido o ser no binario—. Me encantaría dárselo a leer a ese grupo de macacos, pero claro, no puedo.

—No, claro. Sería traicionar su confianza.

¡Necesitaba cotillear en ese grupo! Eso sí que resultaba interesante, saber qué pensaban realmente el panorama femenino de su grupo.

—Así que estudias matemáticas —comentó Arizona.

—Sí, exacto.

—Me parece muy interesante. No creo que cualquiera sirva para esa carrera, tiene que ser alguien con un gran talento para los números, ¿verdad?

Cameron asintió.

—Y tú, ¿qué haces?

—Yo, escritura creativa.

—Vaya, una escritora —dijo Cameron sorprendido—. ¿En qué consiste exactamente?

—Bueno, es la que se aleja de los estándares habituales. No es tan técnica, ni periodística, ni lingüística, es menos académica —replicó Arizona—. Cuando llegué no tenía muy claro si era lo que quería, porque yo desde pequeña pensaba en ser periodista, pero...

Él alzó la ceja.

—No me gusta el panorama periodístico en estos momentos, y como sí quería escribir, pues me decidí por esa. Lo mismo algún día escribo un libro.

—Seguro, se te ve de ese tipo de persona que siempre consigue lo que quiere.

—¿Sí? —Arizona sonrió—. Vaya, gracias. No sé si es así, aunque está bien que se me perciba de esa manera. No puedes parecer débil, la gente te traga y te escupe si cree que eres vulnerable.

Él no supo qué responder a eso.

—Mira a los de enfrente, por ejemplo. Sería imposible poder tener una conversación normal con cualquiera de ellos.

Ahí no le iba a quitar la razón. De hecho, se preguntaba si él la habría tenido de no estar en esa situación... lo cierto es que no le molestaba, porque también le daba oportunidad de conocer a Arizona un poco más. Nunca había charlado con ella y en su fraternidad todos estaban de acuerdo en que era un bombón, pero también muy, muy borde. Sin embargo, en ese momento, a Cameron no se lo parecía. Cierto que había puesto mala cara al ver a Tiger y los otros, claro que, con ese saludo de buenos días, ¿qué otra cosa iba a hacer?

—¿No se salva ni uno? —preguntó.

—No sé qué decirte, tampoco conozco a todos, si he de ser sincera. Mira ayer, apareció uno al que no había visto en mi vida, y resulta que lleva ahí un año. —La chica se encogió de hombros.

Solo podía ser Jayden, claro. El único que ni pegaba con los demás, ni iba con ellos a ninguna parte. No se pasaba por los partidos, ni tampoco parecía interesarle… simplemente, vivía allí y hacía favores informáticos si la situación lo requería a cambio de inmunidad y la posibilidad de ir a las fiestas que le apetecieran, poco más.

A Cameron no le caía mal, claro que tampoco era que lo conociera demasiado. Sabía que Finn hacía buenas migas con él, pero eso no contaba porque Finn estaba muy raro desde finales del año anterior.

—Ya hemos llegado. —Arizona interrumpió sus pensamientos—. Yo me voy por aquí, nos vemos luego en la reunión.

—Vale. —Él la despidió con un gesto de la cabeza.

—Sé productivo —le deseó ella, antes de desaparecer dentro de su edificio.

Mientras retrocedía para ir al suyo, Cameron decidió seguir su consejo y centrarse en las clases. El tema de las chicas y el plan lo había distraído demasiado, no pensaba en otra cosa, y no podía descuidarse: necesitaba sacar buenas notas.

Logró permanecer atento durante un rato, aunque después su cabeza se fue por otros lares al recordar la reunión y su supuesta visita a la familia. O pensaba una excusa de última hora, o se veía montado en un autobús dirección a Hammond, que la propia Arizona lo iba a llevar a la estación, y era capaz de quedarse hasta que se fuera, las chicas hacían esas cosas.

¿De qué iría la reunión? ¿Podría utilizarlo para el plan de alguna manera? Quizá hablaran sobre el calendario de fiestas, eso sería información útil. O mejor todavía, si hablaban sobre las olimpiadas universitarias. Y ahora que se acordaba de eso, tenía pendiente revisar su propio currículo, para ver en qué materia estaba más versado. Qué rabia que cada vez que se acordaba no lo llevaba encima, seguro que después estaba liado con otros temas y se le olvidaba.

Hizo el esfuerzo de seguir la clase del profesor y apartar los temas de la sororidad a un lado hasta que logró centrarse.

A la hora de comer se encaminó a la cafetería del campus con la idea de buscar a los demás, aunque la desechó tan deprisa como había llegado. Si las chicas lo veían confraternizar, adiós al plan. Tendría que acostumbrarse a comer solo…

—¡Cameron!

Se dio la vuelta a toda velocidad al escuchar su nombre, para encontrarse con Piper. La chica se acercó con una sonrisa y una bolsa de papel marrón.

—Hola, ¿qué haces por aquí?

—He venido a buscarte —contestó ella—. No quería que estuvieras solo a la hora de la comida, todas sabemos lo difícil que es al principio, cuando no tienes amigos.

Vaya, eso no lo esperaba. ¿Tan desamparado parecía?

—Comemos, me acompañas a coger unos libros a la biblioteca y nos vamos a casa, ¿te parece bien?

Cameron no tenía más clases, de modo que asintió. La mayoría de las chicas comían en la cafetería del campus porque les resultaba más cómodo que cocinar a diario, y si se sacaban la tarjeta, también más barato. Ponían bote para los desayunos, cenas y picoteos… que debía ser lo único que tenían en común con sus vecinos, ya que en Phi Gamma Delta tampoco se cocinaba.

Aún hacía bueno, de modo que se sentaron en un banco para comer los sándwiches que Piper llevaba, y después Cameron fue con ella a la biblioteca.

—Wow —murmuró al verla—. ¡Es enorme!

—Sí, está guay, ¿verdad?

Las mesas eran espaciosas, con sitio para unos ocho o diez estudiantes, y había al menos diez hileras en cada lado, además de los sofás, que incluso tenían reposa piernas. Con la iluminación resultaba muy acogedor, ¿cómo era que jamás había entrado en ese edificio? No tenía ni punto de comparación estudiar allí con hacerlo en la fraternidad, ahí todo era paz. Claro que no imaginaba cuánto se le podía desencajar la cara a sus hermanos si alguien mencionaba la palabra «biblioteca».

—No tardo —dijo Piper, y se acercó hasta el mostrador final.

Cameron la esperó junto a la puerta. Durante la comida habían charlado de sus estudios, y ella le comentó que estudiaba ciencias medioambientales; después, hablaron de cine y acabaron con una lista de canciones inolvidables de la adolescencia. Cameron esperaba que volviera a la carga con el tema del feminismo, aunque no ocurrió. Bueno, a lo mejor no era tan pesada con el tema…

—Listo. —Ella apareció a su lado con dos libros bajo el brazo—. Venga, vamos, son las cinco y quiero darme una ducha antes de la reunión.

—Sobre eso… ¿De qué va el tema?

—¿En serio me lo preguntas, después de lo de ayer?

Él se quedó confuso unos segundos. ¡La fiesta! Joder, joder, ¿le habría pillado? ¿Sospechaba algo? La miró de reojo, mosqueado. No, no, no podía ser eso porque no estaría tan tranquila, seguro que le habrían montado el follón al instante. Quizá habían visto el anuncio, aunque no supieran quién lo había puesto.

Y Arizona en las nubes, como él. Ahora que Piper le había dicho eso, estaba claro. Qué tontos eran, ¡si hasta había dicho que hablarían de ello antes de irse a la cama! Eso le pasaba porque no estaba acostumbrado, en la fraternidad no se hablaba de nada serio. Apenas si se hacían reuniones, ahora que lo pensaba.

—Claro, claro —fue lo único que se le ocurrió decir.

—No es algo que se pueda dejar así como así. En Pi Delta Phi nos tomamos en serio estas cosas, ya lo verás.

—Claro, claro —repitió, pensando que debía parecer tonto—. Las normas están para algo.

Mejor le seguía la corriente, por si acaso. La chica afirmó ante aquello, y de pronto lo cogió del brazo con una sonrisa.

—Tranquilo, que como no va contigo, te librarás del consejo de guerra —bromeó—. Tengo el presentimiento de que nos vamos a llevar bien, ¿tú no?

Él movió la cabeza arriba y abajo con energía. Ganarse la confianza de la Hermana mayor era una de sus prioridades y no sabía qué había dicho o hecho para estar lográndolo, pero no iba a quejarse.

Atravesaron el campus así, sin soltarse, y continuaron de la misma forma hasta que llegaron a la casa. Ahí sí, Piper lo dejó ir.

—Te veo en un rato —le dijo, mientras desaparecía camino a la ducha.

Él fue a dejar las cosas a su habitación y bajó a la cocina a picar algo, donde se encontró de nuevo con Arizona, que también asaltaba la nevera.

—¿Hay hambre? —bromeó él.

—Cualquier cosa para superar la reunión, más que prepararme psicológicamente, lo hago físicamente. —Sacó un bote de pepinillos—. ¿Quieres?

—¿Te gusta eso?

—Debo ser la única, porque solo yo lo pongo en la lista.

Cogió uno y él se acercó para atrapar otro.

—La reunión es por la fiesta de ayer —le chivó, con tono conspiratorio.

—Claro, qué tonta. —Arizona se dio un golpe en la frente, cogió otro pepinillo y guardó el bote—. ¿Te lo ha dicho Piper?

—Sí.

—¿Y algo más?

—Nada, solo que os tomáis las normas muy en serio.

—Puf, eso fijo. Pero la fiesta no fue culpa nuestra, así que… en fin, será mejor que vayamos a coger sitio al sofá antes de que lo ocupen todas.

—Bueno, tu esquina la respetan.

—Obviamente, lo decía más por ti.

Le guiñó un ojo y se fue al salón, con él detrás. Las demás chicas llegaron poco a poco, hablando entre ellas, y Piper apareció a las siete en punto.

Con gesto serio y el móvil en la mano, se colocó en el centro frente al grupo.

—Bien, voy a ir al grano —dijo—. Esta reunión de emergencia es con motivo de la fiesta de ayer. —Manipuló su teléfono y les mostró la pantalla—. No fue un malentendido ni una casualidad.

Se paseó por delante de cada una para que pudieran ver bien lo que allí había.

—¿Es una invitación? —preguntó Tuyen Mai.

—No, es la lista de la compra —replicó Arizona, con el ceño fruncido.

—¿Cómo lo has encontrado? —preguntó KaDee, también mosqueada.

—Le pregunté a un par de chicas y me dijeron dónde lo habían visto. —Guardó el móvil y se cruzó de brazos—. Bien, ¿quién ha sido?

Pasó la mirada de una a otra, hasta parar en Ohana. Ella jugueteaba con su pelo y, al notar el silencio en la habitación, se enderezó. Notó las miradas de todas sus compañeras en ella y se dio cuenta de lo que ocurría.

—¡No puedes hablar en serio! —exclamó.

—¿Qué tienes que decir en tu defensa? —replicó Piper, con cero amabilidad en su voz.

—¡No he sido yo!

—Joder, Ohana —refunfuñó Arizona.

—¿Cómo has podido? —la acusó KaDee.

—Ya te vale, menuda forma de vengarte solo porque no hay alcohol —dijo Eliza, moviendo la cabeza.

—¡Pero si de eso no me enteré hasta que fui al armario!

Piper fue a replicar, aunque eso era verdad: Ohana no había visto que no tenían bebidas alcohólicas hasta que se habían preparado para ver la película.

—Da igual, dijimos que no habría fiestas y seguro que lo hiciste para ver si era verdad —suspiró Cotton—. ¿Por qué siempre vas a tu bola?

—No me lo puedo creer —gruñó ella—. ¡No tenéis pruebas!

—Tú eres la prueba —replicó Piper—. ¿Quién más iba a ser si no? Te pasas la vida de fiesta en fiesta, seguro que ya la tenías preparada y no quisiste avisar a la gente de que no se podía hacer.

Cameron pasó la mirada de una a otra, incómodo. Vaya, Piper podía ser de lo más dura cuando era necesario. Ohana se cruzó de brazos y las miró a todas, resentida.

—No puedo creer que penséis que soy capaz.

—Alguien lo ha hecho. —Piper se cruzó de brazos—. Me parece que no comprendes la gravedad del asunto, Ohana. Si la fiesta se hubiera desmadrado, si el rector llega a aparecer… ¿eres consciente de que podrían obligarnos a abandonar la casa? ¿De verdad quieres ir a una residencia de estudiantes cualquiera?

Las chicas se frotaron los brazos, inquietas.

—Esos sitios cuyo baño está fuera del cuarto y es público —susurró Cotton.

—Y sucios, generalmente —añadió Eliza, con una mueca de disgusto.

—No podría tener mi cuarto decorado en tonos pastel —comentó Tuyen Mai.

Por tercera vez consecutiva, las miradas se clavaron en Ohana, cada vez más enfadadas. Ninguna quería terminar en una residencia donde todos los espacios eran compartidos a excepción de la cama: adiós a sus mullidos sofás, a la nevera que podían llenar a su gusto, al uso de la televisión y los baños… no podían renunciar a las comodidades que tenían allí, y mucho menos porque a Ohana le apeteciera otra juerga.

—Nadie quiere eso —simplificó Arizona.

—Ni yo —repuso Ohana—. Por eso no hice nada, ¿cuántas veces tengo que repetir que la fiesta no ha sido cosa mía?

—La de San Valentín del año pasado tampoco lo era —comentó KaDee, y miró a Piper—. ¿No fue eso lo que dijo, Piper?

—Cierto, KaDee. —Piper miró a su amiga—. Igual que la de la semana de primavera.

—¡Vaya! Estás en lo cierto, Piper. ¿Y qué hay de…?

—Lo pillo —las cortó Ohana, con el ceño fruncido—. Sí, vale, esas las organicé yo. ¿Qué importancia tiene? Os habíais marchado en la semana de primavera y me quedé sola, no es un delito que organice una fiesta en mi propia casa.

—Y lo negaste, igual que ahora —señaló Piper—. De hecho, si la colcha de Tuyen Mai no hubiera ardido, ni nos habríamos enterado.

Ohana se cruzó de brazos con una mueca obstinada. Vaya, qué mierda. Siempre que montaba una fiesta salvaje lo negaba, cierto, aunque después terminaba por admitir su culpa.

—Esta vez yo no…

—Ya basta. —Piper alzó la mano para que guardara silencio—. Te has tomado el tema del rector a broma y no has respetado algo que se decidió entre todas. Este año no podemos estar a bobadas, nos jugamos mucho. Como castigo, propongo una semana de silencio con nuestra hermana.

—¿En serio? —preguntó Ohana, con los ojos como platos.

Los castigos no eran frecuentes, pero se recogían en el libro de reglas y Piper estaba en su derecho de proponerlo como Hermana mayor. Se sometía a votación y se acataba el resultado.

—¿A favor? —preguntó Piper.

KaDee fue la primera en levantar la mano y no se molestó en disimular su expresión de enfado, porque le importaba su carrera. No le hacía la menor gracia que Ohana pusiera en peligro lo que tenían solo porque fuera incapaz de controlar su consumo de alcohol o las ganas de fiesta. No se sentía demasiado comprensiva.

Poco a poco, las manos se alzaron ante la mirada impotente de Ohana, que se mantuvo de brazos cruzados hasta el final.

—¿Así que no vais a hablarme? Muy bonito —refunfuñó—. Muy bien, ¡haced lo que queráis!

Atravesó el salón para subir las escaleras y, segundos después, escucharon un portazo que hizo temblar los cimientos. Piper suspiró y se frotó la frente, agobiada.

—Bueno, chicas —dijo—. Ya sé que esto no mola, pero necesitamos que entienda lo que nos jugamos, así que habrá que ser consecuentes con el castigo.

—Solo para que me quede claro —intervino Cameron—, ¿no podemos hablar con ella?

—Eso es —confirmó Arizona—. Es un vacío de una semana.

—¿Y eso ayudará en algo?

—Hará que recapacite sobre si echa de menos a sus hermanas o prefiere seguir con sus salidas descontroladas —comentó Piper—. Si esto no es lo que quiere, puede ingresar en cualquier otra sororidad que se ajuste a sus gustos, pero la mayoría de las que estamos aquí nos preocupamos por nuestras carreras. Nos llevamos bien, cuidamos unas de otras y nos encanta nuestro hogar, no queremos perderlo.

Cameron se dio cuenta de que todas asentían. Estaba claro que Piper tenía capacidad de sobra como oradora, lograba transmitir con bastante exactitud los sentimientos de las presentes. Claro, si era Hermana mayor sería por algo.

—Me da un poco de pena —contestó.

—Como a todas. —Arizona se levantó—. Es duro tener que tratar así a una de las nuestras, no creas que nos gusta hacerlo. Pero necesitamos que aprenda la lección y no lo repita.

Tras ese comentario, las chicas permanecieron pensativas mientras asimilaban los acontecimientos. Y es que parecía increíble que, tan solo unos días después de la bronca del rector, Ohana hubiera liado aquella.

—En fin. —Arizona carraspeó—. ¿Pedimos unas *pizzas*?

—Ni hablar —se apresuró a decir Eliza.

—La tuya con masa integral y verduras.

—¡Que no! ¡Que solo porque tú no engordes no todos los sábados van a ser días de *pizza*!

—Secundo la moción. —KaDee alzó la mano—. No tengo ganas de hacer la cena. ¿Alguna se ofrece? —Otro silencio—. Bien, entonces sábado de *pizza*.

Piper abrió una aplicación en su móvil para que pudieran ver la carta y así escoger. Cameron se dio cuenta de que allí se formaban alianzas en base a la alimentación, ya que Cotton y Eliza pedían masas finas con queso sin grasa (si es que eso existía), mientras que otras como Arizona y KaDee no tenían el menor problema en comer lo que quisieran.

Piper anotó las peticiones sin excepción hasta que se acercó a él.

—¿Tú qué quieres? —preguntó, con una sonrisa.

—Ni idea. ¿Me dejas ver?

—Claro. —Se sentó a su lado—. Si quieres, podemos compartir alguna.

—Ya veo que es la tónica.

—Sí, cada una es un mundo —explicó la rubia, sin dejar de sonreír—. Eliza cuida mucho la línea, y Cotton lo hace por la piel. A Tuyen Mai no le gusta casi nada, así que siempre pide lo mismo... Arizona y KaDee son unas asquerosas, no engordan y pueden comer lo que les dé la gana. Y Ohana está castigada, así que no puede participar.

—Entonces, solo quedamos tú y yo —bromeó Cameron.

—Eso parece. —Piper le dejó el móvil para que pudiera mirar el menú—. ¿Qué tal una barbacoa?

—Perfecto. ¿Te importa si subo a cambiarme de ropa hasta que llegue la cena?

—Claro que no.

El chico le guiñó un ojo y subió hasta su cuarto. Una vez dentro, observó la bolsa de viaje con una mueca, ya que no olvidaba la mentira que le había soltado a Arizona, gracias a la cual iba a tener que levantarse a las siete para ser llevado a una estación, donde ya se veía montado en un autobús dirección a Hammond. Que no estaba lejos, cierto, pero una vez allí tendría que esperar al de vuelta... con la tontería iba a perder medio sábado.

Eso le pasaba por mentir, porras. Y que tampoco esperaba que ninguna se ofreciera a llevarlo, en su fraternidad cada uno se buscaba la vida cuando tenía que ir a algún lugar y no había coche disponible. Y con la comida sucedía parecido... uno llegaba, abría la nevera, cogía o cocinaba algo, y listo. No decidían en común qué comprar o comer, si alguien quería cualquier cosa tenía que comprársela él o pedirla, sin más. Cada uno cuidaba de sí mismo, excepto las noches de partido, que pedían *pizzas*.

Se puso ropa cómoda y salió del cuarto, dispuesto a reunirse con las chicas para la cena. Justo cuando cerraba la puerta, se encontró con Ohana, que también abría la suya.

—Iba al baño —murmuró ella, y sacudió la cabeza—. Perdón, olvidé que no puedes hablarme.

Cameron la observó cruzar el pasillo con cierta pena, a la chica le esperaba una semana difícil y no tenía la culpa de nada. Quizá en otras ocasiones sí, pero en esa el responsable era él. Se apoyó en la entrada de la habitación y esperó a que ella saliera.

—¿Qué haces ahí? —preguntó Ohana, al verlo de pie donde lo había dejado al entrar.

—Quería decirte que, si necesitas algo, estoy aquí.

—No deberías hablar conmigo. —Ella se encaminó a su dormitorio—. Si Piper o las demás se enteran, te echarán la bronca.

Él se apresuró a ponerse a su lado, sin entender bien el motivo. ¿Qué más le daba si Ohana recibía un castigo injusto? No tenía que sentirse mal, al fin y al cabo, aquel era su cometido en la casa, ¿no? Desestabilizar, crear mal rollo, conseguir que el rector las echara de una vez. No podía sentirse mal a las primeras de cambio, debía ser más fuerte.

—Si te sirve de consuelo, el castigo me ha parecido un poco duro.

Ohana abrió la puerta del cuarto, miró a ambos lados para asegurarse de que no había nadie, y se apartó para cederle el paso. Cameron obedeció, cerrando tras él, y observó a la chica sentarse en su cama. El dormitorio de Ohana estaba bastante desordenado, y tenía un corcho en la pared con un montón de *fliers* pinchados encima, además de invitaciones a fiestas, raves y cualquier cosa con música electrónica.

—No es el castigo más duro que hay —contestó ella, y se encogió de hombros—. Además, es normal que no me crean. He mentido un montón de veces.

—¿En serio? —Cameron se acercó hasta la joven y se sentó a su lado, aunque a una distancia prudente, no quería que pensara nada raro—. ¿Y eso?

—Soy universitaria, ¿no? Si no hago esto ahora, ¿cuándo se supone que lo haré?

A pesar de que la observación tenía cierta lógica, Cameron carraspeó.

—¿Has pensado en… conseguir cierto equilibrio?

—Mira, Cam —lo cortó ella—. En el instituto era la persona más aburrida del planeta. Estudiaba, sí, y me pasaba los fines de semana metida en casa esperando que alguien me invitara a salir. Nunca fui una persona divertida, pero al llegar aquí todo eso cambió.

—¿En qué sentido?

—En las fiestas puedo beber, desinhibirme y ser la persona que quiero ser, no esa chica coñazo que se queda quieta en una esquina porque le da vergüenza bailar. He conseguido más amigos, ligues y noches locas que del otro modo, ¿sabes?

—Bueno, lo entiendo —afirmó Cameron—. Solo que no debería ser tu plan habitual.

—¿Por qué no?

—Primero, porque beber siempre y todo el tiempo no es bueno.

—Hablas como Piper —se quejó Ohana, estirándose en la cama.

—Piper se preocupa por ti, por eso te lo dice. Y tiene razón. —Cameron la miró—. A ver, no te voy a negar que estamos en la universidad, y las fiestas son una parte importante de ello. Pero no son lo único, Ohana. Sobre todo, si te metes en líos debido a ello.

Cameron guardó silencio, sin tener muy claro de dónde le había salido esa vena de psicólogo de andar por casa. Ohana meditó un segundo sus palabras y frunció los labios.

—Bueno, dicho así tiene cierto sentido —resopló.

—Las chicas solo quieren conservar la casa y a ti en ella. Será difícil si no dejas de organizar fiestas…

—Te repito que esta vez no ha sido cosa mía —se quejó la morena—. ¡Digo la verdad! No tengo la menor idea de qué ha pasado.

—Eso da igual. —Cameron decidió que era mejor alejar ese tema, no fuera que Ohana se decidiera a indagar y acabaran por pillarle—. Lo hecho, hecho está.

Ella se cruzó de brazos.

—No creo que deba renunciar a divertirme —dijo.

—No digo que lo hagas. —Cameron le dio una palmadita en el brazo—. A mí me parece que tienes mucha personalidad, no creo que seas tan aburrida. Seguro que sin tanta fiesta seguirás teniendo amigos, ligues y noches locas.

Ohana no parecía muy convencida, se encogía de hombros y murmuraba por lo bajo.

—¿Tú no estudiabas matemáticas? —preguntó—. Porque pareces de psicología.

—Además, mira tu pelo. —Él señaló sus mechones de color granate—. Es imposible que pases desapercibida con ese aspecto tan exótico.

La muchacha lo miraba con cierta desconfianza, aunque Cameron no tenía motivos para mentir, o ella no los encontraba. A regañadientes admitió que llevaba razón y que lo mejor sería que se calmara y dejara las fiestas durante una temporada… la paz en la sororidad y con sus hermanas estaba por encima de eso, ahora que le habían retirado la palabra lo sabía.

—Trataré de beber menos —aceptó—. No sé si lo conseguiré, siempre que voy a una fiesta prometo no hacerlo y nunca lo cumplo.

—Si necesitas ayuda… —se ofreció Cameron sin pensar.

—Lo tendré en cuenta.

El chico asintió y se levantó, con intención de dejarla a solas.

—Oye, gracias por preocuparte —le dijo Ohana, cuando ya estaba en la puerta—. Has sido una elección estupenda.

—Gracias —sonrió él—. Es importante que nos apoyemos unos a otros.

Ohana se encogió de hombros.

—¿Y me subirías un trozo de *pizza* a escondidas? —Vio que él se reía, así que terminó por sonreír ella también—. O dos. Mejor dos, que tengo hambre.

Capítulo 6

—¡Se acabó el castigo, ya podéis hablarme, que me tenéis harta! —exclamó Ohana, irrumpiendo en el salón.

—¡Genial! —replicó Tuyen Mai, aplaudiendo con entusiasmo—. Porque necesito ayuda con un texto y todas están ocupadas, así que si tú…

—Huy, acabo de acordarme que tengo que ir a un sitio, así que adiós.

Terminó la frase ya fuera del salón, sin haber llegado a detenerse. Se cruzó con Cameron, que iba hacia allí, y este la miró sorprendido.

—¿Qué pasa? —le preguntó.

—¡Huye!

Él se quedó atónito. Era viernes, el día en que se terminaba su castigo de silencio, ¿no debería estar de charla con sus hermanas? A lo mejor estaba enfadada… aunque esa teoría se debilitó cuando vio que todas salían del salón y se dispersaban por la casa, saludándolo con prisas.

—Pero ¿qué…?

—Ah, Cameron, estás aquí —dijo Tuyen Mai, colocándose frente a él con una sonrisa de oreja a oreja—. ¿Estás ocupado?

—Ahora mismo, no.

—Estupendo, ¿tienes un rato libre, entonces?

—Bueno, sí, supongo. Solo iba a la cocina a coger una cerveza…

—Perfecto, yo te la llevo. —Lo empujó hacia el salón—. Tú ve al sofá y siéntate, enseguida estoy ahí. ¡Muchas gracias, eres el mejor por ayudarme!

Él se fue al sofá confuso, sin entender qué había ocurrido y sin saber en qué iba ayudarla. Ahí se dio cuenta de por qué habían desaparecido todas y estuvo tentado de hacer lo mismo, no podía ser nada bueno si ninguna lo hacía. Pero cuando estaba a punto de levantarse, la vio regresar con la cerveza en la mano y una sonrisa tan feliz que le dio apuro dejarla plantada. La chica le entregó la bebida y le dio un folio.

—Solo tienes que leerme las frases marcadas —indicó ella, señalándolas por si acaso—. Tengo que presentar esta escena el lunes en clase y necesito practicar el fin de semana.

—Ah, genial, es fácil.

Menuda tontería. ¿Y por eso huían todas?

—No creas. Llevo con esta escena desde que hemos empezado, y no consigo clavarla. El lunes es mi última oportunidad.

Cameron se quedó atónito. La miró, bajó la vista a la hoja y de nuevo a ella. ¡Si eran cuatro líneas!

—Vamos, empieza —dijo ella.

—A ver, la primera línea es tuya.

—Sí, sí, pero necesito que me metas en la escena, lee la introducción.

Él tomó un poco de cerveza y leyó:

—«Lana entra en la habitación corriendo con gesto de angustia».

Miró a Tuyen Mai, que agitaba los brazos y movía el cuello. Hasta dio un par de saltitos, con un resoplido.

—Ejercicios de calentamiento —explicó ella, al ver su cara—. Me ayudan a centrarme. Bien, ¿qué decías?

Cameron volvió a leer la frase. Tuyen Mai salió del salón y poco después, entraba corriendo con una mano en la frente y cara de… en fin, sería angustia, aunque él no estaba seguro de si era eso.

—Dios mío, Dios mío, ¿dónde estoy? —recitó.

—Has atravesado un portal mágico —leyó él.

—Oh, no, ¿por qué oigo voces? —Lo miró, frunciendo el ceño—. Espera, ¿qué pone? ¿«oigo» o «escucho»?

—Lo segundo.

—Porras. Vale, voy a repetirlo.

De nuevo, agitó los brazos, movió el cuello y resopló antes de salir.

Diez minutos después Cameron pensó dos cosas: una, ya entendía por qué habían salido todas huyendo; dos, se sentía como el protagonista de alguna de esas películas en las que revivían el mismo momento una y otra vez. Había intentado escapar un par de veces, pero era imposible, parecía que había un campo de fuerza en la puerta que le impedía hacerlo.

—¿Lo digo más alto? —preguntó Tuyen Mai, de pronto, tras casi llegar a la última parte.

—Yo creo que estaba bien —replicó él, con la esperanza de poder marcharse.

—¿Seguro? —Se sentó a su lado y cogió la hoja, releyendo—. Ay, Cameron, es que no hay manera de que se me meta en la cabeza todo esto.

—Es solo una escena, no le des tantas vueltas.

—Es más que eso. El año pasado no hice nada en ninguna de las obras en todo el año. Siempre me tocó hacer de bulto, de esas que se quedan al fondo, pasean o… vamos, que si me ponen un disfraz de árbol hubiera hecho lo mismo.

—¿No exageras un poco?

—¡Eso me dicen! —Lo miró, abriendo mucho los ojos—. ¿Tú también lo piensas? ¿Soy demasiado melodramática? ¿Sobreactúo?

—Eh…

Cameron cogió la cerveza de nuevo, en un intento de ganar tiempo. No había querido decir eso, pero sí, eso parecía, aunque no era un entendido en la materia.

—Se me da bien toda la teoría —suspiró ella—. Todo lo que va sobre el papel.

—¿Y qué es? Perdona, es que no tengo ni idea de lo que se estudia en arte dramático.

—No pasa nada, yo tampoco sé qué hacéis en matemáticas.

Ni él tampoco, que aún no había tenido tiempo de echar un ojo a la puñetera carrera ni al currículo que le había montado Jayden.

—Pues, por ejemplo, todos los temas de iluminación, caracterización, historia… Pero en cuanto tengo que hacer improvisación, me quedo en blanco. A la hora de actuar, temo quedarme corta y al final parece que me paso… ¡Y no consigo desmayarme con gracia! Siempre pienso que me voy a hacer daño y claro, lo hago mal.

Para demostrárselo, se levantó, hizo un giro extraño y cayó al suelo a cámara lenta.

—¿Lo ves?

Se levantó con gesto de fastidio y él carraspeó.

—A ver, yo creo que lo piensas demasiado —le dijo—. La gente no se pone a girar antes de desmayarse. No sé, prueba solo a mirar dónde está el suelo y cae de lado, es lo que hacemos... hacen los jugadores, para no hacerse daño. Busca una postura cómoda y ensaya con esa.

Tuyen Mai se sentó a su lado, mirándolo con asombro. Era la primera vez que alguien le daba un consejo real, algo que podía servirle, y que no la mandaba a la porra después de ensayar la misma frase veinte veces.

—Y sobre las líneas... No sé, no te preocupes tanto si fallas una palabra, no creo que sea tan grave.

—Es que quiero que salga perfecto.

—Entonces no sería natural, ¿no? Quiero decir, cuando uno actúa, tiene que creérselo y vivirlo, no estar pensando que no puede fallar. —Que se lo dijera a él, que a ese paso iba a por un Oscar—. Déjate llevar.

Tuyen Mai cogió la hoja, pensativa, aunque sin llegar a leerla.

—Lo voy a intentar —dijo, decidida—. Voy a hacer pruebas. ¿Te importa si el domingo me ayudas de nuevo, a ver si ves alguna diferencia?

—Sin problema.

—Genial, muchas gracias. Eres un ángel.

Le dio un abrazo y se fue concentrada en la hoja, como si las palabras fueran cambiando y no fuera el mismo texto todo el tiempo.

Cameron sacudió la cabeza y sacó el móvil, que le había vibrado.

Tiger: «¿Algún plan para joderlas? Que han tenido la semana muy tranquila».

Cameron: «Estoy en ello».

Se lo guardó, fastidiado. Si Tiger y los otros se enteraran de que se dedicaba a dar consejos... Que no lo pretendía, pero le salía solo.

—¿Y Tuyen Mai? —preguntó Piper, asomándose con cuidado.

—Ha ido a su cuarto, creo.

—Vaya, te has librado rápido.

—La pobre solo necesita ensayar.

—Sí, mucho. Nos tiene la cabeza loca a todas... —Le sonrió—. Perdona, no queríamos dejarte ahí solo, pero...

—Me lo tomaré como si fuera una novatada. —Le guiñó un ojo—. Tampoco ha sido para tanto, la verdad. Hemos quedado el domingo para otro ensayo.

Vaya, sí que se integraba el muchacho, pensó Piper. Cualquiera no aguantaba los ensayos de Tuyen Mai así como así.

—¿Tienes planes para este fin de semana? —le preguntó.

—No, tengo que hacer un trabajo de... matemáticas.

Mejor que no le preguntara sobre qué específicamente porque no se le ocurría nada.

—¿Y tú? —preguntó, con rapidez.

—Poca cosa, biblioteca y ayudar a Cotton con un proyecto, necesita una modelo.

—¿Una modelo? —La miró de arriba abajo, y enrojeció al darse cuenta—. Perdón. O sea, podrías serlo, no quería mirarte así, quiero decir... perdón.

Le costaba no mirarla, eso para empezar, y hacerlo tan descaradamente, después de cómo hablaba de sus colegas... En fin, no le extrañaría si se ponía a la defensiva. Sin embargo, ella rio.

—Tranquilo, no me lo he tomado a mal. No es modelo en plan que tengo que hacer un desfile... Solo quiere hacer unas fotos con un diseño que ha hecho y necesita una modelo con el pelo azul. Mañana iré a comprar tinte.

—¿No sería mejor una peluca?

—Dice que son artificiales. —Se encogió de hombros—. No pasa nada, compraré uno de esos que se quitan al lavarlo y ya está.

El móvil de Cameron vibró de nuevo en su bolsillo y metió la mano, atrapándolo con sus dedos. Era como si los mensajes de Tiger se hubieran transformado en un pequeño demonio en su hombro, diciéndole que ahí tenía su oportunidad.

—Si quieres te lo compro yo —se ofreció—. Tengo que ir al centro a coger... cosas de afeitado —improvisó.

—¿Seguro que no te importa? Porque me harías un favor enorme.

—No, para nada.

—¿Quieres llevarte mi coche? Así no vas en autobús.

Ya había sacado las llaves y se las ofrecía, así que las cogió. Ahí dio un manotazo mental al demonio, ni loco le haría algo al coche. Eso sería demasiado, se lo devolvería intacto, ni un rasponazo suave.

—Oh, ¿vas a alguna parte? —preguntó Eliza, que bajaba por las escaleras.

—No, mañana —respondió él—. Voy al centro a por unas cosillas.

—Genial, pues cógeme champú, que se me ha acabado. Te mando por WhatsApp una foto para que no te equivoques y te hago el pago por móvil.

—Val...

No llegó a terminar la frase: era como si hubiera saltado algún tipo de alarma, porque Cotton apareció también, para pedirle una crema, después Arizona, y así acabó con una lista más larga de lo que había creído. Le iba a salir bien la broma... Acabaría tardando una hora para algo a lo que había pensado dedicar cinco minutos. Como su móvil seguía vibrando, cogió sobras de la cena del día anterior para subir a su habitación con la excusa de estudiar y se sentó en la cama. Lo sacó y vio que Tiger había seguido con el tema, los demás le seguían la corriente y encima habían puesto un montón de gilipolleces, como meterse en sus habitaciones y ponerles pasta de dientes en las almohadas, echarles miel en los zapatos... Joder, ni que estuvieran en un campamento infantil.

Cameron: «Dejad de decir tonterías ya, pesados».

Finn: «Están descontrolados, pon un poco de orden».

Tiger: «Aquí el orden lo pongo yo».

Finn: «Señor, sí, señor. Qué susceptible, jajaja».

Tiger: «Menos bromas, que así te va en el campo».

Cameron parpadeó. Joder, Tiger estaba muy susceptible. Atacar de ese modo a Finn le pareció gratuito y así debió pensar el chico, que no volvió a escribir, aunque los demás continuaron poniendo comentarios.

Cameron: «Estoy en ello. Esto no es tan fácil, pero grano a grano se hace una playa».

A ver si así lo dejaban en paz, que al final iban a estresarlo y de verdad necesitaba estudiar. Como siguieron con tonterías, puso unos emoticonos de cansancio a ver si al fin se callaban, y se sentó en el escritorio con la cena al lado. Tenía dos semanas para el trabajo sobre mitos de la asignatura de Creencias, rituales y religiones… Poco tiempo para todo lo que tenía que leer, ya que aún no había escogido entre las opciones que les daban, que iban desde brujería en la edad media hasta vampiros, pero todo eso se le antojaba muy visto. Quería ir hacia lo más cercano, leyendas urbanas actuales, y no por eso iba a ser más sencillo: había más de las que pensaba, y buscar las causas y desarrollo le iba a llevar siglos.

Casi se quedó dormido sobre el portátil, así que se metió en la cama y puso pronto el despertador para seguir unas horas antes de irse al centro con el coche de Piper. Tuvo que ajustar el asiento para poder conducir y cuando lo encendió, vio que estaba sintonizado un canal de radio de música, así que no lo cambió. Condujo hasta un CVS que conocía, allí seguro que encontraba todo lo que necesitaba. Tuvo que recorrer varios pasillos para poder completar la lista, que revisó un par de veces por si acaso. Cuando dejó todo en la caja, la chica que estaba allí fue pasando los productos, echándole una mirada con cada uno.

—Es para unas amigas —dijo él.

—Claro. —Se encogió de hombros—. Lo que tú digas. —Pasó el tinte—. Es un tono muy bonito, quedará azul cielo eléctrico.

—¿Perdón? ¿Eléctrico?

—Sí, que no queda pastelón. Te quedará genial con esos ojos que tienes.

—Gracias.

No estaba para coqueteos, más bien estaba a punto de arrepentirse de todo aquello, así que lo metió en una bolsa con rapidez y pagó. Guardó el recibo para que después le pagara cada una lo que le debía y regresó a la casa, donde fue recibido como si fuera Papá Noel en Navidad. Así daba gusto, cuando iba alguno a recados en Phi Gamma Delta, no había ni un «gracias» de por medio, y encima le pagaron al momento.

—Me encanta el color, irá genial —dijo Cotton, al coger el bote—. Vamos a comer y después hacemos todo, ¿te parece?

Piper afirmó. Ver el azul tan cerca le hacía temer el resultado, pero, en fin, iba a ser solo un día, así que…

Se juntaron todas para comer y después se dispersaron de nuevo. Cameron se fue de nuevo a estudiar, aunque no podía concentrarse pensando que Piper cambiaba el color de su pelo en aquel momento en el cuarto de baño.

—¿Es normal que se vea tanto azul? —preguntaba la susodicha a Cotton mientras esta le aplicaba el tinte.

—Que sí, tranquila. —Miró el bote, con el pincel en la mano—. Aquí dice «aplicar generosamente y dejar reposar media hora», así que eso estoy haciendo.

—Vale, vale.

Volvió a mirar su reflejo en el espejo. Cotton lo hacía a conciencia: había separado el pelo en partes para que no quedara ni un mechón sin cubrir, y ya tenía toda la cabeza cubierta.

—¿Te pica o algo? —le preguntó su amiga.

—No, no, nada.

—Vale, pues ya está. —Cogió un gorro de baño de plástico y se lo puso—. Ahora a esperar. Voy a mirar la ropa y preparar la cámara.

—Parezco mi abuela —refunfuñó Piper.

Cotton rio y Piper le sacó la lengua mientras la veía marcharse. Las cosas que se hacían por las amigas… En fin, ya que tenía que estar con eso puesto un buen rato, salió del baño tras colocarse una toalla sobre los hombros, por si goteaba azul, y fue a su habitación a coger unos apuntes que estaba preparando. Les echó un vistazo y pensó que necesitaba alguna opinión externa antes de ponerse a redactar.

Salió al pasillo y titubeó mirando las puertas de las habitaciones. Cotton estaba con sus diseños, Tuyen Mai ensayando, Eliza había salido con KaDee y Arizona… bueno, ella ya sabía cómo pensaba, así que solo le quedaba Cameron. Que, por otro lado, quizá era la mejor opción: una visión masculina. O binaria. O no-binaria… Lo que fuera.

Cameron escuchó que llamaban a la puerta y se apresuró a cambiar la pantalla del portátil, poniendo la primera web de matemáticas que encontró.

—Adelante —dijo.

La puerta se abrió y se sobresaltó al ver asomarse a alguien con una cosa de plástico en la cabeza, hasta que se dio cuenta de que era Piper.

—Sí, esa cara he puesto yo al verme —sonrió ella.

—Perdona, es que… ¿es el tinte?

—Sí, debo tenerlo un rato para que haga efecto.

—Ah, ya.

—¿Tienes unos minutos? Quería comentar una cosa contigo.

—Claro.

Deslizó su silla hacia atrás, señalando un taburete que tenía cerca, y ella fue a ocuparlo, no sin antes echar un ojo a su portátil.

—¿Sumas y restas? ¿No tienes eso superado? —bromeó.

Cameron miró la pantalla: había abierto una web infantil, con payasos y estrellas por todas partes. Cerró el portátil aclarándose la garganta.

—Sí, bueno, ejem, es el trabajo que estoy haciendo… cómo iniciar a niños en matemáticas —improvisó.

—Yo soy fatal con los números —confesó—. Siempre he sido más de letras.

«Y yo, y yo» , pensó él, casi con desesperación.

—En fin, ¿qué te trae por mi humilde morada? —preguntó, a ver si dejaban el tema de las matemáticas atrás.

—Ah, eso. —Acercó el taburete—. Verás, es que estoy preparando una charla. Aún queda tiempo, pero estoy recopilando ideas y he pensado que quizá tú puedas ayudarme.

—¿Una charla sobre qué?

—Feminismo.

«Claro, por supuesto».

—No sé yo si sirvo para eso…

—Claro que sí, el feminismo es para todo el mundo. No es algo de mujeres, eso es un error muy común.

Él se cruzó de brazos, preparado para un ataque. Ya le parecía que había entrado ahí con demasiada facilidad, estaba claro que tardo o temprano le echarían un discursito.

—Piper…

—A ver, que yo también pensaba eso —lo interrumpió ella—. O más bien, no tenía claro el concepto, ¿sabes? Igual que mucha gente salta con eso de «no soy machista ni feminista», como si fueran contrarios.

Cameron puso cara de póquer, porque esa era una de las cosas que pensaba… y sí, lo que más se repetía en su mundo masculino.

—No quiero llenar el discurso de cosas ya dichas, ¿sabes? La definición de feminismo está muy vista…

—Aunque no viene mal recordarla, ejem. Por si las dudas.

—¿En serio? ¿Crees que todavía hay gente que no sabe que solo es el principio de igualdad de derechos de la mujer y el hombre?

—Tú por si acaso menciónalo. O… Bueno, ¿tú por qué te hiciste feminista? Quiero decir, ¿cómo tomaste conciencia y decidiste luchar por ello? Quizá puedas hablar de eso.

Y así de paso, se enteraba él también, que en ese tema se veía muy perdido, por lo visto. No se había parado a pensarlo demasiado, pero tampoco qué entradas de la universidad eran problemáticas o qué pensaban ellas de sus comentarios, así que…

—Vaya, pues es buena idea —comentó, cogiendo un bolígrafo de encima de su mesa y haciendo alguna anotación—. Llevarlo a lo personal.

—Eso es.

—Claro, así puedo generar empatía. Y no solo de las mujeres, lo que quiero es llegar a los hombres como… —Lo miró—. Eh… ¿como tú?

Él elevó una ceja sin saber si preguntaba o afirmaba, había sonado muy extraño.

—En fin, si lo pienso… —siguió ella, a toda prisa para no tocar el tema—. Creo que todo empezó cuando fui a pedir trabajo un verano con dieciséis años y vi el uniforme de camarera. ¿Te puedes creer que me lo dieron una talla más pequeña?

—¿En serio?

—Sí. Me dijeron que así ganaría más propinas.

—¿Y qué hiciste?

—Pues cuando fui a casa y lo conté, mi padre me acompañó de regreso al restaurante y aprendí que mi padre sabía más tacos de lo que yo pensaba. —Sonrió—. Ahí he tenido suerte, porque mis padres no son nada machistas. Y me di cuenta en una reunión familiar, ese mismo verano. Mi tío no quería que mi primo fregara, decía que lo hiciera yo, ahí discutieron. Los dos nos fuimos a una esquina a hablar para no oírlos y me contó que su padre lo presionaba para jugar al fútbol.

Vaya, eso le sonaba.

—Ya —murmuró.

—Y que había tenido una lesión de rodilla horrible, pero que tuvo que tragarse las lágrimas porque no quería que lo vieran llorar, así que nadie pensaba que era tan grave hasta que se le hinchó y tuvieron que llamar a una ambulancia.

—Es que los chicos… bueno, ya sabes, no lloramos.

—Pues claro que lloráis, Cameron. Tenéis derecho a hacerlo, eso es algo que el feminismo quiere también. Que podáis mostrar vuestros sentimientos sin que os insulten por ello, ¿entiendes? Igualdad entre hombre y mujer, en ambas direcciones.

Ahí Cameron descruzó los brazos, cambiando el gesto defensivo por uno de interés. Nunca lo había mirado por ese lado.

—Eso ponlo —le dijo.

—Vale. —Anotó—. Otro ejemplo, el rosa y el azul. Todos deberíamos tener derecho a ponernos la ropa del color que queramos, y ahí nosotras tenemos más ventaja, porque no pasa nada si nos ponemos una camiseta azul. Pero como un tío aparezca con algo rosa... —Él afirmó—. Y no hablemos de faldas, quitando las escocesas. Aunque esa es una guerra que veo a más largo plazo, la verdad.

Cameron no supo si afirmar o negar. En la vida se había planteado una falda, aunque se dio cuenta de que el debate no era si le gustaban o no, sino el hecho de que, de ser así, no se la podía poner. Vaya, pues eso tampoco le parecía bien.

—¿Qué hiciste después de lo de restaurante? ¿Fuiste a algún otro sitio?

—Oh, sí, de ayudante en un campamento de verano. Ahí el uniforme femenino eran pantalones cortos sí o sí, con camiseta de tirantes. Los chicos podían escoger pantalón largo o corto, y las camisetas eran con mangas. Al menos no era tan revelador, pero tuve que aguantar a un imbécil que no pillaba las indirectas. Bueno, ni las directas. —Sacudió la cabeza, aunque dejó de hacerlo al notar el plástico moverse y se lo recolocó—. Era de los que se ponía en plan «dices que no, pero es quizá»; si me miras así, es porque te gusto; a todas os gusta haceros las estrechas...

—Qué simpático.

Había escuchado esas frases salir de la boca de Tiger mil veces... y no había dicho nada porque las daba por ciertas. ¿Cómo no iba una chica a ir detrás de un jugador? Era absurdo... aunque empezaba a dudarlo, visto lo visto.

—Al menos aquí tengo la sororidad, porque no ha sido mucho más fácil con tanta testosterona cerca.

—Ya.

—Al verano siguiente estuve en otro restaurante. Ahí ni tan mal, pero no sabes las veces que me han dejado propina con números de teléfono, o tocado el culo al pasar al lado... ¡y eso siendo menor! Más de una vez me han esperado alguno de esos babosos al salir, en plan «tía, te he dejado propina, me debes una mamada por lo menos».

—Joder, qué asco.

—Efectivamente. Pero ¿sabes lo peor? Que eso me ha pasado en citas. Nunca dejo que me inviten, siempre insisto en pagar a medias para no entrar en esa discusión, porque también me ha pasado más de una vez. «Te he traído a casa, te he invitado a cenar, ¿no deberías hacer algo por mí?».

Cameron escuchaba todo aquello descubriendo una realidad diferente. Eso que ella contaba... Joder, sus amigos de la fraternidad decían todas aquellas cosas: si se invitaba a una chica, algo había que obtener a cambio, por lo menos llegar a la segunda base, nada de un besito casto y ya. Qué menos que se dejaran meter mano un poco...

—Vaya, eso es... o sea, vaya —murmuró.

—Supongo que no es algo que se vea de primeras. Un día escuché a mi tía hablar de cómo habían ascendido a un compañero con menos años en la empresa porque ella tenía dos hijos y claro, había tenido que ausentarse algunas veces por citas médicas.

—Se supone que eso no puede hacerse.

—Ya, pero de la teoría a la práctica, hay un trecho. Las empresas se escudan en mil cosas... Créeme, la discriminación existe. Hasta que no se generalice que los hombres cojan bajas por paternidad o sean quienes vayan a las reuniones escolares, eso no va a cambiar. —Sonrió al ver su cara—. ¿Ves? Ni siquiera te lo habías planteado, es algo «natural» —hizo el gesto de comillas con las manos— que todo eso lo haga la madre.

—Son muchas cosas —suspiró él.

—Efectivamente. Y hay que empezar desde pequeños, si una niña pide un camión y un niño una muñeca, nadie debería decir que no.

Ahí Cameron afirmó con la cabeza. En su caso, cuando tenía seis años recordaba haber pedido una cocina de juguete. Le gustaba hacer pasteles con su madre y lo había puesto en su carta para Papá Noel. No le llegó, así que lo pidió para su cumpleaños, que fue cuando su padre le dijo que eso no era para niños y le regalaron, en cambio, un balón de fútbol y una inscripción en la liga infantil. Sí, eso lo entendía.

—Entonces, ¿en qué me centro? —dijo ella, mirando la hoja de nuevo—. ¿Las experiencias personales?

—Sí, exacto. Creo que lo de empatizar con el público es lo mejor, así te los ganarás.

—Vale, pues le doy una vuelta y a ver qué me sale. —Se incorporó—. Muchas gracias, Cam. Voy a quitarme esto, que ya llevo más de media hora.

Salió con una sonrisa y él se quedó sentado, sintiéndose fatal, aunque ya no podía hacer nada: el tinte estaba puesto y bien puesto.

Piper dejó la hoja con anotaciones en su habitación y fue a lavarse el pelo. El agua salió azul cuando enjuagó y pensó que parecía que había matado algún pitufo. En fin, eso seguro que era señal de que se quitaría fácil, así que no frotó mucho y se lo secó, creando unas bonitas ondas.

—Vaya, te queda genial —le dijo Cotton, asomándose.

Piper se miró en el espejo con gesto crítico. Para un rato, no estaba mal: era azul claro, aunque brillante, un tono pastel que pasaba más desapercibido.

—Vamos a hacer esas fotos rápido, anda —murmuró.

Se fue con ella a su habitación. Por el camino tocó en la puerta de Cameron para mostrarle el resultado.

—¿Qué te parece?

—Vaya, te queda muy bien —respondió.

Y lo decía en serio, estaba guapísima.

—Eres un adulador.

Le sonrió y cerró la puerta, siguiendo su camino con Cotton para ponerse la ropa que la chica había creado. Estaba hilvanada, sin coser del todo, por lo que tuvo cuidado al ponérsela para que no se deshiciera. Cotton le sacó unas cuantas fotos, le hizo cambiarse e incluso le dio un chicle rosa intenso para que hiciera globos y así crear contraste de colores. Su amiga tenía unas ideas un poco… excéntricas, pero la verdad era que las fotos quedaban espectaculares.

—¿Necesitas más? —le preguntó.

—No, ya puedes ir a quitártelo —sonrió—. Aunque en serio, te queda genial.

Si fueran unos mechones quizá se lo dejaría, pero no, aquello era demasiado, así que Piper volvió al baño. Se frotó bien, vio el agua teñirse un poco de azul, volvió a frotar, enjuagó… y cuando se miró en el espejo, vio que seguía azul.

—¡Cotton! —llamó, asustada.

Su amiga no tardó en ir, inquieta por su tono de voz.

—¿Qué pasa? ¿Por qué no te has lavado el pelo aún?

—¡Lo he hecho! Pero no se va.

—A ver, déjame.

Piper inclinó la cabeza para que Cotton la ayudara. Notó cómo le frotaba el pelo con fuerza, casi demasiada, pero el agua apenas si salía azul.

—Ay, Dios —dijo su amiga.

—¿Qué? ¿Qué?

—¡No se va!

Por si acaso, puso más champú y volvió a frotar. Quitó toda la espuma… y el pelo seguía azul. Piper se incorporó, yendo al espejo, y Cotton cogió el bote a toda prisa.

—¿Qué pone? ¿Cómo se quita? —preguntó Piper, desesperada.

—¡Es permanente!

—¿Qué? —Piper se lo arrebató y leyó—. Oh, no.

—¡Cameron!

El chico, que esperaba los gritos desde su habitación, cogió aire y salió, dispuesto a recibir una buena bronca.

—¿Qué pasa? —preguntó, con cara de inocente.

—Te has equivocado de tinte —le dijo Cotton, señalando el paquete—. ¡Es permanente!

—¿Qué? —Puso cara de susto—. ¡No! Dios, lo siento, Piper.

—Tranquilo, no pasa nada —dijo ella, cogiendo aire—. Cotton, no le eches la culpa, es un error que le puede pasar a cualquiera. Me lo tiño de rubio y ya.

—Mejor no —se dijo esta, mordiéndose el labio—. Aquí pone que hay que dejar pasar al menos un mes, muchos lavados antes de hacerlo, porque se puede estropear el pelo y habría que cortártelo… aparte de que a saber qué color saldría.

Piper se tocó el pelo para protegerlo, como si alguien se acercara con unas tijeras invisibles.

—No, cortarlo no —se negó.

Volvió a mirarse en el espejo, con los ojos humedecidos.

—Al menos no te queda mal… —Cameron intentó animarla, pensando que, como se echara a llorar, la culpabilidad le iba a volver loco.

—Supongo. —Suspiró—. Madre mía, voy a tener que ponerme un gorro.

—Enseguida empieza el frío —ayudó Cotton.

—La gente puede pensar que eres valiente por usar ese color —aventuró Cameron.

Ella lo miró, ladeando la cabeza. Eso lo dudaba… aunque cualquiera sabía. Por el momento, las coletas con gorro serían sus mejores amigas una buena temporada.

Capítulo 7

—¿Seguro que no quieres venir a casa?

KaDee levantó la vista de su portátil y miró a Piper, que estaba apoyada en la puerta de su habitación. Su pelo seguía azul: lo había lavado un montón de veces sin éxito y una visita a una peluquera le confirmó que teñirlo de nuevo podría destrozárselo, así que la pobre se había resignado a llevarlo así. Al menos con el frío disimulaba un poco poniéndose gorros, lo cual no servía en interiores… y el *shock* inicial había ido pasado a un segundo plano cuando varias personas se le habían acercado para decirle que les encantaba el color, que le quedaba genial o, lo mejor, que era muy valiente por hacerse un cambio así. Como consecuencia, Piper ya lo lucía con más naturalidad después de dos semanas y se sentía incluso más empoderada.

—No —le respondió la morena, con una sonrisa resignada—, en serio. Tengo un trabajo sobre Kant que terminar y prefiero aprovechar el tiempo. Estaré bien, no te preocupes.

El año anterior Piper la había llevado a su casa para que no estuviera sola. KaDee era de Anchorage, Alaska, y ahí estaba toda su familia. No podía ir en coche porque no tenía, eso para empezar, y para continuar, si alquilaba uno o se lo prestaban, eran tres días de viaje. Una locura para una persona sola; los viajes en avión eran caros, por lo que solo iba en navidad, y no era que tuviera conexiones directas en autobús o tren.

—Me da cosa dejarte aquí sola —suspiró la Hermana mayor.

—Seguro que hay gente de otras residencias. De verdad, que no pasa nada. —Señaló su portátil—. Kant me hará compañía.

Piper movió la cabeza, resignada.

—Está bien, pero si cambias de opinión, ya sabes dónde estoy.

KaDee levantó un pulgar y Piper la dejó a lo suyo, aún algo intranquila. Todas se iban a sus casas por Acción de Gracias, dejar a la chica sola le daba reparo, era como si la abandonara.

—Joder con los coches de alquiler —refunfuñó Arizona, pasando a su lado.

—¿Qué te pasa?

—Pues que las conexiones a Portland en autobús son una mierda…

—Eso no es nuevo.

—Gracias, Piper, así me animas mucho.

—Perdona, no te enfurruñes. ¿Qué pasa con los coches de alquiler? El año pasado fuiste bien, ¿no?

—Sí, pero me he despistado y no he cogido con tiempo. —Le mostró su móvil—. Mira qué precios, ¡me sale casi tanto como ir en avión! Lo cual tampoco quiero pagar, claro.

A Piper no le importaba dejarle su coche para viajes cortos o cualquier otra cosa que necesitara, pero el problema de Acción de Gracias era que ella lo utilizaba para ir a su casa, en Nashville, y ni siquiera estaba en la misma dirección como para dejarla en algún lugar más cercano.

—¿Has preguntado si alguien puede llevarte?

—Nadie que conozca va para allí ni tiene coche para prestarme.

—¿Y si pones un anuncio? Ya sabes, como los de fiestas…

—¡Que no puse ningún anuncio! —gritó Ohana desde su habitación.

—¡Cotilla! —le gritó Arizona a su vez.

—¡Pero si estáis en medio del pasillo, se oye todo!

—¿Queréis dejar de chillar, que no me concentro en mi escena? —aportó Tuyen Mai a gritos desde su cuarto.

—¿Qué pasa, se quema algo? —Ese fue Cameron, que salió de su habitación mirando a todos lados, ya mosqueado con tanto grito.

—Nada, Acción de Gracias —replicó Piper, como si eso fuera una explicación.

—Ah, yo de eso no tengo.

Volvió a meterse mientras Piper fruncía el ceño al escuchar aquello, pero como aún tenía que ocuparse de Arizona, decidió dejarlo para más tarde. Cogió a su amiga del brazo y la metió en su habitación; no era que el tema fuera secreto, pero así no molestarían al resto.

—A ver, centrémonos —dijo Piper, tras cerrar la puerta—. Un anuncio para compartir coche, en la red de la universidad.

—Como amante de las películas de terror ochenteras, te diría que es una muy mala idea. —Piper puso los ojos en blanco—. Como veinteañera necesitada de coche, en cambio, me parece estupenda. —Abrió mucho los ojos y la cogió por los brazos, con gesto de susto—. Ay, Dios, ¿y si es una señal?

—¿De qué?

—De que me hago mayor. ¡De joven no pensaba estas cosas!

—Anda, no dichas chorradas. —Le quitó los brazos con sendos manotazos, riendo—. Vamos a poner el anuncio, que quedan un par de días, y cuando contesten, investigamos.

—«Si» contestan, querrás decir.

—Mira que eres pesimista...

Sacó su móvil y buscó el foro de la universidad donde se hablaba de viajes compartidos. Era bastante utilizado hasta para ir al centro de compras, muchos estudiantes no querían utilizar el transporte público para no volver cargados.

—Voy a poner que eres una compañera de viaje tranquila —informó Piper.

—¿Acaso no lo soy?

Piper hizo un ruidito y ella se cruzó de brazos, airada. ¡Si era una perfecta copiloto! Se ocupaba de vigilar el GPS, cambiar la música o la radio, controlar la temperatura del coche...

—Gastos de combustible a medias —continuó Piper—. Viaje de vuelta incluido, claro, porque si no puedes volver...

—No, eso está claro.

—Y llevarás picoteo para el viaje, por las molestias.

—Tampoco hay que exagerar.

—No seas tacaña, hija. Agua, patatas fritas... algo así, ten un detalle con la desconocida o desconocido que te lleve.

—Pon «abstenerse jugadores de fútbol».

—No creo que debas ponerte muy tiquismiquis.

—Seguro que KaDee me da la razón. Tú ponlo, imagina qué viaje tendría con un descerebrado de esos.

—Está bien. —Lo terminó y lo publicó—. De todas formas, me envías tu ubicación a tiempo real desde el minuto uno y te aseguras de que el conductor o conductora lo sepa, así más tranquilos todos.

Arizona afirmó, a eso no tenía pegas: lo hacían por costumbre y así todas se sentían más seguras.

Ya no había más que Piper pudiera hacer, aparte de esperar a ver si alguien escribía, así que Piper la dejó a lo suyo y se fue a la habitación de Cameron. Este abrió tras escuchar que llamaba.

—¿Se ha acabado el drama? —preguntó él, con tono de broma.

—Ya sabes que aquí todo lo es —replicó ella, con el mismo tono—. ¿Puedo pasar?

—Claro. —Se hizo a un lado y cerró tras ella—. ¿Qué pasa?

—Es sobre eso que has dicho… Lo de Acción de Gracias. ¿A qué te referías?

—Ah, eso. —Se encogió de hombros—. A que no la celebramos.

—¿Y eso por qué?

—Mis padres consideran que es una fiesta consumista… tipo San Valentín. La prueba que exponen es el Black Friday, y se niegan a entrar en lo que consideran un engaño.

Piper parpadeó, atónita.

—Pero… ¿y navidad?

Como le dijera que no tenía regalos, ya le daba un chungo. Menuda infancia habría tenido el pobre…

—Bueno, eso lo toleran, aunque desde que me enteré de que Santa Claus eran ellos, los regalos se redujeron considerablemente. —Vio que ella se llevaba una mano al corazón, con gesto compasivo—. No, tranquila, que me dan dinero. —Rio—. Casi mejor, así tengo fijo lo que quiero.

—Pero… ¿y tus abuelos?

—Todos demasiado lejos, unos en Miami y otros en San Diego, así que nada —improvisó.

—Vaya, qué pena. Teniendo tus padres en Hammond y luego hay otras que tenemos que conducir horas.

Durante un segundo, Cameron se quedó confuso, porque sus padres vivían allí mismo, en Chicago, hasta que recordó que le había dicho a Arizona lo de Hammond. Joder, entre el currículo inventado y lo que iba contando, necesitaba tomar apuntes.

—Sí, qué cosas. —Carraspeó.

—¿Quieres venirte conmigo?

Cameron la miró, sorprendido. Nunca había ido a pasar Acción de Gracias a casa de nadie, el año pasado se había quedado solo en la residencia y el resto de años, en su casa cenaban como cualquier otro día.

—¿Seguro? —preguntó—. No quiero imponerme.

—Oh, de eso nada. Mi familia estará encantada, cuantos más mejor. Eso sí, prepárate para volver con un par de kilos más.

—Es que no quiero molestar…

—Nada, tranquilo, está decidido. Además, el tema de mi pelo va a ser motivo de conversación, necesito a alguien cerca que corrobore mi versión del accidente. Mis padres piensan que ha sido adrede y que estoy chalada.

Se echó a reír y él sonrió de forma automática. Le fascinaba cómo conseguía ver siempre el lado bueno de todo; él, convencido de que con lo del pelo se quedaría encerrada o estaría llorando por las esquinas, y al final, hasta parecía contenta del resultado. Cada vez le era más difícil buscar cómo fastidiar a la sororidad, por la forma en que se tomaban las cosas… y por cómo le trataban: si le hubiera comprado a Tiger un tinte azul permanente, vamos, no habría tenido campus para correr. Y ahora le venía con esas, ¡lo invitaba a su casa!

—Bueno, te dejo a lo tuyo, que no quería interrumpirte —le dijo Piper, volviéndose hacia la puerta—. Luego te veo.

—Vale, sí… —Se apresuró a adelantarse para abrírsela—. Y muchas gracias, Piper.

—De nada.

Le sonrió y, durante un segundo, sus ojos se encontraron. Quizá era porque estaban cerca, pero Piper no podía quitar la vista de él, y…

—Dios, odio hacer las maletas.

Eliza subía las escaleras con un par vacías y ellos se apartaron para saludarla.

—¿Maletas nuevas? —preguntó Piper, sin saber si estar agradecida o no por la interrupción.

—Claro, las otras ya están muy viajadas.

Se metió en su habitación y Piper se fue a la suya sin volver a mirar a Cameron, no fuera a producirse otro momento extraño. Aunque quizá solo a ella se lo había parecido… no, mejor no se ponía a pensar cosas raras.

Arizona comprobó el correo varias veces aquel día, pero nada, no tuvo ninguna respuesta hasta el siguiente. Tenía tres mensajes, y el primero lo desechó en cuanto vio que pedían una foto. No, eso daba mal rollo.

El siguiente le decía que para la vuelta tenía que esperar un día más, lo cual le venía fatal porque debía exponer un poema, que ya tenía escrito y no podía cambiar la hora: para eso, su profesor era muy inflexible. Así que contestó dando las gracias (así Piper no podría decirle que era una borde) y miró el tercero.

Estudiante de ingeniería informática de segundo año, la hora de salida y de vuelta le coincidían bien y venía con un número de teléfono, así que envió un mensaje para confirmar y fue a contárselo a Piper.

—Genial, entonces —le dijo esta—. ¿Cómo se llama?

—Ah, pues ni idea, firmaba «J.S.». Viene a buscarme a primera hora mañana, así que podrás verlo y dar tu visto bueno.

—Vale.

El viaje a Portland era dieciséis horas mínimo y Piper solo tenía unas siete, así que esta última salía el mismo día de la celebración. Lo mismo hacían Cotton y Eliza, que iban en avión, y Ohana, que tenía a su familia cerca. Tuyen Mai se iba aquella tarde porque viajaba en autobús y le gustaba estar desde el día anterior por si las moscas. No sería la primera vez que el mal tiempo la dejaba tirada por el camino, así que lo prevenía saliendo con antelación.

De ese modo, Arizona se plantó en la acera frente a la casa de la sororidad a las siete en punto del día siguiente, con Piper a su lado, a esperar.

—¿Has activado el localizador? —le preguntó esta.

—Que sí, pesada.

Aprovechó que se distraía mirando un coche que se acercaba para sacar su móvil y activarlo en el grupo a toda prisa. El vehículo pasó de largo, y las dos se movieron un poco para intentar entrar en calor. Las temperaturas eran bastante bajas en Chicago y a esas horas, más.

Entonces escucharon el ruido de una puerta y vieron que salía alguien de la casa de al lado. Cuando se acercó a la entrada vieron que era Jayden; Piper le hizo un gesto de saludo con la cabeza, después de todo no era el más imbécil del grupo, y Arizona apartó la vista. Ya lo veía casi todos los días por la ventana, aunque no quisiera.

El chico se subió en un coche que había aparcado unos metros más atrás, avanzó hasta ellas y se detuvo. Las dos lo miraron sin saber qué pensar mientras se bajaba y abría el maletero.

—Su carroza, señoritas —dijo él, con tono burlón.

—¿Qué? —Arizona frunció el ceño—. No, ¿qué dices? No puedes ser tú.

—Pues va a ser que sí. ¿Quién se viene de las dos? En el anuncio no lo especificaba, pero supuse que era alguna de vosotras cuando vi el punto de encuentro.

Piper apuntó a Arizona con el dedo, que se lo apartó de un manotazo.

—Que no—insistió ella—. Especificamos que nada de jugadores.

—Es que no lo soy. —Jayden sonrió—. Vivo con ellos, pero no juego.

Las dos se miraron. Arizona ya lo suponía desde la fiesta, donde había sido el único sin chaqueta ni nada identificativo, pero eso le daba igual. Piper se encogió de hombros, así que Arizona la cogió y se la llevó a un lado para que el chico no las escuchara hablar.

—Técnicamente, tiene razón —dijo Piper.

—Joder, ¿no había más gente en todo el puto campus?

—A ver, mirándolo por el lado bueno, lo conocemos. En las películas tuyas el asesino no suele ser un conocido.

—¿En serio? Solo te diré una palabra: *Scream*.

Se cruzó de brazos en ese gesto tan característico suyo y Piper levantó los dedos para enumerar:

—Opción uno: te vas con el vecino; opción dos, te quedas aquí. No hay más.

—No tienes la culpa, pero te odio —gruñó.

Se dio la vuelta, cogió su mochila y fulminó a Jayden con la mirada, que permaneció imperturbable.

—Me subo —refunfuñó—, pero no garantizo conversación.

—Bueno, seguro que en dieciséis horas cambias de opinión —bromeó.

Se despidió de Piper con la mano, quien le devolvió el gesto divertida y también medio congelada, así que en cuanto vio que desaparecían calle abajo, se metió en la casa. Aquel iba a ser un viaje interesante, cuando menos.

Arizona aguantó media hora con los brazos cruzados y la espalda estirada antes de aflojar la tensión y acomodarse en el asiento. Por mucho que quisiera estar mosqueada, el viaje era muy largo y no podía estar así de forma indefinida. Al menos el canal de radio que había puesto Jayden era entretenido y de buena música, no discotequera ni, Dios la librara, reggaetón.

—¿Qué plan de viaje tienes? —preguntó.

—Vaya, pensaba que no ibas a hablar—dijo él.

—Oye, menos cachondeo, ¿vale? Si llego a saber que eras tú…

—¿Te habrías quedado sin ir a casa?

Ella resopló, porque no, esa no era una opción. Otro año no le hubiera importado, pero ese…

—No, tengo que ir —replicó.

—Vaya, ¿tan así es tu familia? ¿Te van a desheredar o algo?

—No, listo, es que mi primer sobrino va a nacer mañana, un parto programado, y quiero estar ahí.

Cerró la boca de forma abrupta. ¿Por qué le contaba eso? ¿A él qué le importaba? Tenía que haberse quedado callada, como había pensado.

Durante unos segundos, Jayden no dijo nada. Acababa de descubrir que la chica más borde de la casa de al lado tenía su corazoncito y no sabía bien cómo asimilar aquello. Acostumbrado como estaba a descerebrados cuya sensibilidad brillaba por su ausencia, en fin, aquello era toda una novedad.

—Bien por ti —dijo, al final.

Arizona lo miró de reojo sin replicar, no estaba segura de si bromeaba o no. Todavía estaba confusa por haberle soltado aquello sin venir a cuento, quizá era porque estaba nerviosa y con la guardia baja. No hacía más que mirar el teléfono desde hacía días por si el tema se adelantaba, así que estaba deseando llegar y poder ver que todo iba bien. Una cosa era hablar por teléfono o hacer videollamadas, y otra estar allí en persona.

—Mi abuela me pone en la lista negra si falto a algo —aportó él, tras un rato de silencio—. Me quita la paga.

A su pesar, Arizona emitió una risita.

—¿En serio te da paga?

—Huy, sí. Cinco dólares a la semana, ni más ni menos. «Para tus cosas». Creo que piensa que sigo comiendo chuches como de pequeño.

—Pues tampoco comías muchas, ¿no? —se burló.

—Guardaba lo de un mes y me daba un atracón… y así acababa, con dolor de estómago. —La escuchó reírse—. No, no era muy listo, si es lo que estás pensando, aunque yo creía que sí hasta que volvía a vomitar.

—Muy gráfico, gracias. ¿Y cuándo decidiste dejar el vicio?

—Cuando apareció otro nuevo, los videojuegos. —Se encogió de hombros—. No, con la paga de mi abuela no he conseguido ahorrar para la universidad, la verdad.

Como su móvil vibraba, Arizona comprobó los mensajes. Era su familia hablando del menú, nada urgente, así que volvió a guardarlo y miró de reojo a Jayden. El día de la fiesta había quedado en la lista del menos imbécil de toda la fraternidad y lo de verlo todos los días por la ventana… al final se había acostumbrado a eso también. Lo que no había esperado era compartir viaje con él y encima reírse, si sus amigas la vieran fliparían al momento.

Se lo tomaría como lo que se decía de Las Vegas… «Lo que pasa en el coche, se queda en el coche».

—¿El plan de viaje? —le recordó, al ver que él cambiaba el canal de radio para escuchar uno de noticias.

—Según el tiempo, solo encontraremos lluvia, a ver qué dicen ahora —respondió él—. Cuando voy a casa, suelo parar a la altura de Búfalo para dormir un poco y así seguir.

Ella afirmó, porque era lo mismo que hacía ella cuando conducía. Estaba a mitad de camino y unas horas de descanso evitaban riesgos.

—Me parece bien —corroboró—. Conozco un par de hoteles baratos en las afueras.

—Sí, yo también.

—Habitaciones separadas.

—Claro, eso se sobreentiende. ¿Quieres hacer turnos para conducir?

Arizona lo miró, elevando una ceja.

—¿Te fías de mí?

—¿Por qué? ¿Tienes historial de multas? ¿Eres un peligro en la carretera?

—Menos que el imbécil de tu Hermano mayor, que parece que no conoce el concepto de ir a velocidad normal.

Jayden hizo una mueca y ella carraspeó. No había querido cargarse el buen rollo, pero era complicado dejar las costumbres fuera. Y al final, aunque no fuera jugador, Jayden vivía con ellos.

—No, no soy mala conductora —añadió, con rapidez.

—Pues si te parece, cambiamos cada dos horas. Así ninguno se cansa demasiado.

Ella afirmó. En las noticias hablaban del tiempo, así que alargó la mano para subir el volumen y escucharon el pronóstico. No sería la primera vez que se ponía a nevar o granizar y las carreteras se quedaban cortadas, sobre todo en aquella parte norte del país. Para su alivio, avisaron solo de lluvias. Jayden cambió de nuevo el canal al de música, donde sonaba Metallica en aquel momento. Como ella se pusiera a tararear, le preguntó sobre sus gustos musicales… y la conversación «no garantizada» no cesó hasta que pararon un par de horas después para tomar café y cambiar de asientos.

En la casa, las chicas se marcharon de forma escalonada hasta que, al día siguiente, KaDee se quedó sola.

Era la primera vez que eso ocurría y, tras despedirse de Piper y cerrar tras ella, se quedó quieta, consciente del silencio. No había respirado aquella tranquilidad en esa casa desde… ¿nunca?

Decidió que era una buena oportunidad para estudiar sin interrupciones, porque eso era algo que siempre había: la música de una, el secador de otra, voces a todas horas… y, en general, procuraban no molestarse, pero al final eran ocho personas compartiendo una casa y eso se notaba.

Lo malo fue que no estaba acostumbrada. No escuchar nada era casi peor que el ruido, porque se desconcentraba con cualquier sonido. Se puso música, pero no sirvió de mucho y acabó yendo a la biblioteca del campus, que abría para los estudiantes que se quedaban. También tenía que buscar información en libros físicos, porque su profesor no aceptaba fuentes digitales, así que aprovechó para revisar unos cuantos para la bibliografía. Era tedioso, sí, y también entendía el porqué: evitar fuentes falsas, que se copiaran trabajos y que supieran estudiar si fallaba la tecnología. Comió allí y no regresó a la casa hasta la tarde.

Ya comenzaba a oscurecer y entonces se le hizo más patente lo sola que estaba: en la televisión se retransmitía el partido de la *Super bowl*, como era tradición; si cambiaba de canal, todas las series emitían episodios especiales de Acción de Gracias y acabó dejando un canal que iba a emitir todos los clásicos de *Friends*. Al menos, se reiría.

Sacó la comida «especial» para esa noche: pavo, puré de patatas, guisantes, salsa de arándanos... todo precocinado, por supuesto, y tarta de manzana. Piper la había acompañado a comprarlo, aunque ella se habría conformado con una cena cualquiera, pero sabía que su amiga no se sentía del todo bien porque se quedara sola y aquello era una especie de compensación. Como si Piper tuviera la culpa de aquel maldito trabajo...

Sonrió moviendo la cabeza mientras preparaba todo: no podía quejarse de amiga y Hermana mayor, la pobre se preocupaba por todas casi más que de ella misma.

Miró la tarta, de seis raciones, y se dijo que con eso tendría para todo el fin de semana. Llevó todo en una bandeja al salón y entonces vio que había luz en la casa de al lado.

Vaya, ¿se habría quedado solo alguno de aquellos idiotas?

Se asomó a la calle y vio que el coche de Tiger no estaba, así que al menos, no era él. Tampoco veía el de Toby, otro de los que conducían a lo loco. Se quedó absorta en la luz de la cocina, que también estaba encendida, aunque no conseguía ver de quién se trataba.

Quizá era el que había «usurpado» el sitio de Arizona en el sofá; todas se habían sorprendido al ver que vivía con ellos, no llevaba chaqueta ni hablaba como los demás. Dudó unos minutos, sopesando si ir o no, y al final le pudo su lado emocional y cogió el abrigo. Si era uno de los imbéciles, se daría media vuelta. Si era él, le invitaría a tarta. Al menos, no pasarían Acción de Gracias solos... en plan tregua, podría decirse. ¿No trataba de eso la celebración, precisamente?

Dios, si la viera Piper... o Arizona, o ella misma, si se contemplara desde fuera, se daría de collejas. Pero ahí estaba, llamando a la puerta de Phi Gamma Delta con una tarta de manzana en las manos.

Estaba a punto de darse la media vuelta cuando abrieron... y descubrió de quién se trataba.

Finn se quedó pasmado al encontrarse a KaDee en su entrada. Y ahora que se fijaba, con una tarta. Se asomó con cuidado y miró a ambos lados, por si era alguna emboscada y acababa recibiendo un tartazo por estar desprevenido, pero no, la chica estaba sola.

—Hola —saludó, confuso.

—Mejor me voy, no sé qué hago aquí.

Se dio media vuelta y él, una vez superado el *shock*, se apresuró a salir y adelantarla. Demasiado tarde se dio cuenta del frío que hacía y se frotó los brazos, ya que solo llevaba una camiseta de manga corta.

—¿Necesitas algo? —preguntó.

Era lo único que se le ocurría, quizá estaba sola como él y tenía algún problema en la casa. Lo de la tarta no tenía sentido con esa teoría, pero no se le ocurría por qué otro motivo llamaría a su puerta, si no era algún tipo de broma.

—No —replicó ella, carraspeando—. Me he equivocado.

Él parpadeó. ¿Cómo iba a equivocarse, si vivían al lado desde el año anterior? Y no parecía borracha, desde luego.

—¿Estás sola? —le preguntó.

—Bueno, a ver, ¿y eso a ti qué te importa? —Se envaró, sin saber muy bien por qué.

—No sé, eres tú la que ha aparecido en mi puerta con una tarta… Escucha, me estoy congelando. ¿Quieres pasar?

—¿Estás loco? No voy a meterme ahí contigo.

—Estoy solo —le aseguró—. Tiger no está, ni ningún otro.

—¿Y eso es una especie de garantía?

Finn resopló, elevando los brazos al cielo, y se apartó.

—Vale, tú misma. Me vuelvo dentro, aunque no entiendo nada.

Ella sujetaba la tarta con gesto defensivo, así que dio un par de zancadas hasta la casa. KaDee miró el dulce, la ventana de la cocina y a él.

—¿Seguro que estás solo? —preguntó.

Finn, ya en la puerta, se dio la vuelta y afirmó.

—Sí. Iba a cenar… De hecho, tengo comida de sobra. Mi madre me ha enviado un montón de tápers, si necesitas algo.

KaDee bajó la vista de nuevo a la tarta. Dudaba, pero… Finn no parecía tan idiota, después de todo. O eso, o se sentía más sola de lo que pensaba.

—Me sobra tarta —dijo a toda prisa, al ver que él iba a cerrar la puerta.

Finn abrió de nuevo, sopesando aquello.

—¿Es una invitación? —preguntó, por si acaso.

—Solo a cenar —aclaró ella—. No te hagas ideas extrañas, tengo un espray de pimienta encima y sé cómo usarlo.

—Estoy seguro de eso.

Finn no llegó a sonreír, aunque era cómico la forma decidida en la que lo miraba, como si en lugar de un espray llevara una espada láser. Pero el hecho de que tuviera uno en el bolsillo en aquel momento era bastante revelador.

—Aún no he abierto todos los tápers —añadió—. Tengo puré de boniatos, de calabaza, crema de castañas…

A su pesar, KaDee notó que se le hacía la boca agua mientras lo escuchaba enumerar, y afirmó con la cabeza.

—Vale, pues ven y cenamos en la sororidad. Eso sí, tú no dirás nada a los tuyos ni yo a las mías.

—¿Propones una tregua tipo colonos-indios?

Ella volvió a afirmar, reprimiendo una sonrisa porque él hubiera pensado lo mismo que ella.

—De acuerdo —dijo él—. Voy para allá en cinco minutos.

Se metió en la casa para ponerse una chaqueta y recoger todo. KaDee se fue a la sororidad y cogió su bandeja para poner la mesa. Finn no tardó en ir y durante unos minutos, mientras colocaban la cena, no dijeron nada. Cuando se sentaron a comer, él miró hacia la televisión.

—¿Podemos poner el partido? —preguntó.

Ella elevó una ceja.

—Odio el fútbol —replicó.

—Va a ser el medio tiempo enseguida —comentó—. Actúan Beyoncé y Lady Gaga, ¿no te gustan?

KaDee cogió el mando y cambió, aquello no estaría mal… encima eso siempre lo veía, para qué mentir.

—¿Hay algún motivo en especial porque odies el fútbol? —le preguntó él, con la vista fija en una jugada.

—No le veo mucho sentido, es correr de un lado a otro, golpearse y pasarse un balón.

—Ya. —La miró—. Si nos ponemos así, ningún deporte tiene mucho sentido, entonces.

KaDee abrió y cerró la boca, buscando argumentos. Menos mal que estudiaba filosofía y estaba entrenada en debates, que allí estaba, en blanco.

—No es solo físico —continuó él—. Requiere concentración, estrategia, memoria para las jugadas... Es muy complicado. —Ladeó la cabeza, repartiendo el puré de boniato entre ambos—. Supongo que por eso es complicado llegar a profesional.

KaDee removió el puré, interiorizando aquella frase. Ahí parecía que había algo más... pero justo llegaron los anuncios y la actuación, así que dejaron el tema para verla.

—Tu madre es muy buena cocinera —dijo ella, tras comer un poco de su pavo—. Felicítala de mi parte.

—Lo haré, aunque mejor no entro en detalles. —Rio—. Si le cuento que he cenado con una chica, pensará que por eso no he ido. ¿Tú por qué estás aquí?

—Un trabajo horrible.

—¿De qué?

—Kant.

—Dios, ¿estudias filosofía?

—Sí.

—Pues tienes toda mi admiración. Tú no entenderás el fútbol, pero lo tuyo... vamos, ni repajolera idea.

—Bueno, eso es bastante habitual. —Sonrió, porque ninguna de sus amigas lo entendía tampoco—. ¿Y tú? Con el discurso que me diste sobre la comida... ¿nutrición?

—Bingo. Salud y sociedad, en realidad. Nutrición es una de las asignaturas. Y ya has visto que hoy no he dicho ni mu.

—No, imagino que Acción de Gracias y navidades quedan fuera de análisis.

Él rio, y KaDee se quedó mirándolo como tonta, aunque sacudió la cabeza en cuanto se dio cuenta. Qué más daba que tuviera unos ojos marrones ligeramente rasgados, aquellos labios gruesos y esa mirada... no, eso era una tregua y nada más, seguía siendo un jugador descerebrado.

Mientras le contaba un poco sobre su carrera, Finn intentaba no mirarla de forma directa, porque si lo hacía, perdía el hilo de la conversación y no quería que eso ocurriera. Cuando estaba así, relajada... no parecía la misma. Que era guapa era algo empírico, pero si encima sonreía... no, eso era una tregua y nada más:

seguía siendo una de las hermanas a quienes querían quitarle la casa.

Solo que eso no quiso ni recordarlo en toda la noche y lo relegó a la parte más oculta de su cerebro que pudo.

Para eso estaban las treguas, para disfrutarlas.

Capítulo 8

—Tengo patatas fritas, sándwiches de pavo y queso y agua, ¿meto algo más? —preguntó Cameron.

—Vaya, qué preparado te veo —bromeó Piper.

Estaban junto al coche, donde acababan de guardar las maletas para comenzar el viaje con destino Nashville.

—¿Será suficiente?

Ya que la chica le invitaba, qué menos que intentar hacer el viaje más ameno. Tenía también preparado Spotify, con una lista de canciones que creía podrían gustarle.

—Tranquilo, haremos un par de paradas —le sonrió ella.

—He mirado las áreas de servicio, para estar atento.

—De verdad, Cameron, no te preocupes. He hecho este viaje unas cuantas veces, sé dónde parar.

—Vale, bien.

Metió la mochila con la comida y se sentó de copiloto. La verdad era que estaba nervioso por el viaje. Iban a pasar mucho tiempo los dos solos y después, con su familia. No se había parado a pensar bien aquello, quizá debería haber rechazado la oferta. Claro que, cuando se lo había comentado a Tiger, su amigo se había entusiasmado: qué mejor forma de seguir ganándose la confianza de la chica que compartiendo tiempo con ella. Seguro que bajaba la guardia, le contaba secretos… cualquier cosa que después pudiera utilizar en su contra. Pero de lo que Tiger no se daba cuenta era de que a él le podía pasar igual. ¿Y si se relajaba y metía la pata? ¿Y si soltaba alguna cosa que no debía? En la universidad, en la casa, no era tan complicado porque eran muchas chicas y la atención hacia él se diversificaba. Ahí, iba a estar solo con Piper.

—¿Listo? —le preguntó la chica.

—Claro, sí.

Piper había llenado el depósito el día anterior, así que se dirigió directa a la autopista.

—Así que… —dijo, tras un rato en silencio—. ¿Esta va a ser tu primera cena de Acción de Gracias?

Cameron afirmó.

—Sí, la verdad es que solo las conozco por las películas.

—Tus padres deben ser muy especiales.

—Sí, ejem, sí. —Mejor no hablar de sí mismo, que ahí se podía equivocar—. ¿Y tu familia?

—¿Mi familia?

—Sí, quiero decir… ¿qué tengo que esperar? ¿Cómo debo comportarme?

—Ah, tranquilo por eso. —Le sonrió—. Somos muy normales. No tengo hermanos, no sé si eso lo sabías.

—Entonces, ¿pocos para cenar?

Se estaba dando cabezazos mentales. Debería haberse informado de todo eso antes de aceptar la invitación, ¿por qué le había dicho que sí sin más? Como la liara parda…

—No, no, qué va —rio ella—. Están mis abuelos, mis tíos, mis primos… Nos juntamos un montón. —Le dio una palmadita en el brazo—. Pero tranquilo, en serio, te lo pasarás bien.

Él tragó saliva, no muy seguro. No sabía si aquello sería peor: podía no ser el centro de atención si había mucha gente, pero también sería complicado integrarse. Se le daba fatal aprenderse nombres y parentescos.

—Seguro que alguno de mis primos o primas se lleva al ligue de turno, así que no serás el único de fuera de la familia.

—Ah, bueno, sí, eso sí me tranquiliza.

Al menos, no sería el único extraño.

—Y ya he dejado claro que solo compartimos casa, así que no habrá interrogatorio. Nada de malentendidos.

—Genial, ya me imaginaba alguna escena de esas de película en las que la chica lleva a un chico de novio falso y todo se embrolla.

Piper rio, moviendo la cabeza.

—No hay presión —sonrió—. Mi familia no me da la matraca con el tema, siempre han sido muy de «los estudios primero, Piper». ¿Tus padres son así o quieren que te eches novia... pareja?

Vaya, ella que no quería entrar en terreno resbaladizo y acababa de soltarle la pregunta más personal del mundo. Estaba pensando en disculparse por meterse donde no debía cuando vio que él se encogía de hombros.

—No mucho —respondió—. Me preguntan por las notas y...

Se quedó callado, porque había estado a punto de decir «los partidos», aunque ese año no jugaba y su padre no se lo había tomado muy bien. Ya estaba molesto con que chupara banquillo el año anterior, no debería haberle extrañado que ese año no jugara en absoluto (aunque el motivo real fuera otro), pero tampoco Cameron había querido dar muchas explicaciones. Él ya sabía que nunca llegaría a profesional, siempre había estado en la media, así que era cuestión de tiempo el dejar de estar en el equipo. Eso no quitaba que lo echara de menos, pero esperaba que el año siguiente pudiera volver... aunque fuera a hacer bulto en el banquillo. Jugar no era todo, estaban también los entrenamientos, las salidas con el equipo, las fiestas... todo eso se lo estaba perdiendo por un plan que todavía no terminaba de ver muy claro. Aunque, ya puestos, ese año los Maroons no despuntaban precisamente, que no habían ganado ni un solo partido aún.

—¿...y? —lo animó ella, al ver que se había quedado callado.

—Nada, y cómo me va en general la convivencia y el cambio de universidad —improvisó a toda prisa—. Es un año extraño.

Al menos, en eso no mentía. Piper movió la cabeza de forma afirmativa, no era extraño solo para él. Ellas tampoco estaban en su mejor momento, para qué engañarse.

—He preparado una lista de música —dijo Cameron, sacando su móvil—. ¿Lo conecto al coche y la pongo?

—Claro, dale.

Cameron sincronizó el móvil y puso la música. Pasaron un par de horas hablando de cosas de la universidad, comentando el paisaje o las canciones que sonaban. Después, Piper hizo la primera parada para tomar un café y picar algo antes de continuar el camino hasta Nashville. Había bastante tráfico, por lo que tardaron algo más de lo que Piper había calculado, además de otra parada cercana a la hora de comer.

Así, llegaron a la casa familiar a media tarde. Aunque hacía sol, el frío era muy similar al de Chicago: Cameron comprobó que hacía cinco grados.

—¿Aquí también nieva? —preguntó.

—Todavía es pronto, pero sí —respondió ella—. En lo que a meteorología se refiere, Chicago no es muy diferente de esto.

Abrió el capó y sacaron las maletas. Mientras se acercaban a la casa, Cameron la observó. Era bastante grande, de aspecto clásico, con ladrillo rojo y valla de madera blanca en el exterior para separarla de los vecinos, porque puerta no había. Según se metieron en el camino de piedras grises, se abrió la puerta y una pareja se asomó, todo sonrisas.

—¡Ya estáis aquí! —exclamó ella.

Cameron no tuvo ninguna duda de que eran los padres de Piper: la madre era como una copia de ella, con alguna arruga más. Y, obviamente, el pelo rubio y no azul.

—Ay, hija, qué rara estas —comentó el padre, tocándole unos mechones a la chica.

—Deja, papá, ya se quitará.

Se lo tocó, como para convencerse a sí misma, y cogió a Cameron del brazo para que avanzara.

—Este es Cameron —le presentó—. Cameron, mis padres, Judy y Oliver.

—Encantado de conocerlos —dijo él, alargando la mano.

Ambos se la estrecharon, sonriendo.

—Estábamos deseando conocerte —dijo Judy—. Piper nos ha hablado mucho de ti.

—Ah, bien, espero que todo bueno —bromeó él.

La miró y la chica le dio un codazo.

—Claro, si no, no te dejaríamos entrar —ese fue Oliver, aunque un guiño le indicó que bromeaba.

Cameron cogió aire, porque los padres de las chicas con las que salía siempre lo ponían nervioso, y se recordó que ese no era el caso.

Piper y él solo eran amigos, compañeros de casa, y estaba de invitado a cenar sin más. No había segundas intenciones ni tenía que estar preocupado porque el padre sacara una escopeta para ver si los pillaba juntos en la habitación… aunque la imagen (la de ellos dos juntos, no la escopeta, le hizo distraerse unos momentos).

—Venga, pasad —invitó Judy—. Están todos dentro, tenemos el lío montado. Cameron, ¿qué tal se te da la cocina en general?

—Entre mal y fatal —admitió él.

—Pues entonces te toca el equipo de decoración, picoteo y mesa —le dijo Oliver—. O sea, conmigo.

—Bueno, no le estreses al pobre —intervino Piper—. Vamos a dejar las cosas y después…

Solo que ese «después» se atrasó un buen rato, porque según hablaba, habían avanzado hacia el interior de la casa y había ido apareciendo gente: tíos, primos, abuelos… Cameron se sitió durante unos minutos como una peonza, de un lado a otro presentándose, estrechando manos y captando nombres y parentescos a duras penas. Después de dejar la maleta en una habitación de invitados que no estaba seguro de poder encontrar él solo, se encontró con el padre de Piper y algunos primos que movían las mesas de forma que entraran todos.

—Así que, ¿vives con Piper? —le preguntó uno de los primos, de quien no recordaba el nombre.

—Sí, bueno, no solos. Es la casa de la sororidad.

—¿Pero no es de chicas? —inquirió otro.

—Eh… es que hubo un lío con las inscripciones.

—¿Y no es una locura con tanta chica alrededor? Yo me volvería chiflado.

—Sí, en el mal sentido —bromeó el primero, dándole un empujón.

—Esa boca, que es vuestra prima —les regañó Oliver, y miró a Cameron—. Hormonas revolucionadas.

—Ya, sí, claro, ejem. Es todo muy… o sea, tampoco es que nos veamos mucho, entre las clases y estudiar.

—¿Cómo lo llevas? Piper nos contó que te habías cambiado de universidad.

—Bien, me voy adaptando.

Dios, que no le preguntaran mucho por la carrera ni nada, que no quería hacerse un lío. Por suerte, tenían que mover también sillas y querían dejar todo listo antes del partido, por lo que la charla se desvió hacia dónde estaban guardadas las cosas y cómo ir colocándolas. Otros familiares entraban y salían, haciendo que de vez en cuando les llegara cierto aroma desde la cocina y pronto el estómago de Cameron rugió de hambre. Eso debía ser común, puesto que, cuando aún quedaba un buen rato, Piper y su madre aparecieron con unos boles de *snacks*.

—Para matar el gusanillo —dijo ella.

—A quien habría que matar sería a tu peluquera —bromeó una de sus abuelas, que iba detrás con un *pack* de cervezas.

—A ver, que ya os he explicado que fue un accidente —suspiró la joven.

—No sé yo, en la universidad se hacen muchas cosas raras, con la excusa de experimentar y esas tonterías.

—Mamá, déjala, todos hemos hecho tonterías entonces.

—Cariño, no digas eso, que me conociste estudiante —replicó Oliver.

—Pues eso, tonterías.

Le dio un beso y una palmadita cariñosa en la mejilla.

—Por favor, que tenéis una edad —dijo uno de los primos, poniendo los ojos en blanco.

—Mientras no te lo pongas rosa chicle… —otro hizo un gesto de asco.

—¡Que fue un accidente!

—Cameron, tú estabas ahí —dijo Judy—. ¿De verdad fue un accidente?

Él casi se atragantó con una patata frita. Cogió una cerveza que le tendió la abuela y afirmó, tras aclararse la garganta. En fin, tendría que confesar, porque ya le estaba dando mala conciencia que se metieran con Piper así cuando la culpa había sido suya.

—Fue un accidente —confirmó, ocasionando varias exclamaciones—, pero por culpa de otra persona.

—¿Cómo?

—¡Cuenta, cuenta!

—Lo haré, aunque no salgo bien parado.

—Cameron, no hace falta —le aseguró ella, frotándole el brazo.

—Nada, nada, que salga la verdad a la luz —dijo una de sus tías, que había aparecido para robar patatas del bol.

—Cotton necesitaba una modelo para un proyecto —contó él—. Y debía tener el pelo azul, no le valía que utilizara peluca. Piper se ofreció… y yo compré el tinte.

Enrojeció mientras lo decía. Pensaba que eso le haría parecer culpable pero no, todos empezaron a hablar a la vez de lo normal que era meter la pata, lo bien que hacía en confesar y que, después de todo, a la chica no le quedaba tan mal el color.

—Esto es increíble —gruñó Piper, aunque estaba encantada de que todos lo apoyaran. Eso significaba que les había caído bien—. Si me lo llego a teñir a propósito, me estaríais llamando de todo. Como ha sido él, pues nada.

—Pobre chico, seguro que todavía se siente fatal —dijo Judy, rodeando los hombros de Cameron con el brazo.

—Mucho, mucho —corroboró él.

—Espero que no le montaras una bronca, bastante mal debió sentirse.

Piper puso los ojos en blanco.

—Que no, no me enfadé.

Con más culpabilidad aún, Cameron recordó el disgusto que se había llevado ella.

—No hubo bronca —confirmó, por si acaso—. De todas formas, yo creo que le queda bien, ¿no?

—No está mal una vez que uno se acostumbra —replicó Oliver, aprovechando para pasar junto a ella y revolvérselo.

—¡Papá!

Tuvo que salir corriendo antes de que se abriera la veda y toda la familia se pusiera a toquetearle el pelo, que ya los conocía. Se refugió en la cocina, donde pronto apareció su madre y un par de sus primos para seguir con la comida. Eran ya muchos años de comidas multitudinarias, así que el movimiento de familiares por toda la casa sirviendo comida, poniendo la mesa y preparando picoteos para el partido era constante y, en teoría, fluido, aunque de vez en cuando había choques o se duplicaban las tareas. De hecho, Cameron se encontró dando vueltas de un sitio a otro como un pollo sin cabeza al recibir peticiones de todas partes, hasta que Oliver lo rescató y lo retuvo a su lado.

—No te preocupes —le dijo—. Tú quédate a mi lado, que si no acabarás volviéndote loco.

Le entregó una cerveza con una sonrisa y Cameron obedeció, sentándose junto a él en el sofá para ver la parte previa al partido. Aún quedaba un rato, pero ya estaba casi todo listo. Oliver le explicó que en la familia era costumbre empezar a cenar antes de que comenzara, verlo durante la comida y terminarlo con el postre, todos repartidos por el salón.

Como él no había vivido ninguna más que a través de las películas o series, no perdía detalle y se preguntó si aquel barullo sería normal en todas las casas. Hubo también algo de lío al ocupar las sillas, acabó sentado entre unos primos y frente a unos abuelos, no tenía claro cuáles, y con Piper al otro lado de la mesa. Todos se cogieron las manos, así que hizo lo propio con los que tenía a los lados, intrigado por ver cómo iba aquello de bendecir la mesa.

—No somos religiosos —le susurró uno de los primos—, pero ya sabes, esto hay que hacerlo sí o sí.

Él afirmó, aunque no lo tenía claro, pero imaginaba que, al final, era una especie de ritual y lo que realmente hacía especial aquella noche.

—Hoy es un día para agradecer —empezó Judy—, así que empiezo yo. Gracias a todos por venir y al universo por coordinarse para que nos juntemos, aunque sea pocas veces al año.

—Gracias por el pavo, querida, tiene muy buena pinta —siguió Oliver.

—Gracias por esta familia tan genial —añadió un primo.

Cameron siguió con la mirada a cada uno de ellos, mientras todos explicaban por qué daban las gracias. Vaya, eso no lo había esperado. Piper lo miró cuando le tocó, sonriendo.

—Gracias por las nuevas compañías —dijo.

Él le devolvió la sonrisa, aunque se quedó un poco aturullado cuando se dio cuenta de que tendría que decir algo. A ver si iba a meter la pata… Tener los ojos de toda la familia de pronto sobre él no ayudaba, pero tragó saliva y consiguió hablar sin titubear.

—Gracias por mi primera cena de Acción de Gracias, nunca la olvidaré.

Al momento, hubo un montón de murmullos y una de las abuelas fue la primera en hablar.

—¿Cómo, tu primera cena? —verbalizó el pensamiento de todos.

—Es que mis padres no la celebran, no les gustan estos temas porque lo consideran materialista… bueno, son un poco raros, no pasa nada, podéis decirlo. O seguir agradeciendo, que falta gente.

Ya se había liado. Pensaba que a lo mejor había estropeado el momento o incomodado al personal, pero pronto todos siguieron con la cadena y empezaron a cenar, con el ambiente tan distendido como al principio. Había conversaciones por todas partes de la mesa, risas… todo un jaleo que se vio aumentado aún más cuando comenzó el partido: Cameron descubrió que la familia estaba dividida en dos partes y animaba a los diferentes equipos.

—Esto es lo normal —le confesó uno de los primos, al ver su confusión—. Da igual si les seguimos de verdad o no, se hace por sorteo y así siempre hay competencia entre nosotros. Puedes animar al que quieras.

En la final no estaba ninguno de sus favoritos, así que Cameron optó por ser práctico y empezó a animar igual que los que tenía más cerca, aunque fuera al contrario de Piper.

La cena estaba bien cronometrada y acabaron a la vez que llegaba el descanso, momento que aprovecharon para sacar los postres y colocarse de forma más informal frente a la televisión en el salón. Había tartas de calabaza, manzana y arándanos como para un ejército. Durante un segundo pensó en no comer nada, o probar solo un poco, porque tanto azúcar no podía ser bueno para jugar… hasta que recordó que no tenía partidos ni entrenamientos. Tendría que quemarlo en el gimnasio, eso sí, pero sin la presión de tener que estar listo para darlo todo en el campo.

Bueno, pues acababa de encontrar la primera ventaja de no estar en el equipo: poder darse el gusto sin cargo de conciencia, y eso hizo, sirviéndose un trozo de cada una.

—Muy buena elección, muchacho —le dijo Oliver, dando unas palmadas en el sofá junto a él—. Ven, que esto empieza ya.

Cameron se sentó junto a él y pronto estaban de nuevo metidos en el partido. Dio igual quién ganó al final, lo importante era disfrutarlo en compañía, y Cameron descubrió que había tenido suerte por haber coincidido con los ganadores. Los perdedores de la familia eran los encargados de recoger, así que le hizo un gesto de pena a Piper.

—La suerte del principiante —le dijo ella, sacándole la lengua.

Recogió un montón de platos y se fue con ellos a la cocina, acompañada de su tío. Después de recoger todo, Cameron pensaba que la fiesta habría acabado, pero no: empezaron a hablar de repartirse en coches y todos, abuelos incluidos, acabaron en el centro de Nashville tomando algo en un bar.

Cameron se hallaba en la barra cuando dos de los primos de Piper se colocaron cada uno en uno de sus lados, rodeándole.

—Ya he pedido lo que… —empezó.

—Tranquilo por eso.

—Queremos hacerte un comentario, ya sabes, como primos mayores y tal.

—Piper es una amiga —se defendió, con rapidez.

—Ya, pero por si acaso, no haríamos nuestro trabajo si no te diéramos la charla.

—En serio, no hay nada.

—Mejor entonces.

Ambos le dieron en el hombro, con un poco de más fuerza de la necesaria, y Cameron se dio por enterado. Aunque era verdad, pensó, mientras cogía las bebidas y le llevaba una a Piper. Ahí no había nada ni lo habría.

¿Verdad?

—¿Todo bien? —le preguntó ella.

—Sí, genial. No ha sido nada como esperaba, pero me lo estoy pasando estupendamente. Gracias por traerme.

Piper le sonrió, pero antes de que pudiera decir nada, su padre se había acercado y la había cogido del brazo para llevarla a bailar, mientras que Cameron se vio arrastrado por las dos abuelas, que tenían más movilidad de la que aparentaban.

La salida se alargó hasta la madrugada y cuando volvieron, Cameron cayó derrotado en la cama y no tardó ni un minuto en quedarse dormido.

No fue hasta media mañana que Piper se levantó y bajó a la cocina, donde fue atraída por el aroma a café.

—Buenos días, mamá —saludó, al ver a Judy allí.

Le dio un beso en la mejilla y fue a llenarse una taza de café.

—¿Soy la primera? —preguntó.

—Efectivamente, así que ya sabes. Nos toca hacer tortitas.

—Más vale que se levanten todos rápido o me las comeré, me muero de hambre.

Fue a por la harina y los huevos, para empezar a mezclar.

—¿Se lo pasó bien Cameron ayer? —preguntó Judy.

—Creo que sí, a ver qué me cuenta al volver. —Sonrió—. No parece que le asustarais.

Judy le dio un codazo cariñoso.

—No somos tan… —Rio—. Bueno, un poco. —La miró de reojo, carraspeando—. En fin, entonces… ¿no hay nada ahí?

—¿Dónde?

Piper miró a su alrededor, pensando que se refería a algún ingrediente, hasta que vio cómo su madre elevaba las cejas y comprendió.

—Ay, mamá, que no, en serio.

—Pues es muy simpático. Y guapo, también. Y además comentaste que buen estudiante. Hija, ¿qué más quieres? No está el mercado para exigir tanto.

—¡Mamá!

—¿Qué?

—Mira, es complicado… —Sacudió la cabeza—. Él… bueno, que somos compañeros y ya.

—A ver, solo es complicado si tú lo haces así. ¿Te gusta o no te gusta? ¡No es tan difícil!

—Mamá, vivimos juntos.

—Espera, ¿es gay? Porque no lo parece.

—No es eso tampoco, él es… o no es… no lo sé, y tampoco importa, no me líes. Es parte de la sororidad, no somos nada más que amigos y ya está.

—Vale, hija, vale, si tú lo dices…

Piper la miró con desconfianza, no fuera a seguir con el tema. Sin embargo, se vio salvada por más miembros de la familia que empezaron a aparecer por allí. Poco después, Cameron también lo hizo, y se distrajo con su pelo revuelto y su sonrisa unos segundos antes de recordarse lo que ella misma le había confirmado a su madre: solo eran amigos.

Y no habría nada más.

Capítulo 9

—No me puedo creer que estuvieses en Acción de Gracias en su casa, que pases tanto tiempo con ella y que no hayas encontrado ningún puto punto débil —le recriminó Tiger a Cameron.

—Ya le teñí el pelo de azul, ¿recuerdas?

—Sí, y ahí está, feliz de la vida. Hubiera sido mejor que le echaras pegamento o algo que hiciera que se lo cortara.

Cameron miraba inquieto a su alrededor. Tiger lo había pillado al salir del comedor con Piper, justo cuando se separaron para ir cada uno a sus clases, y lo tenía semioculto tras una pared. Pero con que una de las chicas pasara y los vieran…

—Tengo que ir a clase —se excusó.

—Joder, Cameron, ¡somos colegas! —Le dio unas palmadas—. No te estarás encariñando con ellas, ¿verdad?

—¿Qué? —Agitó la cabeza con fuerza—. No digas tonterías. Yo no tengo la culpa de que reine el puñetero optimismo y la sororidad entre ellas.

—Son tías, joder, no tienen mucho cerebro. ¡No puede ser tan difícil!

—Pues pensad vosotros algo, que sois más. —Se escabulló a un lado—. Ya hablaremos.

Se alejó con rapidez sin mirar atrás, para que Tiger no se diera cuenta de lo mosqueado que estaba. Desde que había vuelto del viaje con Piper, la fraternidad no había hecho más que enviarle mensajes, unos para cachondearse, otros para ver si se habían acostado y otros, como Tiger, insistiendo en el tema del boicot. Se le hacía muy cuesta arriba porque, aunque ya no entrenaba (definitivamente, no había sido convocado ni un solo día), le daba la sensación de que tenía muchas cosas que hacer y poco tiempo. Perderlo en boicotear a las chicas en lugar de estudiar no era su prioridad, no cuando tenía tantos trabajos que hacer. Además, tampoco llevaba tanto tiempo con ellas, joder, qué prisas tenían...

Entró justo cuando la clase comenzaba, lo hizo que se ganara una mirada de reproche del profesor, uno de los más estrictos que tenía. Estupendo, empezaba bien la tarde. Al menos ya era viernes y ese fin de semana sus amigos no le darían el coñazo, porque jugaban fuera. Probablemente Jayden se quedaría solo en casa, como siempre que había un partido así, y él no comentaba nada sobre el boicot. Ahora que lo pensaba, Finn tampoco escribía mucho al respecto... Estaría preocupado por su juego, seguro. Eso sí echaba de menos: los partidos, hablar de fútbol... Se había quitado un poco esa espinita en casa de Piper, eso sí. Encima no podían haberle tratado mejor, aunque había vuelto con un par de kilos de más, pero le daba igual: se lo había pasado genial.

Al día siguiente por la mañana, se encontró con Cotton cuando salía de su habitación. Llevaba una bandeja de comida y él le hizo un guiño.

—¿Desayuno en la cama? —le preguntó.

—No, es para Eliza.

—¿Está enferma?

Ahora que lo pensaba, no la había visto el día anterior en ningún momento, ni siquiera en la cena.

—Algo así, tiene una reacción alérgica —le explicó, depositando la bandeja en el suelo junto a la puerta de Eliza—. Cuando le pasa, no sale.

Llamó a la puerta con los nudillos.

—¿Estás sola? —preguntó Eliza, desde dentro.

—Estoy yo también —respondió Cameron.

—¿Podrías alejarte?

—¿Siempre se encierra así? —preguntó él.

—No, otras veces se queda en casa y ya, pero como estás tú... No quiere que la veas así. No es por ti, es porque eres un chico y bueno, nadie fuera de la sororidad la ha visto.

Él se preguntó cómo de grave sería el tema para que Eliza se lo tomara de aquella forma, pero se alejó y bajó a la cocina.

Mientras se tomaba su desayuno, Cotton regresó y se sirvió un zumo.

—¿Estás muy liado hoy? —le preguntó.

—¿Por?

—Es que… —Carraspeó—. Verás, quiero probar unas cosas nuevas y necesito un modelo masculino. Y no es como si pudiera salir a la calle así a lo loco.

—¿Hacer de modelo?

—Sí, es para unos diseños que tengo… son un poco originales, eso sí. —Puso cara suplicante—. ¿Me harías el favor?

—Bueno…

—¡Genial, gracias! ¡Eres un ángel!

Lo dijo con tanto entusiasmo que Cameron no se atrevió a decirle que había estado a punto de negarse. Algo tenían aquellas chicas que, en cuanto le ponían caritas, se ablandaba. Y no quería que Tiger tuviera razón, él estaba ahí para sabotear y punto. Cotton ya le había cogido del brazo y tiraba de él hacia las escaleras, así que decidió tomárselo como una oportunidad a ver si veía algo para su «misión».

No había entrado nunca en la habitación de Cotton y se la esperaba rosa, pija e impecable, como era ella, aunque se encontró con que solo eran ciertas las dos primeras: las paredes estaban pintadas en ese tono, los muebles eran de diseño y la lámpara tenía incluso cristales con pinta de ser de Swarovski. Pero el orden… no, ese brillaba por su ausencia. Tenía un escritorio lleno de libros y hojas con diseños, otra mesa con una máquina de coser, telas por todas partes y más diseños colgados en las paredes

—Parece un poco caos, lo sé —comentó ella, al ver su cara—. Pero yo sé dónde está todo, es un lío ordenado, ¿sabes?

—Ajá. —Miró un par de los diseños de la pared—. ¿De qué es el trabajo?

—¿Qué trabajo?

—Para lo que voy a modelar.

—Ah, no es para la universidad… O quizá sí, ya veré. Es que quiero probar unas ideas que tengo antes, pero se salen de lo que esperan mis profesores y mi madre. —Señaló el centro de la habitación—. Ponte ahí, voy a medirte.

Él obedeció, solícito, y extendió los brazos cuando ella se lo indicó.

—¿Tu madre? —inquirió, mientras Cotton cogía el metro.

—¿No sabes quién es mi madre? —Cameron negó con la cabeza—. Es Katherine Dubois.

Él se quedó mirándola sin entender. Cotton apuntó en una hoja unos números y lo observó, incrédula, porque era la primera persona que conocía que no se quedaba impresionada al escuchar aquello.

—De la firma Dubois —añadió, por si acaso.

—Como si me hablas en chino, lo siento. ¿Debería sonarme?

—Es una de las mayores firmas de ropa del país, ¿en serio no has oído hablar de ella?

—No sigo mucho la moda, no.

Cotton parpadeó. Si su madre escuchaba aquello, le daría un ataque. Que alguien no supiera quién era resultaba inconcebible. Aunque claro, si se paraba a pensarlo, ella siempre se movía en los mismos círculos, en los cuales no había nadie como Cameron.

—Deduzco que es famosa, entonces —dijo él.

—Sí, buena deducción. —Se alejó un poco para coger sus patrones y cortó con rapidez y eficiencia—. Está en todas las pasarelas importantes y la gente famosa paga fortunas por sus modelos. Visten su ropa en entregas de premios y cosas así.

—Ajá. ¿Y por eso estudias diseño?

—Sí y no. —Durante unos minutos, el ruido de la máquina de coser impidió que hablaran, hasta que terminó de juntar unas cuantas piezas—. He crecido con ello, así que a veces me pregunto si me gusta por eso o realmente es lo mío, ¿sabes?

Cogió las piezas y se acercó a él cargada con ellas.

—¿Te importa quedarte en ropa interior? No voy a mirar —bromeó.

—Claro, sí.

Ver aquellas telas de colores y formas extrañas no le daba mucha confianza, pero ya no podía salir por patas, así que se quitó la camiseta y los pantalones.

—Vaya, estás en forma —comentó Cotton, sin cortarse tras pasarle la vista de arriba abajo.

Cameron se miró. En realidad, había perdido algo de forma por no entrenar ya, pero eso tampoco podía decírselo, así que se encogió de hombros. Movió los brazos para que ella le pudiera meter unas mangas, después le colocó otra parte por la cabeza y al final, una especie de falda pantalón de diferentes largos que el chico no supo ni cómo definir.

—A ver, gira —le pidió ella.

Cameron obedeció, Cotton ajustó un par de telas, le puso un cinturón, unas cintas y le pidió que girara de nuevo.

—Así mejor —comentó, como para sí misma—. ¿Cómo te ves? ¿Es cómodo?

El chico decidió ignorar la primera pregunta, porque aquellas formas y colores no eran lo suyo. No saldría ni loco a la calle vestido así, pero sobre la segunda, no tenía que mentir.

—Es cómodo, sí.

Aunque no lo pareciera con tantas piezas, la verdad era que podía moverse con facilidad.

—¿Y dices que no es para la universidad? —inquirió.

—No, son cosas que hago para mí. Como te he dicho, mi madre tampoco las aprobaría.

—¿Por qué?

—Su línea es más seria, más homogénea. La firma es famosa por sus colores únicos y patrones que se ajustan a los estándares clásicos. Algo a lo… Valentino, ¿entiendes?

Él negó. Valentino le sonaba, pero no lograba ubicar una sola imagen, con lo cual, no, no entendía.

—Hacer mezclas de colores así, o poner algo parecido a una falda a un hombre… no, eso no lo harán nunca.

—Quizá cuando tú entres en la firma puedas darle ese aire nuevo, ¿no?

Ella agitó la cabeza con energía, negando.

—No, no, ni hablar. Todo lo que estudio y los trabajos que presento son como si fueran para la firma, siguiendo sus especificaciones. No puedo salirme, todos los diseñadores tienen unas normas que seguir y no puedo ignorarlas.

—Pero… no entiendo, ¿dónde queda la creatividad?

Eso mismo se preguntaba ella. Escondida al fondo de su cerebro o en los cuadernos que no enseñaba a nadie más que a Eliza o a Piper, con quienes tenía más confianza en la sororidad.

—Mi madre cree que se puede utilizar, pero «domada».

—¿«Domada»?

—Sí, dice que las ideas pueden ser buenas pero que tienen que adaptarse a lo que se necesita y a la imagen de firma. Adapta los diseños a lo que ella considera y yo tendré que aprender a hacerlo, si quiero seguir sus pasos. Debo aprender, no solo a ser ella, sino a que el resto también lo sea.

Cameron no daba crédito. Aquello era lo mismo que censurar la creatividad, lo dijera como lo dijera. Y cuando lo decía, su cara era mucho más elocuente que su tono: había perdido la sonrisa y la energía que irradiaba mientras cortaba y cosía. Era como si se hubiera vuelto de pronto tan gris y «estándar» como aquellos diseños de la firma de los que hablaba.

—A lo mejor si le enseñaras algo… —intentó animarla.

—Ya lo he hecho, el año pasado. —Suspiró, porque tenía aquella mirada de decepción clavada en la memoria—. Desechó todos, Cameron. Había preparado una línea de verano completa como proyecto de fin de curso y cuando se lo enseñé… —Tragó saliva—. En fin, tuve que hacerla de nuevo porque mi tutora tampoco me apoyó cuando acudí a ella.

Obviamente, su madre se había encargado de llamarla tras una buena bronca para ver qué demonios enseñaban en aquella universidad. Ella quería que su hija se formara para la firma, que adquiriera los conocimientos necesarios para heredarla y mantener el espíritu de Dubois. Así que no solo su tutora le había recomendado rehacer todo el proyecto, sino que se había encontrado con que, al año siguiente, las asignaturas de libre elección que tenía de Dibujo creativo y Diseño contemporáneo habían cambiado misteriosamente por Historia del diseño italiano y Administración, porque claro, también debía aprender algo de números para poder dirigir. Y no podía protestar: no tenía cómo pagar la universidad si no lo hacían sus padres por ella, por lo que era o eso, o nada.

—Quizá con el tiempo… —empezó él.

—No pasa nada, yo esto lo tomo como un experimento. —Forzó una sonrisa—. Cosas que hago para mí y ya está, seguro que con los años me amoldaré y podré continuar el legado Dubois como se merece.

Si no fuera por el tono forzado con el que lo decía, Cameron se creería sus palabras, pero no era así para nada.

—En fin, es lo que hay —zanjó ella, rodeándole—. Me gusta cómo queda, aunque si te cambiaras un poco el pelo… ¿Puedes quitarte las gafas? ¿Ves muy mal sin ellas?

—No, me apaño.

—Genial. Quizá un poco de maquillaje también.

Cameron se quedó inmóvil, con las gafas en la mano. Tenía que haber oído mal…

—¿Eh? No sé yo…

—Pena que Eliza esté encerrada.

Lo cual hizo que Cameron se sintiera culpable. Tal y como Cotton lo había comentado al entregarle la comida, si él no estuviera, Eliza no se quedaría encerrada, y no le parecía bien. Quizá fuera él quien debiera irse para no incomodarla.

—¿Tan mal se pone? —preguntó.

—Bueno, a veces. No la he visto esta vez, no sé cómo estará.

—¿Y si intento hablar con ella? Total, el «no» ya lo tenemos.

—Vale.

Fue al salir al pasillo que Cameron recordó cómo iba vestido. Al menos no se encontró con nadie y no pasó cerca de ninguna ventana, solo le faltaba que Tiger o algún otro lo viera de esa guisa.

Golpeó con los nudillos en la puerta de Eliza.

—¿Quién es? —preguntó ella.

—Cameron.

—No puedo salir —fue la rápida respuesta.

—¿Podrías ayudarnos? —Esa fue Cotton—. Le he puesto ropa, necesitaría cambio en el pelo y maquillaje.

Silencio, unos pasos y la voz de Eliza, más cerca.

—¿Un *look*? —preguntó.

—Eso es. —Cameron carraspeó—. Seguro que tu alergia no puede ser tan… llamativa como lo que llevo yo puesto.

Cotton levantó los pulgares con una sonrisa y, poco después, la puerta se entreabría unos centímetros. Apenas vieron a Eliza, que examinó a Cameron antes de abrirla del todo.

—Vale, ya veo a lo que te refieres —dijo.

A pesar de estar encerrada en su habitación, no estaba despeinada, sino que tenía una coleta perfecta, y llevaba ropa cómoda, pero nada de chándal viejo ni jersey deshilachado, como llevaría él.

Cameron se quedó pasmado al comprobar que la terrible alergia no era nada más que una mejilla enrojecida y algo de sarpullido en el cuello.

—No me mires mucho, ¿vale? —murmuró ella, cruzándose de brazos—. Me da vergüenza.

—Si no es para tanto…

—Eres un ángel por decir eso, Cameron, pero tengo espejos.

Muchos, en realidad. Con aumentos para la cara, de cuerpo entero en las paredes y colocados para poder verse bien en todos los ángulos.

—Voy a por complementos —dijo Cotton.

Regresó a su habitación y Cameron miró a Eliza.

—Creo que, si salimos a la calle, la gente me mirará a mí más que a ti —le dijo, con una sonrisa—. Y no por mi belleza natural.

Ella no pudo evitar devolverle la sonrisa. Odiaba que le saliera la alergia y la vieran así, sin maquillar ni bien vestida, pero la forma en que Cameron le hablaba… la relajaba, la verdad. Ayudaba que fuera vestido como si le hubiera caído un camión de ropa encima, eso fijo; la verdad era que le gustaba cuando Cotton se ponía creativa, aunque a veces se pasaba.

—Llamativo estás —sonrió—. Pero te sientan bien los colores, Cotton sabe cómo combinar, ¿no crees?

—Supongo, no entiendo mucho de esto.

—Siéntate ahí —le indicó, señalándole la silla junto al tocador.

Tras varios intentos para no arrugar ni romper nada, Cameron logró ocupar el asiento. Eliza echó el respaldo un poco hacia atrás, para que quedara inclinado, y colocó la luz de maquillaje encima.

—Madre mía —comentó él, pestañeando—. Parece que me vas a interrogar.

—¿A que sí? Al principio molesta, luego te acostumbras. Esta luz es muy buena para ver todas las imperfecciones.

—Pues qué bien…

—Así es más fácil maquillarse, créeme. —Se señaló—. Aunque con esto no puedo darme nada, por eso no puedo salir.

—En serio, no se nota tanto.

—Quizá en alguien normal no… —Él elevó una ceja—. Vale, ha sonado muy mal, lo sé. No quiero decir que sea una supermodelo, pero sí que tengo una imagen que mantener. En las redes puedo hacerlo con los filtros… aunque no me gusta abusar de ellos, la gente cada vez los critica más, pero al natural… No puedo permitirme un fallo.

—La vida real está llena de imperfecciones, Eliza.

Vaya, qué filosófico le había quedado. Ni él se creía que aquello hubiera salido de su boca, ¿de dónde salía esa inspiración?

—Eso ha sonado a KaDee —sonrió ella—. Pero es que la imagen es importante, Cameron, y si voy a organizar eventos, tengo que acostumbrarme a estar perfecta siempre.

—¿Ni siquiera en casa te vas a relajar? Date un respiro, Eliza.

Precisamente el sarpullido le salía cuando más estresada estaba, lo veía, se ponía más nerviosa y se metía en un círculo vicioso del que tardaba días en salir. Con las chicas bajaba la guardia, pero con él en la casa… la verdad era que la tentación de pasar la mañana creando un *look* había superado su temor.

—Supongo que debería hacerlo de vez en cuando, sí —admitió.

—Ya estoy aquí. —Cotton dejó un montón de cosas sobre el tocador—. ¿Qué opinas? Quiero el pelo de colores… Tranquilo —le dijo, al ver su cara de susto—, se quitan con agua.

—¿Los mismos que la ropa?

—Sí, eso es, pero no mucho. Quizá cortar un poco… ¿Te importa?

—No sé…

Ya empezaba a temer haber aceptado, pero con ellas dos prácticamente encima suyo y venga a parlotear, decidió quedarse quieto y cruzar los dedos por salir de allí bien.

—Te voy a quitar lo de arriba —le avisó Cotton—. Así puedo darte purpurina por el pecho, que quedará bien al contraste.

—Sí, una idea genial —corroboró Eliza, ya concentrada mirando sus cajas de maquillaje.

Y así, de pronto, Cameron se encontró con el pecho descubierto, Eliza cortando su pelo y Cotton echándole purpurina por el pecho. No pensaba que podría estar más incómodo hasta que oyó un carraspeo y miró hacia la puerta.

—Ah, hola, Piper —saludó Cotton.

—¿Qué te parece su pelo? —inquirió Eliza.

La chica observaba al trío desde la entrada a la habitación sin saber dónde mirar ni qué pensar. Sí, el pelo le quedaba genial: más corto y, además, Eliza le había dado forma poniéndoselo casi en punta; lo del pecho con purpurina no quería ni mirar, aunque la vista se le iba ahí y no precisamente por el brillo… ¿cómo demonios tenía Cameron ese cuerpazo?

—¿Qué te parece esta sombra de ojos? —preguntó Eliza.

Cotton afirmó, Piper seguía callada y Cameron empezó a entrar en pánico. A ver si la chica iba a creer que aquello era algo que hubiera pedido, no quería que pensara que le iba el maquillaje ni la ropa extravagante.

—Esto no es lo que me gusta —consiguió decir, mirándola.

Ella reaccionó, desviando la vista. Si ya tenía dudas con el tema del género fluido o lo que fuera, aquella frase la confundía aún más. Estaba claro que se refería a las chicas, seguro que creía que ella pensaba que estaban haciendo un trío o algún tipo de juego extraño. Así que, o no le gustaban las chicas, o no le gustaban de dos en dos... Joder, qué lío, sus neuronas ya no sabían ni qué pensamiento seguir.

—Ya, claro, sí —tartamudeó—. Os dejo a lo vuestro... un diseño muy original, Cotton.

Así él sabría que tenía claro lo que ocurría, aunque la forma en que la miraba no la tranquilizó mucho. Era todo muy confuso, la verdad.

Bajó las escaleras y vio que KaDee salía con la mochila al hombro.

—¿Te vas a la biblioteca? —le preguntó.

—Sí, tengo que estudiar y ya sabes que ahí me concentro más. No creo que venga a comer.

—Vale, pues que te sea leve.

—Gracias.

Salió cerrándose la chaqueta y fue a paso rápido hasta el campus. El cielo estaba gris y amenazaba tormenta, por lo que mejor se daba prisa para no mojarse.

Una vez en la biblioteca, fue a buscar un par de libros que quería revisar y después se dirigió a su mesa favorita, en uno de los extremos. Justo iba a sentarse cuando vio que Finn estaba a punto de hacer lo mismo.

Se habían cruzado alguna vez desde la extraña cena de tregua, pero no se habían vuelto a dirigir la palabra, y se quedaron mirándose.

—¿Os vais a sentar? —preguntó un chico, que intentaba acercarse a la mesa, sin éxito.

—Sí —dijo KaDee, ocupando al fin un hueco.

Finn hizo lo propio, sentándose frente a ella sin decir nada, y el chico se fue al otro extremo.

—¿Qué haces aquí? —le siseó la chica.

—¿Estudiar?

—No te había visto nunca y, créeme, vengo mucho.

El chico les chistó. Finn le lanzó una mirada enfurruñada que le hizo volver la vista a su libro y él sacó los suyos mientras KaDee ordenaba sus cosas sobre la mesa, como si siguiera un método ya perfeccionado.

—En la fraternidad es complicado estudiar —confesó.

Ella, que ya había decidido ignorarlo al ver que no decía nada, se detuvo unos segundos antes de continuar colocando sus utensilios.

—Ya, a mí me pasa parecido —susurró—. Al final, es una casa llena de gente y a veces hacen demasiado ruido, aunque no lo pretendan.

En la fraternidad sí que lo pretendían, a todos les daba igual si molestaban o no; allí nadie preguntaba si alguno tenía examen o necesitaba silencio o lo que fuera. Cada uno iba a su bola y como Finn quería y necesitaba mejorar sus notas, había pensado que ir a la biblioteca era un buen paso que seguir. Encontrarse allí con KaDee... bueno, solo añadía puntos positivos al plan.

—Tienes muchas cosas —comentó.

—Vengo preparada.

Libros, portátil, cuadernos, bolígrafos de colores... Y él, solo un libro. Se sentía como desangelado en comparación.

—¿No has traído nada más? —le preguntó ella, al comparar también sus pertenencias.

—No.

—¿Y cómo estudias?

Él se preguntó si sería una pregunta trampa, pero como KaDee le mirara muy seria, carraspeó.

—Bueno, leo lo que toca varias veces hasta que más o menos me lo sé.

—¿No subrayas ni haces resúmenes o esquemas?

—A veces, cuando nos los piden para algún trabajo.

—¿Y no te parece que se te quedan las cosas mejor?

Se dio cuenta de que le había salido cierto tono paternalista que, si la conversación hubiera sido al revés, lo acusaría de *mansplaining*. Pero a él no le molestó, más bien le dio la sensación de que parecía avergonzado. Se movió incómodo en la silla e incluso desvió la mirada hacia su libro, tocándolo con nerviosismo.

—Sí, claro —dijo, al fin.

Dios, debía pensar que era imbécil. No sabía estudiar porque nunca le había hecho falta; cuando tenía que preparar esquemas le costaba muchísimo, aunque después le salieran mejor los exámenes, pero el esfuerzo le llevaba un tiempo que no tenía con los entrenamientos. Así que sí, acababa leyendo mil veces lo mismo a ver si así retenía algo.

—Todo es cuestión de práctica —le dijo KaDee.

De nuevo, escucharon un siseo. Los dos lo miraron esa vez y el chico resopló con fastidio antes de recoger sus cosas y cambiarse de sitio.

—¿Quieres que te enseñe algún truco?

Aliviado porque ella no se burlaba, Finn asintió.

—Agradeceré cualquier consejo.

KaDee ya había empezado a pensar que la tregua había sido un espejismo, pero al encontrárselo así y la forma en que hablaba… Dio unas palmaditas en la mesa junto a ella, antes de arrepentirse.

—Mejor te sientas aquí —sugirió.

Finn movió sus pocas cosas hasta el otro lado y rodeó la mesa para sentarse junto a ella. Miró su montón de fosforitos y KaDee los señaló.

—Vas a tener que comprar unos cuantos de esos —sonrió—. De todos los colores, incluido rosa.

—¿En serio?

—Así podrás marcar diferentes cosas. Hay muchas técnicas de estudio, yo te puedo enseñar las que utilizo y me van bien, y podemos ver otras opciones que quizá te valgan más.

—¿En serio vas a ayudarme?

La miraba sin poder creerlo. Pensaba que la cena se había quedado en anécdota, aunque le hubiera gustado repetirla, y ahora que estaban allí… bien, no le parecía tan imposible. Aunque iba a ser complicado escucharla si, como acababa de suceder, perdía el hilo de lo que decía por quedarse mirándola.

—Quizá te pida un poco de esa crema de boniato que hizo tu madre a cambio —bromeó ella, haciendo que saliera de su ensimismamiento.

—Hecho.

Le guiñó un ojo y entonces fue el turno de KaDee de quedarse unos segundos atontada. Así no estudiaría ninguno, tenía que concentrarse, de modo que bajó la vista al libro de Finn para ver qué tenía que estudiar.

Antes de darse cuenta, llegó la hora de comer. Ir juntos a la cantina les pareció extraño, pero entraron a un par de pasos el uno del otro y, cuando vieron que no había nadie conocido, se sentaron en una mesa bien apartada, casi oculta tras una columna. De ese modo, pudieron comer con tranquilidad antes de volver al estudio.

La tarde pasó volando entre explicaciones, esquemas y ratos de estudio individual. Quedaron en verse el lunes, ya que el domingo sí que iban a descansar ambos, y se separaron nada más salir del edificio. El camino que hacían era prácticamente el mismo, pero ninguno quería que los vieran caminar juntos hacia allí.

KaDee entró en la casa con un suspiro; solo habían estudiado, no era como si hubieran tenido una cita secreta ni nada parecido, pero sentía un cosquilleo en el estómago como si así hubiera sido… y no quería pensar en eso.

Gracias a Dios, Cameron apareció por las escaleras y le dio el motivo para distraerse. Pelo más corto, vaqueros y una camiseta que no había visto antes…

—Vaya, ¿y ese cambio de *look*? —preguntó, quitándose el abrigo.

—Ha sido un día largo —contestó él—. Deberías haber visto el anterior.

—¡Tengo fotos! —avisó Cotton, desde arriba—. Luego te enseño, KaDee.

Fotos que, Cameron esperaba, nunca vieran la luz, aunque no se le veía la cara en ninguna. Le había sacado de lado, espaldas y las de frente, con la cara vuelta o cubierta, para evitar que se lo reconociera si alguna vez alguien las veía. Cotton le había prometido que eran para su colección personal, pero por si acaso. Cuando terminaron, horas después, pararon a comer y la tarde continuó con otro nuevo cambio, este para darle un aspecto más acorde a la «norma». Cotton no tenía ni idea, claro, pero era más parecido a como vestía normalmente, cuando no llevaba esas gafas ridículas ni esas pintas que se había inventado.

Piper salió del salón al escuchar las voces y se quedó parada, mirándolo. Joder, ¿otro cambio? Y ese le sentaba de vicio, para qué engañarse. Encima sin las gafas, que se le veían mejor aquellos ojos tan bonitos...

—¿No te matarás sin las gafas? —preguntó KaDee, percatándose también de ese detalle.

—No, no tengo tanta graduación.

Con un poco de suerte, ya no tendría que usarlas a menudo, si todas lo veían sin ellas y se normalizaba, no había problema. Después de todo, el cambio de ropa no había sido idea suya, así que cuadraba con su «personaje».

Se dio cuenta de que Piper no hacía más que mirarlo, y se metió las manos en los bolsillos, balanceándose sobre los talones.

—La verdad es que esta ropa es cómoda —comentó, como si jamás hubiera llevado unos vaqueros desgastados.

—Menos mal que tengo ropa de todo tipo para mis experimentos —dijo Cotton, acercándose por detrás—. ¿Qué os parece mi obra?

Miró a Piper, que sacudió la cabeza.

—Bien, sí, o sea, genial. Si él está bien... sí, bien.

¿Cuántas veces había dicho «bien»? «Madre de Dios, neuronas, ¡despertad!», pensó.

—Eliza y yo te llevaremos de compras —decidió Cotton, dándole una palmadita en el hombro.

—En cuanto me ponga bien del todo —aseguró la susodicha, desde la planta de arriba.

Él sonrió y Piper decidió que aquel gesto podía causar estragos si se lo proponía. Mejor se iba a la cocina a... pedir comida, porque no había nada que cocinar, ahora que lo pensaba. Lo que fuera con tal de poner distancia entre aquel Cameron mejorado, de género fluido indeterminado y gustos sexuales inciertos.

Porque ella, los suyos, los tenía muy claros en aquel momento.

<h1 style="text-align:center">Capítulo 10</h1>

SEMANA DE CLASIFICACIÓN EN LAS OLIMPIADAS UNIVERSITARIAS

—¿De quién fue la idea de hacer esto antes de navidad? —comentó Arizona, que tenía una buena pila de libros a su lado y no se decidía a abrir ninguno.

No era la única. Cameron estaba de acuerdo con ella: faltaban menos de quince días para la época navideña, y los estudiantes en general se veían más animados a buscar regalos y decorar sus viviendas que a hincar codos para el concurso universitario.

Sin embargo, los continuos recordatorios que sonaban por la megafonía del campus no permitían olvidar que la clasificación se iba a celebrar igual, estuvieran a punto de coger vacaciones o no. Por si fuera poco, el rector había puesto carteles en cualquier lugar visible, así que aquello era como tener una espada de Damocles perpetua.

El lunes, en Pi Delta Phi, el salón de la casa se convirtió de pronto en una sala de estudio. Las chicas retiraron los sofás hacia los lados para no caer en la tentación de dormir o ver programas de televisión, y la enorme mesa que usaban para comer pasó a ocupar el centro. Cameron no estaba seguro, pero hasta le parecía que alguien había desenchufado el televisor por si acaso, y los libros se apilaban unos sobre otros en una invitación muda a estudiar.

KaDee, experta en ese tema, se ocupó de planificar las horas del día para aprovechar al máximo el tiempo disponible: de esa forma, tras acudir a sus clases y comer en el menor tiempo posible, los miembros de Pi Delta Phi debían reunirse en la sororidad. Una vez todos allí, a cada uno se le asignaba la asignatura que mejor controlara y comenzaban una sesión de dos horas de estudio. Tras eso, hacían un pequeño parón para despejarse, ir al baño o consultar el teléfono, antes de ocupar de nuevo sus asientos, momento en el cual empezaba una ronda de preguntas aleatorias. La propia KaDee la había diseñado teniendo en cuenta preguntas de años anteriores, y era una buena manera de capear el conocimiento general y las probabilidades de no quedar en último lugar, como había sucedido en el pasado.

Cameron contempló la mesa, perplejo: botellas de agua, termos de café, y comida en abundancia, de todos los tipos: sándwiches, vasitos con fruta, chocolatinas, frutos secos y bolsas de patatas.

—¿Y esto? —preguntó a KaDee, que lo colocaba todo en distintas zonas de la mesa.

—Por estadística, las sesiones de estudio se rompen sobre todo para comer —explicó ella, con una sonrisa—. Cada vez que alguien se levanta a picar algo, el ambiente de concentración se rompe, y aquí somos muchas, o sea que imagínate.

—Ah.

Joder, ¡qué controlado lo tenían! En su fraternidad no hacían eso. De hecho, la quincena anterior a la navidad apenas si tocaban los libros… estaban más ocupados en ver qué árbol podían conseguir sin pagar por él, colocarlo fuera y decorarlo con espumillones sustraídos de otras casas universitarias. Era casi una tradición, celebrar las fiestas por adelantado, y jamás habían tenido que preocuparse por las olimpiadas universitarias: por algún motivo desconocido, nadie esperaba que los jugadores del equipo lograran buenos resultados ahí.

—La fruta es para la zona de Cotton y Eliza —siguió KaDee, sin fijarse en su expresión de desconcierto—. Los sándwiches, para Piper y Tuyen Mai. El resto para Arizona, Ohana y yo.

Alzó la mirada al no recibir respuesta, y lo examinó.

—¿Pasa algo?

—No, no, es que lo tenéis todo muy calculado.

—Ah, ¿cómo lo hacías en tu antigua universidad?

—Yo no solía participar.

—¿No? ¿Pero no eras experto en matemáticas? —KaDee pareció sorprendida—. En tu currículo ponía que tenías matrícula de honor y que pertenecías al club de matemáticas, es raro que no participes.

Durante unos segundos, Cameron notó que se quedaba en blanco. Joder, joder, ¿por qué no había prestado atención al currículo que había redactado Jayden?

—No creas, en parte te aceptamos tan deprisa por eso. Además, nos vienes genial para otras áreas, no es tan sencillo encontrar a alguien con sobresalientes en casi todo.

¡Por Dios! ¿Sobresaliente en casi todas las asignaturas? ¡Iba a matar a Jayden!

Echar un ojo a ese «currículo» se volvió una necesidad inminente, solo quería desaparecer escaleras arriba, pero KaDee no dejaba de observarlo de forma interrogante, así que carraspeó.

—Lo que quería decir era… —se frotó la cara y soltó el aire— que no solía participar al principio, ya sabes. Tardé mucho en unirme al club de matemáticas porque a la gente no suelen caerle bien los cerebritos, y…

—Ya, te entiendo. —La morena le dio una palmadita amistosa—. Bueno, aquí no tienes que fingir, nos gusta la gente inteligente. Y tú eres más que eso: eres brillante. Te necesitamos.

Cameron forzó una sonrisa, pero sentía que su cara palidecía de forma progresiva. No quería parecer un queso gruyere mal fermentado, así que tosió un poco e hizo un gesto de disculpa.

—Subo un segundo a mi cuarto a por los libros y bajo.

—¿Te encuentras bien? Estás un poco pálido.

—Sí, sí, me duele un poco la cabeza, pero estoy bien. No tardo.

Dicho aquello, se apresuró a subir las escaleras lo más deprisa que fue capaz. Una vez en su habitación, cerró la puerta con el pestillo y abrió los cajones de su cómoda en busca de la copia del currículo que le habían metido sus compañeros en la mochila antes de lanzarlo a las garras de las chicas de Pi Delta Phi.

Tantas veces había pensado revisarlo sin éxito… la culpa la tenían ellas, que absorbían cada segundo de su tiempo. Entre ensayar con una, hacer de recadero, de modelo para Cotton y conejillo de experimentos artísticos con Eliza, ahora se encontraba en una encrucijada: ¡la maldita clasificación para las olimpiadas era inminente y todas esperaban que ganara con los ojos cerrados!

Se sentó en la cama, apoyando la espalda contra la pared, y desdobló la hoja. No tardó en sentir un sudor frío recorrer su cuerpo al leer lo que ponía.

Matrícula de honor en matemáticas.

Sobresaliente en todas las asignaturas, excepto un notable perdido por ahí que ni se molestó en comprobar a qué asignatura pertenecía.

Club de matemáticas, por supuesto.

¿Voluntario en un refugio de animales? Pero ¿qué demonios…?

Y lo de los pasatiempos, en fin. Lectura y música eran lo habitual, bien. Lo de la repostería ya era pasarse, que no sabía cómo todavía no le habían pedido que hiciera una tarta, joder. Seguro que ni lo recordaban, porque ya se veía con un delantal y hasta las cejas de harina mientras intentaba averiguar el funcionamiento del horno.

¿Programas de decoración?

—Se acabó.

Cameron sacó el móvil, buscó a Jayden y le dio a llamar, sin quitar su ceño fruncido durante todo el proceso.

—Hola, Pi Delta Phi—saludó su compañero al otro lado de la línea. — ¿Cómo va todo en terreno femenino?

—Te voy a matar.

—Vale —aceptó Jayden, en tono confuso—. ¿Por algo en particular o sin más?

—Estoy leyendo el currículo que me hiciste.

—¿Ahora?

—¡Pues cuando he tenido tiempo!

—¿No has tenido tiempo en dos meses y medio?

—Tú no sabes lo que es vivir aquí, ¿vale? Estas chicas tienen unas movidas que alucinas y yo estoy en el medio, ¡no me libro de nada! —protestó Cameron—. Hay una que quiere ser actriz, la llaman «el pequeño búho», y adivina quién tiene que ayudarla a ensayar, ¡yo! Porque las demás huyen despavoridas cuando sale el tema, pero a mí me da pena dejarla así.

Silencio por parte de Jayden. Cameron casi sentía que podía verlo, con los ojos entrecerrados y de brazos cruzados mientras escuchaba su perorata.

—La otra se bebe hasta el agua de los floreros y tuve que darle una charla sobre el tema.

Jayden lo interrumpió con un ruido escéptico.

—¿Qué? ¿Tú, una charla sobre el consumo de alcohol?

—Bueno, ya, pero es que aquí se lo toman muy en serio, chico. Hasta le pusieron un castigo porque pensaron que la fiesta la montó ella… una semana de vacío.

—No te creo.

—Pues es cierto, y no es todo, que una me utiliza como maniquí para probar sus diseños, ¡no veas qué pinta!

Jayden soltó una carcajada.

—No puedo creer que te hayas prestado a eso.

—No tengo otro remedio, ¡necesito que confíen en mí! No imaginas lo que es esto, tengo que resultar comprensivo, sensible, prestar apoyo y hacer como si entendiera la lógica feminista, así que no, no he tenido tiempo de mirar mi historial.

Por fin, Jayden dejó de reír y se aclaró la garganta.

—Mira, tío, lo siento. Yo solo puse lo necesario para que te aceptaran, necesitaban alguien con buenas notas para subir la media en las olimpiadas… si no, no habrías conseguido meter tu culo ahí.

Cameron se pasó la mano por el pelo.

—Claro, pero olvidas un pequeño detalle: ¡yo no estudio matemáticas!

—No me digas.

—¿Qué va a pasar cuando lleguen las preguntas y no tenga la menor idea de qué contestar? No acertaré ninguna, ¡vamos a perder!

—¿Y no era esa la idea, Cameron?

Cameron se quedó mudo. Claro, ¡durante unos segundos hasta se le había olvidado su propósito!

—Ya, claro. Es que yo…

¿Cómo iba a perder? Las chicas estaban preocupadas por sus carreras, si él fallaba las respuestas ni siquiera se clasificarían, el rector quizá cumpliera su amenaza de quitarles la casa y… un momento, un momento. Debía atajar esa manera de pensar… él no era el ángel de la casa, más bien lo contrario: un elemento desestabilizador.

El cometido en las olimpiadas estaba muy claro: debía fallar.

—¿Va todo bien?

Pese a lo sencilla que sonaba la pregunta de Jayden, Cameron se encontró con que no sabía cómo contestarla. Tenía claro su misión, obvio, y que no podía decepcionar a Tiger ni a los demás. Solo que la idea de fallar a las chicas tampoco le hacía ilusión y, por primera vez, las palabras «juego sucio» aparecieron en su cabeza con brillantes luces de neón.

—¿Y lo de la repostería?—preguntó, para desviar el tema.

—Hice una búsqueda en internet sobre las cosas que más gustan a las chicas y las puse en orden, de ahí lo de voluntario en un refugio de animales, repostería y programas de decoración. Yo no hago las reglas, Cameron, es lo que hay.

El suspiro del chico por poco taladró a Jayden que, sentado en su silla giratoria, no terminaba de comprender a su compañero. Cierto que nunca había charlado demasiado con él, lo veía muy apegado a Tiger y, sin embargo, desde que se había mudado con las Pi Delta Phi, lo percibía de un modo diferente. Al desligarse del capitán parecía que su personalidad se apreciaba mejor, como si Tiger funcionara igual que una mampara y no dejara a Cameron destacar.

Un pensamiento extraño que Jayden decidió dejar pasar, aún no entendía bien las dudas del chico respecto al currículo. Sobre todo, porque Tiger había dejado muy claro en su momento lo que debía contener.

—¿Te han pedido que prepares una tarta o algo así? ¿Por eso estás cabreado?

—No, no, es que han preparado una semana de estudio muy intensa antes de la clasificación y estoy agobiado, eso es todo —murmuró Cameron—. Aquí se lo toman en serio, tío, hacen horarios, turnos de preguntas… en fin, no quiero que descubran que no tengo ni puñetera idea de matemáticas.

—Tira de Google —recomendó Jayden.

—¿No crees que me van a pillar si consulto las respuestas?

—O eso o suelta algún disparate enrevesado que ninguna sea capaz de comprender.

Cameron permaneció pensativo unos segundos, valorando la sugerencia. Sí, eso quizá funcionara, sería similar a cuando KaDee soltaba alguno de sus rollos de filosofía… nadie la comprendía, ni mucho menos se molestaban en buscar si era cierto o una invención.

Se fiaban de ella, así que quizá también de él. Nadie contradecía a alguien con una matrícula de honor en matemáticas, ¿no?

—Vale, supongo que me apañaré —comentó, resignado—. Y el día de la clasificación fallo y ya está, ¿verdad? Con eso será suficiente.

—Supongo, yo qué sé.

—Según la amenaza del rector, si no se clasifican las expulsará de aquí.

Por segunda vez, Jayden se quedó callado. Cameron se movió en la cama, incómodo, hasta que lo escuchó hablar de nuevo.

—Puede que sea cosa mía, pero ¿noto ciertas dudas en tu tono?

—¿Qué quieres decir?

—Que parece que te lo estés pensando, ¿has cambiado de idea?

—No, no, qué va —se apresuró a decir Cameron.

—A ver, que yo no voy a decirle nada a Tiger. Es tu colega, no el mío —comentó Jayden—. A mí ese tema de la casa me importa un carajo.

Cameron lo sabía, pero no quería malentendidos con Tiger. Era su amigo y le debía lealtad, no podía soltar de pronto que había cambiado de opinión. Tiger lo llamaría blandengue, todos se burlarían de él y encima, se quedarían sin casa.

No, de ninguna manera, iba a tener que seguir con el plan.

—No hay nada que decir, tranquilo. Todo va bien.

—¿Seguro?

—Que sí, que estoy en ello. Por eso me he infiltrado tanto, hay que conocer bien al enemigo, ¿no?

—Si tú lo dices…

Su tono no sonaba convencido, y Cameron decidió que era momento de colgar. Necesitaba pensar qué iba a hacer, ya era tarde para intentar parecer un erudito en matemáticas, al menos en la clasificación. ¿Cómo saldría de semejante lío? ¡Qué ganas de matar a Tiger, que con su dichosa idea de infiltrarse no hacía más que complicarle la vida!

Acudió a la sesión de estudio, aunque no dejaba de dar vueltas al tema. Por suerte para él, el complejo sistema de KaDee no funcionaba a la perfección por la sencilla razón de que las demás no eran tan disciplinadas, y pronto Cameron comprendió lo que la morena había explicado: cada dos por tres, alguien se levantaba al servicio, a por café, a ponerse crema hidratante, a hacer un poco de pilates de emergencia, y cosas así. Gracias a eso, la ronda de preguntas que tanto temía ni siquiera tuvo lugar, pero aún quedaban las pruebas reales.

Y, desde luego, Pi Delta Phi lo necesitaba, mucho. Piper, KaDee y Arizona controlaban bastante respecto a cultura en general, pero ahí terminaba la suerte… Cotton solo estaba puesta en su carrera, y lo mismo ocurría con Eliza y Ohana, cuyos estudios eran demasiado especializados y quedaban muy alejados del resto de carreras. Por no mencionar a Tuyen Mai, con la que solo podían contar si alguien preguntaba por alguna película o actor.

Durante la semana, la sororidad continuó con el estudio. Cameron decidió utilizar una estrategia para que no se notara su ignorancia en matemáticas que consistía en preguntar él a las chicas, bajo la premisa de averiguar hasta qué punto «dominaban la materia». Ya que él era matrícula de honor, prefería ayudarlas en su aprendizaje, y recibir al mismo tiempo conocimientos de los temas que las demás controlaban. A KaDee le pareció buena idea.

—Es igual que jugar al Trivial —comentó—. Si todos sabemos un poco de todo, tendremos más posibilidades de clasificarnos.

Una vez KaDee aprobó el sistema, nadie puso pegas. De ese modo, Cameron representó su papel de profesor lo mejor que pudo, siempre con varios libros sustraídos de la biblioteca. No entendía nada de lo que leía, aunque mientras pudiera fingir que sí, no había problema.

Al final de la semana, a solo dos días de que empezaran las primeras rondas, Arizona salió al porche y se abrochó la cazadora. Era viernes, y un poco tarde para ir al centro, pero llevaba toda la semana encerrada con las sesiones de estudio y necesitaba desconectar.

No le apetecía coger el autobús y tampoco conducir. Mientras debatía cuál de las dos opciones le daba menos pereza, la puerta de la fraternidad vecina se abrió. Frunció el ceño de manera automática por si le tocaba escuchar alguna tontería, pero casi al momento relajó la expresión al ver que se trataba de Jayden.

Después del viaje de ida y vuelta, cada vez que se encontraban por la ventana (algo que ocurría a menudo, por cierto), se saludaban mediante gestos. Y sí, le costaba creer que un miembro de Phi Gamma Delta pudiera caerle bien, pero es que Jayden no tenía nada que ver con el resto de sus compañeros. Estaba a años luz de todos ellos, la verdad.

—Eh, hola —saludó él, al verla allí quieta—. ¿Qué haces, tomar el aire?

El chico cruzó la carretera que los separaba y Arizona sonrió de forma involuntaria.

—Necesitaba escapar —contestó—. Llevamos enclaustradas toda la semana por las dichosas olimpiadas. Si no conseguimos clasificarnos estaremos jodidas.

Jayden lo sabía, claro. Tiger confiaba mucho en que fracasaran ahí.

—¿Y habías pensado algo, o con salir al porche te vale? —preguntó.

—En realidad, lo que quiero es un café gigante y un donut. Estaba pensando si coger el autobús o robarle el coche a Piper —dijo ella, encogiéndose de hombros.

—Pues vamos, mi coche está ahí —dijo Jayden, señalando el coche con la cabeza.

Arizona siguió su gesto y después se giró hacia él, frunciendo los labios. Estuvo tentada de usar su sarcasmo para preguntarle si aquello era una especie de cita o algo así, pero al final desistió. No veía motivos para hacerlo, sobre todo porque el chico le caía bien. Y no iba a negar que era más que atractivo, hasta le gustaba la idea de que fuera una cita.

Así que fue detrás hasta el vehículo y subió sin pensárselo demasiado, hacía bastante que no salía con nadie que no fueran sus amigas de la sororidad. Por no hablar de interesarse por un tío, que no sabía si era ella o qué, pero se cruzaba con cada energúmeno…

—¿Dónde?

—Siempre voy al WaFFle CoFFee —replicó la rubia.

Jayden asintió y se encaminó hacia allí.

—Así que, ¿una semana dura?

—Verás —comentó ella, vacilante—. El año pasado fuimos las últimas en las olimpiadas universitarias. Si a eso le sumas que la media de notas en Pi Delta Phi no es para tirar cohetes, además de exceso de juergas el año pasado… en fin, el rector no está muy contento con nosotras.

—Ya veo. —Jayden ocultó una sonrisa.

—El primer día vino a llamarnos la atención, así que, si no mejoramos en general, nos expulsará de la sororidad. De ahí la semana de encierro, KaDee ha diseñado un plan de estudio para que no nos quedemos muy atrás.

—¿Y crees que funcionará?

Jayden aparcó el coche a una manzana del WaFFle CoFFee y los dos descendieron, la chica con una mueca en la cara.

—A ver, admitimos a Cameron por su currículo. Es matrícula de honor en matemáticas, sobresaliente en casi todo… tenemos mucha confianza en él, la verdad.

—Ajá.

Le abrió la puerta con un guiño y la chica entró tras dedicarle una sonrisa. Jayden no tenía ganas de seguir hablando del tema Cameron, que lo hacía sentir culpable. Pese a no ser idea suya, conocer los planes de Tiger y hacia donde iban encaminados era suficiente carga, por no mencionar ese currículo en el que tanto confiaban las chicas de Pi Delta Phi. Madre mía, esas olimpiadas iban a ser un absoluto fracaso.

—¿Vosotros os presentáis? —preguntó ella, una vez sentados con los cafés y los donuts.

—La verdad es que no —replicó Jayden—. Los chicos del equipo están exentos de un montón de movidas que afectan al resto de los mortales.

Arizona meneó la cabeza.

—Cómo no. —Lo miró—. Tú no te pareces en nada a ellos, ¿cómo es que terminaste en esa fraternidad?

—Ellos vinieron a buscarme. Querían a un experto en informática.

—Casi prefiero no saber por qué —bromeó Arizona—. Seguro que no me gusta la respuesta. ¿Haces migas con alguno? No lo digo en plan mal, es solo que… bueno, pareces más inteligente.

—El listón está bajo —dijo él, con un guiño.

Arizona soltó una risita y notó que se ruborizaba ligeramente como respuesta a ese guiño. Se preguntaba si tal vez Piper tenía razón al decir que siempre estaba a la defensiva, ¿cómo es que en un año no había visto a ese chico ni una vez? ¿Tanta armadura llevaba puesta?

Puede que fuera el momento de quitársela, porque estaba claro que entre ellos había cierta química, si obviaba su primer encuentro. Que Jayden había capeado bastante bien, todo había que decirlo, y sin perder la educación, aunque su estilo macarra y su expresión canalla pudieran dar otra impresión.

Joder, qué mono era. Esos ojos oscuros no miraban, no, se clavaban directamente. Hasta le costaba apartar la vista de él.

—¿Qué estudias?

La pregunta sacó a Arizona de sus pensamientos. Vaya, durante el viaje habían hablado de las familias, temas genéricos e incluso del tiempo, pero se dio cuenta que no habían llegado a hablar de sus carreras.

—Escritura creativa —contestó.

—¿Eres escritora?

—Proyecto de ello, sí —afirmó la chica.

—Qué interesante. Así que eres de esas que tiene un par de mundos, ¿no? El real y el imaginario.

—Es una forma de definirlo —contestó Arizona—. Por ahora solo tengo escritos cortos, me da cierto respeto aventurarme en una novela, aunque es mi idea.

—Cuéntame qué tienes en mente.

Arizona no solía recibir preguntas sobre sus sueños o proyectos; por lo general, cuando decía lo que estudiaba escuchaba ruiditos afirmativos o incluso de admiración, pero rara vez iban más allá. Percibir ese interés en Jayden hizo que se reafirmara en su idea de que aquel chico pintaba bien, muy bien.

Sin ser consciente, se tomaron un par de cafés y se quedaron allí hasta que una camarera se materializó a su lado con un carraspeo que los invitaba a abandonar el local. Los dos murmuraron una disculpa al darse cuenta de lo tarde que se les había hecho y Jayden tardó poco más de diez minutos en regresar al campus. Arizona se bajó del coche y se quedó quieta, sin saber bien cómo despedirse o qué decir… porque aquello no había sido una cita propiamente dicha, ¿no? Aunque no le hubiera importado y, de hecho, si intentaba besarla no tenía claro que fuera a apartarlo.

—Pues… —empezó, y él la miró, aún con las llaves en la mano—. Gracias por llevarme y hacerme compañía.

—Bueno, me has invitado.

—Qué menos, ya que tanto defiendo la igualdad. —Arizona sonrió.

—No me voy a quejar. —Vio que la morena daba un par de pasos hacia la puerta de su bloque y carraspeó—. ¿Qué tal si la próxima vez pago yo?

Ella se detuvo al momento, y cambió el peso de un pie a otro. Bueno, esa pregunta sí que sonaba a cita, en definitiva.

—¿Después de la clasificación y antes de navidad? —sugirió él.

—Vale —aceptó Arizona, sin pensarlo demasiado—. Bueno, escríbeme un mensaje y vemos qué día nos va mejor.

Jayden asintió antes de despedirse con un gesto de cabeza y una sonrisa. Arizona entró en la casa, todavía aturdida por esa extraña sensación que tenía en la boca del estómago y que tan poco habitual era en ella. Las luces estaban apagadas, señal de que sus chicas ya dormían, de modo que subió a su cuarto en silencio. Al menos nadie le haría un interrogatorio, podría analizar la tarde con total tranquilidad.

El resto de la semana, sábado y domingo incluidos, lo dedicaron al estudio. Según se acercaba el lunes, día que comenzaban la clasificación, Cameron se ponía más y más nervioso. Nada más sonar el despertador, el chico se dio cuenta de que tenía el estómago revuelto, y que aquello se debía a que aún no tenía claras las ideas: Tiger y los demás esperaban que fallara. Si lo hacía, el rector caería sobre las Pi Delta Phi cual huracán y su pesadilla acabaría ahí.

Sin embargo, por algún extraño motivo que desconocía, se resistía. Se miró en el espejo, en espera de que este le devolviera la solución, y no fue consciente del tiempo que llevaba allí hasta que escuchó unos golpes en la puerta.

—¡Cameron! —la voz de KaDee lo sacó de sus cábalas—. ¡Es casi hora de irnos! ¿No piensas desayunar?

—Es que… —Se acercó a la puerta, vacilante.

—¿Estás bien?

Él abrió la boca para decir algo, pero el sonido de unos tacones lo interrumpió.

—¿Pasa algo? —la voz de Cotton.

—No sé… ¿Cameron?

—Chicas, no me encuentro nada bien.

Le había salido sin pensar y, la verdad, no mentía del todo. Entreabrió la puerta unos milímetros y encontró los rostros de las dos chicas que lo miraban con la cara desencajada.

—¿Estás enfermo? ¿En serio? —murmuró KaDee—. Ay, Dios, ¡no! Avisa a Piper, corre.

Eliza obedeció al momento mientras KaDee sacaba el móvil para comprobar los horarios, en un desesperado intento de calcular si había horas suficientes entre las clases y las pruebas para que Cameron se recuperara. Él se agarró el estómago e hizo como si fuera a vomitar, a lo que la morena se alejó de forma instintiva.

Mientras, Piper se reunió con ellos delante de su cuarto.

—¿Te encuentras mal? —preguntó la recién llegada, mirándolo con preocupación—. Sí que tienes mala cara, sí, ¿es el estómago?

El chico asintió, ya que esa excusa era tan buena como cualquier otra.

—Os dije que no comiéramos burritos —protestó Cotton—. ¡Ese mexicano nunca sienta bien!

—¿Qué pasa? —Eliza se acercó, mordisqueando una zanahoria.

—Cameron está enfermo —resumió Cotton—. Indigestión.

—O gastroenteritis —añadió Arizona, después de lanzarle una mirada inquisitiva.

—Pobrecito. —Tuyen Mai le dio unas palmaditas—. Anda, será mejor que te acuestes. Lo mejor que puedes hacer es descansar, te traeré una bebida isotónica para que no pierdas sales minerales.

Las chicas intercambiaron una mirada de extrañeza, y la muchacha se encogió de hombros.

—¿Qué? Estoy familiarizada, siempre me pongo fatal del estómago antes de una prueba.

Dicho aquello, bajó las escaleras en dirección a la cocina.

—Anda, vamos. —Piper lo rodeó con el brazo y lo empujó al interior—. Acuéstate.

Atónito, Cameron se dejó llevar hasta la cama. Piper lo ayudó a tumbarse, Cotton lo tapó con las mantas y Eliza cerró las cortinas para que se quedara en penumbra y así lograra conciliar el sueño.

—Fiebre no tienes —murmuró Piper, tras posar su mano en la frente del joven—. Será un virus de veinticuatro horas. Pronto estarás bien, tranquilo.

—Pero ¿y las olimpiadas? —Él emitió un quejido—. Me necesitáis.

—No estás en condiciones. —Ohana depositó el móvil y el mando del equipo de música en la mesilla, a su alcance—. Así no puedes ir, si te da por vomitar allí será un espectáculo.

—Mejor recupérate tranquilo.

—A lo mejor estás bien a la hora. —KaDee aún parecía esperanzada—. Es después de comer, puede que en unas horas…

—No lo agobies. —Arizona tiró de ella para sacarla de allí—. Bastante tiene con lo suyo. ¿Hacemos turnos, chicas?

—Claro —afirmó Piper.

—¿Turnos? —Cameron las miró sin comprender, igual que en un partido de tenis.

—Sí, para cuidarte. —Piper se cruzó de brazos—. ¿Crees que vamos a dejarte solo en ese estado? No, siempre habrá una de nosotras pendiente.

—No hace falta, en serio…

—Tranquilo, nos organizaremos para que venga la que más cerca esté en ese momento y listo. —Piper zanjó el tema con un gesto—. Nunca dejamos sola… solo… sole a un miembro de Pi Delta Phi.

Cameron tragó saliva. Madre mía, ¿encima iban a cuidarlo? ¿Podía sentirse más culpable que en ese momento?

Se enredó en las sábanas, de modo que la manta le cubrió la cara. Tuyen Mai regresó con la bebida isotónica y, tras dejársela a mano, las chicas abandonaron la habitación sin dejar de susurrar entre ellas.

—¿Qué vamos a hacer? —preguntó KaDee, al borde del histerismo—. ¡Era nuestra baza para las preguntas de matemáticas!

Piper lanzó un suspiro y le apretó el brazo.

—Intentemos hacerlo lo mejor posible —replicó—. Hemos estudiado mucho.

—Qué desastre, qué desastre.

—Mira que sois dramáticas —se burló Arizona—. No será para tanto. Anda, vamos, que llegaremos tarde a clase.

Una vez solo, Cameron envió un mensaje a sus amigos donde explicaba que había fingido una indisposición para no acudir a las olimpiadas. Casi al momento, Tiger comenzó a preguntar por qué había hecho algo así, cuando se suponía que debía acudir y fallarlas todas.

Cameron: «Si voy y fallo todo sabrán que he mentido. Mejor no ir, así se quedan con el culo al aire, fallan ellas solas y yo salgo íntegro de esto».

Tras unos segundos, Tiger escribió.

Tiger: «Tampoco está mal pensado, pero ¿y si se clasifican?».

Cameron: «¿Solas? Lo dudo mucho».

Tiger: «Eso espero».

Cameron: «Tranquilo, si se clasifican hay otras dos rondas donde cagarla».

Tiger aceptó la explicación y dejó de escribir, así que Cameron se quedó con la vista fija en el techo. Consciente de que su vida se complicaba a pasos agigantados, no tenía la menor idea de cómo se iba a saldar todo aquello... pero se sorprendió deseando que las chicas consiguieran clasificarse.

En la fraternidad vecina, Tiger pegó un grito para que pudieran escucharlo desde todas las habitaciones.

—¡Atención! Cameron no se presentará a las olimpiadas.

Varias cabezas se asomaron, algunas somnolientas y otras, interrogantes.

—¿Y eso? —preguntó Finn, que ya estaba vestido y a punto de irse a clase.

—Ha fingido una indisposición. Así deja cojas a las vecinitas, contaban con él para los puntos de matemáticas.

—¿Y si aciertan el resto?

—Bueno, no están como están por sus notas brillantes, así que esperemos que eso no suceda —explicó Tiger—. Aun así, le estoy dando vueltas a una idea. ¿Y Jayden?

—Ha ido a por café, que no nos quedaba —replicó Finn, y se echó la bolsa al hombro—. Os veo luego.

Tiger lo despidió con la cabeza y empujó la puerta del cuarto de Jayden. Se apoyó en el escritorio decidido a esperarlo, porque una idea rondaba por su mente cada vez con más claridad. Uno de los motivos de tener a Jayden allí era por lo bien que se le daban los chanchullos, y en el tema de las olimpiadas no iba a ser menos: Tiger sabía que tenía varios documentos con la mayoría de las cuestiones que aparecían en las rondas y sus respuestas.

Tiger las había utilizado en alguna ocasión para mercadear a cambio de algún favor, aunque no tanto como cabría esperar porque los estudiantes que deseaban clasificarse no pertenecían a su círculo de amigos. Pero también poseía un par de documentos por si necesitaba fastidiar a alguien: en ese caso, le daba las preguntas, pero con las respuestas incorrectas.

Y había llegado el día en que iba a utilizar esa baza. Solo tenía que pensar la forma de hacerlas llegar a las chicas de Pi Delta Phi… y si no, fijo que Jayden sabía colarse en el ordenador de alguna de ellas.

En ese momento, vio como la pantalla del portátil de Jayden se iluminaba sobre el escritorio, y se acercó para leer el mensaje.

Arizona: «Lo de ayer estuvo guay. Luego hablamos para quedar otro día, que Cameron está enfermo y nos ha dejado solas ante las olimpiadas. No conocerás a algún experto en matemáticas que quiera echarnos una mano, ¿verdad? :P».

Tiger chasqueó la lengua y volvió a mirar la pantalla. Vaya, vaya, la mismísima Arizona, la tía más borde que había en varios kilómetros a la redonda, estaba escribiendo a Jayden desde el móvil. Y pedía, de hecho, suplicaba, que alguien le mandara una ayudita de nada…

Menos mal que Jayden tenía WhatsApp en el ordenador. De haber sido el móvil, no habría podido responder…así que tecleó que, si quería, en menos de cinco minutos le mandaba un archivo por si le resultaba útil. Pensó añadir alguna bromita sexual, pero seguro que eso la hacía sospechar, de modo que lo obvió.

Arizona: «¿Qué me vas a mandar?».

Tiger: «Preguntas sin utilizar de otros años. Por si os sirven de ayuda».

Arizona: «Ah, vale… joder, eso es genial. Acota mucho el tema».

Tiger añadió un guiño, con una sonrisa socarrona.

—¿Qué haces?

El chico pegó un respingo y se levantó al escuchar la voz de Jayden en la puerta.

—Perdona, tío —se excusó—. Era una emergencia.

—Ya sabes que no me gusta que entres aquí, y menos que toques mi ordenador.

Jayden se acercó con el ceño fruncido, gesto que aún se acentuó más al ver la conversación expuesta en la pantalla.

—Pero ¿qué demonios…?

—No te enfades, hombre, que ha sido por la causa. —Tiger alzó las manos en gesto de paz—. Solo tienes que enviarle los archivos con las respuestas mal.

Jayden releyó la charla por encima, y comprendió las intenciones de Tiger.

—Joder —resopló—. Esto es pasarse, ¿no?

—Una vez en el fango, no puedes pretender salir inmaculado. —Tiger le dio una palmadita—. Total, se van a cabrear igual cuando descubran lo de Cameron. Que también lo sabías desde el principio.

Le dio una palmadita y Jayden lo miró, molesto.

—Mándalo —comentó—. A ver si hay suerte y no se clasifican. Y no te preocupes, seguro que podrás seguir ligando con ella. A las tías les gustan los canallas, ¿no?

—Preferiría no enviar nada. Cameron dice que fallarán solas.

—Por si acaso. Además, ya se lo has ofrecido. —Tiger señaló la conversación—. Si cambias de idea va a quedar un poco raro. Así que manda los archivos o los busco yo, y no creo que quieras que me ponga a revolver en tu disco duro.

Sin quitar su expresión molesta, Jayden se sentó ante el ordenador. Tardó unos minutos en localizar los archivos y dudó de nuevo, pero Tiger, que seguía detrás vigilando, alargó la mano y le arrebató el ratón para hacerlo. Jayden se quedó mirando la pantalla, con la sensación de que acababa de cargarse el principio de algo que prometía.

Capítulo 11

—¿Qué es la secuencia de Fibonacci y qué números la componen? ¡Tiempo!

Los grupos que participaban en las pruebas juntaron sus cabezas y murmuraron entre ellos.

—Dale, rápido —le dijo Arizona a KaDee—. ¡Lo tengo!

Para las pruebas matemáticas estaba permitido introducir papeles para realizar operaciones si era necesario, por lo que Arizona había podido colar las preguntas y respuestas que Jayden le había pasado. Disimuló la chuleta entre dos folios mientras KaDee daba al pulsador. El resto de los grupos fueron pulsando los suyos también: los puntos se conseguían solo si se era el primero en pulsar y se acertaba la respuesta. Si se fallaba, se pasaba al siguiente.

—La relación de recurrencia que la define es que cada término es la multiplicación de los anteriores —contestó Arizona, como si supiera de lo que hablaba—. La sucesión comienza con los números 1 y 3, por lo que serían…

—¡Falso! Equipo de Omega Pi Sigma, sois los siguientes.

—La sucesión comienza con los números 0 y 1. A partir de estos, cada término es la suma de los dos anteriores: 0, 1, 1, 2, 3, 5, 8, 13, 21,34, 55…

—¡Correcto!

—¿Qué ha pasado? —susurró Piper—. Arizona, tía, lee bien esas chuletas.

—Pero que pone eso, joder.

Miró la respuesta otra vez, confusa, pero no: la frase leída era correcta. Mierda, ¿sería un error?

—¿Quién creó la geometría analítica?

KaDee pulsó el botón a toda velocidad.

—¡Espera! —susurró Arizona—. No he buscado aún… —Trasteó con los papeles—. Vale, aquí, es Isaac Newton.

—¿Qué dices? —La morena la miró—. Fue Descartes.

—¿Estás tonta? ¿Cómo va a ser él, que era filósofo? —intervino Ohana.

—Pues por eso lo sé, porque me he estudiado su biografía y era matemático, además de filósofo.

—Pero te digo que aquí no pone eso —insistió Arizona.

—¿Señoritas? —pregunto el que se encargaba de las preguntas.

—¡Descartes! —contestó KaDee.

—¡Newton! —dijo Arizona, a la vez.

—Solo puede contestar una persona, ¿cuál es la respuesta?

KaDee le dio un codazo a Arizona para que se callara.

—René Descartes —repitió—. El padre de la filosofía moderna.

Arizona miró los papeles sacudiendo la cabeza.

—Joder, joder, ¡está todo mal! —dijo, rechinando los dientes.

La siguiente prueba implicaba desarrollar una fórmula, por lo que fingieron hacerlo mientras garabateaban en un papel.

—¿No te habrá dado gato por liebre? —inquirió Cotton.

—¿Por qué iba a hacer eso?

—Pues porque es el enemigo, por eso —replicó Eliza.

—Pero si…

Apretó los labios, mosqueada. No quería creer que Jayden la hubiera engañado así, pero claro, las pruebas eran claras. La siguiente pregunta tampoco era correcta y hubo dos más de formulación, por lo que se libraron de quedar a cero solo porque KaDee había contestado correctamente. Al menos, con eso y las que habían acertado del resto de pruebas, pasaron a la siguiente fase y no quedaron las últimas. Eso las salvaba de la furia del rector por el momento, aunque sabían que no podían relajarse: aún quedaban pruebas.

—Voy a matarlo—repetía Arizona una y otra vez, mientras regresaban a la sororidad.

—Con lo majo que parecía… —murmuró Piper.

—No me lo recuerdes.

El resto de la sororidad se había enterado de que había compartido coche con él cuando la habían visto regresar en su coche y la percepción general era que Jayden no se parecía al resto. Ahora, con aquel engaño, lo que parecía es que era muy buen actor.

—Voy a ver qué tal está Cameron —dijo Piper.

—Me voy a mi cuarto —gruñó Arizona.

Le aparecían pensamientos asesinos. Le daban ganas de echar agua en la entrada de los chicos para que se congelara y se cayeran todos al día siguiente, por ejemplo. O cortarle algún cable del coche, o…

Fastidiada, se sentó en el ordenador y buscó una imagen para imprimirla. Se sentía estúpida, seguro que él estaba riéndose de lo lindo con sus amiguitos. Qué tonta, tomando café con él y con una cita en mente. Mierda, ¿por qué había bajado las defensas? Todo lo que tenía de guapo lo tenía de sucio traidor.

Cogió el papel impreso y se acercó a la ventana. Miró hacia la de Jayden, que tenía la luz encendida, y entonces el chico pasó por delante. Al verla, se quedó parado, y Arizona levantó el folio para que viera un dedo corazón levantado a tamaño gigante. Él hizo una mueca y después un gesto con las manos, imitando un teléfono. Arizona cogió su móvil al ver que sonaba y sí, era él llamándola, así que colgó y lo bloqueó. Pegó el folio para que lo viera siempre y tiró las chuletas, ya que no servían para nada.

Que le dieran por saco, menos mal que en unos días se iban a casa por navidad porque si se lo encontraba, lo estrangulaba. Sería fácil no verlo hasta las vacaciones y lo consiguió: eran pocos días y, de todas formas, no era como si se cruzaran normalmente, solo estuvo algo más atenta.

Cameron estaba desayunando cuando Piper entró en la cocina, con unas cuantas hojas en la mano. Ya estaba toda la sororidad de regreso y comenzaban las clases de nuevo, así que el lugar estaba un poco revuelto por las prisas del primer día de madrugón tras varios sin hacerlo.

—Esto parece una batalla campal —comentó ella.

—Un poco.

—Bueno, ya recogerán luego y si no, haré reunión.

—¿Qué llevas ahí?

Señaló las hojas y ella le mostró una.

—Doy mi primera charla este viernes, ya la tengo lista. Vendrás, ¿no?

—Claro.

Sabía que ella llevaba mucho tiempo preparándola y esperaba que le dejaran un sitio para hacerla, así que no podía faltar. Incluso conocía algunos párrafos porque ella se los había mostrado mientras escribía el discurso.

—Seguro que sale bien, no te preocupes —la tranquilizó, al ver sus gestos nerviosos.

—Gracias por tu apoyo, Cameron. Eres un ángel.

Le dio un beso en la mejilla tras coger una manzana y se marchó a toda prisa. Él se tocó la zona, sintiendo una opresión en el pecho que aparecía cada vez más a menudo, sobre todo desde que fingiera estar enfermo para escaquearse de las preguntas de matemáticas.

Era culpabilidad, no tenía ninguna duda, y poco podía hacer al respecto mientras siguiera con su papel de espía. Así que ir a la charla para apoyarla era lo mínimo que podía hacer. Tampoco hacía mucho caso a los mensajes del grupo, por algún motivo las bromitas de Tiger y los demás ya no le hacían tanta gracia y así, además, evitaba que le hicieran más sugerencias para fastidiar a las chicas. Con fallarles en las olimpiadas sería suficiente, aunque el que se hubieran clasificado había sido una sorpresa para todos, incluyéndolas a ellas mismas. Eran caóticas y no habían seguido bien el plan de estudio de KaDee, pero, aun así, habían hecho un buen papel. Eso también le dejaba claro que tontas no eran, como los Phi Gamma Delta pensaban. Vamos, ellos no habrían acertado ni la mitad de las preguntas, no le extrañaba que estuvieran exentos: de esa forma, no hacían un papelón.

Tiger entró en el salón de la fraternidad y le dio una patada a Toby en las piernas, que tenía apoyadas sobre la mesa, para que las apartara.

—Arriba todos —ordenó, tras colocarse delante de la televisión.

—¿Qué dices? —gruñó John—. Para un día que libramos entrenamiento no pienso moverme de aquí.

—La tía del pelo azul da una charla feminista y vamos a ir.

—¿Se te ha ido la olla? ¿Qué pintamos nosotros ahí?

—Moriremos de aburrimiento.

—No seáis imbéciles, no vamos a escuchar nada de lo que tenga que decir, vamos a boicotearla.

—¿De qué habláis? —preguntó Alex, entrando con un bol de palomitas.

—¿Cuántas has hecho? —le preguntó Tiger.

—¿De qué?

—Palomitas.

—Estas, Finn estaba metiendo otro paquete sin sal ni nada, es un soso que…

—Sí, vale, lo que quieras. No te sientes, nos vamos.

Pasó a su lado ante la mirada confusa del chico y fue a la cocina, donde Finn vigilaba el microondas.

—Ponlas en una bolsa, nos vamos —le ordenó Tiger.

—Hola, Finn. ¿Qué tal, Finn?

—No seas gilipollas y haz lo que te digo, nos vamos.

—Pues buen viaje.

—Tú también te vienes, vamos toda la fraternidad.

—¿A dónde?

—A una charla.

—¿Ha llamado el entrenador? Si hoy teníamos libre…

—No, es de otra cosa. Venga, espabila.

Se dio media vuelta, sin esperar a que dijera nada más porque estaba seguro de que lo seguiría.

El microondas pitó. Finn sacó las palomitas mosqueado y las pasó a una bolsa. No tenía ni idea de a qué charla se podía referir, no había nada apuntado en el calendario de la cocina. Cierto que casi todo lo ponía él, los demás eran un desastre para llevar al día los eventos, y él cada vez estaba más organizado: sus encuentros con KaDee para estudiar daban sus frutos y su agenda ya no era un batiburrillo de notas, sino que lo apuntaba todo como debía ser y no se había despistado de ningún examen como el año anterior.

Salió a coger su abrigo y ahí estaban el resto, excepto Jayden.

—¿Alguien ha visto a Jayden? —preguntó Tiger, que bajaba las escaleras—. No está en su habitación.

—No, ¿lo necesitamos? —inquirió John.

—Nunca hacemos nada con él —se extrañó Alex.

—Lo necesitábamos para hacer bulto, pero bueno, nos apañaremos.

—¿Se puede saber dónde vamos? —preguntó Finn.

—A boicotear un rollo —resumió Toby, lo cual no le aclaró mucho, por no decir nada.

Siguió al grupo poco convencido, cada vez le gustaban menos los planes que se montaba Tiger, y frunció el ceño al ver que no iban a los coches. Al contrario, pasaron de largo para cruzar hacia la universidad.

Aquello sí que era extraño, puesto que Tiger y el resto no pisaban el campus fuera de horas de clase ni locos. Según caminaban, más confuso estaba, porque aquella era la dirección de la biblioteca… y sí, allí se dirigían, más concretamente a uno de los laterales por los que se accedía a una sala que utilizaban los alumnos para hacer charlas, reuniones o lo que necesitaran. Se paró en seco al ver a Piper en la entrada, saludando a los que llegaban.

—Pero ¿qué…?

Por si tenía dudas de que era algo de la sororidad vecina, KaDee apareció entonces. Tiger lo empujó para que continuara caminando y, antes de poder evitarlo, se encontró delante de ellas con sus compañeros. Intentó quedarse detrás, pero camuflarse era imposible a no ser que se cortara la cabeza para ser más bajito o de pronto se volviera blanco y rubio.

—¿Qué hacéis vosotros aquí? —espetó Piper, cruzándose de brazos ante Tiger.

—Venimos a tu charla, hemos oído que va a ser muy interesante.

—¿Qué? No, ni hablar, no podéis entrar —dijo Arizona, que también se había acercado.

—¿No es una charla sobre feminismo? —replicó Tiger, con tono burlón—. Siempre nos acusáis de machistas, encima de que venimos a aprender no podéis prohibirnos la entrada.

—Será mejor que os marchéis —dijo KaDee, evitando mirar a Finn.

—Ni de broma —replicó Toby—. ¿Qué pasa, nos vais a discriminar?

—No tires por ahí —gruñó Arizona.

—¿Por qué no? —insistió Tiger—. Nos vais a obligar a poner una queja si no nos permitís el paso. ¿O solo sois feministas para las mujeres? ¿No se supone que es algo para todos?

Arizona refunfuñó fastidiada, hizo ademán de darle un empujón y Piper la agarró del brazo para que no se acercara. A su pesar, el muy imbécil tenía razón: no podía impedirle la entrada. Además, estaban llamando la atención de la gente que se acercaba y no quería que su primera charla fuera conocida por comenzar con una discusión en la entrada.

—Eso pensaba —sonrió él, satisfecho al ver que las tres se quedaban calladas—. Y qué guapas estáis así, sin decir nada.

Aquello hizo que las tres estuvieran a punto de saltarle al cuello de nuevo, pero ellos ya entraban y se acercaba un grupo de chicas, así que Piper se obligó a calmarse para saludar y dar la bienvenida.

—Se aburrirán y se irán rápido, seguro —la tranquilizó KaDee.

Eso esperaba, al menos, porque no entendía qué hacían ahí. O más concretamente, Finn. Desde que estudiaban juntos y hablaban, había descubierto que no era una cabeza hueca como Tiger, ni parecía un machista como ellos, pero si estaba allí con sus amigos para hacer el tonto… Querría decir que había sido todo un estúpido espejismo.

Cameron llegó a toda prisa, se había entretenido en una tutoría y no quería llegar tarde, y se extrañó al ver sus caras.

—¿Pasa algo? —preguntó, mirando el reloj—. ¿No hay gente?

—Demasiada —gruñó Arizona.

—Sí, está bastante lleno —dijo Piper—. Arizona se refiere a los de al lado, que se han presentado aquí.

—¿Qué?

—Los Phi Gamma Delta, ya sabes —aclaró KaDee.

Él se quedó callado. ¿Qué pintaban allí? No habían avisado en el grupo, ni él había comentado nada al respecto de la charla de Piper. Claro que eso daba igual, la chica había colocado carteles por todo el campus y era fácil enterarse.

Joder, esperaba que no liaran ninguna.

—Solo querrán ponerte nerviosa —le dijo, dándole un apretón en el hombro—. Ignóralos y seguro que se van enseguida.

Era casi lo mismo que le había dicho KaDee, así que Piper afirmó, agradecida por el apoyo. Ya casi era la hora, así que se metió dentro y subió al estrado. Había un podio con un micrófono y apoyó sus notas con nerviosismo. Se oían murmullos y algunos estudiantes aún estaban ocupando sus asientos, así que aprovechó para revisarlas y colocar bien el micrófono.

«Tranquila», se dijo.

Las chicas ocupaban la primera fila, con Cameron al lado, que le sonrió y levantó los pulgares. Ella curvó un poco los labios, agradecida. La verdad era que el chico tenía una sonrisa que animaba a cualquiera...

—¿Cuándo empieza esto? —gritó Tiger, desde los últimos asientos—. ¡Hay que ser puntual!

A su pesar, Piper se obligó a sonreír. Se aclaró la garganta y se acercó al micrófono.

—Gracias por recordar la hora —respondió—. Solo daba cinco minutos de cortesía para los rezagados. —Alguien cerró la puerta de la sala y ella miró sus notas, aunque no le hacía falta, antes de volver su atención al público—. Muchas gracias a todos por venir.

—¿Y al resto? —ese fue Toby.

—¿Perdón?

—El lenguaje inclusivo, ¿no vas a usarlo? Todas, todos, todes... esas chorradas.

—El plural es correcto en este sentido y hacer separaciones por género dificultaría mucho el discurso. —Dios, le iban a dar la charla, joder—. Como decía, bienvenidos. El tema del uso del lenguaje lo iba a tratar más adelante, pero ya que ha salido... —Movió sus notas—. No es mi intención que nadie se sienta ofendido, si es así, por favor me lo decís y haré lo posible por corregir mi forma de hablar. Sin embargo, una de las cosas que considero que debe perseguir el feminismo es la igualdad también en el lenguaje y hacer una separación, en mi opinión, consigue precisamente lo contrario. Los neutros deberían ser utilizados en todo lo posible, en lugar de las separaciones por género. Sobre todo, ahora que las líneas entre lo que es masculino y femenino no están tan definidas, y cuando hay gente que no se identifica con ninguno de los dos géneros.

Hubo varios murmullos que sonaron a aprobación. Miró a Cameron, que le sonrió de nuevo, y se tranquilizó un poco. Le había dado muchas vueltas al tema del género y no quería que él se ofendiera, y parecía que había acertado.

Continuó hablando, ignorando los cuchicheos desde el grupo de Tiger. La charla pareció ir bien durante unos minutos, hasta que se oyó un golpe y todo el mundo se giró hacia atrás.

—Perdón —dijo Tiger, con cara de no sentirlo en absoluto—. Se nos ha caído un bol de palomitas.

La chica que estaba delante de ellos se sacudió el pelo, lleno de palomitas, con ayuda de sus amigas. Tiger y John se habían levantado para «ayudar», esparciendo aún más las bolas blancas, por lo que las chicas los llamaron de todo y se marcharon a toda prisa de allí.

—Puedes seguir —indicó Alex, despatarrado en su asiento.

Piper había perdido el hilo de lo que decía, así que tuvo que revisar sus notas. Desde su asiento, Cameron se movió incómodo y miró hacia atrás, sin saber qué hacer. Si iba y les montaba bronca para que se fueran, no solo se estropearía la charla aún más, sino que encima la fraternidad se le volvería en contra. No podía ponerse a defender a Piper así como así, pero ver su agobio lo ponía de los nervios. Solo quería que se fueran, a ver si el numerito de las palomitas les bastaba y se aburrían de una vez. Sin embargo, parecía que tenían cuerda para rato: siguieron con los murmullos, se cambiaron a los asientos libres de delante (menos Finn, tan hundido en el suyo que casi se mimetizaba con él, y por suerte no había sitios para todos, así que tenía excusa), y de vez en cuando hacían comentarios en voz alta destinados a distraer a Piper y que tuviera que cambiar de tema cada poco, en lugar de seguir la charla como ella la había diseñado. Varias personas se giraron a chistarles, ellos hicieron lo mismo más fuerte, casi escupiendo al hacerlo, lo que ocasionó que otra fila de gente se marchara. Por si fuera poco, sus móviles sonaban a menudo; Piper estaba segura de que se llamaban entre sí, y se obligó a seguir hablando con cada interrupción, a pesar de que cada vez había menos gente.

Para cuando llegó al final, el aforo era la mitad del que había sido al comienzo y solo quería irse de allí a llorar a gusto, porque delante de ellos no lo haría, no les daría ese placer.

El grupo se marchó entre risas y voces en cuanto ella dio por finalizada la charla, lo cual evitó que Arizona acabara sacándole los ojos a alguno como tenía intención.

—Qué hijos de puta —gruñó—. Es para matarlos, tendríamos que hacer algo.

—Déjalo —le dijo Piper, con un suspiro—. No merece la pena. Si, por ejemplo, les rajamos las ruedas del coche, seguro que nos pillan y acabamos peor.

—Buena idea, me gusta cómo piensas.

—¡Arizona!

—Vale, vale, fantasearé con ello… no prometo nada si se me ocurre algo menos arriesgado para nosotras.

Que poner el cartelito en la ventana no era suficiente desahogo. Había mirado mil veces hacia atrás sin encontrar a Jayden, cosa que le daba igual. Seguro que estaba haciendo algún chanchullo o lo que fuera; era como ellos y estaba rabiosa, quería hacer algo y no se le ocurría el qué. El hecho de que hubieran boicoteado a Piper así solo añadía gasolina a su pique.

—Vámonos a casa, estoy cansada —dijo Piper.

Todas las chicas la habían rodeado para animarla, Cameron se colocó a su lado y así salieron al camino. Había oscurecido y caía una buena helada, por lo que aceleraron el paso para llegar cuanto antes a la casa.

Todos, menos KaDee, que se había quedado por detrás abrochándose el abrigo. Al girar la esquina para alcanzarlos, le tocaron el brazo y casi le dio un síncope. Abrió la boca para gritar del susto y la cerró al segundo al ver a Finn oculto y haciéndole gestos para que no hiciera ruido.

—¿Eres imbécil? —susurró ella, mirando de reojo a su grupo, que se alejaba—. No sé para qué pregunto, claro que lo eres.

—¿Podemos hablar?

—¿Es una pregunta en serio?

—Solo un minuto.

—¿No te parece que ya habéis hablado bastante ahí dentro, tú y tus amigos?

—No he dicho ni palabra, te lo juro. No sabía a qué veníamos aquí.

—¿Me ves cara de tonta? —Sacudió la cabeza—. Otra vez hago una pregunta sin sentido, porque claro, me la ves, obviamente.

Y más si hacía preguntas y se respondía a sí misma, que parecía que estaba chalada. Se frotó los brazos y retrocedió un paso al ver que él hacía ademán de cogerle uno.

—¿Qué haces? —resopló—. No me toques.

—Entremos un segundo a algún sitio y hablemos, por favor, aquí nos vamos a congelar.

Se metió las manos en los bolsillos y ella, que iba a darse media vuelta, dudó al ver aquel gesto. No la obligaba, no la había agarrado ni nada, le daba la opción de marcharse sin tocarla, y solo por eso pensó que quizá debería escuchar.

—Cinco minutos —le dijo, con gesto serio.

Finn afirmó y miró a su alrededor. No había muchas opciones porque lo más cercano a la biblioteca era la residencia de estudiantes, y ahí no podían entrar. La puerta de la sala donde había sido la charla no estaba cerrada con llave, porque aún no había pasado el equipo de limpieza, así que la abrió y esperó a que KaDee entrara. No encendió la luz para no llamar la atención desde fuera, aunque no estaban completamente a oscuras porque las farolas iluminaban algo el interior a través de las ventanas.

—Cuatro minutos —dijo ella.

—Hablaré rápido. —KaDee elevó una ceja, mirándolo con desconfianza—. Te juro que no sabía nada, KaDee.

—Así que te has teletransportado aquí por arte de magia.

—No, a ver, yo estaba tan tranquilo en la casa cuando Tiger nos ha dicho a todos que nos íbamos, pero no a dónde, y una vez aquí… ya no podía irme.

—¿Por qué? ¿Para no quedar mal con ellos?

—Son mi fraternidad, KaDee.

—¿Y qué? ¿No tenéis libertad de decisión?

Él suspiró, pasándose la mano por el pelo.

—Es complicado, no somos… no es como vosotras. Lo sabes, te he contado cómo son las cosas en el equipo. —Apretó los labios—. Joder, ninguno sabe que estoy estudiando, menos contigo. Tiger solo piensa en jugar, no se plantea que yo… o que cualquiera pueda querer dejarlo.

—Pues menos mal que sois amigos, porque no podéis hablar de nada serio.

—No, no podemos.

Lo dijo con tono apagado y ella se ablandó. Qué remedio, cuando tenía aquella cara de cachorrito perdido y la miraba con esos ojos marrones tan seductores. Se dio cuenta de que había relajado el gesto, y carraspeó para ponerse seria de nuevo.

—No es mi problema lo que te pase con tus amigos, o lo que sean.

—Lo sé, pero es el mío que pienses que soy como ellos. Los ratos que estoy contigo, estudiando, son los mejores que paso últimamente aquí. Jugar ya no es tan emocionante, cuando veo el fin de mi carrera. Ellos son… bueno, son solo compañeros de casa. Pensaba que éramos amigos, ahora sé que no.

Pues sí que estaba mal el tema, pensó ella. Vamos, sus propias amigas odiaban estudiar con ella porque se aburrían soberanamente, que a él le pareciera lo más… Lo malo era que se dio cuenta de que le gustaría que Finn pensara eso de ella en otro sentido, por ejemplo, estar juntos en una cita o que fueran al cine o…

No, no, eso sí que no. No podía pensar en él en esos términos, ya el hecho de quedar para estudiar era un secreto complicado de ocultar, si aquello iba a más sería…

—¿Me crees?

—¿Por qué te importa? —replicó, intentando ganar tiempo para aclarar sus ideas.

Tragó saliva al ver cómo la mirada de él cambiaba de pronto. Le pareció que estaban más cerca que al entrar, que el aire se había vuelto pesado.

—¿Cuánto me queda? —preguntó él, en cambio.

—Eh… ¿treinta minutos? —Se aturulló—. O sea, segundos, o sea…

Estiró el cuello porque sí, Finn se había acercado y su altura hacía que no pudiera mirarlo a los ojos de otra forma. Vaya, si seguía así le diría que treinta horas.

—Me importa porque me gustas y odio que creas que soy un musculitos descerebrado —susurró, en voz baja.

Finn no había tenido ninguna intención de soltar aquello, aunque hacía días que había descubierto por qué le gustaba tanto quedar con ella, y no era precisamente por mejorar las notas. Le encantaba cómo hablaba, cómo le explicaba las cosas, lo leal que era a sus amigas, y también, la forma en que mordía el lápiz cuando estaba concentrada y la sonrisa que tenía, dulce y preciosa.

—No lo pienso —consiguió decir ella, a la vez que negaba con la cabeza.

Al hacerlo, su pelo se movió y le cayó sobre los ojos, pero, cuando iba a apartárselo, su mano se tropezó con la de Finn, que iba a hacer lo mismo. Sus dedos se rozaron y, tras apartar el mechón rebelde, Finn se los cogió entre sus manos, como para calentárselos.

—Tienes las manos frías —dijo.

«Será lo único», pensó ella, porque acababa de sentir una ola de calor desde los dedos a los pies con aquel toque.

—Esto es… —empezó, sin saber qué decir—. Debería irme, las chicas…

Pero, en lugar de encaminarse hacia la puerta, sus pies se pusieron de puntillas y su mano libre fue a la nuca de Finn, que no se hizo de rogar e inclinó la cabeza, de forma que KaDee no tuvo que seguir estirándose para poder besarlo. Según sus labios se rozaron, se apartó sorprendida consigo misma por lo que acababa de hacer. Había tantos motivos por los que eso no debía pasar, que sus dedos se movieron para soltar su nuca… En cambio, siguiendo la manía que le había dado a su cuerpo de hacer lo contrario a lo que debía, los apretó más para acercarlo de nuevo y besarlo con fuerza. Notó que él la abrazaba por la cintura, elevándola y así evitando que siguiera de puntillas. Era como si no pesara nada y, aunque le rodeó el cuello con los brazos para profundizar el beso, no necesitaba hacer fuerza: él la sostenía sin problema.

—Yo también debería irme —murmuró él, entre beso y beso.

—Ajá.

Metió las manos por dentro de su abrigo hasta llegar a la camiseta y tiró con fuerza para poder sacársela del pantalón. Sus dedos aún fríos le tocaron la piel caliente del estómago y subieron hasta su pecho. Ahí había muchas líneas marcadas, pensó, lamentando estar a oscuras y no poder deleitarse a gusto.

Finn la llevó hasta una mesa que había junto a la puerta y la sentó encima, empujando los folletos que había sobre ella con información de las charlas de la universidad.

—Enseguida nos vamos —dijo ella, mientras Finn le desabrochaba el abrigo.

—Sí, antes de que nos echen de menos.

Casi ni sabía lo que decía, porque ella no paraba de acariciarlo y estaba ocupado levantando su jersey y blusa para llegar al sujetador. Ella se estremeció al notar el frescor sobre su piel, aunque el escalofrío que la recorrió fue más por las caricias de él que por la temperatura que hacía. De hecho, esa ni la notaba, solo sentía el calor que desprendía el cuerpo de Finn. Pronto voló algún botón, se soltaron cinturones y se abrieron cremalleras.

KaDee lo rodeó con sus piernas, bien acomodada sobre la mesa y sostenida por sus manos en las caderas, y lo acercó hacia sí.

—Tampoco se tarda tanto a casa desde aquí —susurró, frotándose contra su cuerpo.

—No, seguro que ni se dan cuenta de que llegamos después.

Lo último apenas si se le escuchó decirlo, porque acabó la frase mientras entraba en ella y el gemido de KaDee le hizo perder el hilo de la conversación. De hecho, fueron las últimas palabras inteligibles por parte de ambos durante unos minutos. Finn la sostenía mientras se movía contra ella, KaDee le clavó los dedos en la espalda, deseando poder arrancar toda aquella ropa que se interponía entre ellos. Dios, aquello era increíble, pero quería más, y le frustraba no poder tocarlo con libertad. Por la forma en que Finn la tocaba, tirando de la ropa aquí y allá, debía ocurrirle lo mismo. Le mordió el lóbulo de una oreja, ahogando un grito cuando su cuerpo se estremeció y lo abrazó con fuerza mientras cogía aire.

—Te quedan unos segundos —consiguió decir, con tono de broma.

Él rio y la miró, dándole un beso en los labios.

—Dame treinta minutos de verdad en un sitio mejor y verás —murmuró.

KaDee se mordió un labio y apoyó la cabeza en su hombro con un suspiro. No quería moverse de allí, sus piernas parecían de gelatina y la forma en que la abrazaba le hacía desear que se parara el tiempo.

—Tendremos que buscar algún lugar —susurró—. Donde no nos vea nadie.

—En la residencia, quizá, alguna habitación libre. O nos inventamos un fin de semana con la familia y cogemos un hotel en el centro.

—Esa opción me gusta, sí. —Lo miró—. No voy a contarle esto a mis amigas, no mientras… quiero decir, las quiero, y confío en ellas, pero tus colegas son…

—Lo sé. No quieres que te digan que no puedes confiar en mí, y que te estoy camelando, ¿verdad?

—No quiero entrar en eso ahora. Quizá más adelante, cuando la cosa esté más calmada.

Una parte de ella sentía como si hubiera traicionado a la sororidad, acostándose con el enemigo. No le gustaba tener secretos con ellas, pero después de lo que había pasado en la charla… No, no era el momento.

—Ahora sí, deberíamos irnos —suspiró.

—Al menos has entrado en calor.

Le besó los dedos, que ya no estaban congelados, y se separó con gran esfuerzo: aunque no era el sitio más adecuado, en aquel momento le parecía perfecto.

Recogieron sus cosas y se acomodaron la ropa como pudieron en la oscuridad antes de salir. Ahí se separaron para que no se los viera caminar juntos, aunque Finn se mantuvo a unos metros de distancia y ella miraba de vez en cuando hacia atrás.

Se hicieron un gesto de despedida apenas perceptible cuando fue cada uno a su casa, y KaDee tuvo que coger aire varias veces para que se le quitara la cara de tonta que, suponía, se le había quedado. Entró con cuidado de no hacer mucho ruido, aunque escuchó voces en el salón y. dedujo que estarían hablando de la charla. Dejó el abrigo y fue a la cocina, donde se encontró con Cameron.

—¿Te has cansado de la discusión? —le preguntó él—. Arizona está que echa humo, ¿verdad?

—Sí, claro, algo así, ejem.

Bien, no parecía que su ausencia hubiera llamado la atención.

—¿Qué estás preparando? —inquirió, al verlo sacar una bolsa de nubes—. Esa es la de emergencia, ¿no?

—Así es. Piper está en su habitación, voy a subirle un chocolate caliente. Creo que la ocasión lo merece.

KaDee afirmó. Lo normal en aquella casa era controlar las calorías y la buena alimentación, pero guardaban ese tipo de cosas para momentos de necesidad, y estaba de acuerdo con Cameron: Piper se había llevado un gran disgusto, merecía el chocolate con nubes. Aquello hizo que sintiera una punzada de culpabilidad, justo cuando su móvil vibró. Lo sacó y vio un emoticono de beso que Finn acababa de enviar.

—¿Todo bien? —le preguntó él.

—Sí, sí, claro. —Se guardó el móvil a toda prisa—. Pobre Piper… me voy a dar una ducha, ha sido una tarde intensa.

Y salió corriendo antes de decir alguna tontería, que notaba sus mejillas arder.

Cameron no se dio cuenta de nada, ocupado como estaba en que el chocolate quedara perfecto. Colocó la taza en una bandeja junto con las galletas y subió las escaleras. Tuvo que hacer equilibrios para poder llamar a la puerta.

—Estoy bien —contestó Piper desde dentro.

—Te traigo una cosa —dijo él.

Esperó unos segundos, pensando en darse la media vuelta, pero Piper fue a abrir la puerta. Tenía el pelo revuelto y los ojos rojos, lo cual hizo que él sujetara la bandeja con más fuerza para reprimir el deseo de abrazarla y consolarla.

—Oh, Cameron, no tenías por qué —murmuró ella, emocionada.

—Te hará bien.

Piper lo dejó pasar y se sentó sobre la cama, con una pierna cruzada. Él dejó la bandeja a su lado y le pasó la taza, cuyo aroma aspiró ella con deleite.

—El chocolate lo cura todo —murmuró.

—No hagas caso a esos neandertales, Piper. Solo querían fastidiarte.

—Ya lo sé, pero los muy… —Cogió la cuchara y capturó una nube, que se metió en la boca—. ¿Es que no tienen nada más que hacer? ¿Acaso vamos nosotras a abuchearlos en los partidos?

Cameron no dijo nada, no se le ocurría qué. Tiger no tenía excusa, solo el querer fastidiarlas para robarles la casa… y de eso no podía decir nada.

—Estarían aburridos —murmuró, al fin.

—Pues que se compren un mono, joder. Seguro que tiene más neuronas que ellos.

Hizo un puchero y dio un sorbo al chocolate. Se relamió con su sabor y Cameron quedó absorto en sus labios. No podía evitarlo, era como si tuvieran un imán, y que ella cogiera otra nube con la mano para metérsela en la boca y chuparse los dedos después no ayudaba en absoluto.

Piper cogió aire para seguir protestando, pero no lo hizo porque se dio cuenta de cómo la miraba Cameron. Más o menos, le pareció, de la misma forma en que ella miraba el chocolate. Se quedó quieta, indecisa, porque no sabía si lo malinterpretaba. Se movió un poco como si se acomodara, para acercarse más con disimulo. Al apoyar una mano en el colchón, esta quedó cerca de la de él, tanto que Cameron solo tuvo que alargar los dedos para rozarle el dorso de la mano.

Aquello era una señal, seguro, pensó Piper, mirándolo a los ojos. Se acercó más, dejándose llevar por el impulso… hasta que le vino una imagen a la mente y se apartó con un carraspeo.

La sonrisa de Cameron al comentar el tema de géneros en la charla.

Ocultó su confusión tras la taza, que se llevó a los labios de nuevo; joder, quería besarlo, lo deseaba con todas sus fuerzas, pero no sabía qué pasaba por su mente. No sabía ni siquiera de qué género se consideraba, como para saber si le atraían las chicas. Las posibilidades eran tantas que no quería meter la pata y estropear su amistad, porque si se le tiraba encima y él no quería… ¿por qué tenía que ser todo tan complicado?

Cameron se incorporó, sin saber muy bien qué acababa de pasar. Había pensado que Piper iba a besarlo, o quizá había sido él quien se había acercado sin darse cuenta… ¿había interpretado mal todo? Dios, que aquello se estaba liando sin darse cuenta…

—Ejem, yo… —empezó— mejor te dejo sola, disfruta el chocolate y… bueno, no pienses más en ellos. La charla ha estado genial.

—Gracias, Cameron.

Él afirmó con la cabeza y salió a toda prisa, antes de hacer o decir alguna tontería.

Capítulo 12

Cameron se miró en el espejo del cuarto de baño, apoyando las manos en el lavabo. Tenía sudores fríos y no precisamente por estar enfermo, como pretendía fingir, sino por el hecho de tener que volver a mentir a las chicas. Sobre todo, a Piper. A ese paso se iba a poner malo de verdad, lo veía venir…

—¿Te falta mucho, Cameron? —le preguntó Tuyen Mai desde fuera.

Él cogió aire y se concentró en que su voz sonara débil.

—Un poco… no me encuentro bien.

—Ay, no, pobre. ¿Necesitas algo?

—No sé, estoy… no sé.

Y era cierto: no sabía ni qué decir.

—¡Enseguida vuelvo, voy al otro baño, tranquilo! —le dijo la chica.

Él suspiró aliviado, al menos tenía algo de tiempo mientras pensaba. Los nervios de encontrarse con la siguiente fase del concurso solo dos semanas después, antes de las vacaciones de primavera, habían hecho que no durmiera mucho y su cara reflejaba la falta de sueño. Eso ayudaría a su excusa de estar enfermo… otra vez.

Había tenido otra sesión de ropa con Cotton, más maquillaje de Eliza, con lo cual había aprendido algún que otro truco y decidió aprovechar esos conocimientos para acentuar sus ojeras, en lugar de disimularlas. Practicó varias caras de pena y, cuando escuchó pasos, abrió la puerta sujetándose el estómago.

—Oh, no, ¿estás bien? —le preguntó Piper, acercándose a toda prisa.

—Mi estómago…

Piper fue a sujetarlo, temiendo que cayera al suelo. Tuyen Mai, que estaba de regreso, lo cogió por el otro lado y entre las dos lo llevaron a su habitación.

—¿Qué pasa? —preguntó Arizona, que salía de su cuarto.

—Cameron está enfermo —contestó Piper, señalándole con la cabeza por si no era obvio.

—¿Qué? —Las alcanzó y entre las tres le metieron en la cama—. No puede ser… las pruebas son en dos horas.

Él se cogió el costado con gesto de dolor.

—No voy a poder ir… —lloriqueó.

—¿Te duele mucho? —Piper le frotó un brazo—. ¿Tienes fiebre?

—No, eso creo que no. —Se tocó la frente de forma dramática, tal y como había visto hacer a Tuyen Mai—. He debido comer algo que me ha sentado mal.

—¿No será apendicitis? —insistió la chica, preocupada—. ¿Te llevamos a urgencias?

Él apartó la mano del costado a toda prisa. Pues sí que fingía bien, tampoco era cuestión de acabar en un quirófano por un dolor inventado.

—No, seguro que no, solo son vómitos —aseguró—. A lo mejor si tomo algún té se me pasa.

Según lo decía, se llevó la mano a la boca como si sufriera una arcada. Para ese momento, todas las chicas se habían juntado alrededor de la puerta, murmurando entre ellas.

—¿Otra vez enfermo?

—¿Qué vamos a hacer?

—Qué catástrofe… No vamos a pasar las pruebas, ni locas.

Piper dio unas palmaditas de ánimo al chico para que no se preocupara al ver la cara que tenía y se giró hacia el grupo.

—Tranquilas, chicas, si pudimos pasar la primera, esta también —les dijo—. Solo tenemos que responder bien el resto de las pruebas y cruzar los dedos para matemáticas.

«Y rezar», pensó.

Vaya mala suerte que tenían, su fichaje estrella se ponía enfermo otra vez. Solo tenía que mirarle para ver lo mal que lo estaba pasando el pobre, no les quedaba otra que intentarlo y probar suerte de nuevo. Arizona y KaDee no lo habían hecho tan mal, al menos no habían quedado a cero, así que los milagros existían.

—Quédate tumbado —le dijo—. Nos organizaremos como la otra vez y así no te quedas solo, por si acaso.

Él emitió un gemido, incapaz de decir nada de lo mal que se sentía al ver sus caras de decepción.

—Lo siento mucho —consiguió decir.

—Tranquilo, de verdad, no es culpa tuya —le dijo Cotton, desde la puerta.

—No sé qué comí ayer... —continuó él—. Algo me ha sentado mal.

—¿Dónde fuiste con los de tu clase, aparte del bar? —inquirió Ohana.

Cameron tragó saliva. Joder, cierto, había ido a tomar algo en plan escondido con los chicos, que hacía siglos que no interactuaba con ellos, aunque no había llegado a estar ni cinco minutos porque Ohana apareció con unas compañeras de clase, a celebrar un cumpleaños. Y claro, tuvo que soltar aquella excusa y desaparecer para no levantar sospechas.

—Fuimos a cenar antes, pero ellos están bien.

—Un segundo —interrumpió Arizona, abriendo mucho los ojos—. ¿No dijiste que viste a los imbéciles de al lado?

Ohana afirmó.

—¿Por? —preguntó.

—¿Y si es cosa de ellos?

Las chicas se miraron entre ellas, pensativas; parecía descabellado, pero con Phi Gamma Delta, todo era posible.

—¿Crees que lo han envenenado? —preguntó Piper, no muy convencida.

—¿Por qué no? Seguro que saben que es nuestro as en la manga, le pueden haber echado algo en la bebida.

—No sé yo... —intentó decir Cameron.

—Lo raro sería que no tuviesen pastillas de todo tipo —insistió Arizona, sin dudarlo ya.

Piper suspiró y se frotó la frente. No podían acusarlos sin pruebas, pero la realidad era que Cameron estaba enfermo y ellos habían estado cerca. No era tan increíble, no.

—Solo tomé una cerveza —murmuró Cameron.

—Más que suficiente —replicó Arizona.

—Si es así, deberíamos llevarlo al hospital —dijo Piper con gesto serio—, a que le hagan un lavado de estómago.

De nuevo, Cameron se asustó. Parecía que sí o sí, iba a acabar en el hospital, lo cual no le hacía ninguna gracia. No porque no tuviera seguro, sino porque se arriesgaba a que descubrieran que fingía o, peor, que decidieran extirparle el apéndice «por si acaso» o hacerle una purga que lo dejara hecho polvo.

—Tenéis el concurso —dijo, elevando un poco la voz para que le hicieran caso—. Seguro que me pongo mejor en un rato, id tranquilas.

Piper miró el reloj, nerviosa. Estaba preocupada por Cameron, pero el tiempo se les echaba encima y tenían que irse ya. Ella era quien estaba mejor preparada, junto con KaDee y Arizona, así que no podían faltar. Recorrió al resto con la mirada y señaló a Tuyen Mai y Ohana.

—Vosotras os quedáis con él —dijo—. Si se pone peor, lo lleváis al hospital.

Las dos respiraron aliviadas. La primera no controlaba nada fuera de la farándula y las preguntas de cine o series eran mínimas; la segunda no tenía nada en lo que pudiera destacar, así que se alegraba de librarse.

—No te preocupes, nos encargamos —aseguró.

—Vale, pues nos preparamos y nos vamos. —Miró a Cameron—. En serio, no te hagas el valiente, ¿vale? Si te encuentras peor, se lo dices.

Él afirmó con la cabeza, tapándose con la sábana porque creía estar rojo de vergüenza por lo que hacía y no quería que lo vieran. Lo que interpretaron fue que necesitaba tranquilidad, por lo que todas salieron y se dispersaron por la casa.

En cuanto se quedó solo, Cameron se destapó de nuevo para poder respirar y cogió su móvil. Tiger ya le había enviado unos cuantos mensajes y a punto estaba de mandarlo a tomar por rasca, la verdad. Cuando quería, se ponía muy pesado.

Como lo de salir el día anterior, había accedido porque era el cumpleaños de Toby y bastante se perdía ya. Fueron a un bar del centro para minimizar las posibilidades de que los vieran juntos (plan que fracasó, por otro lado) y, en un par de minutos, Cameron se aburrió de los comentarios de Tiger. ¿Qué le pasaba? ¿Llevaba demasiado tiempo sin testosterona alrededor?

Cuando vio a Ohana, primero se pegó un susto de muerte porque pensaba que lo había pillado, pero enseguida lo consideró una oportunidad para huir de allí sin quedar mal con Tiger.

Cada vez añoraba menos la vida en su fraternidad... lo cual no sabía si era bueno o malo.

Cameron: «Arreglado, he fingido estar enfermo de nuevo».

Tiger: «¿Y se lo han creído? Qué tontas».

Toby: «Increíble, caen de nuevo. No tienen cerebro, jajaja».

Cameron dejó el móvil, ignorando el resto de los mensajes. Leerlos solo lo hacían sentir peor.

En la fraternidad, Jayden dejó el móvil y miró por la ventana. El cartel con el dedo corazón seguía pegado en la de Arizona, no lo había quitado desde las pruebas anteriores.

Tenía una idea que podía meterlo en un buen lío, pero... situaciones desesperadas llevaban a medidas desesperadas.

Había intentado entrar en la red interna del profesorado más de una vez, pero estaba bien protegida y no llegó a conseguirlo. Una cosa era hacer chanchullos y otra acabar expulsado de la carrera, no quería arriesgarse a que lo detectaran y echarlo todo a perder.

Sin embargo, el comité que organizaba las olimpiadas universitarias utilizaba otra plataforma, a la cual consiguió entrar unos días antes. Salió sin llegar a coger nada porque no estaba seguro de que las descargas no quedaran registradas, pero introdujo un programa para evitarlo (o eso esperaba) y buscó con rapidez las preguntas y respuestas de matemáticas de ese día.

En cuanto las tuvo, salió con idea de enviárselas a Arizona, aunque eso era otro problema. No tenía forma de comunicarse con ella porque la chica, además de ignorarlo, colocar carteles nada sutiles y cruzar la calle cuando lo veía, también lo tenía bloqueado en el móvil, así que buscó su correo de estudiante y le envió un mensaje, escribiendo en el asunto «Tregua». Se quedó pensando si añadir algo en el texto, una disculpa, por ejemplo, pero decidió que lo mejor era ir al grano. Adjuntó los documentos y solo escribió:

«Para la prueba de matemáticas: preguntas y respuestas sacadas del comité».

Corto y directo. No las tenía todas consigo, solo esperaba poder compensar así la putada de la vez anterior. Lo envió con confirmación de envío y lectura, por lo que quedó pendiente de la pantalla hasta que vio que le llegaban ambas.

Levantó la vista hacia la ventana, pero nada: el cartel seguía ahí, inmóvil.

Entonces vio que le entraba un correo y lo abrió, para encontrarse con una respuesta bien clara por parte de Arizona:

«VETE A LA MIERDA».

Cerró el portátil mosqueado y se cruzó de brazos, aunque no estaba seguro de con quién enfadarse más, si con ella o consigo mismo. Porque joder, qué desconfiada era… Vale, tenía motivos, pero él no tenía toda la culpa, habían sido las circunstancias y Tiger, que era un capullo. Encima intentaba ayudarla y ella no se dejaba, vista la respuesta quizá había borrado el correo directamente sin llegar a mirar lo que le enviaba. ¡Tanto riesgo para nada!

Volvió a mirar hacia la ventana, por si se asomaba, pero no hubo suerte: seguro que ya se habían ido. Suspiró y cruzó los dedos mentalmente, quizá por el camino cambiaba de idea y echaba un ojo al correo.

Sin embargo, nada más lejos de la mente de Arizona, que había enviado el mensaje de Jayden directamente a la papelera, sin llegar a abrirlo. En cuanto le llegó, se preguntó si tanta cara de tonta tenía. Vamos, como si no hubieran viajado juntos ni hablado jamás, ¿no le había demostrado que tenía cerebro? ¿Cómo había podido pensar que se fiaría de nada que él le enviase?

Y menos, de unas supuestas preguntas y respuestas «sacadas del ordenador del comité». Ya, el señor *hacker* ultra poderoso al rescate.

Podría creerlo, de no haber sido engañada la otra vez. Era como cuando te ponían los cuernos: la primera vez, culpa de él; la segunda, culpa tuya por fiarte.

Así que no, no se creía ni por un segundo que su mensaje fuera una ayuda real. El tonto ahí era él, que no parecía haber captado bien el mensaje. Quizá tenía que ponerle lucecitas al dibujo de la ventana, a ver si así se daba por aludido.

—Tranquila, saldremos de esta.

Piper le dio una palmadita y ella la miró, dándose cuenta de que iba con el ceño fruncido y concentrada en sus pensamientos asesinos. Normal que su amiga pensara que iba preocupada por las olimpiadas del demonio.

—Sí, estaba… repasando mentalmente —improvisó.

El qué, mejor que no le preguntara. La miró de reojo y vio que ella también tenía cara de preocupación. La verdad era que la primera fase la habían pasado de chiripa, sería complicado que hubiera más preguntas matemáticas que coincidieran con algún filósofo, mucho menos con nada relacionado con el resto de sus carreras.

Ojalá en las demás les fuera bien, aunque como en la anterior fase se había eliminado a lo más lerdos, iba a estar complicado con los que quedaban.

—Habrá que intentar ser rápidas con el pulsador —comentó Arizona—. Aunque no estemos seguras de la respuesta.

—Eso le dais vosotras mejor, que acabo de hacerme la manicura —replicó Eliza, mirando sus uñas para corroborarlo.

—No se puede —dijo KaDee, con un suspiro—. En esta fase penalizan si se pulsa y no se da una respuesta correcta.

—¿En serio? —esa fue Cotton.

—Sí, ¿es que no os habéis leído las normas?

—No me acordaba de eso —suspiró Piper—. KaDee tiene razón, lo hacen para evitar distraer a los demás. En la tercera fase, la final, ni siquiera hay pulsador. Todo el mundo tiene treinta segundos para contestar y se enseñan las respuestas a la vez.

—Me da que no vamos a llegar —murmuró Arizona.

—Bueno, ya hemos llegado más lejos que el año pasado —dijo Eliza, con tono animado—. Esto tiene que contar para algo, ¿no?

—Era fácil superar un cero —dijo Piper—. No podemos confiarnos, así que ahora hay que darlo todo, chicas.

Chocaron las manos antes de entrar para darse ánimos. Todas estaban preocupadas por el hecho de volver a fallar en las preguntas de matemáticas, sobre todo porque otros años, en esa fase, habían visto que la mayoría eran de desarrollo, nada de teoría. Y ahí sí que estaban perdidas: ni aunque tuvieran una calculadora científica serían capaces de resolver algo tan complejo.

Estaban a punto de entrar cuando KaDee notó que su móvil vibraba. Lo cogió y vio un mensaje de Finn.

—¿Entras o qué? —le instó Arizona.

—Sí, voy al baño, enseguida voy.

Se alejó a toda prisa y las demás se miraron entre ellas.

—¿Soy yo o está un poco dispersa últimamente? —preguntó Piper.

—Menos mal que lo has dicho tú —replicó Arizona—, porque si lo hubiera dicho yo, me llamáis borde. —Piper elevó una ceja y ella puso los ojos en blanco—. Sí, yo la he notado rara también.

—Pasa mucho tiempo en la biblioteca —aportó Cotton, encogiéndose de hombros—. Eso fastidia la mente de cualquiera.

—O lo que estudia —añadió Eliza—. ¿Alguna de vosotras lo entiende?

Todas se miraron antes de negar. Cuando KaDee se ponía a explicar alguna teoría filosófica, ninguna aguantaba la concentración lo suficiente como para seguir lo que decía.

—Quizá se esté exigiendo demasiado —murmuró Piper pensativa, casi como para sí misma—. Bueno, enseguida son las vacaciones de primavera, eso nos vendrá bien a todas. Seguro que ahí se relaja. —Miró el reloj—. Vamos a sentarnos, mientras viene.

Se dirigieron a su mesa de concurso, ajenas a que KaDee había salido del edificio y corría a la parte de atrás, donde Finn la esperaba escondido entre unos árboles.

La atrapó casi al vuelo cuando la chica saltó sobre él para besarlo.

—Solo tengo un minuto —le dijo, entre beso y beso—. Me esperan.

—Lo sé, solo quería desearte buena suerte.

—Con no quedar las últimas me conformo —suspiró—. Cameron nos ha vuelto a fallar.

Finn consiguió ocultar su expresión culpable porque justo ella lo besaba de nuevo. Había visto los mensajes en el grupo y decidió no añadir nada, sintiéndose fatal por todo ello, aunque no participara. Pero ocultárselo era como mentirle, y no encontraba el momento ni la forma de decírselo.

KaDee remoloneó un poco entre sus brazos y se desprendió con un mohín. Si seguía así, se le olvidaría hasta por qué había ido allí. Regresó a toda prisa, aunque antes de entrar se detuvo, tocándose las mejillas. Las notaba calientes y sonreía como una tonta, por lo que cogió aire para centrarse en la tarea que tenía por delante. Finn tenía que quedar relegado al fondo de su mente, aunque le dieran ganas de abrazarlo solo por el hecho de haberse presentado para darle ánimos.

Era tan mono que…

Sacudió la cabeza. Olimpiadas, preguntas, sororidad. En eso debía centrarse.

Abrió la puerta y vio que todos los equipos ya estaban sentados, por lo que se apresuró a ir a ocupar la silla que sus amigas habían dejado libre.

—¿Te encuentras bien? —le susurró Piper.

—Sí, solo estoy un poco nerviosa.

—Bienvenida al club —suspiró Cotton.

El rector entró en aquel momento y todo el mundo se quedó callado. No estuvo en la primera fase, pero seguro que sabía cómo iban los equipos en el *ranking*.

Les lanzó una mirada que hizo que se removieran en sus asientos, intranquilas.

—Va a por nosotras —murmuró Eliza, casi con tono desesperado.

—Da igual —se apresuró a intervenir Piper—. Él no puede hacer nada si acertamos, así que todas atentas y exprimid esos cerebros.

«Y rezad», pensó de nuevo. Dios, y eso que era atea… su abuela estaría satisfecha si supiera que tenía esos pensamientos, con lo que le costaba meterla en una iglesia de pequeña. Solo lo conseguía con sobornos: si no acudía al servicio dominical, no había paga. Y por eso la Piper niña la acompañaba; la adolescente Piper duró poco: el machismo imperante en la iglesia la llevó a tener más de un encontronazo con el pastor y su abuela pasó a darle la paga para que no fuera.

—¡Geografía! —escuchó.

Parpadeó y se quedó absorta en el profesor que hacía las preguntas, con la boca abierta. ¿Qué? ¿Cómo que empezaban por geografía? ¡Si esa temática apenas si tenía presencia, la utilizaban para desempatar en la mayoría de los casos!

—A cada equipo se le va a entregar un mapa de Europa y quien complete el mayor número de países correctos en cinco minutos, se llevará los puntos.

Las chicas miraron atónitas cómo les daban un mapa en blanco y sonaba el pitido que indicaba el comienzo de la prueba.

—¿Alguien tiene idea de esto? —preguntó Piper.

—No sé ni colocar los cuarenta estados nuestros, así que… —dijo Eliza.

—Son cincuenta —corrigió Arizona.

—¿En serio? —dijo Cotton—. Vaya, yo pensaba que cincuenta y uno… ¿Puerto Rico es o no es un estado?

—No, no del todo, es un territorio añadido o algo así —aportó KaDee.

—Incorporado —dijo Piper, y cogió un bolígrafo, con el ceño fruncido—. Dejad el tema, que bastante poco sabemos de Europa para encima perder el tiempo con una conversación que no va a ninguna parte.

—¿Qué países hay que poner? —inquirió KaDee, mirando por encima de su hombro—. ¿No hay una lista?

—No, está todo en blanco.

Como sus mentes, fue lo que todas pensaron en mayor o menor medida. Aquello era complicadísimo, solo había líneas por todas partes y perdieron otro par de minutos discutiendo si las islas que se veían a la izquierda eran un país, dos, si se llamaba Gran Bretaña, Inglaterra o qué demonios era aquello.

—Lo único que estoy segura es que Irlanda es una isla —dijo Arizona.

—Ya, eso creo yo también —confirmó Piper.

Dudaron y acabaron escribiendo en una que había más arriba.

—¿Y entonces Islandia cuál es? —preguntó Cotton.

Eso hizo que todas se miraran y de nuevo, al mapa. No había islas suficientes o estaban en mal lugar, según discutieron. Francia acabó marcada por el centro del mapa, Italia a la derecha del todo, Suecia y Suiza… en fin, tuvieron discusión sobre si eran el mismo en diferentes idiomas o eran dos países. Todo ello llevó a que, cuando sonó el pitido de fin de la prueba, no tuvieran más que un puñado de países escritos. Le pasaron el mapa al que recogía y observaron en silencio cómo corregían cada uno, mostrando en una pantalla el mapa completo.

—Anda —susurró Arizona—. O sea, que es Reino Unido y encima tiene un trozo de Irlanda que es una isla, pero sin ese pedazo… Joder, ¡no hay quien lo entienda!

Piper le dio un codazo al ver que el rector las miraba con los brazos cruzados y que alguien les chistaba desde otro equipo.

—Qué desastre… —murmuró Eliza.

—Tranquilas, no puede ir a peor —dijo Piper.

Aquello fue como una premonición, solo que al revés. La siguiente prueba continuó con el mapa de marras, esta vez para llenar capitales y adjudicar unas pegatinas de banderas que les entregaron y de las cuales no conocían ni una.

La pesadilla continuó con preguntas de historia y literatura, que sí sabían, pero el resto de los equipos pulsaban más rápido, por lo que no consiguieron ningún punto tampoco antes de la prueba fatal: las matemáticas.

Piper casi escuchaba el sonido del suelo rompiéndose bajo ellas mientras, una tras otra, fallaban cada pregunta hasta que por fin acabó todo y fueron eliminadas.

No fue ninguna sorpresa, pero, aun así, a todas les resultó decepcionante: ese año se habían preparado, estudiado como nunca, y todo para nada. Ni aunque Cameron hubiera estado para matemáticas hubieran logrado pasar a la final.

—No pasa nada, chicas —intentó animarlas Piper—. Hemos hecho lo que hemos podido. Quizá sea una señal de que tenemos que hacer un viaje a Europa —bromeó.

Sin embargo, el comentario no hizo que ninguna sonriera, ya que el rector se aproximó con gesto adusto y todas parecieron encogerse en sus asientos. Incluso Arizona, que normalmente estaba más combativa, se sintió intimidada porque recordaba la bronca de principio de curso y aquello no auguraba nada bueno. Miró de reojo a Piper, que carraspeó y cogió aire.

—Buenos días, señor… —empezó la chica.

—¡Silencio! —la interrumpió él—. ¿Les parece gracioso todo esto?

Ellas se miraron, confusas, puesto que ninguna sonreía ni mucho menos.

—¿Les parece normal los resultados que han tenido hoy? —continuó él.

—Disculpe, señor —volvió a intentarlo Piper—. Hemos pasado de fase, cosa que el año pasado no ocurrió. Hemos estudiado mucho, nos hemos preparado y…

—¿En serio? Porque a mí lo que me parece es que en las primeras pruebas tuvieron suerte, nada más. Si no, no se entiende que hoy no hayan acertado ni de casualidad.

—Es que la geografía no es nuestro fuerte —se defendió Arizona—. Y no es justo que dedicaran tantas preguntas a lo mismo.

—Esa no es excusa —dijo él—. Pensaba que la cosa iba a mejor, ya veo que no.

—Si ni siquiera hemos hecho fiestas —aportó KaDee.

A su lado, Eliza y Cotton afirmaron con la cabeza, la primera deseando haber llevado té de Gyokuro para poder ofrecerle. La primera vez no le había apaciguado, pero quién sabía.

—Eso no es cierto porque he oído rumores de una al menos, llena de gente —la cortó él.

Piper abrió la boca para defenderse, aunque no podía decir que les tendieron una trampa sin admitir que, efectivamente, la fiesta había tenido lugar. Y no se creería lo que había sucedido, eso por descontado.

—Estoy muy decepcionado —continuó él.

—Estamos defendiendo la sororidad mejor que el año pasado —insistió Piper.

—¿Con el pelo azul? —Lo señaló con el dedo—. ¿En serio cree que esa es una imagen adecuada para la Hermana mayor de la sororidad? —Sacudió la cabeza—. No sé cómo sigue siéndolo, la verdad.

Nerviosa, la chica se tocó el pelo, sin saber qué contestar. Cierto que al principio fue un *shock*, pero no solo se había acostumbrado al color, sino que le gustaba y vigilaba las raíces para mantenerlo uniforme. Pensar en quitárselo no le hacía gracia, menos por un argumento tan retrógrado como aquel.

—Su pelo no tiene nada de malo —dijo Arizona.

—Es un toque moderno —intervino Eliza—. Eso es bueno para Pi Delta Phi.

El rector le lanzó una mirada glacial que hizo que Eliza se encogiera aún más en el asiento.

—No puede echarnos —musitó Piper.

—Lo estoy considerando, porque las mejoras no han sido muy sustanciales, la verdad.

—Nuestras notas son mejores —dijo KaDee—. Todas hemos mejorado, y en las pruebas.

—Ya, bueno, también les envié a una alumna brillante y no la he visto por ninguna parte.

—Eso no fue culpa nuestra —se apresuró a decir Arizona—. ¿No sabe que tuvo un accidente?

—Sí, pero podría haberse incorporado después.

—Decidimos incorporar a otra con las mismas cualidades —explicó Piper.

—¿Y por qué no la he visto nunca? ¿Por qué no ha participado en las pruebas?

—Enfermedad.

—¿Las dos veces?

Las chicas afirmaron, mientras él pasaba la mirada de una a otra con suspicacia. Parecía que no se fiaba de ellas, como si pensara que le tomaban el pelo.

—Denos hasta final de año —pidió Piper—. Verá nuestras notas este trimestre y el cómputo final, será mejor que el de primero, se lo aseguro.

—¿Y no habrá fiestas?

—Prometido —dijeron todas a la vez, como si estuvieran cronometradas.

Y también al mismo tiempo, aguantaron la respiración mientras esperaban su respuesta. La cara del rector era de todo menos feliz, aunque eso no era nada nuevo. Siempre estaba enfadado o lo parecía, ninguna lo había visto sonreír jamás.

Durante un par de minutos interminables, en los cuales alguna temió ponerse morada por falta de oxígeno, permanecieron en silencio mientras la mirada del hombre pasaba de una a otra.

—Está bien —concedió él, al fin, y se escuchó un suspiro generalizado—. Pero solo porque cambiarlas de alojamiento a estas alturas es muy complicado. —Levantó un dedo para que no hablaran al ver que comenzaban a relajar sus expresiones—. Esto no quiere decir que no siga vigilándolas. Su permanencia en la sororidad para el año que viene depende de cómo acaben el año. Una fiesta de las suyas, un escándalo, y adiós. Fuera de la sororidad y ya veremos si de la universidad, ¿entendido?

—Sí, señor —replicó Piper, mientras todas afirmaban.

El rector se dio media vuelta sin añadir más y fue a felicitar al resto de los equipos, sin volver a dirigirles la mirada.

Piper se acarició el pelo de nuevo y Arizona le tocó la mano.

—Ni caso —le dijo—. Te queda genial, si te lo tiñes sería como darle la razón, y no la tiene.

—Pero no quiero perjudicar a la sororidad.

—Tu pelo es el menor de nuestros problemas —le aseguró KaDee.

—Hay que contarles a Tuyen Mai y a Ohana lo que ha pasado —suspiró Piper, dejando su pelo tranquilo—. Ahora vienen las vacaciones de primavera, aprovecharemos para cargar pilas e hincar bien los codos a la vuelta.

A ninguna le hacía gracia continuar con aquel ritmo de estudio y sin fiestas, pero parecía que no quedaba otro remedio. A ese paso, alguna acabaría graduándose con honores…

Capítulo 13

SPRING BREAK

—Madre mía. —KaDee se bajó las gafas de sol para echar un vistazo a su alrededor—. ¡La que hay montada aquí!

Piper saltó del asiento trasero del taxi mientras Arizona hacía lo mismo por el lado contrario, y ambas se reunieron con la morena.

No le faltaba razón, aunque comprendían su asombro: el año anterior, KaDee no pudo tomarse la famosa semana de vacaciones de primavera, ya que le tocó pasarla en casa con su familia. Por ese motivo, era su primera vez en las famosas semanas de desmadre tan típicas de los universitarios.

El lugar escogido era, claro, Florida: uno de los destinos favoritos de los estudiantes. Y más concretamente, el Sea Sprite Motel. Tenía el estilo de los apartahoteles típicos, con los descansillos al aire libre, habitaciones sencillas bien equipadas, y una buena piscina al aire libre. También estaba a pie de playa y bien de precio, algo de agradecer, así que no lo pensaron demasiado y Piper hizo allí la reserva tras leer los comentarios positivos de la página web.

En cuanto a la que había montada… así era. La piscina estaba a tope, al igual que los descansillos de las tres plantas, llenas de jóvenes que bebían, bailaban y hasta se lanzaban al agua en cuanto el personal del motel se despistaba. La música tronaba sin descanso, lo que hizo que KaDee frunciera los labios.

—Espero que eso no esté así las veinticuatro horas —murmuró—. Lo que necesito es tomar el sol y relajarme.

Arizona y Piper se miraron, las dos con cara de póquer: si KaDee pensaba que iba a relajarse en la semana de primavera, es que era más ingenua de lo que creían. La semana de vacaciones de primavera significaba mucha playa por el día, comer cosas ricas, y juerga ininterrumpida noche tras noche, bien allí mismo, bien en cualquier local de los alrededores.

Como no veían necesidad de sacar a KaDee de su error, las dos sonrieron mientras recogían las maletas que acababa de sacar el taxista.

—Que os divirtáis —deseó este, antes de regresar al vehículo.

Por entre los grupos de estudiantes que iban de un lado a otro con cuidado de no derramar sus cervezas apareció al fin un chico con el uniforme del hotel y una tablilla en la mano.

—¡Hola, chicas, bienvenidas! ¿Apellidos?

—Jennings —respondió Piper, acercándose—. La reserva está a mi nombre.

—Sí, aquí estás, una habitación triple. —La tachó y le entregó una tarjeta—. Aquí tienes, estáis en la tercera planta, cuarto siete. Os subiremos las maletas.

—¿Este ruido es continuo? —KaDee elevó la voz para hacerse oír—. Me imagino que parará en algún momento, ¿no?

El chico la miró, entrecerrando los ojos, y meneó la cabeza. No llegó a responder porque otro taxi se metió en la entrada y tuvo que ir hasta allí haciendo aspavientos con las manos.

—Venga, vamos. —Piper se adelantó y cruzó junto a la piscina, donde todos se salpicaban y zambullían entre risas—. ¡Qué ambiente!

—Justo lo que necesitamos —suspiró Arizona—. Una semana con la cabeza en blanco, que menudo año…

—Suerte que nos hemos librado de Ohana —comentó KaDee, y observó aquel espectáculo con gesto de desaprobación—. Si llega a venir termina en el hospital fijo.

En cuanto Piper puso el tema de la semana de vacaciones sobre la mesa, a Ohana le faltó tiempo para apuntarse: era su idea del paraíso, fiesta a todas horas regada con grandes cantidades de alcohol. Eso sumado a los baños de sol y la comida rápida representaban una tentación para la chica… que Arizona se apresuró a cortar.

Salió del salón, hizo una llamada… y, veinte minutos después, la madre de Ohana telefoneó a su hija para decirle que la esperaban en casa en las vacaciones, que sabían lo mucho que echaba de menos a su familia y que sería genial que pasara más tiempo con ellos. Ohana no tuvo tiempo de pensar ninguna excusa creíble y, antes de darse cuenta, sus planes de desenfreno se quedaron en nada. Con una mueca, dejó el móvil sobre la mesa y resopló.

—Lo siento, no puedo ir —refunfuñó—. Mi familia quiere que pase esos días en casa. No sé de dónde han sacado la idea de que los echo mucho de menos… en fin, he estado lenta y no se me ha ocurrido ninguna excusa, así que a la mierda.

Piper miró a Arizona, que se encogió de hombros con una sonrisa inocente.

—Yo tampoco —añadió Tuyen Mai—. Tengo una audición muy importante justo después, así que voy a aprovechar para ensayar.

Nadie imaginaba al pequeño búho dando tumbos por la playa con una cerveza, así que tampoco les extrañó su respuesta. Cotton debía reunirse con su madre para aprender temas referentes a la empresa, y Eliza tenía una reserva en un *spa* para dedicarse una semana de mimos y relax, de modo que Piper, Arizona y KaDee decidieron ir solas. Las tres sentían que les hacía falta desconectar y, pese a que invitaron a Cameron, este rechazó acompañarlas con la excusa de estudiar.

—Tuviste una idea genial —asintió Piper, y esquivó a dos chicos que bebían chupitos apoyados en la barandilla.

—Pobre Ohana —comentó Arizona—. No es que no quiera que se divierta, es que me preocupa cuando la veo beberse las botellas de vodka a ella sola. No sé, si sigue así acabará con un problema, y ya va justa en sus notas.

—Claro. —Piper le dio una palmadita—. Tienes razón.

Por fin llegaron a su habitación, y Piper metió la tarjeta. Las tres chicas entraron y cerraron tras de sí, dejando atrás parte de la algarabía. KaDee examinó la estancia con ojo crítico, como si esperara una ratonera, aunque no estaba nada mal: tenía tres camas, un sofá, un baño lo bastante amplio como para que no se chocaran y la playa justo enfrente.

—Está guay —concedió, suavizando la expresión.

—KaDee, será mejor que asumas cuanto antes que aquí no vas a descansar. —Arizona se cruzó de brazos y la miró—. De hecho, tampoco vas a dormir.

—¿Nada?

—Poco —apoyó Piper—. Un par de horas de siesta equiparan a una noche, hay que acompasar el cuerpo al ambiente.

—Y cada noche hay un local de moda distinto, así que habrá que encontrarlos —siguió Arizona.

—No creo que nos dejen entrar —contestó KaDee—. ¿No piden el carné?

—Habrá que despistarlos —sonrió Piper.

—Os veo muy desmadradas. —KaDee se sentó sobre la cama del medio—. ¿De verdad se os está haciendo tan cuesta arriba este curso?

Antes de recibir respuesta, sonaron unos golpes en la puerta y Piper se apresuró a ir a abrir, sin tener claro el motivo de que ese curso estuviera siendo tan raro... la presión del rector hacía mella, eso estaba claro. Y seguro que la presencia de Cameron no ayudaba; sobre todo, porque notaba que el chico le gustaba un poco, y la idea de que no fuera recíproco la entristecía.

—Las maletas —explicó el chico de polo rosa, con una sonrisa.

—Perfecto, gracias. —Piper le dio un billete y se giró hacia ellas tras cerrar la puerta—. ¿Deshacemos las maletas y pedimos algo de cena?

—Vale. —Arizona arrastró su equipaje hasta el armario—. Pero luego salimos a bailar.

—Hecho.

—Está bien —asintió KaDee.

Tras estudiar las opciones cercanas de restauración, Arizona pidió comida mexicana y las tres deshicieron las maletas, acomodando *shorts*, bikinis, crema solar, toallas y gafas de sol. Hacía una temperatura espléndida en Florida, y parecía increíble que el día anterior aún llevaran puestos los guantes y la bufanda.

—Es justo lo que necesitaba —comentó Arizona—. Un descanso y estar lejos de temas de sororidad, olimpiadas y nuestros vecinos.

Ahí KaDee mejor permanecía callada, porque si empezaba a hablar de Finn... no tenía la menor idea de cómo sería recibida la noticia de que se había liado con él. Por un lado, se moría de ganas de hablarlo con ellas, eran sus amigas y le costaba un horror esconder sus sentimientos; por otro, el hecho de que perteneciera a la fraternidad enemiga le hacía temer las consecuencias de la confesión. No le deseaba a nadie pasar por aquello, hasta le picaba la lengua.

—¿Sigues furiosa con Jayden? —preguntó Piper, mientras dejaba su neceser en el baño.

—¿Tú no lo estarías? —Arizona estiró las piernas en la cama—. Eso de ganarse mi confianza para traicionarme... traicionarnos después no merece menos.

—¿Se había ganado tu confianza? —KaDee la miró, estupefacta.

No era nada sencillo que un chico se ganara la confianza de Arizona, desde luego, así que aquello merecía un análisis.

—Bueno, no sé si tanto como eso —replicó Arizona—. Yo qué sé, pensaba que nos llevábamos bien, que no era un simple conocido. Si hasta tuvimos una especie de cita no-cita.

Piper regresó del baño y se sentó en la cama de KaDee, a su lado. Ambas tenían la misma expresión de sorpresa en la cara.

—Cita no-cita. —KaDee entrecerró los ojos—. ¿Qué es eso y por qué no sabíamos nada?

—Tampoco hay mucho que contar —admitió Arizona—. Nos cruzamos por casualidad y, también por casualidad, nos fuimos a tomar un café.

—Una cita por casualidad —murmuró Piper, pensativa—. ¿Y hubo beso por casualidad?

—No. —Arizona la miró con cara de espanto—. ¿Qué dices? Yo no hago esas cosas.

—¿Quieres decir besar a un chico sin un montón de trámites previos? —se burló KaDee.

Ahí, la chica frunció el ceño.

—¿Eso qué significa?

—Ya lo sabes. —KaDee hizo una mueca—. Cualquier chico que quisiera salir contigo tendría que rellenar un cuestionario antes, y después seguro que pasar un montón de pruebas.

Arizona alzó una ceja, no estaba segura de si KaDee bromeaba o no. Claro que, si se ponía a rememorar su vida amorosa, su amiga no estaba muy equivocada. No le venía a la cabeza ni una vez con besos espontáneos, mucho menos sexo y, si se apuraba en recordar, tampoco charla distendida. Lo ocurrido con Jayden había sido una excepción.

—Ya, eso es porque... —empezó, con una mezcla de cabreo y desconcierto.

—Ya, ya sabemos, eres muy exigente —terminó Piper—. Todos los chicos te producen desconfianza.

—Eso es porque… —Arizona lo intentó de nuevo.

—Arizona, esa cita no-cita con Jayden es lo más cercano a un rollo que has tenido desde que te mudaste con nosotras. —KaDee sonrió—. Así que, no sé, ¿tan difícil es para ti admitir que te gusta?

La morena parpadeó, confusa.

—A ver…

—Que te empezaba a gustar el chico y te ha sentado fatal su traición —siguió Piper—. Lo que es comprensible, claro, yo estaría hecha un basilisco.

Arizona se cruzó de brazos. ¿Para qué preguntaban, si luego exponían sus propias teorías y se quedaban tan contentas? Pues nada, mejor se callaba y que siguieran a lo suyo, visto que no pensaban dejar que se explicara.

El timbre interrumpió la respuesta desagradable que iba a soltar, así que se levantó para abrir y recoger la comida mexicana, obsequiando al pobre repartidor con un espléndido ceño fruncido.

Repartió las bolsas con sus supuestas amigas, sin dejar de pensar si en el fondo no tenían razón en sus hipótesis. No iba a negar que se sentía atraída por Jayden, lo que ya era un milagro en sí tras dos años sin sentir eso por nadie, que además había hablado con él de temas personales como sus aspiraciones de escritora. No era el tipo de información que se le daba a un simple conocido, y su cerebro batallaba entre sentirse mal por la traición o tratar de hablarlo con él, a ver si podía rescatar algo de ahí.

Pero su orgullo también tenía cosas que decir y, la mayoría de las veces, aplastaba por el camino las voces de la lógica y el corazón. Arizona conocía demasiado bien a los hombres y sus fechorías, estaba muy entrenada al respecto, y costaba deshacerse de la desconfianza. Y más si le daban la razón con triquiñuelas.

—No te enfades. —Piper le dio con el hombro—. Tratamos de abrirte los ojos. Creo que deberías dejar que se explicara.

—¿En serio? ¿Después de que nos mandara las respuestas equivocadas?

—Está claro que eso estuvo mal —accedió KaDee—. Pero puede que no fuera él, o que haya alguna explicación. Es que no sé, Jayden no parece de esos.

—Ya. —Arizona apretó los labios.

—Que todos vivan en Phi Gamma Delta no implica que sean iguales —explicó KaDee, con demasiada vehemencia.

—No, aunque suelen serlo —comentó Piper—. Ya sabes, por eso viven juntos. Dios los cría y las fraternidades los empadronan —bromeó.

KaDee hundió los hombros. Le parecía haber visto una oportunidad ahí para comentar algo respecto a Finn y ya veía que no, que todavía no estaban muy receptivas. Madre mía, aquello se hacía una enorme bola ante sus ojos.

—Están cortados por el mismo patrón —refunfuñó Arizona—. Todos jugadores del equipo, con sus chaquetitas universitarias. En un mano sujetan los chupitos y, en la otra, las pelotas.

Piper casi escupió un bocado de la quesadilla que acababa de morder.

—Es el resumen perfecto —dijo, con una carcajada.

—No tiene por qué —insistió KaDee.

—Venga, tía, si hasta se apuntaron en manada para reventar la charla de Piper. Nadie hace eso si no comulga al cien por cien.

Vaya, la cosa iba a peor. KaDee se metió un taco en la boca, decidida a esperar otra ocasión mejor, aunque no sabía si esta llegaría en algún momento. Con Arizona no tenía esperanzas, pero contaba con que Piper hiciera uso de su comprensión habitual…

Que, al parecer, esa noche brillaba por su ausencia.

—Y las juergas continuas —apoyó Arizona, con una mueca.

—Las tonterías con el papel higiénico.

—Los comentarios sexistas.

—Como si fueran los reyes de la universidad, vamos.

—¡Me he enrollado con Finn!

Arizona y Piper cesaron de hablar a la vez, estupefactas. KaDee paseaba su mirada de una a otra, en espera de una reacción; prefería enfrentar el problema cuanto antes, ya que veía que aquella larga lista de quejas sobre sus vecinos no tenía pinta de acabar precisamente.

Desalentada, observó el ceño fruncido de Arizona, que meneó la cabeza.

—Creo que he oído mal —comentó—. ¿Has dicho Finn?

—He dicho Finn.

—¿Qué Finn? ¿Anderson, o cualquier otro apellido que no sea Anderson?

—Me temo que Anderson —suspiró KaDee.

Sobre todo, porque no conocía a ningún otro Finn.

—Así que hablas de Finn Anderson, miembro infame de Phi Gamma Delta —siguió Arizona y, de nuevo, KaDee no tuvo más remedio que asentir—. Parte del equipo de fútbol americano y sin ningún valor intelectual que se sepa.

Piper soltó una risita, aunque la cortó en seco al ver la cara de la pobre KaDee. Arizona era un hueso difícil de roer y ambas lo sabían, no podía dejar que se pasara mucho.

—No seas así —la cortó—. Creo que ha quedado claro que no se pueden controlar estas cosas, como tú misma has comprobado con Jayden.

Eso cerró la boca a Arizona, que se cruzó de brazos con expresión de claro desacuerdo.

—Venga, cuenta —la animó Piper—. Algo tendrá, si has decidido darle una oportunidad.

KaDee cogió aire y cruzó las piernas sobre la cama.

—En Acción de Gracias me quedé sola y él también, así que esa noche decidimos celebrarlo juntos. Fue un poco raro, porque en realidad yo pensaba que quien estaba solo era Jayden, el único que me parecía normal en esa casa.

—Tacha eso —dijo Arizona, con cara avinagrada.

—Allí fui con mi tarta de manzana, me abrió él y claro, quedaba raro echarse atrás. Después nos cruzamos en la biblioteca.

—¿Se le perdió la pelota de fútbol por allí? —bromeó Piper.

—Jajaja. Pues no, iba a estudiar —refunfuñó KaDee—. Aunque no miento si os digo que me sorprendió tanto como a vosotras, sobre todo porque estaba muy perdido. Parece que en su fraternidad hay mucho ruido y no se concentra, tampoco tenía método, así que le eché una mano. No sé, fue por hacer una buena acción.

—La hermana KaDee en acción. —Arizona meneó la cabeza.

—Perdona, tú eres muy dura —se quejó la joven—. ¡Yo no!

—Seguro que solo quería camelarte.

—Y volvemos a la desconfianza de Arizona... —Piper se frotó la frente—. Venga, sigue. ¿Cómo pasaste de clase de estudio a rollete?

Vale, KaDee tragó saliva y miró a su amiga.

—El día de la charla —confesó.

—¿Qué charla? —inquirió Piper, sin pillarlo.

—Ya sabes, la charla. La del feminismo.

Y ahí estaban las miradas de perplejidad, de nuevo haciendo acto de presencia. Arizona hizo una mueca al segundo, aunque tuvo el buen tino de no decir nada, ya que la cara de Piper era un poema.

—O sea, el día que esos orangutanes reventaron mi charla, ¿te liaste con Finn? —Piper se cruzó de brazos—. Explícate, anda, porque suena mal.

—Ya sé, pero no es lo que parece… —KaDee se dio cuenta de que aquello sonaba a excusa, así que rectificó—. Él vino a disculparse por el comportamiento de los otros. No quería hablar con él, en serio, intenté marcharme.

—No sé qué es más inverosímil, si que se disculpara por los demás o que tú cayeras bajo su hechizo de musculitos —se burló Arizona.

—Oye, no es solo eso. No lo conocéis bien, yo tampoco lo hacía, pero después de varias conversaciones me he dado cuenta de que me equivocaba. O sea, no sé, no me había parado nunca a pensarlo, pero tal vez juzgamos a la gente demasiado deprisa.

Piper se frotó la cara, pensativa. A KaDee no le faltaba razón en eso, a ella misma le ocurría a menudo que la confundían con una cabeza hueca, bien por su cabello rubio (antes del azul, claro), bien por formar parte de una sororidad… en fin, cada uno encontraba sus propios motivos para clasificarte, juzgarte y condenarte.

—Finn no está de acuerdo con los demás —siguió KaDee—. Lo que pasa es que no puede hablar de estas cosas, igual que del estudio. Se lo ha propuesto en serio.

—Claro, no sale del banquillo… —añadió Arizona, aún con mala cara.

—Pues sí, ese es uno de los motivos. Se ha dado cuenta de que es mediocre en el fútbol e intenta cambiar eso, ¿no deberíamos apoyar ese tipo de decisiones?

Arizona volvió a refunfuñar, molesta porque sabía que aquella pregunta solo tenía una respuesta. El problema era que le costaba creerse toda esa historia del jugador de fútbol arrepentido que, de pronto, descubría que tenía un cerebro.

—¿Así que te soltó dos tonterías y te llevó al huerto?

—Me dijo que le gustaba y que quería volver a verme.

—En secreto —apuntó Piper.

—Eso fue cosa mía —admitió KaDee—. No estaba lista para contarlo, me daba miedo… en fin, lo que está pasando ahora. Tener que defenderme como si fuera algo malo que me gustara un chico de la fraternidad de enfrente.

Nada más decirlo, se sintió mal. Parecía que quería hacer sentir culpables a sus amigas, cuando no era su intención en absoluto.

—No tiene nada de malo —aseguró Piper, para tranquilizarla.

—¿Qué dices? —Arizona se giró hacia ella—. ¡Si son nuestros enemigos!

—La gente cambia. —Piper se las apañó para pellizcarle un brazo a la morena, ignorando el salto que esta pegaba en la cama—. KaDee es libre para decidir con quién estar y sus hermanas tenemos el deber de apoyarla. ¿Entendido, Arizona?

La susodicha se frotó el brazo, resentida.

—Es asunto tuyo —dijo, al final—. Solo espero que no tenga ninguna intención oculta detrás y luego te quedes hecha polvo.

Se incorporó, dejando la comida casi entera sobre la mesita.

—Me ducho y salimos de fiesta —dijo, dando por zanjada la conversación.

Desapareció en el baño mientras KaDee intercambiaba una mirada con Piper, no muy segura de si había conseguido expresarse bien. No deseaba que sus amigas le cogieran manía a Finn, no más de la que ya le tenían por pertenecer a Phi Gamma Delta. Además, le daba la sensación de que la respuesta de Piper sobre «apoyar a una hermana» no era sino una frase hecha, como si la hubiera leído en un manual. No parecía que lo dijera de forma sincera.

—No le hagas caso, ya la conoces. No se fía de nadie —comentó Piper.

—No creo que me mienta, ¿sabes? Las conversaciones que hemos tenido, su manera de sincerarse conmigo sobre ciertos temas… confío en él.

—Bien. —Piper le sonrió—. Entonces me alegro por ti.

Le dio una palmadita amistosa y se levantó para inspeccionar la maleta, en busca de qué ponerse para salir.

—¿No tienes ninguna pregunta? —insistió KaDee—. O sea, sé que puede sonar raro por lo de tu charla, pero…

—Son cosas que pasan, no te vuelvas loca. Me alegro de que saliera algo bueno de ese día de mierda.

—Entonces, ¿estamos bien?

—Claro. —Piper la miró—. ¿Quieres mantenerlo en secreto de momento?

KaDee permaneció pensativa. Su idea era comentarlo con ellas dos porque era con las que mejor se llevaba y, en base a su reacción, contárselo al resto. Y ahora no lo tenía tan claro, ya que Arizona estaba convencida de que el asunto le iba a explotar en la cara y Piper… le decía que se alegraba y que todo bien, pero parecía deseosa de cambiar de tema. Y eso que, en cosas de chicos, las charlas solían ser de lo más extensas.

—Tengo toda la semana para pensarlo —respondió, tras vacilar unos segundos.

—La playa y la fiesta te ayudarán a decidirte —asintió Piper, y sacó dos vestidos de su maleta para sacudirlos—. ¿Rosa o plateado?

Sí, estaba claro que Piper prefería cerrar la charla sobre Finn. KaDee señaló el rosa con la cabeza y se dijo que, con suerte, durante esa semana se harían a la idea y quizá pudieran hablar del tema con normalidad.

Tiger: «¡Viva Las Vegas!»

Cameron vio la retahíla de emoticonos que siguieron a aquel mensaje, acompañadas de fotos en el avión y en la entrada del hotel donde se iban a alojar los chicos. Faltaba Jayden en las fotos, lo cual no le extrañaba porque siempre era un poco ajeno al grupo, y Finn, aunque dedujo que sería porque algunas las habría sacado él.

Fuera como fuera, se dio cuenta de que no estaba molesto por los mensajes ni sentía envidia, y eso que había hablado con Tiger sobre las vacaciones de primavera unos días antes.

—¿Por qué no puedo ir con vosotros? —le dijo.

—Mira lo que pasó cuando salimos por el cumpleaños de Toby, casi nos pilla una de esas locas —replico Tiger, poniéndole las manos en los hombros—. Tranquilo, ya queda poco.

Cameron hizo una mueca, porque no lo veía así. El rector no las había echado aún y las chicas estaban mejorando sus notas:

acabaría el curso con ellas, lo veía venir. Y no era que estuviera a disgusto, la verdad. ¡Si hasta sus notas habían mejorado! El no jugar ya en el equipo ni tener fiestas a menudo se notaba, eso era innegable. Si no fuera por la culpabilidad que sentía por engañarlas y que ya no veía nunca a sus amigos, estaría feliz de seguir en la sororidad. Echaba de menos tener conversaciones con alguien del género masculino, ver partidos y poder hablar de las jugadas, las noches de póquer... se sentía apartado de todo el grupo y no parecía que Tiger lo entendiera. Ni siquiera hablaba con él fuera del *chat* grupal, ni lo llamaba nunca. Siempre ponía la excusa de que podían pillarles, pero a veces se preguntaba si, con todo eso, no estaría perdiendo su amistad. Y no entendía que a él no le preocupara lo más mínimo.

—Las chicas no van a Las Vegas —insistió.

—Pero seguro que alguna otra sororidad o fraternidad sí. Venga, no te pongas pesado, piensa en lo bien que estarás aquí con la casa para ti solo.

Con una palmadita condescendiente, lo dejó plantado en la esquina del campus donde Cameron había conseguido pillarlo a solas.

Y por eso estaba tirado en el sofá solo en la casa de Pi Delta Phi. Había partido en un rato y pensaba ver los debates previos, pero a la media hora se dio cuenta de que ver eso solo y sin ruido de fondo era de lo más raro. Igual que coger algo de la nevera sin encontrarse con nadie, ni tener que esperar para el baño en todo el día. No se escuchaba a Tuyen Mai gritando un diálogo apasionado que había tenido que ensayar esa semana, a Ohana corriendo por las escaleras ni a KaDee intentando explicar alguna teoría filosófica; Arizona no estaba quejándose de nada ni Cotton y Eliza intercambiaban impresiones sobre algún diseño de ropa o maquillaje nuevo. Y, sobre todo, el pelo azul de Piper no le distraía cada vez que pasaba cerca o la escuchaba hablar.

Aunque para qué engañarse... echaba la culpa al pelo por lo llamativo que era, cuando en realidad le bastaba con que lo mirara, comentara algo o le sonriera.

Su móvil vibró de nuevo y lo cogió, decidido a silenciar el grupo de Phi Gamma Delta, cuando vio que justo la chica que ocupaba sus pensamientos le había enviado una foto grupal deseándole que lo pasara bien y diciéndole que le echaban de menos.

Se quedó mirando la foto, sobre todo la parte central donde estaba ella, y contestó con un suspiro.

Cameron: «Yo también os echo de menos, ¡disfrutad!».

Según dejó el teléfono, se dio cuenta de que no había mentido con aquel mensaje: echaba de menos a las chicas, mucho.

No quería pensar en que quizá incluso más que a la fraternidad, así que decidió ir a prepararse unas palomitas con mantequilla y sal, algo que llevaba meses sin comer porque allí controlaban mucho la comida. En eso debía pensar: en las cosas que no le gustaban, y no en cómo le habían cuidado cuando fingió estar enfermo.

Las metió en el microondas y, mientras esperaba, se distrajo mirando por la ventana de la cocina. Apenas pasaba gente por la calle, se notaba que la mayoría de los estudiantes se habían marchado a pasar fuera las vacaciones de primavera, como era tradición.

Entonces vio una figura acercarse y frunció el ceño, porque le pareció Finn. Qué raro… Se acercó más a la ventana y cuando llegó a su altura comprobó que, efectivamente, era él.

Dio unos golpecitos en el cristal y agitó la mano para llamar su atención, cosa que consiguió porque el chico se detuvo y le devolvió el gesto.

Cameron abrió la ventana, aunquc no podía asomarse bien porque tenía la encimera en el medio impidiéndoselo.

—¿Qué haces aquí, tío? —le preguntó—. Pensaba que estabas en Las Vegas con el resto.

—Ya, sí, es que no me apetecía ir.

Se encogió de hombros y Cameron pestañeó, descolocado. Aquello era otra señal de lo desconectado que estaba del grupo, ¿qué había pasado para que Finn se quedara atrás? ¡Era muy raro!

—Tenía que estudiar —añadió este.

De nuevo, la cara de Cameron fue de confusión. No había escuchado esa frase salir de la boca de Finn en… bueno, nunca.

—Ah —fue todo lo que pudo contestar.

Aunque habían jugado juntos en el equipo y compartido casa todo el año anterior, la verdad era que no habían tenido jamás una conversación a solas. Tiger era su amigo más que el resto, no había llegado a intimar con los demás y tampoco tenía tanta confianza con Finn como para ponerse a preguntarle si estaba bien. Eso, además, era algo de lo que no hablaban entre ellos como fraternidad. Se suponía que todos lo estaban: eran jugadores, vivían juntos y se lo pasaban bien, ¿qué problema podía haber?

Hasta que no había vivido con las chicas, no se dio cuenta de que había muchas más cosas.

—Jayden también está —agregó Finn, mostrándole una bolsa—. He ido a coger provisiones para ver el partido, aunque a él no le hace mucha gracia. ¿Te quieres venir?

Cameron se apresuró a afirmar, a pesar de que, si con Finn había hablado poco, con Jayden aún menos. Sin embargo, se sentía solo, eran chicos e iban a ver el partido: motivos más que suficientes para coger las palomitas y salir a toda prisa para unirse a Finn.

Jayden elevó una ceja el verlo entrar.

—¿Tú también estás aquí? —le preguntó, sorprendido.

—Bueno, ya sabes que Tiger no me ha dejado ir a Las Vegas y no iba a irme con las chicas… —bromeó.

Los otros dos se miraron de una forma que él no supo cómo interpretar. De haber sido Tiger o algún otro, seguro que se habrían reído o dicho alguna tontería, pero ni Jayden ni Finn dijeron nada.

—Traigo palomitas —dijo Cameron, mostrando el bol.

Jayden le hizo un gesto para que se acercara y Cameron se sentó junto a él, ofreciéndole el bol. Finn desapareció en la cocina y regresó poco después con un *pack* de cervezas y una bandeja de *snacks* saludables.

—Joder con el apio, macho —le dijo Jayden—. Vaya obsesión te ha dado.

—Es muy sano, no protestes. —Señaló las palomitas—. ¿Qué les has puesto?

Cameron pasaba la mirada de uno a otro, preguntándose si se habían visto poseídos por el espíritu de Eliza o Cotton.

—¿Cameron? —insistió Finn.

—Por Dios, deja al chaval tranquilo —refunfuñó Jayden, abrazando el bol—. Huelen a mantequilla, si no quieres ni te acerques, pero déjanos vivir al resto. —Miró a Cameron—. Está metido en su carrera de lleno, no veas qué pesado está.

El chico afirmó, mientras se estrujaba el cerebro intentando recordar qué estudiaba. Vaya, otra muestra más de lo desconectado que estaba. Por fin, algo hizo clic y lo recordó.

—Nutrición —dijo, aliviado.

—¿Qué? —replicó Finn, pasándole una cerveza.

—No, nada, eso, que la nutrición es importante. —Carraspeó, abriendo la lata—. Ahí también se lo toman muy en serio.

—¿Cómo lo llevas? —le preguntó Finn—. Tiger se ha puesto tonto con lo del viaje, seguro que habrías podido ir.

—Ya, pero no había forma de sacarlo de ahí. Al menos tengo la casa para mí solo unos días, aunque se me hace raro tanto silencio.

—No tiene que ser fácil convivir con tantas chicas —comentó Jayden—. Sobre todo, si se parecen a Arizona, que más gruñona y cabezona no puede ser.

Cameron lo miró, porque no esperaba ese comentario de él. Todo el tema de las preguntas y el concurso era complicado; también sabía que habían compartido el viaje en Acción de Gracias, pero parecía que había más por ahí.

—No todas son así —intervino Finn, acomodándose en un sillón.

—Hablas como si las conocieras —repuso Cameron.

—No tanto como tú, imagino. No sé, Piper parece una chica normal, y KaDee es simpática.

Intentó sonar despreocupado y de paso, al comentar a Piper, suponía que eliminaba sospechas, pero los dos lo miraban como si hubiera hablado en chino. Por suerte, en la televisión acabaron los anuncios y señaló la pantalla.

—Empieza ya —dijo.

Empezó a sonar el himno, salieron los jugadores y el árbitro pitó el comienzo del partido.

—¿Cómo sabes si KaDee es simpática o no? —inquirió Cameron.

Jayden, que ya estaba aburrido y no llevaban ni un minuto de partido, cogió un puñado de palomitas mirándolos a ellos, interesado. Eso tenía pinta de ser más entretenido.

Finn intentó disimular comiendo de la bandeja de *snacks*, pero Cameron no dejaba de mirarlo, así que suspiró con resignación.

—Nada, me la he encontrado unas cuantas veces en la biblioteca.

—¿En la biblioteca? —repitieron los dos a la vez.

—Joder, ¿tan raro es coincidir con una chica y hablar?

—No, es raro verte en una biblioteca —dijo Jayden.

—Ya te dije que me estaba tomando la carrera más en serio.

—Sí, pero no pensaba que tanto.

De nuevo, Cameron se veía entre los dos, pasando la mirada de uno a otro como si estuviera en un partido de tenis en el que no entendía del todo las normas. Finn en una biblioteca ya era algo fuera de lo normal; que hablaran entre ellos dos de sus carreras, inaudito.

—Joder, ¿habéis visto eso? —Finn señalaba la pantalla—. ¡Eso deberíamos hacer y no me escuchan!

—¿El qué? —replicó Cameron—. ¿La jugada?

Finn afirmó y se quedaron en silencio, viendo cómo se repetía en la pantalla. Si Cameron estaba perdido con los temas de la fraternidad, del equipo estaba totalmente desconectado.

—¿Se la has presentado al entrenador? —le preguntó.

—Mira, este año es un desastre. Tiger me tiene en el banquillo casi siempre, el entrenador le hace caso y estoy harto. Encima, ¡pierden siempre que no estoy!

—Bueno, tampoco te lances tantas flores —bromeó Jayden—. Si fueras tan bueno, no necesitarías estudiar.

—Ja, ja, qué gracioso eres. —Hizo una bola con una servilleta y se la tiró—. No es eso, no soy yo solo. Han hecho como grupos y siempre que me quedo planchando el culo, están Ace y Rush conmigo.

—Ni idea de quiénes son.

—Juegan muy bien juntos, se coordinan de la hostia —dijo Cameron—. No tiene sentido que los dejen sentados.

—Pues es lo que hay. —Movió la cabeza—. No sé, tío, tú conoces más a Tiger, ¿no te ha dicho nada?

Cameron negó, ya no muy seguro de aquella frase. El año anterior seguro que Tiger le habría contado cómo quería que fueran las cosas en el equipo, las jugadas… ese año, ni palabra. Todas sus conversaciones se centraban en cómo echar a las chicas, era como si su amistad estuviera en un segundo plano.

Si es que alguna vez había existido, porque empezaba a plantearse si no era más que un títere en sus manos, como le gustaba hacer con todo el mundo. Tiger quería tener el control de todo y que las cosas salieran como quería. Mientras consiguiera su fin, el cómo le daba igual.

—Casi no hablamos —dijo—. Ya veis en el *chat*.

—Pensaba que quedaba contigo de vez en cuando.

—No, para nada.

—¿Pero no era tu mejor amigo? —ese fue Jayden—. Si te metiste en todo el embolado de las chicas fue por eso.

—Ya, sí, eso pensaba yo.

—¡Falta! —gritó Finn, casi tirando la bandeja—. Perdón, el partido. No os ignoro, puedo hacer dos cosas a la vez.

—Eso es imposible en un tío —rio Jayden—. ¿No te lo dicen las chicas, Cameron? ¿No se meten contigo?

Ojalá pudiera decir que sí, lo mal que estaba, que lo ignoraban o insultaban, pero era todo lo contrario. Al menos Jayden parecía preguntarlo en serio, porque Tiger no estaba ni mínimamente interesado en si estaba bien o mal. Le daba igual si quería estar con ellos, echaba de menos al equipo o tomar unas cervezas. No, asumía que tenía que aguantar y punto.

—No, Finn tenía razón antes —confesó—. Son todas muy majas.

Según lo decía, recibió un mensaje en el móvil y lo cogió. Quizá era Tiger en el grupo con alguna de sus tonterías, pero no, era Ohana que pedía fotos de las vacaciones a las chicas de Florida. Piper no tardó en enviar una, y no pudo evitar sonreír.

—¿Es Tiger?

Finn se inclinó desde el sillón para echar un ojo y captó la imagen en el móvil justo antes de que Cameron lo apagara rápidamente. Vaya, solo había sido un segundo, pero qué guapa estaba KaDee… Regresó al sillón deseando que acabara el partido para enviarle algún mensaje. No quería molestarla en sus vacaciones con sus amigas, pero la echaba de menos. No le enviaría fotos ni audios para que no tuviera problemas si alguna veía de refilón, como acababa de hacer él, aunque seguro que por un mensaje no pasaría nada.

—Las chicas —dijo Cameron, carraspeando—. Están en Florida. Bueno, tres de ellas, el resto no podía ir.

—No sé cómo lo haces —dijo Finn, intentando volver a prestar atención al partido, pero sin lograrlo del todo.

—¿El qué?

—Estar ahí con ellas todo el día, mintiéndoles.

Era su propia culpabilidad quien hablaba, porque temía el momento en que todo se descubriera y KaDee… bueno, KaDee se enfadaría tanto que no estaba seguro de si lo perdonaría. Estaba muy tentado de contarle todo, pero claro, sería traicionar a los chicos.

—No es fácil, la verdad —confesó Cameron, con un suspiro—. Y el tema del concurso…

Vaciló. Estaban de buen rollo, no sabía si por el par de cervezas, el partido o que no hubiera compañeros tóxicos cerca, pero de ahí a hablar mal de Tiger… Lo mismo se desahogaba y acababa liándolo todo. Joder, qué mal. Tenía que morderse la lengua con las chicas y ahí. No tenía salida.

—Tiger va a llegar hasta el final —dijo Jayden—. Me tiene hasta los cojones, como si fuera su *hacker* particular. Cualquier día me mete en un lío. —Los señaló con el dedo—. Ya sé que es vuestro amigo, pero ese tío no está bien de la cabeza.

Finn sonrió a medias.

—No lo llamaría mi amigo, ya no —replicó.

Cameron se terminó la cerveza, cogió otra y les pasó un par de latas.

—¿Era así el año pasado y no queríamos darnos cuenta o ha empeorado?

Finn relajó los hombros, que había tensado sin darse cuenta. Al fin y al cabo, Cameron y Tiger habían sido uña y carne, si el chico le contaba algo de lo que hablaban ahí, habría lío al volver. Pero Cameron parecía afectado de verdad, como ellos. Y si él estaba preocupado por cómo acabaría lo suyo con KaDee y Jayden por una denuncia, no sería extraño que Cameron también hubiera llegado a su límite.

—Las dos cosas —suspiró—. La verdad, me alegro de que se hayan ido todos a Las Vegas. Estamos mejor solos.

Chocó su lata con ellos y siguieron viendo el partido. En la pausa, pidieron *pizzas* (vegetales, pero *pizzas,* al fin y al cabo) y en el segundo tiempo la situación ya no era extraña entre ellos. Habían hablado más que todo el año anterior, y Cameron estaba sorprendido de ver que se llevaban bien, que no eran unas cabezas huecas como el resto y que tenía muchos puntos en común con ellos. Quizá incluso podría contar con su ayuda para deshacer aquel estúpido plan y no quedar mal con las chicas. Jayden era listo, seguro que se le ocurría algo. Estaba a punto de decirlo cuando, tras el pitido final, Finn se giró hacia ellos.

—Tengo algo que deciros, pero Tiger no puede saberlo, ni ninguno de los otros.

Vaya, así que él no era el único con secretos, pensó Cameron. Seguro que…

—Me he liado con KaDee.

Cameron abrió mucho los ojos, mientras Jayden se atragantaba con la cerveza.

—Hostias, tío —murmuró, secándose la cerveza con una servilleta.

—Joder —dijo Cameron.

Él, a punto de confesar que le gustaba Piper y que no sabía cómo afrontar el resto del año, y Finn soltaba esa bomba. Estaba todo más complicado de lo que esperaba.

—Es serio, pero… —Miró a Cameron—. Tú las conoces, ya sabes lo que hay.

—Sí, sí, yo me quedo mudo.

Dios, otro secreto no, ¡Piper lo mataría si se enteraba de que lo sabía! Escuchó cómo Finn resumía su historia con KaDee y se alegró por ellos, porque la chica también era de sus favoritas, pero solo podía pensar en lo jodidos que estaban todos.

«Puto Tiger».

Capítulo 14

Tras la primera noche con Jayden y Finn, Cameron se pasó por la fraternidad casi todos los días para comer o cenar con ellos. Pensaba que el tema del viaje a Las Vegas le iba a fastidiar todas las vacaciones, y fue al contrario. Era como si la ausencia de Tiger y los demás le hubiera quitado una venda que no sabía que tenía. Jayden no era un friki como Tiger se hartaba de decir, alguien que utilizar cuando convenía y manejar a su antojo; Finn no era una cabeza hueca como los demás, no pensaba solo en deportes y tenía inquietudes, se preocupaba por su carrera. Aún estaba haciéndose a la idea de su lío con KaDee, no podía evitar preocuparse por si él la dañaba (otro descubrimiento: pensar en las chicas como en hermanas que le despertaban sentimiento de protección), pero él parecía tomarse en serio la relación, y decía que KaDee le gustaba de verdad. Iba a ser complicado ocultar que lo sabía, era otra mentira que sumar a la peor, la infiltración. Sin embargo, no le quedaba más remedio que aguantar mientras no se le ocurriera una salida. Finn y Jayden tampoco tenían ideas al respecto, no veían cómo salir de aquello sin que todo el mundo acabara cabreado, así que, por el momento, no le quedaba más remedio que seguir igual que siempre.

Lo cual le llevaba al día de regreso de las chicas y ahí estaba, pasando la aspiradora y el polvo por la casa para que se la encontraran perfecta. Colocó los cojines como le gustaba a Eliza, dejó té preparado para cuando llegara Cotton y estaba revisando los armarios de la cocina cuando vio llegar el coche de Piper. Al momento, sin darse cuenta, se le puso una sonrisa en la cara y fue a abrir la puerta.

Las tres chicas se bajaron, agitando las manos para saludarlo, justo cuando llegaba un taxi del que se bajó Tuyen Mai. La chica corrió a abrazarlo, KaDee hizo lo propio al llegar a su altura y él las rodeó con sus brazos. Levantó la vista para ver acercarse a Arizona, que le hizo un gesto vago con la cabeza

—Date por abrazado —dijo, aunque sonreía.

—¿Qué tal lo habéis pasado?

—Genial, muy bien —le dijo KaDee.

—Ojalá hubiera podido ir con vosotras —suspiró Tuyen Mai, con envidia—. El año que viene me apunto.

Le dio a Cameron un beso en la mejilla y se metió dentro de la casa, arrastrando su maleta.

—¿Te has aburrido mucho tú solo? —le preguntó KaDee.

Él la miró, preguntándose qué diría si supiera con quién había estado y que sabía todo lo suyo con Finn. Carraspeó, al ver que la chica esperaba una respuesta.

—No mucho, he aprovechado el tiempo —replicó, de forma vaga.

—Seguro que has estado de lo más tranquilo —le dijo Piper, subiendo las escaleras hacia la puerta—. Te habrá parecido un milagro estar en silencio.

Cameron afirmó, porque ella lo abrazó y se quedó sin palabras sin saber muy bien por qué. Mientras notaba su pelo azul rozarle la mejilla, aspiraba su aroma y sentía un beso en su mejilla, se dio cuenta de lo que ocurría.

No era como cuando Tuyen Mai había hecho lo mismo.

No se sentía como si fuera su hermana, como le ocurría con las demás.

Nada más lejos de la realidad. Solo quería girar un poco la cabeza para que esos labios se encontraran con los suyos y…

—¿Estás bien?

La chica le puso la mano en la frente, preocupada por si estaba enfermo de nuevo, y Cameron tragó saliva, procurando sonreír.

—Sí, sí, estoy bien. Es que… sí, es lo que dices, se me ha hecho muy raro estar solo.

Piper apartó la mano de su frente y lo observó unos segundos, no muy convencida. Notaba algo extraño, pero no podía especificar qué. Quizá estaba molesto por haberse quedado solo, después de todo.

No dijo nada, porque un coche de alta gama se detuvo delante la casa y se bajó un chófer para abrir la puerta de los pasajeros. Eliza y Cotton, que habían compartido avión, se bajaron todo sonrisas, vestidos nuevos y maquillajes perfectos.

—¡Hola, chicas! —saludó la primera—. ¡Cameron, te he echado de menos!

—¡Hola! —dijo Cotton, frotándose los brazos—. Pero qué frío hace aquí, por Dios.

—Tengo té preparado —sonrió él.

—Ay, qué encanto —suspiró la chica.

—También he sacado unas galletas y chocolate bajo en calorías, por si queríais.

—Eres un ángel —le dijo Piper—, si es que estás en todo. No sé qué haríamos sin ti.

Le dio un abrazo que solo sirvió para incrementar su deseo de devolvérselo, pero más íntimo, y acrecentar de paso su sentimiento de culpabilidad.

—No te diré que no a las galletas —dijo Arizona, pasando a su lado.

Pronto la casa se llenó de ruidos de maletas, conversaciones a gritos contándose las vacaciones, y repeticiones de las historias cuando llegó Ohana. Cameron se mantuvo más bien al margen, escuchaba más que hablar, puesto que debía ceñirse a su historia aburrida de «no he salido casi de casa, he estado estudiando». Además, le encantaba escucharlas y reírse con sus anécdotas.

No podía evitar mirar sobre todo a Piper, con aquella molesta punzada en el pecho. Tenía que ser sincero con ella, le daba igual si Tiger dejaba de hablarle y si su estúpido plan se iba al garete. Le importaban mucho más las chicas, sobre todo ella, y tenía que encontrar la forma de salir de aquel embrollo. Al menos, ya no estaba tan solo: sabía que podía contar con Jayden y con Finn, aunque fuera solo para desahogarse.

Ponerse al día les llevó unas cuantas horas y acabaron acostándose tarde, por lo que la vuelta a la normalidad al día siguiente fue como un jarro de agua fría para todas… y no solo porque la temperatura también siguiera baja.

—Echo de menos estar en bikini —suspiró KaDee, mirando a través de la ventana—. ¿Por qué no para de llover?

—Es lo normal en esta época del año, no… —empezó Cotton.

—¡Me voy, que no llego!

Cotton la miró extrañada, mientras la morena se ponía un abrigo a toda prisa, cogía un paraguas y salía corriendo.

—¿Qué le pasa a esta? —preguntó Arizona, sirviéndose café con un bostezo—. Ni que la filosofía fuera a cambiar si llega cinco minutos tarde.

Piper vislumbró a Finn al otro lado de la calle al mirar por la ventana y movió la cabeza.

—Nada, tendría algo urgente que hacer antes de ir a clase.

Le guiñó un ojo y Arizona puso los suyos en blanco. Aunque apoyaba a KaDee como amiga que era, lo de correr bajo la lluvia para darse un arrumaco con un tío no lo veía. Con lo bien que se estaba en casa al calorcito hasta el último minuto posible…

—Qué ganas de correr… —bajó la voz— se.

Piper casi se atragantó con su té. Empezó a toser, aguantando la risa. Cuando Arizona soltaba una burrada así, le demostraba que sí que tenía sentido del humor. Le costaba sacarlo, pero cuando lo hacía… Joder, qué mala baba. Encima, se acercó a ella con cara seria, como si estuviera preocupada, para darle un par de palmadas en la espalda.

—Respira, Piper, que solo es té normal, no el de Cotton.

Piper le lanzó una mirada asesina, que no hizo ningún efecto.

—Qué cabrona eres —tosió.

Arizona puso cara inocente, le dio otra palmada y terminó su café.

—¿Me he perdido algo? —dijo Tuyen Mai, que las miraba sin entender nada.

—Solo me he atragantado, nada más. —Apartó a Arizona de un empujón—. Y deja de darme golpes ya, que me vas a matar.

—Mira, Tuyen Mai, eso es dramatizar. Toma nota para tus *castings*.

Piper le sacó la lengua y fue a preparar sus cosas para ir a clase. Se cruzó con Cameron, que ya salía por la puerta.

—¿Nos vemos para comer? —le preguntó.

—Claro.

El chico le lanzó una sonrisa antes de marcharse y ella suspiró. Era tan mono, tan simpático, tan… Movió la cabeza. Siempre que pensaba en él como algo más que un compañero de casa, le surgía la duda y no sabía qué hacer. Se planteaba lanzarse y preguntarle directamente si le gustaban las chicas, si habría alguna posibilidad, pero claro, ¿y si era que no? No quería estropear el buen rollo que había en la casa. Joder, qué complicado era todo…

La vuelta a las clases después de las vacaciones de primavera fue dura. Se suponía que esos días deberían haber recargado las pilas a todo el mundo, pero también había exámenes cerca y eso estresaba sí o sí. Por eso, aquel fin de semana nadie tenía planes más allá de ver alguna película en la sala común, estudiar, terminar de deshacer las maletas y poner lavadoras.

Todo muy emocionante, sobre todo en el caso de Arizona, que odiaba ordenar su habitación. Ya la tenía patas arriba antes de las vacaciones y dejar las maletas por el medio no había ayudado. Abrió la ventana aprovechando que había salido el sol (aunque no hiciera aún calor) y así ventilar. Se puso música, empezó a clasificar ropa y se alegró, como siempre, de tener gustos simples y no como Eliza y Cotton, que necesitaban el triple de espacio para guardar sus cosas. Ella no se molestaba en buscar un orden de color o tipo de prenda, con tenerlas a mano le valía.

Estaba a punto de terminar cuando una ráfaga de viento movió la ventana y el folio con el dedo corazón impreso salió volando por la habitación. Tenía la puerta sin cerrar del todo y vio cómo se coló por ella hasta el pasillo. Fue a cogerla, pero Cameron, que salía de su habitación en ese momento, se le adelantó.

—Vaya, buenos días a ti también —bromeó.

—No es para ti, tonto.

Se la cogió y la miró, con el ceño fruncido. Cada vez que pensaba en aquel imbécil de Jayden…

—La tengo puesta en la ventana, para que la vea el gilipollas ese.

Cameron la siguió al interior de la habitación, observando cómo buscaba celo para volver a pegar el cartel. No necesitaba preguntar quién era el «gilipollas», porque Jayden ya le había contado las vistas que tenía desde su habitación después de lo ocurrido con las preguntas. Conociendo a Arizona, no le extrañaba que la chica no le hubiera creído al intentar ayudarlas en la siguiente. Sin embargo, tenía que hacerse el tonto, como siempre.

—¿Qué gilipollas? —preguntó—. Pregunto porque como todos los que viven ahí te lo parecen…

Ella cerró la ventana, comprobando que estuviera bien pegado, y se giró hacia Cameron.

—Pues el peor de todos, ya sabes.

—¿Tiger?

—No. —Gruño, fastidiada—. Bueno, vale, ese es el número uno. El número dos es su esbirro, el informático. Jayden.

—Ah, vale, sí, claro. Entiendo, por lo del concurso, ¿no?

—Exacto. Nos quedamos cortas cuando te lo contamos, seguro, porque es un imbécil y esto —señaló el cartel— es para que no se le olvide.

Se sentó en la cama y cruzó los brazos, enfurruñada. y Cameron ocupó la silla del escritorio que estaba frente a ella y, milagrosamente, libre de ropa.

—Bueno, quizá fuera un malentendido —empezó.

—Que no, que lo hizo para joder.

—¿Has hablado con él después de eso?

—Cuando la segunda prueba me vino con unas chuletas en plan «estas son de verdad, confía en mí, blablablá». ¿Tú me ves cara de tonta? Porque él parece que sí.

—A ver, Arizona… No sé, quizá no fuera él la primera vez, o ese Tiger lo obligó… no sabemos todo lo que pasa ahí.

—No tiene pinta de dejarse mangonear por nadie.

Cameron elevó una ceja y ella frunció el ceño aún más. No se le había ocurrido aquella posibilidad, pero claro, si se paraba a pensarlo… Tiger imponía a cualquiera, sobre todo cuando un brazo suyo era como dos de cualquier otro. No era que Jayden fuera un enclenque, pero tampoco tenía físico de deportista. De hecho, no pegaba en aquella fraternidad.

—Mira, no. —Sacudió la cabeza—. No intentes confundirme, que está claro que nos ha jodido.

—No sé, yo intentaría hablar con él. ¿Por qué eres tan desconfiada en general? No te lo tomes a mal, pero también a mí… bueno, fuiste un poco arisca al principio.

Arizona suspiró.

—Puedes decirlo, de poco nada —replicó.

—Vale, pues ¿por qué eres tan arisca con los tíos? Porque con las chicas lo eres mucho menos. ¿Alguno te ha hecho daño?

Arizona negó con energía.

—No, no se me acercan lo suficiente como para eso.

Cameron parpadeó y ella cogió aire.

—Mira, a veces me gustaría ser lesbiana, porque lo tendría mucho más fácil. No es que no me gustéis, porque me gustan los tíos físicamente, pero es que, cuando abrís la boca, lo estropeáis.

—¿Perdona?

—Soy la pequeña de seis hermanos, ¿lo sabías?

Él negó. Había oído comentarios al respecto durante aquellos meses, sabía que Arizona tenía mucha familia, no así los detalles.

—Pues tengo cinco hermanos mayores —continuó ella—. No tengo primas, ni influencias femeninas cercanas aparte de mi madre, y ahora las chicas… claro, imagínate lo que es crecer con cinco tíos. Desde pequeña, me han enseñado a defenderme, porque claro, en sus propias palabras «todos los tíos somos unos cabrones». Ya en el colegio me decían que mejor pegaba o insultaba primero y después preguntara, no al revés. Que no me dejara mangonear por los demás.

—A ver, puedo entender que fueran protectores contigo, que quisieran que pudieras defenderte, pero de ahí a gruñir a todos los tíos que se te crucen en el camino…

—Joder, Cameron, es que siempre pasa algo que me hace ver que mis hermanos tienen razón. En cuanto un tío me hace tilín, ¡zas! Me deja plantada en una cita, se olvida de mi cumpleaños, me pone los cuernos o como ese… ese… bueno, ¡ese! —Señaló la ventana—. ¡Si es que no se puede confiar en vosotros!

Cameron se quedó callado unos segundos, pensativo. Si ella supiera… Era difícil montar un argumento en contra del suyo cuando él mentía de continuo.

—Vale, lo entiendo —dijo—. Quizá tú también estés siempre a la defensiva y, como buscas que metan la pata, al final lo hacen.

—¿Estás haciendo de abogado del diablo?

—Eso parece, sí.

—Pues no lo haces muy bien, que lo sepas.

—Ya, mira, ¿por qué no hablas con Jayden? Quizá te sorprendas.

—O no, quizá me cabree más todavía.

—Puede ser, pero al menos no te quedas con la duda. Mira, imprime una taza de café, a ver si pilla la indirecta, y quedáis para tomar algo. Si él no te importara lo más mínimo no te tomarías tantas molestias, yo creo que algo te gusta. De lo contrario, lo ignorarías y ya. El cartel solo demuestra que quieres llamar su atención.

Arizona abrió la boca para protestar, miró el cartel, a él y gruñó para sí. Le daba rabia, solo que tenía parte de razón.

—Es como dice el refrán: «no hay mayor desprecio que no hacer aprecio» —recitó él, para más inri.

Puso cara de bueno, al ver que ella parecía querer matarlo con la mirada, y se preguntó si no se habría pasado. No quería enemistarse con ella a costa de Jayden, pero también le parecía mal que el pobre cargara con todas las culpas. Aquella situación no era justa para nadie. Estaba a punto de disculparse por insistir cuando la vio relajar los hombros y suspirar, moviendo los brazos en un gesto que parecía de rendición.

—Bueno, ¡vale! —Lo señaló con el dedo—. Que no se te suba a la cabeza, quizá, ¡solo quizá! tengas algo de razón.

—¿En serio? —Se recompuso de la sorpresa con rapidez—. O sea, sí, claro que sí. Entonces, ¿vas a hacer lo del cartel?

—No lo sé, de momento quito ese y ya veré. —Se levantó, hizo una bola con el papel y miró hacia la habitación de Jayden, que estaba vacía—. Me lo pensaré.

Cameron sonrió, porque al menos era un avance.

—¡Reunión de emergencia!

La voz de Piper les llegó desde la planta de abajo, y ambos se miraron extrañados.

—¿Ha pasado algo de lo que no me he enterado? —inquirió Cameron.

—No sé, iba a preguntarte lo mismo.

Tiró la bola a la papelera y bajaron juntos al salón, donde las chicas ya se acomodaban. Piper permanecía de pie frente a ellos, moviéndose con nerviosismo de un lado al otro.

—¿Qué pasa? —preguntó KaDee—. ¿Alguna mala noticia?

—Eso creo.

Todas se miraron entre ellas, murmurando, y Piper dejó de moverse para ver si así no se distraían.

—Tenemos que hacer una fiesta.

Todas miraron a Ohana, que señaló a Piper.

—Que no lo he dicho yo, ha sido ella —aclaró—. Aunque apoyo la idea, obviamente.

—¿Por qué? —preguntó Arizona—. No estamos para fiestas, precisamente.

—Y es un poco arriesgado —añadió Cotton.

—Sí, nos tienen bien vigiladas —dijo Eliza.

—Por eso mismo —suspiró Piper—. El sábado que viene es el día de Pi Delta Phi, tenemos que hacer la fiesta de la sororidad.

De nuevo, todas comenzaron a hablar entre ellas. Cada fraternidad y sororidad tenía un día especial en el año en el que hacían una fiesta para celebrar su fundación, el nacimiento de algún miembro especial o lo que fuera, y todas debían hacerla. Era otro requisito como el de participar en el concurso, estaba dentro de las normas de la universidad. Se consideraba una muestra más de convivencia y de amistad entre las sororidades y fraternidades, no podían negarse a invitar a sus compañeros, el resto lo hacían. Su reputación como buenas anfitrionas a lo largo de los años se vería manchada, y no era algo que pudieran permitirse.

—Joder, ¿y qué hacemos? —preguntó Tuyen Mai.

—Podemos hacer una fiesta de té —sugirió Cotton.

—Paso de tanto pijerío —replicó Arizona.

—No es mala idea —intervino Piper, haciéndole un gesto para que se callara—. Si hacemos algo a media tarde, hay menos posibilidades de desmadre.

—Eso lo entiendo, pero ¿té? ¿Y pastas inglesas con sándwiches mini de esos?

—¡Buena idea! —dijo Cotton, sin captar el sarcasmo.

Arizona se llevó la mano a la cara, decidiendo callarse.

—Podemos organizar algo así sin problema —continuó Eliza—. Mucho más fácil y seguro que una fiesta con alcohol.

—¿No va a haber alcohol? —inquirió Ohana.

—No, solo té y café —replicó Cotton.

—¿Los ingleses no beben mucha cerveza?

—No en las fiestas de té.

—¿Y ginebra? ¿No bebía eso la madre de la reina o la reina o no sé quién que duró más de cien años?

—La reina madre —corrigió Cotton—. Se murió con ciento y un años, la que se ha muerto hace poco tenía noventa y seis y no sé si tomaba ginebra. Y de todas formas ese no es el tema, lo que tenemos que hacer es una fiesta y buscar la forma de minimizar los riesgos.

—Vale, pues va a ser un aburrimiento, que lo sepáis.

—Habrá que preparar invitaciones —dijo Piper, retomando el control para que Ohana no siguiera a vueltas con el alcohol—.

Las cinco no sé si es buena hora, pero podemos poner a las seis de la tarde, ¿os parece?

—Sí, bien, no es hora de cenar aún —dijo Cotton.

—Haremos una lista de lo que necesitamos para prepararla —añadió Eliza—. Habrá que comprar pepino.

—¿Pepino? —replicó Arizona, con gesto de asco.

—Claro, para los sándwiches que has dicho. Son de pepino y salmón.

—Vamos a morir de hambre… —murmuró Tuyen Mai.

—A ver, que no cunda el pánico —dijo Piper—. Buscamos comida acorde a la temática, especificamos que es una fiesta de seis a nueve, para que no haya ideas raras, y seguro que todo sale bien.

—¿Y si vienen los lerdos de al lado? —resopló Arizona.

—Lo dudo, no creo que les apetezca presentarse en una fiesta de té. Y si lo hacen, se irán al minuto, aburridos.

O eso esperaba. Hacer una fiesta de ese tipo no le entusiasmaba, sobre todo porque era obligación invitar a todo el mundo y no las tenía todas consigo de que todas aquellas medidas sirvieran para algo. No podía poner en la invitación que estaba prohibido el alcohol, aunque haría énfasis en lo de «fiesta inglesa de té». Al menos, Eliza y Cotton parecían tenerlo todo controlado en lo que a la etiqueta se refería, así que las dejó al mando para que hicieran la lista de comida y accesorios necesarios.

Mientras todas debatían lo que hacía falta, cómo organizarlo, Cameron se metió las manos en los bolsillos y tocó su móvil. Debería avisar a Tiger de aquello. Seguro que se alegraba de saber que iban a hacer una fiesta, aunque fuera de ese tipo. El jugador encontraría la forma de estropeársela, estaba seguro. Por mucho que las chicas se preocuparan de que no hubiera alcohol y todo tuviera una pinta de lo más aburrida, Cameron estaba seguro de que Tiger lo vería como una oportunidad de liarla parda.

Despacio, sacó las manos y las cruzó en su regazo, sin llegar a coger el móvil. La fraternidad se enteraría cuando le llegara la invitación y seguro que Tiger le echaba la bronca por no avisarlo antes, pero le daba igual.

No iba a participar más en sus planes, ya encontraría el momento para decírselo, y mejor si Finn estaba cerca, que iba a necesitar guardaespaldas. Además, ya no tenía ninguna duda de que Tiger ya no lo consideraba su amigo, sino solo un instrumento para su plan. Como prueba, no había escrito ni un solo mensaje en el *chat* de los chicos ni a Tiger propiamente dicho desde que se fueran a Las Vegas. Sabía que estaban de regreso, las vacaciones habían terminado y, además, los veía por el campus, pero no había recibido ni un solo mensaje de Tiger ni del resto del grupo. Solo Finn y Jayden le habían enviado alguno, que contestó porque no quería perder el contacto, pero el que suponía que era su mejor amigo… nada. Ni «hola», ni «qué tal», ni «te hemos echado de menos en Las Vegas».

No necesitaba más pruebas: sus verdaderas amigas estaban allí, rodeándolo, mientras organizaban una fiesta del té que le sonaba a *Alicia en el país de las maravillas*. Aunque ahora que lo pensaba, las escenas del Sombrerero loco no eran muy tranquilas…

¿Cómo demonios era una fiesta del té de verdad? ¿Tendría que coger la taza con el meñique levantado?

—¿Todo bien? —le susurró KaDee, sentada a su lado.

—Sí, ¿por?

—Parece que ya estás aburrido de la fiesta sin haber ido —bromeó.

—Ah, no, bueno, ya sé que no he dicho nada, es que no sé cómo colaborar.

—Sí, mejor no digas nada, o acabarás con un bombín de esos horteras —le dijo Arizona, por el otro lado.

Él se tocó la cabeza de forma inconsciente, temiendo que le hicieran vestirse como un inglés presumido. Se negaría… y como el tonto que era, acabaría diciéndoles que sí a todo. ¿En qué momento se dejaba convencer para lo que fuera? Esas chicas lo tenían loco.

—Y que no cunda el pánico —dijo Cotton de pronto, elevando la voz para que todos la miraran—. Eliza y yo sabemos mucho de protocolo, así que os enseñaremos las cosas básicas para que todo vaya como la seda.

Sonrió y Cameron no se tranquilizó. Unas tazas de té no iban a detener a Tiger y sus colegas, estaba seguro.

Capítulo 15

—Un poco más arriba… —decía Cotton— no, a la derecha, no, espera, abajo…

—Cotton, que se va a matar —intervino Piper, acercándose a Cameron, que hacía equilibrios sobre una silla—. Engánchalo ahí en la esquina y ya.

Cotton hizo un mohín mientras el chico sujetaba una guirnalda de flores en la pared. Ella y Eliza se habían encargado de casi toda la organización, decidiendo también cómo adornar la casa. Piper no tenía ni idea de cómo demonios era una fiesta del té, dudaba mucho que la gente en Reino unido se pusiera a colgar flores por la casa, pero las dejó hacer. Lo importante era que todo fluyera, dieran la fiesta sin problemas y todo saliera bien. No había contado con tener que estar cortando pepinos en rodajas como si se fuera a acabar el mundo; de hecho, no quería volver a ver uno en su vida. Arizona a punto había estado de mandar los sándwiches a la porra, pero entre eso y preparar la decoración, había preferido ayudar a Piper. Tuyen Mai y Ohana se habían ido a comprar platos, vasos y manteles de papel decorado a una tienda que Cotton les había dicho. Todo tenía decoración floral como las guirnaldas. Por su parte, KaDee acababa de llegar de una pastelería donde habían encargado *cupcakes* y *scones*, que, según Cotton, eran los pastelitos que tomaba la reina. Era la única comida que habían pagado, y bastante les había costado, por eso les tocaba hacer el resto ellas.

—¿Cómo van los sándwiches? —preguntó Eliza, acercándose a Arizona.

La chica la miró con el cuchillo de mantequilla en la mano y Eliza se pasó al otro lado, junto a Piper, que había vuelto a su puesto de preparar sándwiches.

—Ejem, qué buena pinta —dijo.

—En esa bandeja hay de pepino y mantequilla, ahí de salmón y ahí de jamón y queso. Yo creo que tenemos para un regimiento, con eso y los dulces.

—¿Hacemos palomitas? —preguntó Arizona.

—¿Estás loca? Eso no es elegante, no pega nada con la temática.

—Pero llevan mantequilla, como el noventa por ciento de las cosas que hay para comer.

Eliza frunció el ceño y se alejó sin contestar, decidida a no entrar en una discusión.

—Voy a colocar esto —dijo Piper.

Cogió la bandeja y se fue al salón con ella. Habían apartado los muebles para colocar las mesas en el centro con la comida, dispuesta en expositores de papel. Estaba todo listo, incluso unos termos con leche caliente, y Cotton preparaba los diferentes tés para completar la merienda.

—Ha quedado muy…—comentó Cameron, recorriendo la decoración con la vista— ¿primaveral?

—Hortera, puedes decirlo ahora que no te oyen —sonrió ella.

Cameron le devolvió la sonrisa, a punto de hacer otro comentario, pero Eliza entró y dio un par de palmaditas a modo de aplauso.

—La mesa está preciosa, Piper, ¡me encanta! ¿Será suficiente?

—Seguro que sí, no te preocupes.

No creía que fuera a asistir mucha gente. Si fuera una fiesta normal a una hora tardía, se llenaría. Incluso esa tarde había partido (no podía creer su suerte), así que todo apuntaba a que vendrían algunas compañeras de otras sororidades, pasarían el rato y poco más.

Justo lo que querían.

—Voy a prepararme —continuó Eliza—. Y tú deberías hacer lo mismo.

Se fue escaleras arriba y Piper suspiró, sonriendo de nuevo a Cameron.

—Te veo luego. ¿Te pondrás pajarita?

—No, no, me he librado.

Aunque creía que solo porque había esquivado a Eliza y Cotton aquella semana, ya había visto cómo indicaban a las demás la ropa que debían llevar y temía acabar como un monigote.

—Ponte una camisa azul o blanca, Cameron —le dijo Cotton, saliendo de la cocina—. Con todo este lío no te he buscado nada… ¿Tienes algún pantalón de tonos claros, tipo camel?

—Supongo.

Eso creía, porque el camel era marrón, ¿no? Bueno, algo encontraría. Arizona dejó una última bandeja de sándwiches y se sopló el pelo.

—Listo.

—Genial, ya puedes ir a ponerte tu vestido —le sonrió Eliza.

—Que no me voy a poner ningún vestido de flores —resopló ella.

—¡Pero todas dijimos que lo haríamos! Es la temática, Arizona, la gente no va a al té en vaqueros.

—Tampoco creo que vayan en vestidito y sandalias, ¿no se les manchan las bragas de hierba?

—Pero qué ordinaria eres. —Sacudió la cabeza—. Tú veras, pero no estropees el ambiente.

Se fue, toda digna, y Cameron se acercó a ella.

—Como la mosquees, te encierra en tu habitación castigada —bromeó.

—Porque no hay almena en lo alto del castillo a lo Cenicienta, que, si no, me metía allí.

—¿En serio vas a saltarte el código de vestimenta?

—No del todo, tengo una falda de flores y me parece que una blusa, con eso bastará. —Le guiñó un ojo—. Pero no se lo digas, que me quedo sin la diversión de verla enfurruñada. En fin, voy a prepararme.

—Subo yo también, a ver qué me pongo.

Ella se rio y Cameron hizo una mueca. Si alguien le hubiera dicho unos meses atrás que iba a estar preocupándose por la ropa, se hubiera reído en su cara. Subió con Arizona y, cuando llegaron a la planta de arriba, carraspeó.

—¿Has pensado en lo que te dije? —le preguntó.

La chica lo miró, sin saber a qué se refería, hasta que él hizo un gesto hacia la casa de al lado.

—No he vuelto a poner el cartel —le recordó.

—Ya, pero como hay una fiesta de té y habrá café también… no sé, quizá podrías aprovechar.

—¿Y que me maten las demás porque aparezca uno de la fraternidad? No, gracias.

—No creo yo que llegue la sangre al río. Piénsalo.

Se metió en su habitación y Arizona fue a la suya. Miró la ventana, preguntándose si hacerlo o no. Las chicas no le dirían nada, al menos KaDee no podía echárselo en cara después de estar tirándose a uno de ellos, y Piper la apoyaría. El resto… bueno, a Eliza y Cotton lo que les importaba era que la fiesta acabara bien. Y sinceramente, le daba igual lo que pensaran Tuyen Mai y Ohana. Se acercó al cristal, pensativa, y entonces vio que Jayden estaba en su habitación.

El chico se encontraba sentado en el escritorio con unos auriculares, no sabía si jugando o escribiendo en el ordenador, y notó una punzada en el pecho. Pequeña, que pasó enseguida, pero era la forma de su cuerpo de recordarle a su mente que, por mucho que quisiera razonar, él le gustaba.

—Mierda—murmuró.

Como si la hubiera oído, Jayden levantó la vista. Al verla ahí de pie, observándolo, se quedó quieto. Dudó unos segundos antes de quitarse los cascos y se incorporó. Abrió la ventana y le hizo gestos para que ella hiciera lo mismo, a lo que Arizona negó con la cabeza. Jayden se llevó una mano a la oreja, imitando un teléfono, y ella volvió a negar. Lo vio juntar las manos como en un gesto de súplica y ella imitó una taza con la mano, como si bebiera.

Jayden parpadeó, sin entender. ¿Era una invitación? Por si acaso, afirmó con la cabeza, pero entonces vio que ella negaba con energía, señalaba hacia abajo y, al final, cerraba la cortina con gesto de frustración. Se volvió a sentar, con los auriculares aún en el cuello, sin entender nada de lo que acababa de pasar. Comprender a las mujeres, principalmente a Arizona, era más complicado que descifrar el código de Enigma. Miró la pantalla, recolocándose los auriculares, pese a que ya no logró concentrarse en lo que hacía.

Piper se puso un vestido de tirantes, según indicaciones de Cotton, y lo primero que hizo al bajar fue subir la temperatura de la calefacción central de la casa. Mucha etiqueta y mucha flor, pero lo de ir como si fuera verano no lo entendía. Que ella supiera, además, en Reino Unido tampoco hacía mucho sol.

—Estás genial —le dijo Cotton, que acababa de bajar—. ¿Has subido la temperatura?

—Sí, no quiero morir congelada. A este paso se me iban a poner los labios del mismo tono que el pelo.

—Ay, qué graciosa eres.

Rio y ella no pudo evitar acompañarla. El sarcasmo a veces se le escapaba, pero se lo perdonaba: había trabajado mucho para la fiesta y la verdad era que todo estaba precioso.

—Voy a poner música clásica. De haber tenido presupuesto, habría cogido un cuarteto de cuerda, pero habrá que conformarse.

Pronto, se empezó a escuchar música tranquila. Las chicas bajaron al salón y Ohana recorrió las mesas, revisando los termos y las botellas, todas de agua con y sin gas.

—Joder, iba en serio lo de no alcohol —murmuró—. ¡No hay nada!

—Fiesta del té —le recordó Eliza—. Compórtate, recuerda las normas.

—Ni de coña voy a tomar té a sorbitos.

—Venga, calma —se apresuró Piper a intervenir—. Enseguida llegará la gente y hay que hacer de anfitrionas, recordad que todo debe salir bien.

Ohana afirmó a regañadientes, aunque estaba segura de que aquello iba a ser un aburrimiento supremo. Echó un vistazo al mueble donde solían guardar las botellas, pero iba a ser imposible abrirlo, tenía delante dos de los expositores para *cupcakes* y no se podía acceder a las puertas sin moverlos. Disimuladamente, fue a la nevera, por si acaso: nada, ni siquiera había vino del malo, el que a veces utilizaban para cocinar.

«Esto es un complot».

Puso morros, enfadada, aunque no impresionó a ninguna de las chicas, ocupadas en los últimos retoques y en prepararse para cuando llegara gente, cosa que no tardó en suceder.

Ella también pensaba que se presentarían pocos invitados, y se equivocó: en media hora, la casa estaba a rebosar, como si el té tuviera algún poder mágico de atracción que no conocía. Lo bueno fue que la multitud le daba la oportunidad de escabullirse a hacer unas compras y con ese pensamiento se escapó de la casa. Volvería rápido y seguro que ninguna se daba cuenta, tampoco quería que le echaran un sermón por faltar a la fiesta de la sororidad.

—Madre mía, vamos a necesitar más té —dijo Piper, cogiendo uno de los termos vacíos.

—Tampoco queda limonada —avisó KaDee.

—Voy a la nevera, creo que quedaba —se ofreció Cameron.

Acababa de bajar, porque había tardado más de lo previsto en encontrar ropa acorde. Otra novedad: cambiarse de atuendo tres veces antes de decidirse por el primero. ¿Cuántas cosas más de las chicas se le iban a pegar?

Se dio cuenta de que Piper lo miraba y bajó la vista, comprobando la camisa por si acaso estaba sucia, aunque aún no había llegado a probar nada.

—¿Estoy bien? —preguntó.

Ella tragó saliva y afirmó, sonriendo mientras intentaba parecer despreocupada. Qué guapo estaba con aquel color, le resaltaba los ojos y encima, nunca lo había visto tan arreglado. Estuvo a punto de tocarse la barbilla, no fuera a estar babeando. ¿Cómo podía quedarse tan tonta mirándolo?

—Sí, sí —le contestó—. Estás muy bien.

—Tú estás preciosa.

Le salió sin pensar y agradeció que Cotton interrumpiera el momento, no fuera a decir alguna idiotez. La chica cogió el termo vacío que sostenía Piper para ir a llenarlo y él aprovechó para ir a la cocina como tenía planeado. Rellenó la jarra con la limonada y regresó con ella al salón. Tuvo que esquivar a un par de chicas, girar para no chocar con la mesa y al darse la vuelta tropezó con una silla. Trastabilló sin soltar la jarra y no paró hasta darse de bruces contra Piper, que hablaba con la Hermana mayor de otra sororidad.

El impacto hizo que el líquido se saliera de la jarra, empapando tanto a la pobre Piper como a sí mismo.

—¡Dios, lo siento! —exclamó.

A toda prisa, dejó la jarra y cogió un montón de servilletas de papel para intentar secar el vestido de Piper, aunque acabó dándoselas a ella porque se dio cuenta de que había estado a punto de toquetearle todo el escote.

—Tranquilo —suspiró ella, pasándose las servilletas por el cuerpo—. No pasa nada.

Él cogió alguna más, intentando secarse la camisa.

—Qué pegajoso es esto —dijo.

—Pero ¿qué os pasado? —exclamó Cotton, acercándose—. ¿Es eso la limonada que quedaba?

—Algo más hay —respondió él—. Y no he roto la jarra.

No era una gran defensa, pero al menos la había salvado.

—Id a cambiaros, ya me encargo yo de esto —les indicó, cogiendo la jarra.

Piper se disculpó con la chica con la que hablaba, que había conseguido salvarse del limón por los pelos, y se fue con Cameron escaleras arriba.

—De verdad que lo siento —volvió a disculparse él.

—Ha sido un accidente, no te preocupes.

—Es que me da rabia. —Cameron entró en su habitación y se empezó a desabotonar la camisa—. Iba todo genial y te he estropeado el vestido, casi rompo la jarra y se supone que hoy debía salir todo perfecto.

Hizo una bola con la camisa, la lanzó al cesto que tenía de ropa sucia, encestando, y vio que ella estaba quieta en el pasillo, observándolo. No sabía cómo interpretar su expresión, porque no parecía enfadada.

—Me cambio rápido y bajo a ayudar —añadió, tras ver que ella no se movía y no sabía cómo rellenar aquel silencio extraño.

—Ayúdame antes a mí —dijo la chica, de pronto.

Cameron se quedó quieto mientras la veía avanzar hacia él. Piper se giró, se levantó la melena azul y le ofreció una maravillosa vista de su nuca y hombros.

—¿Me puedes bajar la cremallera? —preguntó.

Se quedó inmóvil mientras aguardaba, casi aguantando la respiración. Su mente trabajaba a toda velocidad, pensando en cómo podía insinuarse, lanzarse o decirle que quería tirarse a su cuello. Temía que la rechazara, que todo aquello del género fluido le hiciera tirar hacia otro lado, o que simplemente, no se sintiera atraído hacia ella en lo más mínimo. Ser amigos estaba muy bien, no quería estropearlo, pero tampoco estar siempre preguntándose «¿y si...?».

De pronto, notó un roce en la columna y el vello se le puso de punta al momento. Tuvo que hacer un gran esfuerzo de voluntad para no moverse mientras Cameron deslizaba la cremallera despacio, bajándola hasta llegar al final de su espalda.

Si ella ya estaba nerviosa, Cameron se sentía tenso como una cuerda de violín a punto de romperse. Le temblaban los dedos por intentar no tocarla, no quería interpretar aquello como ninguna señal, algo complicado cuando Piper se soltó el pelo, que cayó en cascada sobre la espalda desnuda. Porque encima, no había el menor rastro de sostén.

—Ya… ya está —dijo.

Piper lo miró por encima del hombro, desnudo porque el tirante escogió ese momento para deslizarse hacia abajo.

—Gracias —susurró.

Se sujetó el vestido con una mano, dándose la vuelta, y Cameron deseó que se lo tragara la tierra ahí mismo. Se cruzó de brazos, los bajó a ambos lados del cuerpo y volvió a cruzarlos, nervioso.

—Escucha, Piper —dijo, con un carraspeo—. Creo que… o sea, me voy a cambiar, yo… la cremallera está… y tú…

Ella ladeó la cabeza. Era la primera vez que lo notaba tan nervioso, que lo veía tartamudear. ¿Y si su plan improvisado funcionaba? Sin decir nada, alargó el brazo libre y cerró la puerta, para después girar el pestillo.

—Hay demasiada gente —dijo.

Le cogió una mano y él entrelazó los dedos, llevándoselos a los labios tras dudar de nuevo. Si buscaba señales, aquella era más que clara, y se dijo que no debería.

No debería besarla, no debería tocarla.

No debería hacer nada de lo que pudiera arrepentirse después.

Lo primero era ser sincero, aunque significara el fin de su amistad y acabara con cualquier oportunidad con ella. Con gran esfuerzo, porque Piper ya estaba a pocos centímetros de su cuerpo y su vestido amenazaba con caerse en cualquier momento, la miró y movió la cabeza.

—Quizá… —empezó— quizá deberíamos hablar primero.

—No pasa nada —le dijo ella, pasando un dedo por su labio inferior—. No me importa.

—¿No te importa? —Estaba confuso. ¿Sabía algo? —. Pero…

—Me da igual si eres de género fluido, bisexual… —Le dio un par de besos por el cuello—. No me importa mientras te sientas tan atraído por mí como yo por ti.

Cameron se quedó sin habla. A su cabeza llegaron multitud de conversaciones, la charla, comentarios que no había entendido…

¡Ahora estaba claro! Lo que no sabía era de dónde había sacado aquella idea, solo faltaba que el imbécil de Tiger hubiera hecho correr algún rumor al respecto, ya nada le extrañaría.

Pues sí que tenía cosas que hablar con ella... Claro que, tendría que ser después, porque Piper no parecía tener muchas ganas de conversación: seguía con aquellos besos por su cuello, le había soltado la mano y estaba acariciándole el pecho con los dedos, y pensó que hablar estaba sobrevalorado.

Ya tendrían tiempo, aunque...

—Solo una cosa —dijo, sujetándola por los hombros para que lo mirara—. Soy heterosexual —aclaró.

La besó, como para reforzar la frase, y ella le correspondió tras unos segundos de confusión. Joder, se había vuelto loca todos aquellos meses, ¡y era heterosexual! Si lo hubiera sabido, le habría lanzado señales o dicho algo antes. En fin, ya no merecía la pena lamentarse por el tiempo perdido, mejor aprovechar el momento. Más cuando él ya tiraba de su vestido y este resbalaba por su cintura.

Cameron se agachó para quitárselo por las piernas y le dejó un par de besos en los muslos de paso. Subió poco a poco, y Piper ahogó una exclamación cuando notó su lengua pasar por el estómago, hasta llegar a su boca donde la besó con profundidad.

—Sabes a limonada —le dijo—. Muy dulce.

—Menos azúcar la próxima vez.

Los ojos de Cameron brillaron.

—Me encantará probarlo así también.

Ella rio, aunque pronto la risa se convirtió en suspiros y gemidos mientras Cameron seguía con sus caricias. Se movieron hacia la cama, dejando ropa por el camino, y cuando cayeron sobre ella ya estaban totalmente desnudos. Piper lo abrazó con brazos y piernas, como si temiera que fuera a marcharse... le parecía increíble tenerlo así, dentro, haciendo que flotara en una nube de aroma de limón en la que su mente se dispersó mientras estallaba en mil pedacitos.

Le acarició el pelo, suspirando mientras notaba su respiración acompasarse con lentitud en su cuello.

—Deberíamos haber hecho esto antes —murmuró.

—¿Limonada? —bromeó él, levantando la cabeza para besarla—. Te hago toda la que quieras.

Piper sonrió.

—Te tomo la palabra.

Lo besó y escucharon el timbre de la puerta. Ella estuvo a punto de taparse los oídos, no quería salir de allí ni loca.

—Dios, la fiesta —resopló—. No quiero bajar.

—Podemos esperar un poco, no creo que pase nada. —Dudó, porque aquel momento era demasiado perfecto como para estropearlo—. Escucha, Piper, hay algo que... bueno, creo que deberíamos hablar.

—Claro, sí. —Lo besó de nuevo—. Después de la fiesta, ¿vale?

Suponía que querría determinar cómo iban a convivir, si contarlo al resto o no... y estaba de acuerdo, debían hablar, solo que en aquel momento solo quería quedarse abrazada a él cinco minutos más.

Después, ya volverían a la realidad.

Jayden se mezcló con un grupo de chicos que se dirigían hacia la sororidad y entró con ellos sin que Eliza, que había abierto, se diera cuenta de su presencia. No estaba seguro de si lo reconocería; por si acaso, procuró pasar desapercibido. La casa estaba llena de gente, con música clásica de fondo y, durante unos segundos, le costó ubicarse. Era una fiesta de lo más extraña, no veía cervezas ni botellas por ninguna parte, para empezar; para continuar, los vasos y platos eran floreados y no los típicos blancos o rojos. Y, para terminar, la ropa que llevaba la mayoría parecía de boda... y encima de verano, porque casi todas las chicas llevaban vestidos de tirantes. Tardó un minuto en quitarse la idea de que tendrían frío, porque se tuvo que quitar la cazadora del calor que hacía allí dentro. Se metió entre la gente, buscando a Arizona, pero tampoco veía a Cameron para preguntarle. Dio un par de vueltas y acabó junto a la mesa de comida, donde cogió un sándwich para distraerse. Al momento, agarró una servilleta de papel para dejarlo, casi atragantado con una rodaja de pepino.

—Dios, ¿qué coño es esto? —murmuró.

Levantó la vista y entonces sí, vio pasar a Arizona por el otro lado del salón, aunque tuvo que mirar dos veces. No la había visto nunca con una blusa, menos con una falda tan corta, y hasta llevaba una diadema de flores... aunque eso no debía ser idea suya, porque vio que se la quitaba y la dejaba sobre un mueble.

Se acercó antes de que desapareciera de su vista de nuevo y tuvo que retroceder al ver que la joven cogía la diadema y le apuntaba con ella de forma amenazadora.

—¿Qué haces aquí? —preguntó, mosqueada.

—No me ha quedado claro lo que me querías decir antes. Como has quitado el cartel, he pensado que…

Se calló porque Arizona tiró de su brazo de pronto, obligándolo a alejarse de la mesa.

—No es que no agradezca que me alejes de ese engendro de pepino —consiguió decir, mientras se esforzaba por seguirle el paso—, pero no querría perder mi brazo, gracias.

Arizona lo soltó, solo para ponerse detrás y empujarlo hacia las escaleras.

—No quiero que te vean las otras —le explicó—. Hablamos arriba.

Su primera opción había sido llevarlo a la puerta y echarlo de una patada. Sin embargo, con tanta gente habrían llamado la atención y no quería que se montara ningún escándalo por su culpa. La fiesta iba como la seda, mejor que siguiera así.

A trompicones, llegaron a la planta de arriba y lo metió en su habitación, cerrando tras ellos.

—No tenías que haber venido —gruñó.

Se cruzó de brazos, a la defensiva, y él tuvo el buen tino de mantener la distancia.

—Escucha, quería hablar contigo desde hace tiempo —empezó Jayden.

—Que me da igual, paso de tus mentiras y tus rollos, ¿no lo tienes claro?

—¿Por qué no me dejas explicarme?

—¡Porque eres un mentiroso compulsivo como los demás!

—Eso es injusto y lo sabes.

—Me engañaste con las respuestas.

—Eso fue culpa de Tiger, yo no…

—¿Y tú no tienes cabeza para llevarle la contraria? Pensaba que tenías más neuronas.

—Y las tengo, por eso te intenté ayudar la siguiente vez, y no me creíste. Encima pusiste ese cartel tan… elocuente.

—Te lo merecías.

—No digo que no, pero joder, Arizona. Hemos hecho un viaje juntos en coche, hemos hablado, sabes que no soy como ellos. Deberías haberme dado al menos el beneficio de la duda.

—¿Por qué?

Él resopló. Dios, qué cabezona era. Y encima hasta con el ceño fruncido estaba guapa, si es que le daban ganas de acabar la conversación con un beso que la dejara sin aliento. Solo que, claro, seguro que le soltaba una bofetada que lo dejaba a él sin algún diente. Cogió aire, intentando armarse de paciencia.

—Porque me gustas —dijo, sin pensarlo.

—Oh. —Se quedó sorprendida, aunque se recompuso con rapidez—. ¿Y? Como te sientas me importa tres pepinos.

—Si son como los de los sándwiches de abajo… No sé si considerarlo bueno o malo.

A su pesar, ella estuvo a punto de sonreír.

—No intentes distraerme —lo avisó.

—Yo solo quiero que me des una oportunidad, Arizona. Como… bueno, como si no fuera de esa fraternidad.

Casi había puesto a Finn de ejemplo, y a tiempo recordó que no podía decir nada al respecto. Ni tampoco con que Cameron hablara bien de él con ella, a riesgo de estropear su coartada. Se le acababan las ideas.

—Una cita —soltó, de pronto.

—¿Perdona?

—¿Por qué no salimos? Vamos a cenar a algún sitio tranquilo los dos solos, hablamos…

—Y me vienes a buscar con un ramo de flores, no te digo. ¿Se puede ser más cursi?

Jayden puso los ojos en blanco y decidió que ya había hecho suficiente: ir hasta allí, intentar hablar y, encima, abrir su corazón para nada.

No, para nada no, que le había dejado claro que le daba igual cómo se sintiera. No pintaba nada allí, por lo que dio un paso en dirección a la puerta. Se detuvo porque ella estaba en el medio y señaló la salida.

—No te preocupes, no te molestaré más.

Arizona parpadeó, dándose cuenta de que acababa de ser muy, muy desagradable, incluso hasta para ella. La culpa la tenía él, que le ponía ojos de cachorrito perdido y no la dejaba pensar con claridad. Joder, ¡que le había confesado que le gustaba y ella iba y lo desechaba como quien tiraba un pañuelo de papel!

—¿Me dejas pasar? —preguntó él, con cierta impaciencia.

—No.

—¿No? —Elevó una ceja—. ¿Tienes más cosas agradables que decirme?

Como respuesta, Arizona avanzó hacia él y le dio un empujón que lo hizo retroceder.

—Oye, menos violencia que…

Pero otro empujón lo interrumpió. Con ese, tropezó con algo y no pudo mantener el equilibrio. Giró la cabeza a tiempo de ver que era la cama y cayó sentado sobre ella.

—Arizona… —empezó.

Ella se acercó, aunque ya no parecía tan enfadada, y Jayden se quedó callado, sin saber muy bien qué esperar.

—No quiero citas horteras —avisó.

—Eh… vale. A mí tampoco me gustan.

—Si me mientes otra vez, te rompo las costillas con un bate.

Él afirmó, aunque no la escuchaba porque verla acercarse lo había distraído. Más aún cuando ella apoyó un dedo en su pecho al hablar y lo empujó hacia atrás.

—No te voy a mentir —consiguió decir.

Arizona no estaba muy segura aún de si debía confiar en él, pero… no podía negar la chispa que notaba entre ellos cuando lo tenía cerca, las ganas que tenía de volver a quedar con él, hablar o lo que fuera. Si de verdad había sido cosa de Tiger lo del primer concurso…

Suspiró, con la esperanza de no tener que arrepentirse y, por una vez, decidió dejarse llevar por el corazón y no por la mente. Se quedó de pie justo frente a él y se llevó la mano a la blusa, toqueteando los botones. Lo miró a los ojos y, cuando él le devolvió la mirada sin decir nada, solo expectante, terminó de decidirse. Puso las piernas a ambos lados de las suyas, se levantó un poco la falda y se inclinó para besarlo.

—Arizona… —dijo él, apartándose un poco.

La chica le puso un dedo en los labios, sentándose sobre él. Jayden decidió que ya hablarían después, la verdad era que entre aquellos botones de la blusa que amenazaban con abrirse solos, sus piernas a ambos lados y su aliento tan cerca, ni quería ni podía pensar con claridad.

La agarró por la cintura con una mano, acercándola más, mientras con la otra cogía su nuca para acercarla y besarla. Arizona se desabrochó los botones de la blusa, tirándola al suelo, y metió las manos por su camiseta para quitársela. Él aprovechaba cada movimiento para besar su cuello, su mejilla, el lóbulo de la oreja... Cada trozo de piel que podía, casi con ansiedad. Era imposible pensar en tomárselo con calma o ir despacio, Arizona marcaba el ritmo y no estaba por la labor de entretenerse mucho, por lo que parecía. Tuvo que moverse para facilitar el acceso a su pantalón, cuya cremallera presentaba dificultades.

Cuando por fin se la bajó, él tuvo sus propios problemas con la falda, que parecía el doble de larga al intentar llegar hasta su ropa interior. Logró su objetivo arrancando un gemido a la chica, que se movió contra él, pasó las piernas por detrás para rodearle con ellas y al momento se movía, sujeta a su cuello, y lo besaba para acallar sus gemidos.

Jayden la acariciaba por encima del sujetador, por debajo de la falda, la besaba sin ningún control, y tuvo que ocultar su rostro en su cuello para no gritar cuando ella lo mordió en un brazo, gimiendo.

Sus movimientos desenfrenados acabaron con sus cuerpos prácticamente fusionados y con la respiración agitada.

Jayden le pasó la mano por la melena, suspirando.

—Y esto sin invitarme a café antes —bromeó.

Ella rio y le acarició la marca del brazo. Normalmente no era tímida en lo que a sexo se refería, aunque nunca se había lanzado así sobre nadie.

—Tranquila, puedes ofrecérmelo ahora —le dijo, besándola—. O té, lo que sea menos un sándwich de pepino.

—¿Siempre hablas tanto después del sexo?

Él pareció pensárselo, hasta encogerse de hombros.

—Te recuerdo que soy informático y el cliché es cierto, no es que tenga mucho de esto normalmente.

Arizona lo miró, desconfiada, y él puso los ojos en blanco.

—Vale, no es del todo cierto —confesó—. Pero no quería que nos quedáramos en un silencio incómodo, supongo.

Más bien, temía que lo echara en cualquier momento, con Arizona nunca sabía cómo acertar. Sin embargo, ella sonrió y le dio un beso suave en los labios.

—Supongo que algo puedo ofrecerte, para que te recuperes. —Le mordisqueó el cuello—. Esto no ha estado mal, aunque habrá que repetirlo para asegurarnos, ¿no?

Él afirmó, totalmente de acuerdo, y aliviado porque la chica no quisiera seguir discutiendo sino todo lo contrario.

Y si tenía que tomar un té con pastas extrañas para repetir la experiencia, lo haría.

Ohana llevaba un vaso alto, del cual bebía con una pajita, y Cotton se interpuso en su camino con gesto de desconfianza.

—¿Qué llevas ahí? —le preguntó.

—Té.

La chica cogió el vaso sin darle tiempo a reaccionar y lo olió.

—¡Esto no es té!

Ohana recuperó la bebida con brusquedad, mosqueada.

—Es té Long Island.

—¡Es un combinado!

—Técnicamente, es té.

—No puedes…

—¿Qué está pasando aquí?

Las dos se giraron hacia Piper. Mosqueadas como estaban, no se dieron cuenta de que estaba algo despeinada, ruborizada, y que Cameron tenía el mismo aspecto, a su lado. En cambio, se pusieron a hablar a la vez hasta que ella levantó las manos y le cogió la bebida a Ohana.

—¡Qué manía os ha dado a todas con quitarme el vaso! —exclamó ella.

—Ohana, dijimos que nada de alcohol —le recriminó Piper.

—¡Es un puñetero té Long Island! Esta fiesta es un muermo, he preparado unos cuantos porque esta gente se iba a dormir sobre esos puñeteros sándwiches de pepino. Que están asquerosos, por cierto.

—Creo que ya has bebido suficiente —le dijo Cameron, acercándose.

—¡Si no me ha dado tiempo!

Cameron la cogió del brazo con suavidad, a ver si conseguía llevársela antes de que montara un escándalo, y entonces llamaron a la puerta. Piper abrió y, antes de que pudiera reaccionar, Tiger entró con varios de la fraternidad detrás.

—¿Alguien quiere diversión? —gritó él, agitando varias botellas de vodka.

«Mierda», pensó Cameron.

$$Capítulo\ 16$$

—¿Cómo se les ocurre aparecer por aquí? —refunfuñó Piper, con los brazos cruzados.

Acababa de reunirse con las demás en la cocina, en un desesperado intento de ver si a alguien se le ocurría cómo frenar el inminente lío que se avecinaba. Tiger no había aparecido solo ni mucho menos: además de todos los compañeros de la fraternidad vecina, arrastraba a los jugadores del equipo de futbol con él, además de diversos amigos y compañeros de carrera. Justo lo que no quería ninguna, porque ese tipo de grupo era el que convertía una fiesta del té en un fiestón en toda regla. De modo que Piper, a través de una serie de complicados gestos, había reunido a la mayoría de las chicas en la cocina para ver cómo solucionar el entuerto.

—¿Y Tuyen Mai? —quiso saber, una vez hubo cerrado la puerta.

—Tampoco está Ohana —observó Cotton.

Arizona apareció en ese momento y cerró con un golpe de cadera.

—Perdón, me ha costado atravesar el salón —explicó—. La gente aún llega, Piper.

—Chica, abróchate bien la camisa —la regañó Cotton, señalando el botón superior—. Que no os doy clases de etiqueta para esto.

Arizona carraspeó y procedió a obedecerla a toda velocidad, sin dar explicación alguna al fallo de vestimenta. Era pronto para comentar nada y menos con lo caldeado que estaba el ambiente, ahora entendía mejor la reticencia de KaDee de contar su aventurilla.

—¿Qué hacemos? —intervino la susodicha, tras frotarse las sienes.

—Seguro que han venido a reventar la fiesta, como hicieron con la charla de Piper —se quejó Eliza, meneando la cabeza.

—¿Cómo nos deshacemos de ellos? —preguntó Arizona.

—¡No podemos! —protestó Piper—. Tardaríamos una eternidad en ir de uno en uno, y no podemos arrastrarlos hasta la puerta.

—Se marcharían si no hubiera alcohol —recordó Cotton.

—Pero es que lo han traído ellos —objetó KaDee.

Solo había tenido un segundo para intercambiar una mirada con Finn, que se encogió de hombros en una especie de disculpa muda… que era insuficiente, ¡qué menos que enviar un mensaje de advertencia!

Aunque cabía la posibilidad de que Tiger actuara de manera espontánea, claro, ¡quién sabía con aquel tipejo! Fuera como fuera ya estaban allí, la fiesta corría el riesgo de descontrolarse y debían encontrar la forma de arreglarlo.

Abrió la boca para hablar, y el ruido de algo que se rompía la interrumpió.

—¡Oh, no! —exclamó Cotton—. ¡Como sea mi juego de tazas de té va a correr la sangre!

Echó a correr hacia la puerta sin esperar a si alguna de sus amigas añadía algo, así que las demás cruzaron una mirada entre sí.

—Deberíamos… —comenzó Piper, y el ruido infernal de un grupo *rock* acalló su voz.

Aquello fue la señal definitiva para que todas siguieran los pasos de Cotton de regreso al salón, donde la fiesta del té había llegado a su fin de manera definitiva: la música subía de volumen, al igual que los gritos y risas del montón de gente que abarrotaba el salón.

Cotton se afanaba en recoger las tazas, desesperada porque no terminaran en el suelo. Piper se metió entre la multitud en un intento de encontrar al cabecilla de aquel lío: sabía que, si lograba deshacerse de él, al menos sus amigotes también se irían…solo que la tarea no era nada sencilla. Con tanta muchedumbre, por más que intentaba ir en su dirección, resultaba imposible: la fuerza de la gravedad solo le permitía moverse hacia otra zona, una que no le interesaba.

Entonces localizó a Cameron con la mirada y se puso a hacerle gestos para ver si él lograba acercarse a Tiger, pese a que estaba en el otro extremo del salón.

Chocó con alguien y se dio cuenta de que era Ohana, que bailaba con un vaso en la mano y una amplia sonrisa en la cara.

—¡Ohana! —recriminó Piper, furiosa—. ¿Qué haces?

—A ver, esto es una fiesta —protestó ella.

—¡No has venido a la reunión de emergencia en la cocina!

—Ni me he enterado, ¿de qué iba?

—¡De cómo arreglar este desastre! Tenemos que echar a toda esta gente de aquí y deshacernos del alcohol.

Ohana le dedicó una mueca.

—De verdad, ¿por qué sois tan muermos? —Dio un trago a la copa—. Yo doy gracias de que alguien haya traído bebida, ¡esta sororidad se ha vuelto un coñazo!

Piper sacudió la cabeza con un resoplido.

—Me parece que no pillas lo que nos jugamos, tú…

Por segunda vez, la música ahogó su voz. No odiaba a Camilla Cabello, pero su *Bam Bam Bam* en ese momento era de lo más irritante. Abandonó a la traidora de Ohana y regresó al tumulto, decidida al menos a encontrar el equipo de música y romper el enchufe si era necesario antes de atraer la atención de la seguridad del campus, ya que siempre, siempre, aparecía alguien que se quejaba por el volumen alto.

No sin dificultad, KaDee logró reunirse con Finn cerca de la puerta del baño. Mejor dicho, casi cayó encima, que aquello era peor que el concierto más multitudinario del mundo, ¡lo que le gustaba a la gente una juerga!

—¿Sabías esto? —fue su saludo, casi a gritos para hacerse escuchar.

—¿Qué? ¡No, qué va! —replicó él, en el mismo tono— ¡Ni siquiera se había mencionado esta movida del té! ¡Tiger nos ha mandado a todos pasarnos por sorpresa!

—¡Podías haberme avisado por mensaje!

—¡No he tenido tiempo! ¡Si no nos ha dejado cambiarnos!

Aquello era cierto, todos los miembros de Phi Gamma Delta iban con las chaquetas del equipo, de modo que habían ido directos del partido. Quizá por animarse, ya que habían vuelto a perder.

—¡Ayúdame a echarlos! — suplicó—. ¡Estamos bajo la lupa del rector, no podemos montar estos espectáculos!

Finn la miró, incrédulo. ¿Echarlos? Qué ingenua era KaDee si pensaba que iba a lograr deshacerse de toda aquella gente, que parecía que Tiger había compartido el anuncio de la fiesta por la red interna... al llegar a casa después del partido y decir que todos debían colarse en casa de las vecinas, Finn creyó que se refería solo a ellos. Después, al ver la multitud, se dio cuenta de que debía haber corrido la voz o algo, lo que acentuó su propia culpabilidad. ¿Cuánto tiempo podría mantener la farsa sin que le explotara en la cara? KaDee le importaba y no quería estropearlo, pero tampoco se le ocurría la forma de arreglarlo.

Negó con vehemencia.

—¡No creo que podamos!

Además, ¿iba a ponerse a echar a sus compañeros de fraternidad cuando había entrado con ellos como parte del plan? Al menos, Jayden había ido por su cuenta, no era lo mismo... joder, la cosa se ponía complicada, debía encontrar una solución ya.

—¡Bueno, al menos podemos intentarlo! —insistió ella—. ¡Nos jugamos la expulsión!

Finn se rindió al ver que la muchacha no desistía.

—¡Vale! ¡Ve por ese lado y yo por este otro! —indicó.

Si se separaban, podría mimetizarse con la gente y pasar desapercibido mientras no hacía nada, no se le ocurría otra cosa. Vio que KaDee afirmaba y otra vez se sintió culpable por ocultar la verdad de las tretas de Tiger, así que se giró cuanto antes para desaparecer entre un grupo de chicos que brindaban juntos.

Piper sentía que llevaba una eternidad tratando de atravesar el salón, y empezaba a desesperarse: Cotton corría de un lado a otro con tazas y platos entre los brazos, Ohana participaba en un concurso de chupitos en otro extremo del salón, Tuyen Mai seguía desaparecida, no veía a KaDee y Eliza trataba de escapar de una especie de corrillo masculino que le silbaba con entusiasmo. Buscó a Arizona, la única que parecía hacer algo con sentido: arrebataba vasos y pegaba empujones en dirección a la salida, aunque no era bastante. Solo le quedaba el equipo de música: si lograba desenchufarlo, al menos sus gritos serían escuchados, o eso esperaba.

—¡Piper!

La chica se giró al reconocer la voz de Cameron, que la llamaba desde algún punto del salón, e hizo un barrido visual hasta encontrarlo justo frente a ella. ¡Bien, estaba cerca del equipo, podía desconectarlo! Lo señaló, haciendo el gesto de tirar en su dirección, y Cameron quedó confundido.

¿Qué trataba de decir? ¿Que se reuniera con ella? Tarea titánica, claro que podía intentarlo. Afirmó, dio un paso hacia delante y entonces Piper negó con energía. Empezó a agitar las manos de forma negativa, así que el joven se detuvo.

Vale, no quería que fuera hacia ella, ¿entonces qué? La observó, seguramente con cara de idiota, y Piper volvió a hacer el mismo gesto, como si tirara de algo. Señaló un punto del mueble del salón y él miró, sin entender. ¿Quería que tirara un cuadro? ¿Sería para atraer la atención de la gente o algo así?

Impaciente, Piper agitó de nuevo los brazos. ¡Joder, que no lo pillaba! Solo tenía que apagar el puto equipo musical, ¿era mucho pedir? Ese estruendo…

—¿Qué diantres ocurre aquí?

Piper bajó los brazos y miró en dirección a la puerta. De pie y con los ojos como platos se hallaba el rector y dos miembros de la seguridad del campus.

«Mierda, mierda, mierda», se repitió la chica, tratando de mantener la calma. Aquello pintaba mal, muy mal, y es que ya llevaban dos avisos por parte del rector, un tercero no iba a traer nada bueno.

Uno de los dos chicos de seguridad atravesó la sala sin la menor dificultad y arrancó el cable del equipo de música sin miramientos. La gente se calló de golpe y miraron en su dirección: al ver al rector, muchos comenzaron a dejar los vasos aquí y allá con disimulo, incluso alguno se escurrió al baño con intención de no ser detectado. Seguro que, de haber tenido otra salida, muchos hubieran huido por allí sin la menor duda.

—¿Una fiesta del té? —siguió el rector—. No creo que esta sea la definición exacta de una fiesta del té, la verdad. Parece que, para ustedes, cualquier excusa es buena para quebrantar las normas.

Los murmullos cesaron y Piper se encaminó hacia el rector. Vaya, ahora sí que se movía sin dificultad: los estudiantes se apartaban a su paso sin problema.

—No ha sido cosa nuestra —se defendió, molesta—. Nuestra fiesta del té era tranquila, pero…

—Siempre hay un «pero» —la interrumpió el rector—. Cada vez que les llamo la atención encuentran alguna excusa para justificar su comportamiento, incluso cuando es inexcusable. ¿No dejé claro que nada de organizar fiestas?

—Es que no era una fiesta, si me deja explicar…

—A mí me parece una fiesta con todas las de la ley. —El rector recorrió el salón con la mirada—. Vasos rotos, música a más decibelios de los permitidos, exceso de gente y botellas de alcohol por todos lados. No sé qué será una fiesta para usted, yo veo todos los ingredientes.

—¡No ha sido cosa nuestra!

—Claro, claro, ¡qué novedad! —dijo el rector, con tono sarcástico—. Ya les he dado dos avisos y esto es la gota que colma el vaso, señoritas: o veo un cambio radical en sus notas o a final de curso se van fuera, ¿queda claro?

—Pero… —insistió Piper, desesperada por no poder contar lo sucedido.

—Se acabaron los «peros». No quiero excusas. —El rector frunció el ceño—. No habrá más oportunidades, espero todo sobresalientes o abandonarán la sororidad. Y ahora, todo el mundo fuera que la fiesta ha terminado. —Se giró hacia Piper—. Hagan el favor de limpiar bien este desastre.

Una vez dicho aquello, el rector abandonó la casa sin molestarse en mirar atrás. Piper tenía los puños apretados por la frustración e impotencia, ¡aquello era tan injusto! Quizá no eran las mejores en las notas, pero no se merecían ese trato por parte del rector, ¡ni siquiera habían podido justificarse!

En fin, probablemente no hubiera servido de mucho: acusar al capitán del equipo de futbol y al resto de los jugadores no era la mejor idea del mundo, dado que eran intocables. Para variar, las chicas siempre perdían, pasara lo que pasara.

No iba a dar el gusto de echarse a llorar delante de Phi Gamma Delta, así que cogió aire y alzó la voz.

—¡Vale, todo el mundo fuera! ¡Largo!

Despacio, los invitados se movieron en dirección a la puerta, la mayoría conmocionados por la visita del rector. Nadie quería estar en su punto de mira, de modo que lo mejor era largarse con viento fresco. Así, comenzó un lento peregrinar de estudiantes que dejaban a su paso vasos medio vacíos, botellas por todas partes y un panorama desordenado bastante desolador.

Satisfecho, Tiger observaba la escena, apoyado contra el mueble del salón. Vaya, el plan no podía haber ido mejor, ¡la cosa estaba hecha! Era imposible, o improbable, que todas ellas sacaran sobresaliente en sus asignaturas, de modo que la casa terminaría en sus manos a final de curso sí o sí.

Piper los observaba con la rabia en el rostro y, al mismo tiempo, muda. Era como si las palabras se hubieran atascado en su garganta y fuera incapaz de verbalizar todo lo que sentía, lo que seguro era lo mejor que podía hacer, porque…

—¿Se puede saber por qué demonios no os largáis?

Bendita Arizona, que lo decía en su lugar. La chica se había materializado a su lado y, cruzada de brazos, no dudaba en enfrentarse a la recua de Phi Gamma Delta. Y no era la única: Cotton, Eliza y KaDee hicieron lo propio, todas con expresiones hoscas. Y cómo no iban a tener esas caras, si ver aquella satisfacción en los rostros de sus rivales les hacía hervir la sangre.

—Calma, encanto —dijo Tiger, alzando las manos en gesto de paz—. Hay que vigilar ese mal perder, ¿eh?

—Esto es culpa vuestra —intervino Cotton, apuntándolo con el dedo—. ¡Era una fiesta del té! Si no hubierais venido, no habría ocurrido nada.

—Este era vuestro tercer aviso, nosotros no hemos tenido nada que ver en los anteriores —añadió Toby, ganándose un gesto de aprobación del resto.

—Eso, que las fiestas que organiza vuestra compañera la borracha son cosa suya. —Alex señaló con la cabeza a Ohana, que le enseñó el dedo corazón.

—Tampoco es cosa nuestra que quedéis últimas en las olimpiadas —repuso John.

Tiger se acarició la barbilla, sin dejar de sonreír. Piper tocó a Arizona en el brazo al ver que parecía tener ganas de estrellar una botella contra la cabeza del chico, ¡la veía capaz!

—¿Se puede saber qué os hemos hecho? —protestó Eliza—. ¿Por qué nos tenéis tanta manía? Primero la charla, ahora esto…

—Sois un rollo —dijo Tiger, y hubo un coro de risas general.

Finn intercambió una mirada con Cameron, preocupado. No le gustaba el cariz que tomaba aquel asunto, porque parecía que Tiger solo quería humillar a las chicas. No sabía si sería capaz de soportarlo sin intervenir, aunque su tapadera quedara al descubierto, y...

—Ya está bien —dijo Cameron de pronto, como si le hubiera leído el pensamiento.

Las miradas se centraron en su persona, y él se pasó la mano por el pelo.

—Es tarde —añadió, para restar importancia al asunto—. Mejor que todo el mundo se marche y nos vayamos a dormir.

—¿Y que se marchen tan tranquilos después de lo que han hecho? —siguió Arizona—. No, ni de broma, que se expliquen.

Jayden, que escuchaba en un discreto segundo plano, se dio cuenta de que aquello no iba a terminar bien para nadie, incluido él. Cameron intentaba apagar el fuego, pero Arizona y las chicas estaban más que dispuestas a añadir gasolina. En cierto modo las comprendía, era su residencia y acababan de perderla. O casi.

—Venga, marchaos —insistió Cameron—. Ya habéis hecho suficiente.

—Nosotros... —empezó Michael.

—Que os vayáis.

—A ver, Cameron, déjalo ya —cortó Tiger—. Has cumplido tu objetivo, no tienes que seguir fingiendo que las defiendes o lo que sea. Puedes volver a casa, colega.

Cameron sintió que un sudor frío lo recorría de la cabeza a los pies. Joder, no esperaba que Tiger soltara aquello delante de las chicas, ¡ese no era el trato! En fin, ahora que lo pensaba, no había llegado a ningún acuerdo con Tiger respecto a su tapadera y tampoco tenía sentido... si se salían con la suya, tarde o temprano las chicas se enterarían de que habían dado cobijo a un infiltrado. Eso era así desde el principio, solo que entonces le daba lo mismo y ahora no.

Con la cara desencajada miró a su amigo, si es que aún lo era, y tuvo ganas de pegarle un puñetazo para borrar la sonrisa de su cara, ¡el muy cabronazo! ¿Acaso no pensaba en nada, no se daba cuenta de que...?

No, obvio que no. No podía imaginar que Cameron hubiera cogido cariño a las chicas, que estuviera cómodo allí, que no quisiera hacerles el menor daño, o que se hubiera enamorado de una de ellas como un tonto… además, no era el único.

Se giró hacia las chicas, que parecían confundidas. Para ellas, Tiger hablaba en un lenguaje desconocido, porque no computaban sus últimas palabras.

—¿Qué? —preguntó Ohana, la única capaz de reaccionar—. ¿Qué dice este inútil?

Tiger le lanzó una mirada condescendiente.

—Cameron es uno de los nuestros —explicó con calma, y se calló para dejar que procesaran la información.

Piper miró a Tiger y a Cameron de forma alternativa, sin terminar de entender. Su cerebro lo asimilaba a toda velocidad, solo que su corazón se negaba a aceptarlo.

¿Cómo iba a ser de los suyos, si no lo habían visto antes?

—Tiger, cállate —pidió Cameron, con tono tenso.

—¿Por qué? ¿Acaso no es cierto? —Tiger se cruzó de brazos—. No entiendo a qué viene defenderlas tanto, estás aquí para hacer de espía y ayudarnos en el boicot, cosa que ya hemos conseguido. Es decir, ya puedes dejarlo, que debes estar harto de tanta tía.

—¿Boicot? —repitió Arizona, la única a la que parecía funcionarle la cabeza. Miró a Jayden y este apartó la vista, lo cual fue esclarecedor—. Así que boicot.

—No es nada personal —replicó Tiger—. Nos gusta la casa, nosotros le sacaremos más provecho.

—Pero… —Cotton meneaba la cabeza, aún confusa—. ¿Cómo va a ser compañero vuestro, si no lo habíamos visto nunca?

—Jo, tío, y luego dicen que las mujeres son observadoras. —Toby lanzó un resoplido—. Le cortas el pelo a alguien, le pones otra ropa y ya no lo conocen.

—Era del equipo de fútbol y todo. —John les mostró una foto del móvil, solícito.

—Claro que chupaba mucho banquillo —añadió Michael—. Quizá por eso no os acordéis.

Cameron tuvo ganas de estrangularlo a él también, porque cada frase que soltaban aquella pandilla de simios empeoraba su situación. Solo bastaba con ver la expresión de Piper para darse cuenta de que la situación no tenía arreglo: la chica seguía muda, parecía herida, y no era para menos. Ojalá volver atrás en el tiempo, a esos momentos en que habían permanecido en la cama el uno junto al otro.

Piper solo atinó a echar un breve vistazo a la foto… y claro, de pronto recordó a Cameron. Solo que era el típico que pasaba desapercibido; entre el corte, las gafas y la ropa se la habían colado. Y no podía creerlo, su corazón se negaba a aceptar que ese chico tan majo, dulce y agradable era en realidad un miembro de los capullos de Phi Gamma Delta. Que se había metido en su casa, en sus vidas, hasta en su cama, y que todo era mentira.

—¿Es cierto? —murmuró ella—. ¿Eres tú?

Cameron cogió aire.

—Sí, pero Piper, escucha…

—¡Serás cabrón! —exclamó Arizona—. ¿Todos estabais en el ajo?

—Más o menos —dijo Tiger—. Hicimos una reunión de emergencia la primera semana. Dicen que uno no ve al enemigo cuando este trabaja desde dentro, y al parecer es cierto.

—Entonces su currículo era falso —observó KaDee.

No dedicó ni una sola mirada a Finn. Sentía que, si lo hacía, se derrumbaría ahí mismo, algo que no podía permitirse, ¿cómo se le había ocurrido fiarse de él? Estaban confabulados, todos sabían lo que sucedía, hasta Jayden. Y Finn, ¿con qué objetivo se había acercado a ella?

—¿No estudias matemáticas? —preguntó una vocecilla, y apareció Tuyen Mai, con la desilusión reflejada en el rostro mientras aguardaba respuesta de Cameron.

—Para nada. —Tiger se adelantó—. El currículo lo hizo Jayden, claro, y lo coló en la secretaría, de ese modo terminó siendo vuestro compañero.

Estiró el brazo y le dio una palmadita, que Jayden soportó con una mueca de incomodidad. Casi podía sentir la mirada de Arizona sobre él, no entendía cómo no había caído fulminado ya.

—Un informático es la mejor inversión.

—Así que lo de las preguntas sí que fue a propósito —gruñó Arizona.

¡Y ella dándole una oportunidad! ¿Cuándo iba a aprender a hacer caso de su intuición? No, ella dejaba a su corazón tomar decisiones, y así se llevaba luego esos disgustos.

—No lo fue —se apresuró a aclarar Jayden, pese a que sabía que no le serviría de nada.

—Yo envié aquellos wasaps, cierto —aclaró Tiger—. Había que aprovechar la oportunidad, ya que aquí nuestro amigo el cerebrito había establecido algún tipo de conexión contigo. Eso sí que es digno de admiración, ligar con la que odia a los hombres.

—Y os odio con motivo, como puedes ver —terminó Arizona.

—Así que no estabas enfermo en las olimpiadas —siguió Piper, con la mirada fija en Cameron.

Él negó. Joder, quería explicarle tantas cosas…

—Ninguna de las dos veces.

—Y la charla igual.

—No, ahí no tuve nada que ver —se justificó Cameron—. No lo sabía.

Tiger frunció el ceño.

—¿Por qué das explicaciones? Lo que hiciste, hecho está, punto. Formabas parte del plan desde el principio y no hay más, parece que lo lamentes.

A Piper le temblaban las piernas y temía echarse a llorar de un momento a otro. Se sentía tan, tan estúpida por haber sido engañada…

—Así que, todo este tiempo, fingías —dijo Tuyen Mai—. Incluso cuando me ayudabas con los ensayos.

Cameron agachó la cabeza. Notaba como si una mano gigante lo aplastara, porque decepcionar a Tuyen Mai era peor que matar a un cervatillo.

—Yo…

—O cuando me hiciste de modelo y me dijiste que se me daba bien —esa fue Cotton, aún con cara de no dar crédito.

—Bueno, eso no…

—Y lo del tinte —añadió Piper—. No olvidemos eso, seguro que fue a propósito.

—A ver, ahí fue…

—Me ayudaste con lo de la alergia —acusó Eliza.

—Y a mí cuando me condenaron a la semana de silencio como castigo. —Ohana, al fin, se cuadró junto a las demás con cara de cabreo—. Mucho hacer de colega psicólogo y todo era mentira.

—No lo era, lo que dije…

—Y ese rollo sobre dar una oportunidad a los hombres —añadió Arizona—. Que fuera más abierta, que me iba a llevar sorpresas. Pues sí, razón tienes, menuda sorpresa.

Cameron cerró la boca, ya convencido de que iba a ser imposible explicarse. Que las entendía, obvio, si estuviera en su situación actuaría igual.

—Te llevé a mi casa en Acción de Gracias —dijo Piper, con voz helada.

—Lo sé.

—Te ofrecí mi amistad, te acogimos con los brazos abiertos —siguió ella—. Y tú conspirabas para que nos echaran de nuestro hogar.

—Si me dejas que…

Cameron dio un paso hacia adelante en dirección a la chica. No llegó muy lejos, ya que Arizona y KaDee se adelantaron para proteger a su amiga.

—Nada que digas puede arreglar esto —dijo KaDee, e hizo un gesto general al grupo—. Será mejor que os larguéis. Todos.

Hizo énfasis en la última palabra, en espera de que Finn captara que iba por él. Vamos, el chico lo sabía todo desde el principio y había permitido que pasara; desconocía el motivo, pero algo sí sabía: que no pensaba volver a dirigirle la palabra en su vida.

—Y no queremos veros en lo que queda de curso —añadió Arizona, tras lanzar una mirada incendiaria a Jayden—. ¡Largo, capullos!

—Id saliendo —ordenó Tiger—. Yo espero a que Cameron recoja sus cosas.

La mayoría de los chicos obedecieron, aunque Finn y Jayden, ambos con caras de pesar, parecían reacios a abandonar la vivienda.

—¿Sus cosas? —repitió Arizona—. Ah, no, tranquilos. Ya nos ocupamos de eso nosotras.

Cameron alzó una ceja.

—Casi prefiero… —empezó.

No pudo terminar la frase, porque vio que algo salía volando en dirección a su persona, y consiguió apartar la cabeza a tiempo de ver cómo una botella se estrellaba contra la pared. El cristal se hizo añicos y tanto él como Tiger se incorporaron, sobresaltados.

Y pese a que aquello era más propio de Arizona, fue KaDee la que bajó el brazo.

—Fuera —dijo—. Tengo más botellas, estáis avisados.

Finn fue consciente de que aquel objeto volador iba dirigido a él, así que se apresuró a empujar a Jayden fuera antes de que las chicas les declararan la guerra del todo. Tiger agarró a Cameron del brazo y lo arrastró hacia la entrada.

—¿Ves? ¡Están locas!

Cameron se resistía a dejar las cosas así, pero entendía que nada podía hacer. Todo se había estropeado, antes de poder sincerarse al respecto, y acababa de ser declarado *persona non grata* en la sororidad. Y se lo merecía.

Nada más poner un pie al otro lado del porche, la ventana de su cuarto se abrió y comenzaron a caer objetos sobre sus cabezas. Se agachó para echar un vistazo y se encontró con que eran sus pertenencias: los libros de la carrera, prendas de ropa, zapatos… quedaron desperdigados por el césped igual que un jardín queda desordenado tras una buena fiesta.

—¡Ahí tienes tus cosas! —exclamó Arizona, desde arriba—. Y más vale que te las lleves ya, o les prendemos fuego, ¡traidor!

—¡No vuelvas por aquí! ¡Ninguno! —añadió KaDee.

—¡Ni te acerques por la facultad! —esa fue Cotton, que, incluso furiosa, conservaba la dignidad de una reina.

—¡Ni en el comedor! —refunfuñó Eliza.

—¡Y no te pases por el teatro! —aportó Tuyen Mai.

—Ni por los bares de aquí cerca —Ohana, para variar, cerraba el cerco en el sitio donde más tiempo pasaba.

Cameron alzó la mirada, en espera de recibir la línea roja de Piper. Le daba igual lo que fuera, cualquier cosa, mientras le dirigiera la palabra… pero ella se limitó a cerrar la ventana de golpe y cerrar la cortina con fuerza.

Cameron empezó a recoger sus cosas del suelo, consciente de que Tiger ya entraba en su fraternidad y ni siquiera se planteaba echarle una mano.

Buena la había liado.

Capítulo 17

Cameron no pudo dormir en toda la noche. No podía echar la culpa a la cama: era la misma del año pasado. Al menos, en eso la fraternidad había cumplido su promesa de guardarle la habitación y seguía teniendo la misma. Sin embargo, no la sentía como suya. El colchón era más duro, la almohada incómoda, las paredes de colores demasiado chillones y…

Chorradas. Podía echarle la culpa al mobiliario, pero lo que no le dejaba dormir era su mala conciencia. La culpabilidad le mataba, se sentía como un trapo y no podía quitarse de la cabeza la forma en que Piper lo había mirado.

Cogió su móvil, aunque era de madrugada, y le envió un mensaje. O más bien, otro mensaje, porque ya había mandado varios al marcharse. Sin embargo, no le llegaba confirmación de envío y mucho menos de que la chica los hubiera leído. Tampoco podía ver su estado, lo cual le daba todas las pistas que necesitaba para saber que estaba bloqueado. Esperaba que, tarde o temprano, cambiara de opinión y le diera la oportunidad de defenderse… aunque no tenía claro qué iba a decir, porque más culpable no podía ser.

Joder, si solo hubiera sido sincero, seguro que habría podido perdonarlo. Pero viéndolo desde fuera, sabía lo mal que sonaba todo, más después de haberse acostado juntos.

Si es que más tonto no se podía ser, no hacía falta que nadie se lo dijera, aunque ahí tampoco esperaba que nadie lo hiciera. Tiger y los demás no paraban de felicitarle, reírse y beber cervezas para celebrarlo al regresar a la casa, ignorando por completo sus intentos de que lo dejaran en paz. Los únicos que tenían la misma cara de funeral que él eran Finn y Jayden, pero no había podido hablar con ellos a solas. Ahora entendía a Finn, y estaba seguro de que el chico se sentía tan mal como él. Lo iba a tener difícil con KaDee, mucho. Y Jayden... bueno, no sabía qué había pasado, solo que Arizona tenía pinta de querer despellejarle vivo, así que tampoco lo iba a tener fácil.

Vaya tres, estaban para tirar cohetes.

Miró los estados del resto de chicas y lo mismo, y entonces se fijó en el *chat* grupal que tenían: «Expulsado».

Dejó el móvil con otro suspiro y siguió dando vueltas, sin conseguir pegar ojo. Al final acabó levantándose temprano y bajó a la cocina a desayunar. Empezó a abrir armarios, buscando algo que no fueran cereales con un montón de azúcar, bebidas carbonatadas o beicon y huevos, que ahí les encantaban.

—Pero ¿es que todo aquí engorda? —refunfuñó.

Dio un respingo, fastidiado. Estaba seguro de que hasta lo había dicho con el mismo tono con el que hablaba Eliza y notó una punzada en el pecho. No solo echaba de menos a Piper, las chicas se habían hecho un hueco en su corazón. Incluso Arizona, con lo difícil que había sido traspasar su coraza... y él le había demostrado que tenía razón con los hombres.

De nuevo, volvió a insultarse mientras se preguntaba si Tuyen Mai podría ensayar bien después del disgusto, tenía una prueba pronto y no quería que fallara.

«Joder, joder, joder», pensó.

Cotton lo había utilizado de modelo para sus diseños, ¿qué iba a hacer ahora? Y Eliza había creado los maquillajes a juego teniéndole en cuenta también a él. Había fastidiado a todas con aquello, más profundamente de lo que se había llegado a imaginar.

Tiger estaría encantado, claro, pero ni loco pensaba darle ningún detalle más. De hecho, le ignoraría todo lo posible. No tendría que verlo en los partidos ni en los entrenamientos, porque a esas alturas del curso no podía volver al equipo, así que solo tendría que soportarlo en casa. Y si tenía que pasarse el resto del año encerrado en su habitación, pues eso haría.

—¿Buscas algo en concreto?

Cameron se giró hacia Finn, que lucía las mismas ojeras que él.

—Algo comestible —contestó—. Que no me mate por sobredosis de azúcar ni grasa.

Finn sonrió a medias y abrió uno de los muebles altos que Cameron aún no había mirado. Cogió un paquete de avena y se lo pasó.

—Aquí guardo mi comida —le dijo—. Puedes coger sin problema, el resto ni se arrima. Ya sabes, todo el tema nutricional les importas más o menos nada.

—Pues así tendrán las venas.

—Les da igual, con decir que lo queman jugando les vale. —Fue a la nevera—. ¿Leche o alguna bebida vegetal? Tengo soja sin azúcar.

—Vale, genial.

Sacó un par de boles y ambos se sentaron en la mesa a desayunar, aunque lo único que hicieron fue remover la avena en la bebida con gesto de derrota.

—No te imaginaba comiendo sano —comentó Finn—. Imagino que se te han pegado muchas cosas ahí al lado.

—Sí, muchas. —Movió la cabeza—. Qué desastre, Finn. Piper me ha bloqueado.

—KaDee a mí también. —Hundió los hombros—. No sé si conseguiré arreglar esto.

Jayden entró en la cocina y se dejó caer en una silla junto a ellos, con la misma cara.

—Parece que estemos en un funeral —resopló—. No he dormido nada, ¿y vosotros?

Ambos se encogieron de hombros y él se frotó los ojos, dándose cuenta de que más bien había sido una pregunta retórica: se veía a la legua la falta de sueño.

—¿Arizona te ha bloqueado? —le preguntó Cameron.

—Sí. ¿A vosotros también?

—KaDee me ha bloqueado, sí —respondió Finn.

—A mí todas —suspiró Cameron—. Y me han echado del grupo.

—¿Qué vais a hacer? —preguntó Jayden—. Quiero decir, tú, Finn, como ya estabas liado con KaDee desde hace tiempo, quizá tengas más oportunidad que yo, que solo…

Se calló, al ver que ambos lo miraban sorprendidos.

—Que tú solo, ¿qué? —inquirió Cameron—. ¿Ha pasado algo que no nos hayas contado?

—Bueno, ¡es que no me ha dado tiempo! —Se movió, incómodo, porque no era de compartir sus intimidades—. En la fiesta pues… en fin, hablé con Arizona y una cosa llevó a la otra… o más bien, ella se me tiró encima y bueno, pues eso. Nos arreglamos.

—¿Os arreglasteis u os acostasteis? —preguntó Cameron.

—Ambas cosas. Pero no hubo tiempo de hablar después, con todo el lío.

Cameron movió la cabeza. En otras circunstancias, estarían compartiendo lo bien que había salido todo para ellos, pero no. Ahí estaban: por fin conseguían a sus chicas para perderlas media hora después. Debía ser algún tipo de récord.

—¿A qué viene esa cara? —preguntó Jayden—.Que bueno, el primer sorprendido fui yo, pero…

—Me pasó lo mismo con Piper —le interrumpió él.

Finn se pasó la mano por la cara. Aquello era de traca, vamos.

—Un pleno —dijo—, y todos jodidos. Intentaré hablar con KaDee, aunque no sé ni qué decirle.

Cameron afirmó con la cabeza, comprensivo, porque a él le pasaba lo mismo. Aunque consiguiera que Piper le escuchara, ¿qué iba a decirle?

El centro de sus pensamientos estaba en la cocina de la sororidad, con una taza de té entre las manos y mirando por la ventana, aunque sin ver realmente el exterior. No había dormido en toda la noche, dándole vueltas a todo, y aún seguía en *shock* por lo que había pasado.

—¿Tampoco has podido dormir?

KaDee se acercó a ella y le cogió un brazo, colocando la cabeza en su hombro. Piper inclinó la suya para tocarla, dándose apoyo mutuo.

—Nada de nada —confesó, con un suspiro—. Imagino que tú tampoco.

—No he hecho más que dar vueltas. ¿Cómo he podido ser tan tonta, Piper?

—No te fustigues, que todas hemos estado ciegas con Cameron.

—Pero yo he dormido con el enemigo.

—Tranquila, tampoco eres la única, que el muy… —Tragó saliva—. Me acosté con Cameron ayer, así que ya somos dos.

—Ya somos tres, mejor dicho.

Arizona se sentó en la encimera frente a ellas, con el ceño fruncido y sí, también, unas buenas ojeras. Sus dos amigas la miraron asombradas, y ella balanceó las piernas con gesto de fastidio.

—Ese imbécil de Jayden me ablandó, así que no os fustiguéis. Eso es lo que quieren, vernos sufrir, y no vamos a darles ese gusto. Que se jodan ellos. Ahora están muy felices, pero se les va a acabar pronto la fiesta, ya veréis.

—¿Tienes algún plan o qué? —preguntó KaDee.

—Todavía no, ya se me ocurrirá algo. Esto no va a quedar así.

—Yo solo sé que no quiero volver a Cameron en mi vida —dijo Piper, moviendo la cabeza—. Y que más nos vale ponernos las pilas o perderemos la casa.

—Lo que pide el rector es imposible —suspiró KaDee—. Por mucho que nos esforcemos, no vamos a alcanzar ese nivel.

—Tenemos que intentarlo —insistió Piper—. Si ve que subimos las notas, que nos esforzamos, quizá… No sé, solo digo que no podemos rendirnos.

—No, no podemos —corroboró Arizona—. Y sí, hincaremos codos, pero como que me llamo Arizona, os juro que encontraré la forma de hundirles.

—«A Dios pongo por testigo que no podrán derribarme. Sobreviviré, y cuando todo haya pasado, nunca volveré a pasar hambre, ni yo ni ninguno de los míos. Aunque tenga que mentir, robar, mendigar o matar, ¡a Dios pongo por testigo que jamás volveré a pasar hambre!».

Las tres se habían girado al escuchar las primeras palabras. Tuyen Mai estaba apoyada en el marco de la puerta, con el puño en alto y cara de determinación.

—Madre mía, señorita Escarlata —bromeó Piper, sonriendo por primera vez en muchas horas—. Te ha quedado perfecto.

—Lo sé. —Suspiró pesadamente, mientras se dejaba caer en una silla—. Dicen que los dramas personales ayudan a mejorar a la hora de actuar, pero preferiría no tener esta angustia, la verdad. ¿Cómo no pude darme cuenta de nada?

—Ninguna lo hicimos, Tuyen Mai —le dijo KaDee.

—Ya, pero es que ahora me pregunto si cuando me daba consejos para ensayar y para mis pruebas de teatro, me engañaba.

¿Y si lo estoy haciendo todo al revés? ¿Y si no me cogen, o suspendo, o…?

Piper se apresuró a acercarse a ella y abrazarla.

—No te preocupes, lo vas a conseguir —le dijo—. Todas te ayudaremos.

KaDee la abrazó también y Arizona, tras poner los ojos en blanco, fue a unirse al abrazo grupal. Aquellos ojitos tristones rompían la coraza de cualquiera.

Así fue como las encontraron Eliza y Cotton, que bajaron también con caras tristes. La primera se fue directa a la nevera y sacó un antifaz de gel, que se puso con rapidez.

—Esos cabrones me han provocado ojeras —protestó—. Menuda noche he pasado, ya veo que estamos todas igual.

—Tenemos que pensar un plan de venganza —insistió Arizona—. Y además nada de fiestas, hay que controlar a…

Ohana entró bostezando, casi como si Arizona la hubiera invocado, porque la chica aprovechó para señalarla.

—Se acabó el alcohol, Ohana —le dijo, con tono serio—. Ni una gota en casa.

—Joder, ¡que acabo de levantarme! ¡Lo que pasó ayer no fue culpa mía!

—Tampoco ayudaste.

Ohana se puso roja, abrió la boca y, antes de que pudiera decir alguna burrada y que aquello subiera de nivel, Piper corrió a interponerse entre las dos, levantando las manos como si fuera un árbitro en medio del *ring*.

—¡Callaos las dos! —gritó.

El silencio se hizo en la cocina, todas sorprendidas por aquel tono de voz, tan inusual en ella. Piper cerró los ojos, cogió aire y se obligó a tranquilizarse. Se sentía como una olla a presión, no había gritado a Cameron el día anterior ni había montado ningún escándalo y no era por falta de ganas, sino porque el *shock* no le había dejado reaccionar. Ahora parecía que la válvula se había abierto de pronto y no, no quería pagarlo con sus amigas.

—Que todo el mundo se tranquilice —dijo, más para ella que para las demás—. No sirve de nada echarnos la culpa ni discutir entre nosotras, eso es precisamente lo que quieren: crear más grietas y que dejemos de ser un equipo. No podemos permitirlo, ¿entendéis?

—Pero ella… —intentó protestar Arizona.

—He dicho que no —insistió Piper, y miró a Ohana—. Esto va en serio, chicas. Todas debemos ponernos las pilas en esto.

—Ni de coña voy a sacar todo sobresaliente —replicó Ohana.

Piper volvió a inspirar y espirar un par de veces. Como siguiera así, no iba a poder defenderla.

—Ohana, esto es muy serio —insistió—. A partir de ahora, se acabaron las fiestas, el alcohol y las salidas. —Levantó un dedo de forma amenazadora para que ninguna hablara—. Vamos a hacer todo lo posible para defender nuestra casa y eso implica sacrificio, mucho. Me da igual si creéis que no podéis, todas lo vamos a intentar. Vamos a empollar como nunca en nuestra vida, vamos a ser estudiantes modelos y no hay más que hablar. ¿Entendido? —Pasó la mirada de una a otra—. ¿Entendido?

Por fin, Ohana afirmó, aunque no estaba nada convencida. Quizá podía pasar sin salir, sin fiestas, podía intentarlo. Pero nunca había sido una alumna sobresaliente, siempre había estado en el término medio: ni suspender ni brillar. Le iba a costar mucho y temía decepcionar a todas si el resto lograba el objetivo y ella no.

—Bien —dijo Piper—. Pues vamos a empezar por limpiar el desastre de ayer y tirar las botellas de alcohol que haya en casa. Después, revisaremos nuestras agendas y cómo podemos ayudarnos con los exámenes y trabajos, a partir dc ahora todo se comparte, ¿de acuerdo?

De nuevo, todas afirmaron con la cabeza. Los rostros estaban tristes en general, ojerosos y ninguna parecía tener ganas de nada. Piper tampoco: solo quería tirarse en la cama y hundir la cara en la almohada para llorar horas y horas hasta desahogarse a gusto. Sin embargo, sabía que no podía hacerlo. Era la Hermana mayor, toda la sororidad dependía de ella y no podía defraudarlas. Tenía que ser la primera en dar ejemplo, así que debía hacer de tripas corazón y ponerse manos a la obra.

Y no pensar en Cameron nunca más.

Dios, eso iba a ser lo más difícil de todo.

La vuelta la rutina (o, mejor dicho, a la «nueva» rutina) fue dura para todos. Cameron se apoyaba en Finn y Jayden, que también cargaban con lo suyo, pero al menos así podía ignorar mejor a Tiger y al resto, que seguían con sus risas y alegría general. Le daban ganas de liarse a puñetazos con todos ellos, pero sabía que solo saldría perdiendo y no le apetecía añadir un hueso roto a su deprimente realidad.

Había visto a alguna de las chicas por la universidad, pero, en cuanto intentaba acercarse, todas huían. No se lo iban a poner fácil, no.

Por su parte, Finn había intentado encontrarse con KaDee sin éxito. La chica debía haber cambiado sus horarios de estudio en la biblioteca, porque no la veía por allí. O quizá se había metido en alguna otra sala de estudio, quién sabía. El tema era que, por más que pasaba por sus clases, solo conseguía verla de lejos, mezclada con la gente.

A final de semana optó por vigilarla cuando saliera de la sororidad. Perdería sus propias clases, pero le daba igual: necesitaba hablar con ella y no podía dejar pasar más tiempo o, estaba seguro, todo sería peor.

Cameron estaba a su lado, mordisqueando una manzana, aunque ajeno a su plan.

—Me voy a clase —le dijo—. ¿No vienes?

—No, todavía no —contestó—. Tengo una cosa que hacer, ya iré.

Su amigo lo miró extrañado, porque desde la «hecatombe», como la llamaban ahora, iban juntos a las clases.

—¿Estás bien? —le preguntó.

Finn elevó una ceja y Cameron sacudió la cabeza.

—Ya me entiendes —le dijo.

—Sí, no pasa nada. Solo quiero intentar hablar con KaDee, nada más.

—Suerte con eso —ese fue Jayden, que también iba con ellos por las mañanas—. Yo sigo con la maravillosa visión de un dedo corazón en la ventana de Arizona. Al menos no me ha lanzado ninguna granada todavía.

Cameron estuvo a punto de decirle que exageraba, pero con Arizona nunca se sabía. Conociéndola, no se habría quedado tan tranquila y seguro que estaba pensando en la forma de joderles. Lo tenía complicado, los jugadores ya habían demostrado que eran un enemigo difícil, y si pudiera la ayudaría. Lo que no tenía nada claro el cómo ni cuándo, y, también, que cualquier cosa que dijera o hiciera, ellas no le creerían.

—¿Vamos? —preguntó Jayden.

—Sí, claro. —Le hizo un gesto de despedida a Finn—. Suerte, tío.

—Gracias, la necesitaré.

Y mucha, empezando por conseguir verla. A ver si usaba la puerta trasera para no coincidir… No se le había ocurrido hasta ese momento, y no era tan descabellado.

Pensó en salir al jardín trasero cuando la vio salir de la casa, aunque no estaba sola: la acompañaban Arizona y Piper.

«El trío Calavera», pensó.

Iba a ser toda una odisea, pero no iba a echarse atrás. Salió tras ellas, manteniendo la distancia y aprovechando a otros estudiantes que iban camino de la universidad para ocultarse tras ellos. Era complicado, dada su altura y envergadura, pero consiguió apañárselas hasta llegar al recinto de la universidad.

Allí había muchas más gente, árboles y edificios tras los que parapetarse. Se sentía un poco como un acosador…en fin, situaciones drásticas implicaban medidas drásticas.

La primera en separarse fue Arizona, a quien tuvo que esquivar porque pasó justo por al lado del árbol tras el cual se había escondido. Salió de allí con un suspiro de alivio y siguió con su seguimiento sigiloso. Se complicó cuando vio a Tiger, que hizo burla a las chicas cuando pasaron a su lado, y también tuvo que evitar que lo viera.

Qué tío más pesado, ¿es que no tenía ninguna clase a la que asistir?

Por fin, Piper se separó de KaDee en la entrada del edificio. Finn esperó a verla alejarse antes de echar a correr y atravesar la puerta. Miró a un lado y a otro, hasta localizar a KaDee, que justo giraba en un pasillo. Apresuró el paso para llegar allí y la localizó de pie ante un panel de corcho de información.

«Ahora o nunca», pensó.

Se colocó a su lado a toda prisa y carraspeó.

—Hola —saludó.

KaDee dio un respingo y, al verlo tan cerca, apretó la carpeta que llevaba contra su pecho.

—Déjame en paz —espetó.

—Necesito hablar contigo.

—Pues yo no quiero oírte.

Se dio la vuelta y él la cogió del brazo para que no se alejara. KaDee miró su mano y después a él, con toda la frialdad que pudo reunir.

—No me toques —advirtió.

Finn la soltó y levantó las manos al momento, en un gesto de paz.

—Lo siento —se disculpó—. Por favor, solo cinco minutos. —Ella cambió el peso de pie, dudosa—. Por favor —insistió.

KaDee se mordió el labio. No quería titubear, no quería ablandarse, pero es que la miraba con esos ojos y todo su cuerpo se estremecía, instándola a desobedecer lo que su mente se empeñaba en recordar:

«Te ha traicionado, te ha mentido».

—No puedo —musitó.

Él juntó las manos en gesto de súplica y, sin pensarlo, se arrodilló.

—Por favor, cinco minutos.

La chica enrojeció al momento al ver que se volvían el centro de atención, y tiró de la manga de su cazadora para que se levantara.

—Vale —cedió—. Cinco minutos.

Finn se incorporó y la siguió a una esquina, por donde apenas pasaban alumnos.

—Dime lo que tengas que decir y vete —le pidió ella, seria.

—No sé ni por dónde empezar.

Los ojos de KaDee chispearon.

—Podrías empezar por no mentir, por una vez —acusó, dolida—. Si es que no sé ni qué podrías decirme, porque sabías todo desde el principio. Estabas metido en el plan de tu fraternidad, ¡no tienes excusa!

Finn pareció encogerse, el peso de la culpa lo abrumaba y, además, ella tenía razón: lo que había hecho era inexcusable.

—No voy a mentirte —dijo, al fin—. Sí conocía el plan, Tiger fue quien lo ideó y Cameron… bueno, lo escogieron a él por ser el menos conocido de todos.

—¿Y por qué te acercaste a mí? ¿Qué pretendías conseguir?

—¡Nada! Te lo juro, KaDee, nada. Lo nuestro no tuvo nada que ver, surgió así y… no me arrepiento. Bueno, de algo sí, debería haberte contado lo de Cameron, pero no puedo volver atrás en el tiempo y cambiarlo. Tienes que entender que yo estaba en el medio de todo, si te decía algo sería como traicionar a mis amigos y…

—Preferiría no tener amigas a tener a esos sinvergüenzas cerca. ¿Es que no tienes conciencia, Finn?

—Claro que sí, me doy cuenta de que cada vez me parezco menos a ellos. De verdad, no somos iguales.

KaDee sacudió la cabeza. Odiaba sentirse así por él, solo quería perdonarlo y abrazarlo, pero no podía. Le dolía demasiado lo que había hecho.

—¿Y por qué no hiciste nada? —le preguntó, en cambio—. Si tan diferente eres, ¿por qué no has intentado pararlo? ¿Por qué no me dijiste nada, nunca?

—Todas esas preguntas me las hago yo mismo, KaDee. Es complicado, tú estás en una sororidad y sabes lo que es eso. Se actúa en grupo, nos protegemos los unos a los otros.

—Sí, y también sabemos cuándo una hace algo mal y perdona, pero intervenimos. No la apoyamos. No vamos a ciegas ahí a lo loco. —Se cruzó de brazos, en un gesto defensivo y, también, para evitar tocarlo—. Finn, habéis sido muy crueles. ¿Puedes imaginarte cómo está Pi…?

Se calló, porque no quería desvelar lo que había pasado con Cameron. Era algo privado de su amiga.

Finn se frotó la frente, viéndose sin salida.

—Imagino cómo estará Piper, sí, y también Jayden y Cameron. Los dos me lo han contado, y están hechos polvo.

Ella hizo una mueca.

—Permíteme que lo dude. Cameron ha demostrado tener muy poca humanidad. Yo pensaba que Tiger era una persona horrible, pero es un angelito a su lado. Debería ser actor, de lo bien que lo ha hecho.

—Lo está pasando muy mal, KaDee. Él solo lo hizo por Tiger, era su mejor amigo, y lleva tiempo queriendo deciros la verdad.

—¿En serio piensas que voy a creerte?

—No, ya sé que no vas a hacerlo y que nuestra imagen está por los suelos. —Cogió aire, pensando que debía luchar sus propias batallas—. Mira, dejemos a Cameron y a Jayden a un lado, ¿vale? Olvídate de Tiger, y del grupo. Siento muchísimo todo, no sé cómo ni qué puedo hacer para conseguir tu perdón, pero… KaDee, todo lo nuestro fue en serio. Puede que te haya ocultado cosas, pero no te he mentido sobre lo que sentía… sobre lo que aún siento por ti. Tienes que creerme.

La miró a los ojos, suplicante. Ella le sostuvo la mirada unos segundos, a punto de flojear, pero hizo acopio de fuerzas y retrocedió un paso, armándose de valor para enfrentarlo.

—Lo siento, Finn. Ahora mismo todo esto me supera, no puedo… no puedo perdonarte. Necesito tiempo.

Aquello hizo que la esperanza surgiera en Finn. No era un «no» rotundo, no le había mandado a la porra ni se había largado sin más. Al menos, le pedía tiempo.

Retrocedió también un poco, demostrándole así que le daba espacio, y afirmó.

—Está bien —le dijo—. Te daré tiempo, lo que necesites. Yo no voy a irme a ninguna parte, te prometo que haré todo lo posible por enmendar mis errores.

—Lo que ha ocurrido es irreparable, Finn. Tu fraternidad es intocable, nos vais a quitar la casa y nuestro nombre se va a ver arrastrado por el barro. Como Jayden no falsifique nuestras notas, lo cual no parece posible por muy bueno que sea en lo suyo, no veo solución.

—Se lo puedo sugerir —ofreció, a toda prisa.

—¿No crees que, de hacerlo, el rector se olería algo extraño? Con preguntar a los profesores verían que es falso. —Negó con la cabeza—. No, Finn, no hay solución.

Le sonrió de forma triste y se alejó. Finn se quedó observándola, pensativo. Ella tenía razón, no podían hacer algo así sin que saltaran las alarmas. Su sororidad estaba vigilada, muy vigilada, por un rector con un claro objetivo.

Sin embargo, su fraternidad no. Quizá la solución estuviera por ahí, por buscar algo que pudiera fastidiar a Phi Gamma Delta. Tiger tenía muchos trapos sucios, seguro.

Más animado, decidió hablar con Cameron y Jayden. Seguro que, entre los tres, se les ocurría algún plan para salir de aquel embrollo sin perjudicar a las chicas.

Y si Tiger y compañía caían, mejor para todos.

Capítulo 18

—¿Se puede saber qué cojones te pasa?

Cameron, sentado en su escritorio mientras revisaba apuntes, pegó un bote y a punto estuvo de tirar el portátil del susto. Miró a Tiger, mosqueado.

—¿No sabes llamar?

—Oh, disculpe mis modales, señorito. —Cerró con un portazo y volvió a abrir con fuerza—. Esta es mi casa, entraré donde me dé la real gana.

—Es mi habitación y esta no es tu casa, es una fraternidad.

—Pero ¿tú de qué vas?

Avanzó al interior y Cameron, instintivamente, se echó un poco hacia atrás en la silla. Llevaba días ignorando al jugador, no quería enfrentarse con él sin tener un plan claro con Jayden y Finn (quien había propuesto acabar con ellos y no podía estar más de acuerdo). Sin embargo, cuando entró así en su habitación, fue inevitable no saltar.

—¿Se te ha olvidado con quién hablas?

—Tiger, no quiero discutir —intentó bajar el tono, a ver si se tranquilizaba el tema—. Estoy estudiando.

—Que me la suda lo que estés haciendo, joder. Te he hecho una pregunta: ¿qué cojones te pasa? No bajas al salón, no vas a los partidos…

—Te recuerdo que, gracias a ti, este año no estoy en el equipo.

—¿Y eso qué tiene que ver? Deberías venir a animar, como hermano que eres. ¿O es que ahora prefieres a las hermanas? ¿Te has vuelto blando o qué te pasa?

—Mira, solo quiero acabar este curso.

—Te juro que no te entiendo, tío. —Hizo un gesto con el pulgar y el índice—. Nos queda esto para quedarnos con esa casa y que esas tías desaparezcan de nuestras vidas. ¿Qué pasa, querías una alfombra roja por el esfuerzo? ¡Ya te hemos dado las gracias!

Cameron lo miraba, casi sin escuchar lo que decía. Se preguntaba si siempre había sido así de gilipollas o la cosa había ido a peor; si realmente habían sido amigos alguna vez o si solo era poco más que una camaradería simple por compartir casa y equipo. Nunca había hablado con él de temas personales como con Finn o Jayden, ni siquiera el año anterior. Entonces le habría parecido una tontería, de blandengues, como Tiger decía. Ahora lo veía al contrario, era una forma de demostrar confianza y afianzar la amistad. Que Finn, Jayden y él fueran las ovejas negras, tanto en esa casa como en la femenina, no había hecho sino aumentar esa unión entre ellos.

Y a la vez, los había alejado más del grupo.

—Estás igual de imbécil que Finn, cada vez lo entiendo menos —continuaba Tiger—. Jayden siempre ha sido un raro. Útil, pero un raro.

—Supongo que Finn también quiere sacarse la carrera.

—No sigas con las pullitas, sabes que los jugadores pasamos fijo.

—Cuando se ganan partidos, cosa que este año no ha ocurrido. Y a Finn lo tienes en el banquillo de forma permanente, y antes de todo este lío, así que es normal que esté mosqueado.

—Tengo mis motivos, listo.

—¿Qué motivos? —Sacudió la cabeza—. Se te ha subido el poder a la cabeza, Tiger, ¿no te das cuenta de que cada vez que no lo sacas, perdéis? No sé por qué el entrenador te hace caso.

Tiger se encogió de hombros, con una sonrisa de satisfacción que mosqueó a Cameron.

—Porque sabe lo que hay y todos salimos ganando.

Cameron frunció el ceño, sin entender. Aquello sonaba turbio, más con esa sonrisita de superioridad.

—Pero… —empezó.

—Mira, te aviso porque somos amigos y has hecho un gran esfuerzo por la fraternidad. —Se acercó y apoyó las manos en sus hombros, de forma que Cameron tuvo que levantar la vista—. Espabila o despídete de Phi Gamma Delta.

Le clavó los pulgares con un poco más de fuerza de la necesaria en las clavículas y se marchó, dejándolo mosqueado. Pensativo, apartó los apuntes y decidió ir a hablar con Finn. El chico pasaba mucho tiempo estudiando en su habitación, así que esperaba encontrárselo allí. Al salir, se cruzó con Jayden, que volvía de coger un refresco en la cocina.

—¿Y esa cara? —le preguntó el chico.

—No sé, ven. Voy a hablar con Finn.

Jayden lo siguió, intrigado, y llamaron a la puerta de Finn. Este abrió con el ceño fruncido, aunque suavizó la expresión al verlos.

—Pensaba que era otra vez ese imbécil —dijo, haciéndose a un lado para que pasaran.

—¿Tiger también ha venido a verte a ti? —inquirió Cameron.

—A echarme la bronca, sí. Dice que estoy pasando del grupo.

—Ya, algo así me ha comentado, y hay una cosa que me ha mosqueado.

Finn cerró la puerta y se sentaron por la habitación.

—Es sobre los partidos —continuó Cameron—. Cuando no juegas, ¿estás en el banquillo y en el vestuario?

—Solo en el banquillo, no entro en las reuniones previas ni posteriores. Ni yo, ni ninguno de los que no juega. ¿Por qué?

Cameron les contó su conversación con Tiger, y Jayden y Finn se miraron, también mosqueados.

—Es todo muy extraño —dijo Finn, al final—. Este fin de semana hay partido y me han puesto de reserva... Veré para meterme en el vestuario.

—Yo buscaré en los correos de los jugadores —dijo Jayden—. No creo que sea complicado entrar, a ver qué encuentro.

—Y yo intentaré confraternizar más, a ver si alguno suelta prenda. —Cameron extendió una mano—. Tenemos que darle algo a las chicas, vamos a acabar con ellos.

Los otros dos las pusieron encima, como si estuvieran dándose ánimos antes de un partido, y se miraron con decisión.

—A por ellos —dijo Cameron.

Solo esperaba que de verdad hubiera algo y no fuera todo fruto de su esperanza e imaginación. Necesitaba redimirse ante los ojos de Piper y no sabía qué podía hacer. Regresó a su habitación a seguir estudiando, lo único que lo distraía de todo el culebrón que se había montado a su alrededor, y así pasó el fin de semana. Al menos, algo bueno saldría de aquello: con todo lo que se dedicaba a los libros, ese último trimestre subiría sus notas fijo.

No era mucho consuelo, sobre todo cuando esa semana, un día que salía de la biblioteca, vio un pelo azul conocido entre los estudiantes y su corazón dio un vuelco.

Un par de chicos se movieron y sí, ahí estaba Piper, charlando con un grupo de compañeros. Se quedó a cierta distancia, esperando la oportunidad de acercarse. No sabía qué decirle, pero necesitaba hablar con ella. La echaba de menos mucho más de lo que pensaba, le dolía el corazón pensar en el daño ocasionado y en que, probablemente, la había perdido para siempre.

Vio que hacían gestos de despedida, por lo que se apresuró a acercarse antes de que se marchara.

—Piper, espera —pidió, al alcanzarla.

Ella se giró. La sonrisa que había mostrado a los compañeros desapareció, para ser sustituida por un ceño fruncido y unos brazos cruzados que evidenciaban lo enfadada que aún seguía, por si tenía alguna duda.

—No tengo nada que hablar contigo —replicó.

—Sé lo que parece…

—¿Lo que parece o lo que es, Cameron?

—Tú me conoces, Piper, hemos convivido durante meses, sabes…

—No, perdona. —Levantó una mano para que dejara de hablar—. Solo sé que en lo único que no has mentido es en tu nombre. Todo lo demás es falso.

—Eso no es así.

—¿No? ¿Y qué Cameron debo creerme? ¿El que parecía perdido y nuevo en la universidad? ¿El que me ayudó con el discurso? ¿O el que me cambió el tinte del pelo a propósito para perjudicarme?

—Piper…

—O quizá el que vino a mi casa y conoció a mi familia, todo amabilidad. Aunque no me cuadra con el que es amigo de Tiger y exjugador. ¿Seguro que no te haces un lío tú también? ¿Sabes quién eres, Cameron?

Él se quedó callado. Hace unas semanas, la respuesta habría sido una mezcla de todas esas cosas. En ese momento, solo era el Cameron enamorado de ella hasta las trancas.

—Eso pensaba —murmuró Piper.

Aunque hubiera querido contestar, no tuvo oportunidad: Arizona se acercaba a toda prisa, como un toro a punto de atacar, con KaDee a su lado y que a duras penas podía seguirla. La chica se puso delante de Piper de forma protectora y le dio un ligero empujón a Cameron, que trastabilló hacia atrás.

—Auch —dijo.

—Lárgate —le instó Arizona. Miró a Piper—. ¿Te ha molestado?

—Tranquila, ya se iba —respondió ella—. No hace falta ponerse violenta.

—No estoy tan segura de eso.

Le lanzó una mirada que lo hizo retroceder. Cameron levantó las manos a la vez, con expresión triste.

—Ya me voy —dijo.

Intentó cruzar sus ojos con los de Piper, pero ella tenía la vista fija en algún punto lejos de él y le fue imposible. Hundió los hombros y se alejó de ellas, dolido también por la forma en que Arizona y KaDee lo miraban. Había cogido cariño a todas, odiaba estar en la otra casa y no saber cómo les iba.

Aquello le recordó que Tuyen Mai tenía una audición para la que habían estado ensayando, y sacó su móvil para ver cuándo era. No era más que un papel en una pequeña sala de teatro, pero si lo lograba, sería todo un hito para ella: un trabajo de lo que le gustaba, por mal pagado y pocas frases que tuviera.

Así que se puso una alarma y decidió acudir, por si necesitaba ayuda. Quizá la chica le mandara a la porra, aunque nunca había visto a Tuyen Mai enfadada (hasta le costaba soltar tacos cuando ensayaba y estaba en las líneas).

La prueba era ese jueves, después de las clases, así que en cuanto terminó fue hasta el teatro y esperó en la parte de atrás, junto al cartel que indicaba la entrada a las audiciones. Había varias chicas en la fila, con guiones en las manos, y poco después que él, llegó Tuyen Mai.

Al verlo, la chica se paró en seco y miró a todos lados.

—¿Qué es esto, una emboscada? —dijo, nerviosa.

—¿Qué?

—¿Has venido con tus amigotes a estropearme la prueba?

—¿Qué? No, no —negó con énfasis—. Estoy solo, de verdad. He venido a apoyarte en la prueba.

Ella lo miró con desconfianza. Todavía no había superado el drama, descubrir cómo había estado mintiéndoles había sido un giro inesperado que vamos, ni en los mejores culebrones. Y encima, una parte de ella le tenía cierta envidia. Había que ser muy buen actor para mantener una mentira así tanto tiempo, ahora entendía lo bien que leía las frases con ella.

—¿Has decidido qué entonación utilizarás? —le preguntó él—. ¿Y los gestos?

Tuyen Mai suspiró. No perdía nada si se dejaba ayudar, ¿no? Tampoco era como si alguien fuera a enterarse… Se acercó a él, aunque con algo de desconfianza, y le mostró el guion con anotaciones al margen.

—Esto es lo que he decidido —le explicó—. Cuando ensayamos todas las posibilidades, creo que esta es la que me convence más.

Cameron revisó las notas y afirmó con la cabeza. La acompañó hasta la fila para coger sitio y, mientras esperaban, repasaron las frases unas cuantas veces, hasta que los gestos le quedaron naturales. Ella tendía a la exageración, era algo que tenía que trabajar, pero cuando entró, lo hizo con más convencimiento que como había salido de casa.

Cameron esperó fuera, casi mordiéndose las uñas, ya que Tuyen Mai tardó una hora en salir. Cuando lo hizo por fin, lo hizo sonriendo, y él se acercó a toda prisa.

—¿Te han cogido? ¡Dime que sí!

Ella le abrazó, sin poder resistirse.

—¡Estoy entre las cinco finalistas! —le dijo, muerta de emoción—. No nos dirán nada hasta la semana que viene, pero eso ya es un logro. ¡Estoy super contenta!

—Te lo mereces, seguro que lo has hecho genial.

Ella se separó, algo avergonzada porque sentía que estaba abrazando al enemigo.

—Bueno, eso creo —dijo, dudando—. En fin… gracias, Cameron.

—No me las des, esto lo has conseguido tú sola.

—Tengo que volver a casa.

—Te acompaño.

—No, mejor no, o sea… Lo siento, de verdad. —Le puso mirada de cervatillo asustado—. No quiero que las chicas me vean contigo.

Cameron se sintió dolido, aunque afirmó. La comprendía, claro que sí, y lo último que quería era que tuviera problemas con la sororidad.

—Tranquila. Tú avísame si te hacen alguna otra prueba o necesitas ayuda, no se lo diré nadie.

—Gracias, Cameron. Eres un ángel. Ahora mismo te desbloqueo en el móvil.

Le dio otro abrazo rápido y se alejó dando saltitos de felicidad.

Cameron se quedó mirándola, feliz por ella, y se preguntó si podría hacer lo mismo con las demás. Tenía un compromiso con Cotton para su colección; quizá la chica ya había encontrado algún sustituto, pero por si acaso, decidió intentar hablar con ella. Durante las mil y una pruebas que habían hecho, ella le había comentado varias veces que lo peor que podía pasar en un desfile era que fallara algún modelo, la ropa se hacía a medida y era complicado intercambiarla.

Eliza le había pedido ayuda con el montaje de todo el escenario para el *book* de Cotton, lo habían hecho conjuntamente para que lo utilizara también en uno de sus proyectos, como ejemplo de organización de sesión de trabajo. Eliza se había encargado de la decoración y las compras necesarias, solo quedaba montarlo todo el día de las fotos.

Revisó sus mensajes para buscar el día que Cotton había reservado el local, y vio que aún quedaba una semana, era el sábado siguiente. Tenía tiempo de hablar con ella, así que comprobó primero que Tuyen Mai de verdad lo había desbloqueado y le envió un mensaje.

Cameron: «Hola».

Tuyen Mai: «¡Hola! No puedo hablar mucho, no quiero que me pillen».

Cameron: «Tranquila. Solo dile a Cotton y a Eliza que cuenten conmigo para las fotos, si quieren».

Tuyen Mai: «Ahora te digo».

Tuyen Mai se asomó a la puerta de su habitación, miró a ambos lados y se agachó para avanzar por el pasillo. Realmente, no sabía por qué lo hacía, pero sentía que debía actuar con precaución y era lo que se hacía en las películas: agacharse, avanzar de forma sigilosa y a punto estuvo de hacer alguna pirueta de despiste… a última hora decidió que no, solo le faltaba dislocarse un hombro cuando al fin era finalista para el papel de sus sueños. Bueno, eso era una exageración, que solo tenía cinco frases, pero para ella como si lo fuera.

Llamó tan flojo a la puerta de Cotton que esta no la oyó, así que tuvo que insistir un poco más fuerte. La chica le abrió, sorprendida al verla agachada junto al marco.

—Pero ¿qué…?

Tuyen Mai entró, casi arrastrándose por el suelo, y Cotton miró al pasillo, confusa al no ver a nada ni a nadie.

—Cierra, cierra —pidió Tuyen Mai.

Eliza estaba dentro, con la misma cara de sorpresa que Cotton, quien cerró la puerta sin entender nada.

—¿Qué te pasa? ¿Es algún papel?

—No, no. —Se sentó en la cama y miró a Eliza—. Estupendo, estáis las dos. Tengo un mensaje de Cameron.

—No me hables de ese traidor —refunfuñó Cotton—. Estamos intentando arreglar el desaguisado. La ropa que tengo está a su medida, los colores que ha escogido Eliza van con su tono de piel y sus ojos, y…

—Sí, por eso, me ha dicho que podéis contar con él.

Las dos chicas se miraron entre ellas y luego a Tuyen Mai.

—¿Cuándo has hablado con él? —le preguntó Cotton, mirándola con suspicacia.

—¿Lo has desbloqueado? —inquirió Eliza.

—Bueno, a ver, no me miréis así. —Se movió, incómoda—. Ha aparecido donde tenía la prueba.

—Ah, la prueba, ¿qué tal te ha ido?

—No interrumpas —dijo Cotton—. ¿Te ha ido bien? Resume y continúa con el tema de Cameron.

—Bien, ha ido a ayudarme y ha salido muy bien. Total, que me ha ayudado y bueno, es que… jolín, yo no quería ser amable, pero es que… parece arrepentido.

—No sé yo —murmuró Eliza—. ¿Seguro que estaba solo?

—Segurísimo, no había nadie más y no era una broma. Total, que me ha escrito para decirme que contéis con él para el *book*.

De nuevo, las dos chicas se miraron.

—¿Qué hacemos? —preguntó Cotton—. No he encontrado a nadie que me pegue.

—O más bien, que se quiera poner tus modelos. —Cotton la fulminó con la mirada—. Que no digo que estén mal, solo que son arriesgados para un modelo masculino.

—Ya, si lo sé. —Estaba tan nerviosa por el tema que casi lo paga con ella, y le cogió la mano—. Perdona, no quería enfadarme contigo.

—Tranquila, estamos todas igual. —Cogió aire y miró a Tuyen Mai, que esperaba con el móvil en la mano—. ¿Tú confías en él?

La chica afirmó sin dudar.

—No entiendo bien lo que ha pasado, pero no creo que quiera fastidiaros.

—No tenemos muchas opciones, se nos echa el tiempo encima —comentó Eliza.

Cotton respiró hondo y afirmó con la cabeza.

—Está bien —dijo, decidida a correr el riesgo—. Dile que no ha cambiado el día ni la hora, que esté con tiempo.

—Genial.

—Y que, si no aparece, le cortamos los huevos —dijo Eliza.

Las dos la miraron, ahogando exclamaciones de sorpresa, y ella se encogió de hombros.

—Bueno, dile que, si no, le enviamos a Arizona, seguro que esa amenaza surte más efecto.

Tuyen Mai procedió a transcribir y Cameron leyó la respuesta con alivio. Al menos, le daban una oportunidad. Probablemente se debía más a la propia desesperación de las chicas que a las ganas de perdonarlo, pero menos era nada.

De esa forma, se presentó en el local media hora antes de la hora acordada, por si acaso. Las dos chicas llegaron cogidas del brazo, puntuales, y no se acercaron a él, saludándolo de forma fría.

—Esto es solo algo profesional —le dijo Cotton—. No significa que seamos amigos.

—Lo entiendo, sí.

Entraron al local y Cameron se puso con Eliza a preparar los decorados, mientras Cotton organizaba las prendas y preparaba la cámara, una profesional que había comprado para asegurarse de que salieran lo más perfectas posible. Tenía que ser un *book* real, no le valía cualquier foto de móvil.

Cuando todo estuvo montado, Eliza lo maquilló y Cameron se puso el primer modelo: algo que ni loco usaría para salir a la calle. No entendía los cortes en lugares extraños, ni la mezcla de colores, claro que él no era el profesional.

Cotton le sacó varias fotos, lo hizo ponerse en diferentes posturas y después le entregó otro modelo. Mientras se cambiaba detrás de un biombo, Cameron escuchó que llegaba alguien y, cuando salió, descubrió a una mujer que era la fotocopia de Cotton, pero con treinta años más.

La chica estaba nerviosa, se le notaba en la forma en que le temblaban las manos, y él frunció el ceño.

—Cameron, esta es mi madre —le dijo—. Le comenté que haríamos esta sesión y ha decidido venir.

—Ah, qué sorpresa.

Miró a ambas. La madre mantenía la distancia, erguida sobre unos tacones de aguja, y ni siquiera se había quitado el bolso ni el abrigo.

—Pensaba que habrías cogido un sitio más grande —comentó, mirando a su alrededor—. ¿Y esta decoración?

—La he diseñado yo —dijo Eliza—. Para uno de mis trabajos de...

—¿Esto lo ha visto tu madre? No sé yo si aprobaría esos colores. —Arrugó la nariz, dirigiendo su mirada a Cameron—. Y hablando de colores... ¿qué demonios lleva puesto ese chico?

—Este es el modelo trece, de mi colección de primavera-verano.

Su madre hizo un gesto de incredulidad, rodeó a Cameron con una mueca de disgusto y volvió a donde estaba.

—¿Es una broma?

—No, mamá. —Cotton tragó saliva—. Son mis diseños, ya los has visto.

—Pensaba que eran para algún trabajo especial, de cosas horteras o sin gusto. —Agitó la mano—. Esto es... es indescriptible, Cotton. No puedes pretender trabajar en la firma familiar con algo así, ¿te has vuelto loca?

—He pensado... bueno, yo, me gusta innovar, y...

Estaba a punto de echarse a llorar. Esperaba apoyo por su parte, que viera lo bueno del riesgo, la forma en que había cosido las piezas, ¡algo! No que arrugara la nariz y pareciera a punto de vomitar del asco.

—Esto es una vergüenza, no es digno de nuestro apellido.

—Ya es suficiente —intervino Cameron, al ver cómo se deslizaba una lágrima por la mejilla de Cotton—. Creo que se está pasando, ¿no le parece?

—¿Me hablas a mí?

Lo miró como si fuera un gusano, pero Cameron no se amilanó.

—Cotton es muy buena en lo que hace y, si no la quiere en su firma, seguro que otras se pegarán por ella.

Eliza se acercó a su amiga y le rodeó los hombros con el brazo, envalentonada.

—Mi madre no necesita ver lo que hago o dejo de hacer —dijo—. Ella tiene su gusto y yo el mío, y debería apreciar el talento que tiene Cotton en lugar de criticarlo.

—Esto es ridículo.

Cotton se frotó las mejillas, animada por el apoyo de ambos, y levantó la vista para encarar a su madre.

—Es mi colección —dijo—. Y no la voy a cambiar.

Su madre puso los ojos en blanco.

—Por favor, no me sueltes ahora un discurso de esos de «no te necesito, buscaré mi camino» o alguna chorrada así, porque no cuela. No encontrarás ninguna firma que te quiera, querida.

Cotton se cruzó de brazos.

—Pues a lo mejor monto la mía propia.

Ella misma se sorprendió al haber soltado aquello, siempre había estado tranquila porque sabía que tenía la firma de su madre detrás, pero… era un salto al vacío y sentía vértigo, sí, y también determinación. Ella era así, como mostraban sus diseños, no quería cambiar.

A punto estuvo de flaquear cuando su madre de acercó, pero Eliza seguía a su lado y Cameron se acercó también, por lo que fue capaz de sostenerle la mirada.

—Suerte con eso —dijo la mujer, al fin—. Ya hablaremos en verano.

Se marchó sin mirar atrás ni despedirse, y ella estuvo de caerse al soltar el aire y relajar la tensión sufrida.

—Estoy muy orgullosa de ti —dijo Eliza—. Bien dicho, Cotton. Nos las podemos apañar sin nuestras familias, seguro.

—Ay, ¿tú crees?

—Seguro que sí, mira qué bien hemos hecho esto. Tú haces diseños, yo te organizo los eventos. ¡Seremos un éxito!

Cameron sonrió mientras ellas se abrazaban. Ojalá aquello fuera una realidad; iba a ser un camino difícil para ambas, criadas entre algodones, aunque también se tenían la una a la otra.

Cuando se separaron, le miraron y Cotton le sonrió.

—Gracias, Cameron.

—Si no he hecho nada…

—Has venido, te has enfrentado a ella y me has dado fuerzas. —Le hizo un gesto para que se acercara—. Eres un ángel, Cameron.

Él enrojeció, no creía que fuera para tanto, pero de todos modos se unió al abrazo grupal. A ese paso, se emocionaría también, y tendrían que rehacerle el maquillaje.

Fue un día muy intenso, pero después de aquel inicio tan estresante, los tres se relajaron y acabaron riendo, compartiendo *pizzas* especiales con pocas calorías y, lo más importante para Cameron, con su número desbloqueado por ambas.

Cuando salieron para ir de vuelta a la residencia ya era tarde. Sin embargo, le ocurrió lo mismo que con Tuyen Mai: no querían que las vieran con él, aunque no se molestó.

Se fue por otro camino para no coincidir con ellas y, al pasar por delante de una tienda abierta veinticuatro horas, le pareció ver a Ohana en el interior. Se detuvo para mirar a través del cristal y sí, era ella.

Lo que le hizo fruncir el ceño fue ver que compraba un par de botellas de ron. Cotton y Eliza le habían contado las nuevas normas de la casa, y se preocupó. La chica no iba vestida como para una fiesta, y aunque así fuera, no debería hacer eso. Podía perjudicarlas a todas.

Esperó junto a la puerta hasta que salió, con las botellas en una bolsa de papel marrón.

—Ohana, espera —la llamó.

La chica se giró, sobresaltada, y frunció el ceño.

—¿Me estás siguiendo o qué? —espetó.

—No, ha sido casualidad. ¿Qué haces?

—¿Qué haces tú?

—¿Vas a alguna fiesta?

—¿En vaqueros y camiseta? ¿Tú estás loco?

—Me extrañaba, por eso te lo pregunto.

—Solo he venido a comprar un par de cosas, ¿a ti qué más te da?

Sin darle tiempo a reaccionar, Cameron le arrebató la bolsa y sacó una botella.

—¿Piper no os ha prohibido esto?

—¿A ti que te importa? —Se agitó, inquieta—. Lo que yo haga en mi tiempo libre no es de la incumbencia de nadie.

—Ohana, no puedes beberte todo esto tú sola.

—¿Por qué no?

Él se quedó mirándola, la forma en que movía las manos, como si quisiera lanzarse sobre él, cómo se tocaba la garganta como si la tuviera seca. Sin pensarlo, tiró las botellas a un cubo de basura que había al lado, donde se rompieron.

—¡No! —gritó ella, abalanzándose sobre el cubo—. ¿Estás loco? ¿Por qué has hecho eso?

—Ohana, ¿has pensado…? —Tragó saliva—. ¿Has pensado que quizá tengas un problema con el alcohol?

—Vete a la mierda, el que tiene problemas eres tú. Traidor, más que traidor.

Hizo ademán de volver al interior de la tienda, pero Cameron la cogió de un brazo.

—Piensa, Ohana. ¿Qué pasaría si no bebieras hoy?

—¡Ya llevo toda la semana sin hacerlo! —Se deshizo de su mano—. ¡No puedo más! ¿No ves que necesito…?

Se calló al segundo, llevándose una mano a la boca. Miró el cubo, la tienda y sus manos, que temblaban.

—Dios, no… —musitó. Le miró, angustiada—. No puede ser, yo… yo controlo. Yo no soy como mi padre, yo no…

—¿Tu padre bebe?

Ella se abrazó a sí misma, moviendo la cabeza.

—Es alcohólico, pero yo… yo no, ¿verdad? No puedo serlo, soy muy joven.

—Eso pasa a cualquier edad. —Le frotó un hombro—. Mira, si quieres… busco alguna reunión de esas de Alcohólicos Anónimos y te acompaño.

—¿Qué? —Se agitó de nuevo—. No, no, eso es… no sé, Cameron.

—Vamos, vemos lo que hay y, si no te convence, no vuelves. Quizá yo esté exagerando, pero ¿qué pierdes por probar?

Ella se mordisqueó una uña, mirando de nuevo al interior de la tienda, y acabó por asentir.

—Está bien —le dijo.

Esperaba que así la dejara en paz, que al llegar allí viera que no tenía nada en común con ninguno de los asistentes, pero la realidad la golpeó de lleno cuando se dirigieron a un centro que

Cameron encontró en internet y vio gente de su edad, incluso más joven.

Cuando un chico de primer año de universidad empezó a hablar, sintió como si describiera su propia vida, y se hundió en el asiento.

Aquello era real, algo que siempre había temido. A punto estuvo de salir corriendo de allí y, si no lo hizo, fue porque Cameron le había cogido de la mano al sentarse y su presencia le daba fuerzas.

Tendría que hacer cambios, iba a ser muy difícil, lo sabía por experiencia. No tenía que pensar en la sororidad, que también, sino en sí misma: debía tomar el control y cuanto antes, mejor.

De esa forma, aquel día no habló, pero sí que se llevó un listado de reuniones a las que podía asistir y desbloqueó a Cameron para poder llamarlo si lo necesitaba.

—Muchas gracias, Cameron —le dijo, cuando salieron del edificio—. Eres un…

—No me digas que un ángel, que me van a salir alas y no, gracias. —Sonrió—. Ánimo, verás que todo sale bien.

Ella sonrió también y se fueron por caminos separados, para que nadie los viera juntos. Al final, Cameron se dio cuenta de que se había reconciliado con más de la mitad de la casa… Ojalá consiguiera lo mismo con el resto.

Capítulo 19

El ambiente resultaba de lo más festivo en el campo ante la perspectiva del partido final. También ayudaba que no quedara mucho para que el curso acabara y dieran comienzo las vacaciones de verano, aquel era otro gran motivo de peso, pero la mayoría de los estudiantes apoyaban al equipo con gran interés y lo demostraban con su presencia.

—Y eso que este año les ha ido fatal —comentó Arizona, apoyando las botas en el asiento delantero que, por suerte, estaba desocupado.

Echó la cabeza hacia atrás y resopló, aún sin terminar de entender qué hacían allí. Hasta donde su memoria alcanzaba, nunca habían ido a ver jugar a los Maroons. No casaba con sus intereses, además de lo mal que les caían la mayoría de los jugadores… aparte, con los últimos acontecimientos, razón de más.

—La verdad, no comprendo por qué reciben tanto amor —observó KaDee, con la misma expresión confundida que su amiga—. Ya sé que es el equipo universitario y todo eso, pero vamos… con la carrera que llevan no lo veo.

—¿Alguien me recuerda qué hacemos aquí? —Arizona meneó la cabeza, impaciente.

Esa misma mañana, en el desayuno, hubo caras de perplejidad cuando Piper apareció en la cocina y comunicó a todas que acudirían como espectadoras al último partido de la temporada.

—Bromeas —comentó Arizona, a la que poco le faltó para escupir el donut que tenía en la boca.

—¿Qué dices, Piper? —KaDee miró su taza, para ver si llevaba algo raro—. ¿Qué pintamos nosotras allí, después de lo que nos han hecho?

Piper se había limitado a mover los brazos para atajar las protestas.

—Ya sé, y comprendo vuestras dudas —explicó—. Pero debemos dar buena imagen.

—¿Para qué? —preguntó Arizona—. A estas alturas, nada de lo que hagamos salvará nuestro culo, ni el rector va a apoyarnos. No nos soporta.

—Eso —añadió KaDee.

Sobraba decir que lo último que le apetecía era seguir viendo a Finn a todas horas: ese no era el camino adecuado si deseaba pasar página.

—Es un partido y lo que importa es el final. El rector dará su discurso antes —siguió Piper, inflexible—. Tenemos que estar, tanto si nos gusta como si no. Hay compromisos que no se pueden evitar, somos una sororidad y debemos cumplir con algunas obligaciones, punto.

—Pero… —empezó Arizona, atónita.

—Además, nos lo pasaremos bien. Os veo después.

Dicho aquello, Piper no había dado lugar a más quejas, limitándose a coger sus libros y abandonar la casa para acudir a las clases. Arizona y KaDee ni siquiera se dieron cuenta de que el resto de las chicas no emitía queja alguna, ambas continuaban demasiado enfadadas para fijarse en detalles.

Y ahí estaban, sin terminar de entender el motivo. Piper apareció, con tres vasos de refresco entre las manos que repartió, y pronto se unieron las demás, con varios recipientes llenos de palomitas.

—Vaya, ¿tan divertido es esto? —Arizona se apropió de uno al momento—. ¿Qué es, como el cine?

—Ya lo verás. —Piper le guiñó un ojo, sonriendo.

La morena frunció el ceño y le pegó un codazo a KaDee.

—¿Qué le pasa a esta, que sonríe tanto? —susurró.

—Ni idea —contestó KaDee en el mismo tono, también sorprendida.

La música interrumpió su charla e hizo que ambas miraran hacia el frente, donde la banda universitaria interpretaba el himno, algo que hacían siempre antes de los partidos. Hubo aplausos y un clamor general, y se encendieron las pantallas donde se proyectaban los partidos para que todos pudieran verlo desde varios ángulos.

—Me gustaría aprender a tocar algún instrumento —comentó Tuyen Mai—. ¿Os parece una buena idea? Así tendría un plan B, solo por si acaso.

—Que sea algo silencioso —comentó Cotton, y todas soltaron una carcajada.

—¡Cotton! —Tuyen Mai le pegó en la pierna con una risita—. ¡No hay ningún instrumento silencioso!

—Podrías ir a alguna clase —sugirió Eliza—. Lejos de la casa, eso sí.

—Pues a mí me parece que hacen un ruido infernal —comentó Arizona, y movió la cabeza en dirección a la banda—. Por no hablar de los uniformes.

La banda terminó y los aplausos inundaron el campo de futbol. Los miembros se movieron hacia los lados, dejando el camino libre para que el rector pudiera llegar hasta el micrófono, lo que hizo con su habitual paso apresurado.

—Se ha peinado para la ocasión —se burló Ohana, haciendo referencia a la escasez de cabello que el hombre intentaba disimular.

—No seas mala. —Piper apretó los labios para no reírse.

—Perdona, es esta mierda de estar sobria, que me tiene amargada.

—Pues yo me alegro. —Eliza apoyó la cabeza en su hombro—. Últimamente estabas muy desmadrada y nos tenías preocupadas.

—Lo sé, lo sé —suspiró la chica, con cierto pesar—. Y empiezo a verlo, es solo que... en fin, es duro saber que no podrás volver a divertirte nunca en una fiesta.

Piper alargó el brazo y le apretó la mano.

—Eso no es cierto, volverás a divertirte —la animó—. Solo que sin alcohol.

—Por cierto, no nos has contado lo de Alcohólicos Anónimos —intervino KaDee—. ¿Cómo llegaste a la conclusión de que debías parar? Porque nosotras lo intentamos y no nos escuchabas.

Ohana se encogió de hombros. No era ni el momento ni el lugar para contar que Cameron era quien le había dado el empujón final, no con los ánimos caldeados de los últimos días.

No quería pelearse con ellas, y menos ahora que, al fin sobria, veía que eran sus hermanas de verdad.

—Os lo explicaré cuando esté lista —se limitó a decir, y nadie la contradijo, ya que todas suponían que aquello formaba parte de los famosos pasos para dejar de beber.

Ohana se metió un puñado de palomitas para no tener que añadir nada más y lanzó una mirada hacia el rector, que daba golpecitos en el micrófono para asegurarse de que se oía bien.

—¡Hola, estudiantes de la Universidad de Chicago! —saludó, y hubo aplausos—. Bien, hoy es…

De repente, la mascota oficial apareció en medio del campo, interrumpiendo el discurso. La banda reanudó parte del himno mientras Fénix, vestido de color granate, iniciaba su recorrido por el campo con un amplio surtido de piruetas y saltos. El público se envalentonó y el rector se echó a reír, permitiendo que hiciera su actuación. No fue hasta cinco minutos después que el ave fénix se retiró, tras la ovación de las masas, para dejar que el rector continuara su labor.

—¿Quién habrá debajo de ese disfraz absurdo? —murmuró KaDee, cruzándose de brazos.

Acababa de localizar a Cameron, sentado en una grada no muy lejana. Se le hacía raro, sobre todo por no estar con sus compañeros de fraternidad.

Le dio un toque a Arizona y le señaló al chico.

—Qué raro —comentó Arizona.

—¿Verdad? Todavía me cuesta creer que lo de Cameron fuera un papel —dijo KaDee con pena.

—¿Has hablado con Finn?

—Desde el otro día no. Le pedí tiempo y parece que lo ha aceptado —explicó la joven y, sin ser consciente, lo buscó con la mirada—. En fin, no sé si podré perdonarlo.

—Te entiendo —asintió Arizona.

—¿Tú también te sientes así?

—A ver, no, yo tengo claro que no voy a perdonar a Jayden. Me lo podría plantear, pero como mínimo antes le daría una patada en las pelotas.

KaDee soltó una risita. Iba a responder cuando al fin el rector recuperó el micrófono, y despidió a la mascota oficial con un gesto.

—¡Hola de nuevo, estudiantes de la Universidad de Chicago! —el rector repitió el saludo—. ¡Ese era Fénix, nuestra querida mascota! ¿Le damos un aplauso?

Los aplausos continuaron durante varios minutos interminables para las chicas, hasta que hubo un rumor y los jugadores comenzaron a salir al campo. Las pantallas los enfocaron de inmediato mientras corrían sin dejar de saludar a los asistentes, todos sonrientes y orgullosos con sus uniformes.

—Qué bien, ahí está esa panda de cabrones —murmuró Cotton, desganada.

Las chicas contemplaron cómo todos se colocaban a ambos lados del rector, disfrutando del calor del público y su ovación. La cámara los enfocó de uno en uno, pasando por cada miembro y número, y ellos respondían retorciendo las camisetas y dándose golpecitos en el pecho.

Tras ellos entró el equipo contrario, los Ramblers de la Universidad Loyola. Se colocaron frente a los Maroons con menos aspavientos.

Entonces sí, KaDee reparó en que Finn se hallaba allí, aunque detrás, en la zona del banquillo… igual que el resto del año, la verdad. Siendo el jugador que era, nada despreciable, la chica no acababa de comprender por qué apenas jugaba, pero en fin… bastante tenía con comprender sus cosas, no iba a intentarlo con las de los jugadores.

—¡Un fuerte aplauso para los Maroons! —el rector azuzó al público—. ¡Venga, que se os escuche animar a nuestro gran equipo!

—Y dale —gruñó Arizona—. Estoy por irme, ¿eh? Menuda bazofia es esto.

—Tú espera —dijo Piper.

Por segunda vez, Arizona y KaDee la miraron sin entender. Sin embargo, permanecieron sentadas mientras el rector usaba los brazos para apaciguar los ánimos que él mismo había pedido.

—Bien, es el último partido de la temporada —dijo, poniéndose serio—. El más importante, el decisivo. Y chicos, aunque sé que este no ha sido el mejor año del mundo, los Maroons pueden llevar la cabeza bien alta, porque siempre han dado lo mejor de sí mismos en el campo. Qué puedo decir, estamos en un momento clave: ganar o fracasar, y el éxito se consigue cuando nos dejamos la piel por conseguirlo, ¡así funciona! Y aquí puedo decir, alto y claro, que nuestros chicos lo dan todo, ¡son un gran, gran equipo!

Más aplausos, tantos que resultaban ensordecedores.

—Voy a vomitar dijo Arizona, con una mueca.

Piper se levantó.

—¿Dónde vas? —preguntó KaDee.

—A aclarar algunos puntos.

Y, dicho aquello, abandonó las gradas con decisión. Todas la siguieron con la mirada, sin comprender bien a qué se refería, y sus expresiones alucinadas aumentaron al ver que atravesaba la valla que los separaba del campo de juego y caminaba sin dudar hacia el rector. El rumor de la multitud cambió de tono al ver a aquella chica de cabello azul que, con actitud segura, llegaba hasta el micrófono sin hacer caso de público y jugadores. Total, ya tenía experiencia desde su charla fallida.

Piper se colocó junto al rector, que frunció el ceño.

—¿Qué cree que hace, señorita? Salga del campo de futbol inmediatamente.

—Tengo algo que decir. —Ella señaló el micrófono.

—No, de eso nada —se negó el rector—. Es el partido final, no una sesión de micrófono abierto para que hable usted de a saber qué. A menos que sea un discurso sobre los Maroons, abandone el campo de juego y regrese a las gradas.

Ella ladeó la cabeza y negó.

—No empeore su situación, que bastante mala es ya —insistió él.

—Tranquilo. —Piper le sonrió—. Es sobre el equipo, no se preocupe.

Desconcertado, el rector se apartó al ver que ella ocupaba su espacio y se adueñaba del micrófono. Los jugadores cambiaron varias miradas entre sí, inquietos, y Tiger les dedicó un gesto para quitar importancia al asunto.

—Bueno —dijo Piper, con voz clara—, parece que el rector no tenía muchas ganas de cederme la palabra, ¿eh? —Hubo risas—. ¿Qué pasa, que las chicas no podemos hablar sobre el fútbol? ¡Yo creo que tenemos mucho que aportar!

Cameron la miró con orgullo desde las gradas. No se veía por ninguna parte a la Piper de la charla feminista, intranquila porque unos cuantos imbéciles la habían puesto nerviosa: no, aquella Piper estaba segura de sí misma, y su tono jocoso lo dejaba claro.

El público, además, respondió bien: regresaron los aplausos, tanto por parte de las chicas, que aceptaban el discurso, como de los chicos, a los que les agradaba que una mujer estuviera interesada en el deporte.

—¡Gracias! —exclamó ella, con un gesto de victoria—. Sé que no tenemos mucho tiempo, pero me encantaría presentaros al equipo de un modo distinto al de otros años, ¿qué me decís?

—¿De qué va esto? —preguntó KaDee, con la ceja arqueada.

—Ni idea —contestó Arizona.

Las dos miraron hacia Cameron, y este les guiñó un ojo. Ese detalle aún las sorprendió más, así que se acomodaron en sus asientos, por primera vez conscientes de que algo pasaba.

—¡Adelante! —siguió Piper—. ¡Empecemos!

En una de las pantallas apareció una foto de Tiger, equipado para los Maroons, que sujetaba el balón en las manos con una pose orgullosa. Los aplausos regresaron y Piper asintió con una sonrisa, alentándolos.

—¡Claro, claro, eso es, el capitán del equipo! ¡El talentoso Tiger Allan! ¡Vamos a darle un gran, gran aplauso!

Tiger se quitó el casco y le lanzó una mirada ceñuda. No se distinguía por su gran cerebro, pero aquel comportamiento no era normal después de lo sucedido, y no computaba que Piper le dedicara palabras de ánimo.

—Os podría resumir su exitosa carrera en los Maroons… —empezó ella, y entonces las pantallas parpadearon, y la foto del joven desapareció para ser reemplazada por un video de corte casero que mostraba los vestuarios masculinos.

El ruido remitió mientras la imagen daba vueltas hasta quedar recta, y se pudo observar con total claridad a varios miembros, ya vestidos, y a Tiger en el centro.

—A ver, ya sabéis cómo va esto —dijo el capitán—. Vamos a repetir los pasos de uno en uno, ¿entendido?

La imagen pasó de uno a otro mientras asentían. Tiger fijó los ojos en la pantalla, sin tener muy claro lo que se veía en ella.

—¿Qué coño…? —empezó—. ¿Qué es esto?

El rector, que tenía un semblante similar, agarró a Piper por el brazo.

—Señorita, ¿podría explicar…?

Piper se deshizo de su brazo y señaló la pantalla.

—Debería preocuparse más por eso que por mí, rector —indicó—. Le interesa.

A esas alturas, las gradas permanecían en silencio. Nadie quería perderse el video, y la mayoría intuían que se avecinaba algo gordo. A todos les encantaba el equipo y el futbol, pero también los escándalos.

—En el tiempo uno, falla Markinson —dijo Tiger—. Pero que quede realista, que la última vez dio un poco el cante. Y cuidado con caerse al suelo antes de tiempo, Beckett, que ya sabes cómo es el árbitro. Los Ramblers juegan duro, así que será creíble.

—¡Quita eso! —Tiger agitó los brazos y se aproximó hacia Piper y el rector—. ¡A ver, el que maneja las cámaras, que quite eso!

En la cabina del campus, Jayden dio un par de vueltas en la silla, con una sonrisa. Brett, el empleado que solía proyectar los videos, hizo una mueca.

—Los ánimos se caldean —comentó.

—Esa es la idea —contestó Jayden.

—¿Me prometes que no tendré problemas por esto?

—Tranquilo, cuando termine el video nadie se acordará de ti —sonrió Jayden—. Además, si eso sucede, ya diré que fui yo.

Brett le dio unas palmaditas y volvió su atención al video.

—No hace falta que os explique cuánto dinero hay en juego, ¿no? —seguía Tiger, paseando entre su equipo—. Por suerte, Finn vuelve a jugar con nosotros. Lleva mucho en el banquillo, así que no se hará raro que falle una y otra vez.

Señaló hacia el objetivo de la cámara.

—¡El video es cosa de Finn! —exclamó KaDee, al darse cuenta—. ¡Ha debido meterse en el vestuario con cualquier excusa y los ha grabado!

—¿Te das cuenta de lo grave que es lo que hablan? —Arizona tenía los ojos como platos—. Es que no me lo creo, ¡estamos viendo la confesión de una estafa en directo!

El rumor crecía entre el público, solo que ya no era de felicidad y ánimo. Despacio, las gradas comprendían lo que acababan de ver: que su amado equipo de futbol universitario no tenía una mala racha, sino que amañaban los partidos para ganar dinero.

—No podemos ganar, he apostado mucha, mucha pasta —seguía Tiger.

El video desapareció para ser sustituido por otro donde se veían las lágrimas de Tiger al finalizar unos de sus últimos partidos. Unas lágrimas que parecían auténticas, al igual que los abrazos con caras de dolor del resto de jugadores.

—Vaya —comentó Tuyen Mai—. ¡Aquí todos son mejores actores que yo!

Arizona se levantó de su asiento y, ni corta ni perezosa, se llevó las manos a la boca y lanzó un largo abucheo.

Fue el primero, y no tardó en ser secundado por el gentío. Los estudiantes comenzaron a ponerse en pie, igual que ella, y a abuchear a los Maroons mientras, frente a ellos, los Ramblers parecían alucinados.

—¡No, no! —gritó Tiger, en un desesperado intento de frenar aquello—. ¡Ese video es mentira, es un montaje! ¡No es real!

—¡Estafadores! —insultó un miembro del equipo contrario.

—¡Vaya equipo de pacotilla!

—¡Vendehúmos!

Tiger, incrédulo, dio un paso atrás. Aún no procesaba bien lo sucedido, se acordaba de que Finn había entrado al vestuario por sorpresa. Dijo que sabía que estaban metidos en algo y que él quería participar, fuera lo que fuera, así que Tiger no se complicó y lo incluyó en la reunión, ¿quién no estaría interesado en ganar la pasta que ganaban? Era sencillo, si apostabas como debías. Y ahora se daba cuenta de que lo había engañado: el video era la prueba. A su lado, el entrenador se movió de forma disimulada y, antes de que pudiera decir nada, se marchó, dejándole solo.

Entonces, Tiger buscó a Cameron con la mirada, esperanzado. Quizá si su amigo hablaba sobre él y le sacaba la cara…

Pero este le dedicó un gesto poco agradable y se unió a los abucheos generales, pidiendo que abandonaran el campo.

El video regresó al vestuario. Tiger dio cifras y habló de apuestas, aunque el tema ya estaba más que claro y todo el mundo se había enterado de que eran unos farsantes.

Aturdido, el rector se frotó la frente sin apartar la vista de la pantalla.

—Esto es increíble —farfulló, y se giró hacia el capitán—. ¡Qué vergüenza! ¡El equipo es la cara visible de nuestra universidad, esto no solo mancha su nombre, también el del resto de los estudiantes y miembros del claustro!

Tiger abrió la boca, aunque no llegó a decir nada porque el rector se lo impidió.

—¡La vergüenza de la universidad, es lo que son!

Piper sonrió al recordar esa misma frase dirigida hacia ellas a principios de curso. En fin, Pi Delta Phi ya no podían ser la vergüenza de la universidad, no si Phi Gamma Delta les quitaba el puesto con un historial de estafas, partidos amañados y demás… aquello los dejaba a la altura del betún.

—Nosotros… —balbuceó Tiger.

—Abandonen inmediatamente el campo, se suspende el partido —siguió el rector, fiel a su carácter explosivo—. ¡Vayan todos a mi despacho, hablaremos sobre expulsión!

Al escuchar aquello, los jugadores palidecieron.

—¡Se suspende el partido! —repitió el rector.

El tumulto creció, entre abucheos y gritos, y los Maroons decidieron que era un buen momento para desaparecer antes de que los lincharan. Tiger miró al rector con impotencia, porque si bien era cierto que el hombre desconocía sus apuestas, hasta ese momento siempre los había apoyado, y esperaba un poco de mano ancha por su parte.

Se giró hacia Piper, que le dedicó una sonrisa y un gesto de despedida.

—¡A mi despacho! —gritó el rector, y Tiger no tuvo otro remedio que darse la vuelta, tras lanzar una mirada rabiosa a la chica.

Ella se cruzó de brazos, disfrutando de verlo alejarse así de derrotado.

—Señorita, ¿puede calmar a la gente? —le preguntó el rector—. Yo tengo una charla pendiente, como puede ver.

—Por supuesto —dijo ella, con candidez—. Y espero que podamos hablar nosotros también.

El hombre puso una mueca.

—Sobre nuestra residencia —añadió Piper—. Porque supongo que ya ha quedado claro que el equipo no era buena gente, ¿no?

A regañadientes, el rector afirmó.

—Y que una gran parte de los incidentes que nos ocurrieron fueron propiciados por ellos, ¿no?

—No se exceda —advirtió él—. Las notas siguen ahí, bajas.

—Mejoraremos esas notas —prometió Piper, esperanzada.

Tras unos interminables segundos, el rector terminó por ceder.

—Pidan cita para esta semana y hablaremos de ello —dijo—. Si veo buena disposición por parte de todas, podemos llegar a alguna parte.

—Perfecto —se apresuró a decir la chica, emocionada.

—Y ahora, si me disculpa, tengo otros asuntos más desagradables que atender.

Dicho aquello, el rector se dio media vuelta para ir tras los jugadores del equipo. Piper agarró de nuevo el micrófono, sin quitar la sonrisa.

—¡No se acaba el mundo, estudiantes! ¡Aún tenemos a la banda y a nuestra mascota, seguro que el próximo curso nos enorgullecemos de un nuevo equipo con ganas de darlo todo!

La joven continuó con su retahíla de frases positivas para evitar que aquello terminara en vandalismo y, poco a poco, los estudiantes abandonaron las gradas. Las chicas de Pi Delta Phi no tardaron en reunirse con ella, y sus caras eran todo un poema.

—¿Qué puñetas ha sido eso? —fue lo primero que preguntó KaDee—. ¿Estaba preparado?

—Más o menos —dijo Piper, divertida.

—Pero ¿cómo? ¿Cuándo? —intervino Arizona—. ¿Por qué no nos contaste nada?

—Fue muy precipitado —explicó la hermana mayor—. Hace un par de días, Jayden me escribió desde una cuenta privada. De haber sabido que era él no creo que lo hubiera abierto, ¡aunque menos mal que lo hice!

—Pues sus correos no suelen acabar bien… —refunfuñó Arizona, desconfiada.

—Esta vez sí. Me explicaba que Cameron había detectado un comportamiento extraño en sus compañeros de equipo y que creían que podían estar metidos en algo raro, pero como estaba a malas con ellos desde «lo nuestro», no podía averiguar qué era él solo.

Las chicas se giraron en dirección a Cameron, que aguardaba sentado en las gradas.

—Habló con Finn y Jayden, y los dos se pusieron manos a la obra —siguió Piper, mirándolo a su vez—. Finn aún no estaba en desgracia y seguía en el banquillo, así que se metió allí y les dijo que, fuera lo que fuera, quería participar. Y los muy idiotas se pusieron a hablar sobre el tema.

—Y Finn lo grabó todo —dijo KaDee.

Fue el turno de las chicas de girarse hacia Finn, que permanecía apoyado contra el famoso banquillo en el que se había pasado casi todo el curso. Alzó la mano, vacilante, y les dedicó un saludo que casi fue una ramita de olivo.

KaDee sintió que se ablandaba por completo. No podía ignorar lo que el chico acababa de hacer por ellas, ¿no? Y si a eso le sumaba las cosas que le había dicho la última vez que estuvieron juntos…

—Y Jayden lo subió a las pantallas —terminó Arizona, antes de que Piper lo aclarara.

—Eso es —confirmó Piper—. Está arriba, en la cabina. No tengo ni idea de cómo habrá convencido al encargado, pero lo ha hecho.

—Entonces, ¿lo nuestro cómo queda? —quiso saber Cotton, con los labios fruncidos en un mohín.

—Tengo que hablar con el rector —explicó Piper— Pero bueno, lo nuestro al lado de lo que ha hecho Phi Gamma Delta no es nada. Ellos son los que querían nuestro edificio, si ya no están…

—Vuelve a ser nuestro —dijo Ohana, satisfecha—. ¡Bien!

—Está claro que tendremos que mejorar las notas. —Piper frenó un poco el entusiasmo antes de que se desmadraran—. Es lo que le voy a decir al rector, ¿entendido? Que nos comprometemos a ser serias, dar ejemplo y sacar buenas notas. ¿Todas de acuerdo?

Las chicas se miraron entre ellas, aunque no había dudas al respecto. ¡Solo por poder seguir como hasta ese momento hubieran prometido cualquier cosa!

—Nos esforzaremos —prometió Eliza—. Yo dosificaré las horas que dedico a mi pelo y cara, haré el sacrificio para mejorar y que podamos seguir en nuestro hogar.

Arizona resopló, y la susodicha le pegó en el hombro.

—Está bien —añadió Cotton—. Haré lo mismo. Me comprometo a perder menos tiempo en pijadas como fiestas del té, y más con los libros.

—Yo ya no puedo beber, así que no tengo otra cosa que hacer. —Ohana chasqueó los labios para dejar claro lo poco que le gustaba la idea.

Hubo risitas, aunque cesaron de manera abrupta cuando Ohana frunció el ceño.

—Pues yo… —empezó Tuyen Mai, y se calló, con la duda reflejada en la cara—. Vaya, no sé bien a qué podría renunciar.

Las demás observaron cómo se devanaba los sesos, en un intento de encontrar algo que sobrara en su vida.

—¿Quizá menos ensayos? —sugirió KaDee.

—Oh. —Tuyen Mai caviló unos segundos, y negó—. No, lo siento. Actuar es mi pasión y quiero tomármelo en serio. Pero me portaré bien y tendré una reputación intachable, ¿eso sirve?

—Pues claro. —Piper la atrajo hacia sí y le dio un beso en la mejilla—. Nos vale.

—Yo me comprometo a mantener mi media de sobresalientes —aportó KaDee—. No sé qué más podría hacer.

—¿Dedicar menos tiempo a tu novio jugador de fútbol? —sugirió Arizona, y soltó una carcajada al ver la expresión de la morena—. ¿Qué? ¡Se te nota que ya lo has perdonado!

KaDee se sonrojó.

—¿Se nota mucho?

—¡Sí! —exclamaron todas.

—Anda, vete a hablar con él, que lo estás deseando —dijo Piper.

KaDee dudó, porque ese momento con sus chicas era especial, pero… Finn también, no iba a negarlo. Y mientras todas hablaban, el muchacho esperaba sin quitarle los ojos de encima. De modo que KaDee obedeció a su Hermana mayor y se aproximó hasta Finn, que se desmarcó del banquillo al verla llegar.

—¿Todo bien? —preguntó él.

—Bueno, no es algo que se pueda olvidar de un día para otro…

—Me refería a tus amigas y tú.

—Ah. —KaDee las miró con una sonrisa—. Sí, todo genial. Parece que hay muchas posibilidades de que no perdamos nuestra casa.

Él sonrió.

—Bien, me alegro. Era la idea.

—¿Cómo se te ocurrió meterte en ese vestuario con una cámara? —KaDee no logró evitar la regañina que quería echarle—. O sea, te podían haber pillado.

Él cambió el peso de un pie a otro, y se encogió de hombros.

—Era importante, había que sacar la verdad a la luz, y no solo por vosotras —explicó—. El deporte debe ser limpio, es lo que lo hace interesante y divertido.

—Supongo que el año que viene seguirás en el equipo —aventuró ella, dando un paso en su dirección.

—No sé. —Finn imitó su gesto—. A ver, ¿y si estoy muy ocupado?

—Oh. —Otro pasito, minúsculo—. ¿Vas a dedicarte a tu carrera en serio?

—Tal vez. —Él acortó la distancia con otro paso—. O puede que salga con alguien que me robe todo el tiempo libre que tenga.

—¿Sí? Vaya, esa persona debe ser muy, muy interesante para que te plantees siquiera no jugar.

Al fin, Finn llegó a su altura. Estudió la manera en que ella sonreía y se aventuró a rodearle los hombros con los brazos para atraerla un poco hacia él, cosa que KaDee permitió.

—Es muy interesante, sí. E inteligente.

—Y guapa, no te olvides.

—Guapísima —dijo él, con un parpadeo que pretendía imitar al femenino, lo que le ocasionó un pequeño e inofensivo rodillazo—. ¡Eh! Cuidado, que es una zona sensible.

—Como si no lo supiera…

—Entonces, ¿hacemos borrón y cuenta nueva?

KaDee asintió y se puso de puntillas para besarlo, consciente de lo mucho que lo había añorado esos días. Finn la apretó contra él, feliz por haber podido recuperarla y por el futuro que se les presentaba, esperaba que sin tanto ajetreo.

—Ohhhh —dijeron Cotton y Eliza al mismo tiempo, en la distancia—. ¡Qué monos!

—En fin. —Tuyen Mai miró alrededor—. Me voy a ensayar. Os veo después, en la cena. Que, por cierto, hoy deberíamos celebrarlo con un buen banquete.

—Estupenda idea —afirmó Ohana—. Yo me ocupo de hacer la compra. Total, ahora tengo mucho, mucho tiempo libre. Quizá debería buscarme un novio.

—Bien pensado. —Eliza le dio una palmadita cariñosa—. Eso sí, búscalo en la biblioteca, así te aseguras.

—Os veo por la noche. —Ohana les sacó la lengua antes de irse, acompañada de Tuyen Mai.

—Por cierto. —Piper se giró hacia Arizona—. No te he oído comprometerte a nada, Arizona.

Esta pareció sorprendida.

—¿Y a qué quieres que me comprometa? Ya saco buenas notas.

—No sé, veamos… ¿a ser más amable y accesible?

—Podrías cambiar tu vestuario —se metió Cotton, amable.

—Y maquillarte un poco —siguió Eliza—. Por no hablar del pelo, que…

—Chicas, deberíais adelantaros y ordenar un poco la casa. —Piper las empujó con amabilidad, antes de que Arizona explotara—. Dejad bien bonito el comedor para esa cena que vamos a celebrar.

—Entendido. —Eliza suspiró—. Ya vamos.

Y las dos las dejaron solas.

—Yo soy como soy —soltó Arizona con brusquedad—. Y no puedo cambiar eso. Si no combina bien con la sororidad, pues quizá sea mejor que os busquéis a otra que encaje mejor.

—Nadie ha dicho eso —replicó Piper, sin variar su tono amable—. Solo que podrías hacer un pequeño esfuerzo para dejar de estar siempre a la defensiva, que no tienes por qué.

—Pues con esa gentuza no andaba equivocada…

—De acuerdo, es verdad, pero esos ya no darán más problemas. ¿Lo intentarás?

Arizona la miró, no muy convencida de poder apaciguar su temperamento. Ni siquiera sabía cómo, la verdad, pero, en fin, si así Piper se quedaba tranquila…

—Vale, vale. Haré lo que pueda —aceptó—. Pero mi ropa se queda.

—Sin problema. —La miró—. ¿Le vas a dar una oportunidad a Jayden?

La morena hizo una mueca.

—Se ha metido en la red interna y se ha colado en la cabina. Si le pillan, es probable que sea expulsado, ¿no es suficiente para ti?

—¿Y tú a Cameron?

Ambas se giraron en dirección al chico, que continuaba en la grada. No parecía tener prisa alguna, dispuesto a esperar eternamente si era necesario… aunque Piper sabía la respuesta de antemano.

—Me voy, antes de que se convierta en sal —se burló Arizona, y abandonó a Piper a la velocidad de la luz sin más dilación.

Estaba decidida a regresar a la residencia a pensar en todo lo ocurrido y cómo encarar los desafíos que se le venían encima, porque lo de la amabilidad no terminaba de entender para qué servía de cara a la sororidad y, sin darse cuenta, sus pasos la llevaron hasta la cabina. No había estado nunca allí arriba, ni siquiera sabía de la existencia de alguien que manejara los videos, y se sorprendió al entrar en la cabina, ¡cuánto presupuesto para el dichoso equipo!

Jayden y Brett seguían allí, y los dos se giraron en la silla al verla aparecer.

—Hola —dijo ella—, ¿podemos hablar?

—Claro —contestó Brett, con un gesto.

—Contigo no —gruñó Arizona.

—Ah, claro, claro. —Brett se levantó a toda prisa—. Ya me voy, ya.

Jayden apretó los labios para no soltar una carcajada, porque con Arizona nunca se sabía: lo mismo le decía que no estaba el horno para risitas o a saber qué, de modo que carraspeó y se mantuvo inmóvil en la silla.

—¿Qué vamos a hacer? —preguntó Arizona, y se cruzó de brazos.

—¿Qué? ¿Has venido hasta aquí a preguntar eso sin tenerlo claro?

—Lo único que tengo claro es que quiero darte una patada en las pelotas.

—¿Ahora? —preguntó Jayden con cara de susto.

—Bueno, no tiene por qué ser ahora. —Arizona ignoró su expresión de alivio—. Quiero decir, que te la mereces. Me has mentido y has colaborado con esos idiotas del equipo.

—No exactamente colaborar, yo…

—Estoy hablando yo —lo cortó la joven, y Jayden se calló—. Me cuesta mucho confiar en los tíos y, para una vez que me fío de uno, resulta que me miente y confabula contra mí y mis amigas.

Jayden alzó los brazos, exasperado.

—¡No podía hacer nada! Me hubieran echado de la fraternidad, o metido la paliza del siglo, o a saber qué, ¡y tampoco te conocía por entonces! —Al ver que ella abría la boca, siguió—: ¡Y no saques otra vez el tema de las preguntas, que yo no envié ese wasap! ¿Cuántas veces tengo que explicarlo? ¿No podemos empezar de cero y ya?

Ella lo miró, sin saber qué decir. En parte tenía razón, porque si seguía dando vueltas a lo mismo una y otra vez se quedaría siempre en ese punto, el del rencor. Si KaDee era capaz de perdonar a Finn, y Piper a Cameron, que ambos estaban mucho más involucrados que Jayden, ¿tenía necesidad de ser tan dura con el informático?

—Mira —dijo Jayden—. ¿Por qué no vamos al WaFFle CoFFee y te invito a un café y a un donut? Y hablamos con tranquilidad de todo esto.

Tras unos segundos interminables, Arizona habló.

—Bien —aceptó—. Serán dos donuts.

—Dos, vale. Acepto.

—Y no creas que con eso basta, si de verdad quieres salir conmigo te lo vas a tener que currar.

Jayden se levantó y cogió su cazadora.

—Entonces, ¿lo de salir es una opción?

Ella sacudió la cabeza, pensativa.

—Sí —replicó—. Pero recuerda: lo de la patada en las pelotas también.

—Bien. —Jayden se pasó la mano por el pelo y la siguió hasta la puerta—. Acepto las dos cosas, entonces.

No lo vio porque iba detrás, pero Arizona se permitió una pequeña sonrisa divertida antes de abandonar la cabina con Jayden a su lado. No pensaba cumplir su amenaza, aunque no venía mal que él creyera que sí, solo por si tenía tentaciones de volver a mentirle.

Piper se había quedado sola, de modo que esa fue la señal para que Cameron decidiera acercarse a ella. No estaba seguro de que el plan funcionara, y aún le costaba creer que se hubieran salido con la suya. Solo esperaba que Tiger y el resto del equipo fueran expulsados… claro que, aunque no lo fueran, no volverían a jugar, y eso era castigo suficiente, ya que ninguno aprobaba por sus propios medios. Pasara lo que pasara, estaban acabados allí.

Llegó hasta la chica y observó su rostro radiante. Deseaba abrazarla y explicar que todo lo había hecho por ella, y por las chicas de Pi Delta Phi, que se habían ganado un hueco en su corazón. Jamás creyó que llegaría a congeniar de aquel modo con un grupo de chicas, que podría entenderlas, apoyarlas y quererlas. Y si eso lo convertía en un blando, que así fuera, que le daba exactamente igual.

—Gracias por ayudar a desenmascararlos —fue lo primero que dijo Piper.

—Haría cualquier cosa —soltó Cameron, nervioso—- Quiero que entiendas que es importante para mí que me perdonéis.

—¿Por qué es tan importante?

—El otro día me preguntaste si sabía quién era. —Ella afirmó—. No, no lo sabía, Piper. Creía que sí, que formaba parte de una unidad, y no era cierto, me sentía solo, pero que no me daba cuenta, y ya sé que es una estupidez, pero jamás me he sentido tan arropado como con vosotras, aunque no quede muy machote decirlo, yo…

Piper se adelantó y le puso un dedo en los labios para que dejara de hablar.

—La cosa es que ahora… —insistió él, y de nuevo, Piper presionó el dedo contra su boca—. O sea, que yo…

—Hiciste algo feo, es verdad —dijo la chica. —Y también muchas cosas buenas, no es justo que solo tengamos en cuenta lo malo. Y sí, seguro que al principio fingías…

—Muy al principio —corrigió Cameron.

—Has ayudado a Tuyen Mai de un modo que ninguna hemos podido porque tenías justo lo que ella necesitaba: paciencia —resumió Piper—. Pusiste en su sitio a la madre de Cotton y le diste a ella el empujón que necesitaba para ganar confianza… apoyaste a Eliza en unos de sus malos baches y le hiciste ver que no es solo una cara bonita, algo que pocos chicos serían capaces de lograr. Por no mencionar que animaste a Arizona a ser menos rígida, y no hablemos ya de conseguir que Ohana reconociera su problema.

Cameron tragó saliva. ¿Eso significaba que lo perdonaba?

—Y también nos has ayudado a conservar nuestro hogar y a hacer justicia con los Maroons. No hay mucho que pueda decir, excepto que es como si alguien nos hubiera enviado un ángel.

Él puso cara de sorpresa.

—Y dale con llamarme ángel…

—Es que lo eres —se rio Piper, con voz cantarina—. El ángel de la casa, claro que sí.

¿Cómo iba a seguir enfadada, si la miraba con esa cara de preocupación? Todo lo que acababa de decir era la verdad: sí, había mentido para colarse en sus vidas, pero es que había traído mil cosas buenas. La traición dolía, cierto, pero saber la verdad, que Cameron no mentía respecto a sus sentimientos hacia ellas, importaba más que cualquier hecho del pasado.

Cameron había cambiado por el camino, así que había llegado la hora de dejar atrás los malentendidos y las guerras: había un final feliz, con la sororidad al completo en la casa que querían, y con el chico perfecto al lado.

—Pues este ángel te quiere.

Piper lo escuchó, confusa.

—¿Qué?

—Lo que has oído. Me postulo como tu ángel de la guarda. —Cameron sonrió al ver su expresión pasmada—. Me comprometo a permanecer a tu lado, velar por tus intereses y bienestar, y cumplir todos tus deseos.

Ella se mordió el labio con picardía.

—¿Todos?

—Todos. Recuerda, estoy a tu servicio.

Y, finalmente, Piper se refugió en sus brazos y lo apretó contra ella, con la necesidad urgente de sentir sus labios sobre los suyos tras el tiempo que habían estado separados. El beso le confirmó que sí, que todo iba a salir bien, y que ambos parecían estar hechos el uno para el otro. Eran afortunados, ella y el resto de Pi Delta Phi: no solo poseían un hermoso hogar y una preciosa amistad, también tenían un ángel que velaba por ellas.

Epílogo

—¡Vamos, que llegamos tarde!

Arizona dio un par de palmadas para acompañar el grito que había dado desde las escaleras, para que todos oyeran.

Ohana bajó a toda prisa por las escaleras, con Cameron pisándole los talones.

—Como lleguemos tarde, tu novia nos mata —le advirtió Arizona.

—Ya, ya, perdón. Como siempre me dejáis el último para la ducha…

KaDee se apresuró también a reunirse con ellos, casi tropezando en la escalera.

—Perdón, perdón, yo no tengo esa excusa.

Arizona elevó una ceja al ver que estaba algo sonrojada y entonces, Finn también bajó. Puso los ojos en blanco, nada sorprendida.

—De verdad, anda que no hay tiempo para…

Unos timbrazos la interrumpieron y ella resopló.

—¿Lo veis? Que Jayden haya tenido que venir ya es señal de lo tarde que vamos.

Habían quedado en la calle con él, pero hacía diez minutos de eso, así que se dio la vuelta y fue a la puerta, esperando que la siguieran. No era que le importara hacerle esperar, todavía, después de seis meses, lo hacía sufrir de vez en cuando. Quedaba con él y llegaba tarde, o cambiaba el sitio a última hora. Tonterías para recordarle que sí, lo había perdonado y le daba otra oportunidad, pero que no se olvidaba de lo mal que se lo había hecho pasar. Jayden le preguntaba cuándo acabaría su penitencia, pero ella solo le sonreía de forma maliciosa sin confirmar nada. Él tampoco se molestaba mucho, ya la conocía mejor y lo tomaba como añadir chispa a la relación, así que, por el momento, la cosa parecía funcionar.

—No es culpa mía —dijo ella, al abrir y, en efecto, encontrarlo al otro lado—. Son estos, que son unos tardones.

—Por una vez… —la chinchó.

Ella le sacó la lengua, y también le dio un beso. Ohana pasó a su lado, moviendo la cabeza.

—Jamás me acostumbraré a verte así —comentó.

—Así ¿cómo?

—Ya sabes, cariñosa.

Jayden se echó a reír al ver que Arizona fruncía el ceño y la retuvo cogiéndola por la cintura, ya que ella hizo ademán de separarse.

—Ven aquí, que, si no, no se acostumbrarán nunca —bromeó.

—No pienso cogerte la mano.

Lo dijo justo cuando KaDee y Finn salían así, con sus mandos entrelazadas, y Jayden sonrió.

—Tranquila, para eso ya están los dos tortolitos.

—Vamos, vamos, que si llego tarde Piper me mata —avisó Cameron, adelantando a todos y llegando el primero a la acera.

—Ahora con prisas, encima —gruñó Arizona.

Todos aceleraron el paso para dirigirse con rapidez hacia la universidad. Por el camino, se cruzaron con varios carteles que anunciaban el evento hacia el que se dirigían: *Yo no soy machista ni feminista, y otras tonterías más.*

Acompañaba al texto una foto de Piper, con su pelo azul en diferentes tonos (le había cogido el gusto al color), y un texto explicando que la charla estaría dinamizada por el grupo de teatro de la universidad.

Al final, con las prisas, llegaron con tiempo de sobra: aún quedaban quince minutos para que empezara y vieron que Eliza estaba en la entrada, con una *tablet* en las manos.

—Ya era hora —les dijo, aunque sonriendo—. Tenéis los asientos de la primera fila reservados, después hay un *lunch* y podréis hablar con la ponente. —Rio—. Bueno, eso ya lo sabéis, es que suelto el discurso a todos. Venga, pasad, que os tacho.

Marcó en la pantalla, sin dejar de sonreír. Ahí también controlaba el aforo y, la verdad, no podían estar más contentas: la sala estaba casi llena.

El grupo fue hasta los asientos, pero Cameron no lo ocupó.

—Ahora vengo, voy a ver qué tal está —les dijo.

—Dale ánimos —le dijo KaDee.

Él afirmó y se fue a un lateral, donde había una sala pequeña. Allí estaba el grupo de teatro, que se encargaría de representar escenas cotidianas que Piper explicaría. Cotton estaba con ellos, colocándoles el vestuario que había ayudado a coordinar para la ocasión, y todos lo saludaron.

—Estoy super nerviosa —le dijo Tuyen Mai.

—Ya tienes experiencia, saldrá bien.

—Sí, pero es que esto es para Piper, tiene que salir perfecto.

—Y lo será, ya verás. ¿Dónde está?

—Ha ido al baño, creo —contestó Cotton, quitándose unos alfileres de la boca—. Ahora viene.

Cameron miró el reloj. Esperaba que no le hubieran entrado nervios, llevaban preparando ese evento desde el principio de curso y era el colofón del primer trimestre.

Estaba a punto de salir a buscarla cuando la vio entrar. Al verle, la chica sonrió y se acercó para besarle.

—¿Estás bien? —le preguntó él.

—Sí, un poco nerviosa. —Se tocó las mejillas—. He tenido que echarme un poco de agua fría.

—Va a salir perfecto.

—Al menos este año nadie me interrumpirá sin parar.

Ni uno solo de los jugadores se había presentado, y eso que el equipo había cambiado casi por completo (incluido el entrenador, despedido de forma fulminante). Tiger y el resto fueron expulsados: ese año Jayden y Finn, que había dejado el equipo, tenían compañeros nuevos. Los Maroons estaban a prueba y, por si las moscas, Eliza había prohibido expresamente su asistencia al hacer el envío de invitaciones para anunciar el evento. Si se presentaba alguno, llamaría a seguridad. Además, el rector estaba de acuerdo en ello. Desde la hecatombe del año anterior, su actitud con ellas había cambiado y, aunque no dejaba de advertirles con respecto a las notas y las fiestas, ya no corrían peligro de perder la casa. Así que era todo un avance.

—Solo para aplaudir —la animó él.

Eliza se asomó y señaló la hora.

—Ya he cerrado las puertas, quedan dos minutos. Cameron, ve a tu sitio, no la distraigas.

Piper lo abrazó y se besaron, aunque tuvieron que separarse ante la insistencia de Eliza.

—Nos vemos luego —sonrió él.

Piper afirmó, cogiendo aire para tranquilizarse, y se unió al círculo que había formado Tuyen Mai con sus compañeros. Se desearon todos suerte y ella salió la primera, con sus tarjetas bien ordenadas.

Avanzó hasta el podio con el micrófono entre aplausos y, una vez allí, miró hacia el público.

Era todo tan diferente del año anterior... Ahí estaban sus amigos, en primera fila. Ohana jugueteaba con su collar, compuesto de las fichas que iba logrando al cumplir meses sin beber. KaDee y Finn, cogidos de la mano. Arizona y Jayden sentados juntos, y Cameron, transmitiéndole su apoyo y su amor.

Quién se lo hubiera dicho, pero ahí estaban, compartiendo la casa y enamorados (en habitaciones separadas, eso sí, que era mejor que cada uno tuviera su espacio, al menos de momento). Las chicas habían mejorado sus notas, poco a poco iba cada una iba encontrado su camino y ella...

Bien, seguía con su pelo azul, ya como clara seña de identidad, y esperaba que por mucho tiempo. Igual que su ángel de la casa, que sonreía desde la primera fila.

Eva M. Soler, nacida en Cruces, Vizcaya, un 7 de junio de 1976, empezó a escribir desde muy pequeña, tras desarrollar un fuerte interés la lectura alimentado por una extensa imaginación.

Idoia Amo, nacida en 1976 en Santurce, durante toda su vida ha escrito relatos, pero siempre de forma personal y para su círculo más cercano.

Ambas autoras se conocieron a los catorce años, volviéndose amigas y lectoras de sus propios escritos, y hace unos años decidieron que sus estilos podían complementarse bien, lo cual ha dado como resultado una treintena de libros publicados. Uno de ellos, *Maldita Sarah*, consiguió el sello Best Selling Books de Amazon.

Han recibido el premio Hemendik que otorga el periódico Deia por su labor como difusión de la literatura romántica. También han recibido una mención de honor como mejor novela de romance en los premios International Latino Book Awards de Los Ángeles (California).

OTROS TÍTULOS
Romántica chick-lit
Amor escarchado
Déjame quererte
Maldita Sarah (Best-selling book)
El año que no dejó de llover
Luna sin miel
Carpe Diem
Cuenta conmigo
Érase una vez las villanas
La teoría del absurdo
Lejos de todo 1 y 2
El lado equivocado del cielo (Ediciones Kiwi)
Inflamable I y II
Alguien tiene que hacerlo
Tormenta de verano
Cowboys & Kisses
Una de las nuestras
Una entre un millón
Una de las dos
La teoría de Kee London sobre amor y moluscos
Dramaboda en alta mar
Ángeles en la ruta 66 (Ediciones Kiwi)
Sin lluvia no hay arcoíris (Colección Mil amores)
Querido Murphy: ¡Déjame en paz! (Colección Mil amores)
Nos vemos en Cherry Hill: Indiana & Elijah
Nos vemos en Cherry Hill: Cinna & Curtis
Navidad en Snowland

Suspense y terror
Anxious
Anxious II
Salvación
Descansad en pedazos y otros relatos
Sígueme al infierno

Paranormal
Centinela 1 y 2

Si te gustan nuestros libros, te pedimos que apoyes nuestra carrera de forma legal y rechaces el pirateo. Es la forma de que podáis seguir disfrutando de cómo escribimos, ya que sin ventas es muy difícil seguir publicando, tanto en Amazon como en editorial.

Apoya a tus escritores de la manera correcta.
¡Gracias!